СКАЗКИ ВОЛШЕБНОЙ ПОДУШКИ

(для детей и взрослых)

FAIRY TALES OF A MAGIC PILLOW

(for children and adults)

Михаил Пеккер

Моим внукам:

Реечке, Рутику,

Арончику и

Ланичке

посвящается

Автор с героями своей книги

Сказки волшебной подушки

Мой взрослый читатель часто спрашивает меня: «Для кого ты пишешь сказки, кто твоя аудитория? Если твои сказки написаны для детей, то почему в них так много «взрослых» вещей? Если – взрослым, то они слишком наивны и оторваны от того, что действительно важно в жизни». «Каждая сказка, – отвечаю я, – всегда река, по одну сторону которой детство, а по другую – взрослая жизнь». Взрослый, войдя в сказку, оставляет на берегу свои заботы, проблемы, планы, для него сказка – идеальный мир, где любовь не смешана с коварством, доброта с силой, дружба с властью, – всегда возвращение в свое прошлое, в свою юность, в свое детство. Ребенок находится по другую сторону реки. Для него несуществующий мир, созданный автором, воспринимается как близкий к реальности, и поэтому имеет сильнейшее влияние. Сказка для детей есть возможность понять мир взрослых отношений, понять нас, нашу жизнь, что и кто мы. Вот почему я не боюсь вставлять «взрослые» элементы в свои сказки.

Я благодарен семье Ковнер за дружбу, которая вдохновила меня на написание этой книги.

Содержание

Вступление

Подушки бывают разные: мягкие, жесткие, совсем крошечные, одними подушками удобно драться, другие совсем безуухие, как ириски в кондитерском отделе. Но есть среди подушек, только никому не говорите, волшебные. Да-да волшебные. И это – чистая правда. Когда такая подушка попадает к маленькому мальчику или девочке, они начинают рассказывать удивительные истории. А когда попадают к взрослому дяде или тете, то тоже начинают рассказывать сказки, но им за это почему-то дают не шлепок или подзатыльник, чтобы не выдумывал, а Букеровскую премию по литературе, или Нобелевскую за научное открытие. Как волшебные подушки попадают к детям и взрослым? Не знаю. Тине, например, волшебную подушку на день рождения принес Миша. Говорит, что купил за 5 долларов в супермаркете. Может и врет, но вряд ли. Кто ж волшебную подушку подарит? Каждому ведь хочется слушать сказки, за которые еще кучу денег получить можно.

А теперь скажи мне, дружок, сколько у подушки ушек? Правильно – четыре: два ушка сверху и два снизу. Нет, постой, не так, два слева и два справа. Да нет, что я говорю, те, которые слева, на самом деле справа... или нет, сверху. Нет-нет, все-таки снизу... или все-таки слева? Ой, совсем запутался, сколько ушек у подушки. Давай посчитаем. Один, два, три, четыре. Действительно – четыре. Потому что, сколько подушку не крути, как не переворачивай, а ушек у нее всегда – четыре. Но это присказка, сказка впереди.

Часть I. Подарок

Знакомство с главной героиней

В одном небольшом, но очень уютном домике, в городе со странным названием «Хьюстон», что в штате Техас, жила девочка и звали ее Тина. Родители Тины, Исаак и Ирис[1] были физики, но не из тех придурковатых, которые кроме своих электронов и кварков ничего знать не хотят, любили они шутку, смех, и ходить к ним в гости было большое удовольствие. Был у Тины еще братик Лешка, совсем маленький, он еще говорить хорошо не мог, но проказником был жутким: все в доме разбрасывал, все переворачивал, прямо торнадо какое-то в доме, а не маленький ребенок. Больше чем кушать, любил Лешка музыку, залезет на пианино и слушает, как Тина играет. Слушает, слушает, а потом, как сиганет вниз, родители только ойкнуть успевают. И, что удивительно, никогда не расшибался, подвижный был как ртуть, все знакомые удивлялись, откуда в Лешке столько сил, весь из одних мускулов состоял.

Когда Тине исполнилось девять лет, к ней на день рождения пришел Миша. Все взрослые – люди как люди, кто куклу Тине в подарок принес, кто книжку, кто прыгалку, кто набор детской посуды, только Миша подушку принес, самую что ни есть простую, ну что за восемь долларов в любом супермаркете купить можно. Тина подушку взяла и Мише большое спасибо сказала, потому что девочка она была воспитанная – вся в папу и маму. И правда, зачем Тине подушка, она и так крепко спала, да так, что хоть в барабан бей, хоть из пушки стреляй, хоть за плечо тряси – не разбудить ее было.

Однако Мишина подушка была не простая, особенная, днем, пока Тина в школе была, подушка сказки сочиняла, а ночью их рассказывала. И еще, у нее всегда два ушка на кровати лежали, а два вниз свисали, одними она в окошко смотрела, а другими прислушивалась, что под диваном делается. Что сказать, у каждого свои странности в характере есть.

Так вот, когда Тина засыпала, подымала подушка одно из своих ушек и прислушивалась все ли в доме тихо, можно ли сказку начинать. Потому что под страхом лишения волшебных свойств запрещено волшебным вещам кому-либо, кроме своих хозяев, служить. Если подушка слышала за дверью тук, тук, тук-тук-тук, тук, тук, тук-тук-тук-

---

[1] Ирис (ударение на первом слоге) – в переводе с греческого означает "радуга".

тук..., значит, папа Тины не спит и задачи для глупых студентов на компьютере решает. Но это совсем не страшно, если Исаак у себя в кабинете не спит, потому как он, когда о чем-то серьезном думает, ничего не замечает. А вот если мама, совсем другое дело – надо вести себя тихо: только Тина или Лешка на другой бок повернутся, сразу придет посмотреть, все ли в порядке. А сказку прерывать нельзя, какая же это сказка, если тебе конец ее не рассказали. Сказки можно рассказывать, только когда в доме кондиционер шумит, или вода из крана капает, или машина запоздалая тормозами взвизгнет, или фарами своими в окна посветит.

В тот вечер, когда Миша подарил Тине подушку, ее ушки долго бранились, никак решить не могли, какую сказку первой Тине рассказать. У них так вообще-то заведено было, что обязательно, прежде чем сказку начать, вначале поругаться нужно. Побранились ушки, побранились и решили, что маленькие дети, а Тина была, скажем так, еще не совсем взрослой девочкой, больше всего любят, когда им сказки про них самих рассказывают. "Ну что, начнем?" – сказало правое верхнее ушко. "Да, – кивнули в знак согласия три остальные своими острыми головками, – начинай".

Тина, дочь Исаака и Ирис.
День, когда Тина получила подарок от Миши.

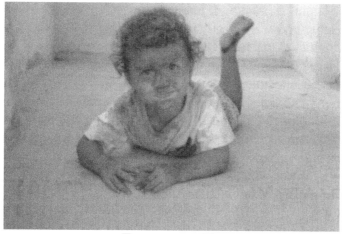

Лешка есть Лешка

Метеоритный дождь

В одном небольшом, но очень уютном домике, в городе со странным названием «Круглый Камень», что в штате Техас, жила девочка, звали ее Тина. Было ей восемь лет. Тина всегда так крепко спала, что хоть в барабан бей, хоть из пушки стреляй, хоть за плечо тряси – не разбудить ее было. А ночью просыпаться иногда надо, чтобы на Луну посмотреть, или на звезды, или ночью в аэропорт ехать, потому что самолет в Грецию, где жила раньше Ирис, мама девочки, только в шесть утра вылетал.

И вот однажды девочка решила, что всю ночь спать не будет. Папа ей сказал, что в эту ночь метеориты на Землю падать будут и, что если она сумеет свое желание произнести, пока метеорит падает, оно обязательно исполнится. "Только вот падают метеориты быстро, как иголки. Блеснет метеорит в небе, и нет его. Редко кому удается – заметил папа грустным голосом, – желание свое произнести". А желаний у Тины всегда было много, утром даже не помнила все.

Легла девочка в кровать, укрылась одеялом и говорит себе: "Я очень смелая, сильная девочка, если что очень захочу, обязательно сделаю. Ни темная ночь, ни крепкий сон, ни серый волк, ни белый медведь, ни король Норвежский, ничто меня не остановит. Сказала, что спать не буду, значит, не буду. А если вдруг засну, – Тина нахмурила брови, – обязательно проснусь, чтобы на метеориты посмотреть и желание загадать".

Так говорила девочка, говорила и... и заснула. Снится ей сад, в нем деревья, а на них апельсины, мандарины, яблоки, груши висят, а на одном дереве сразу и бананы и ананасы, и киви, и даже помидоры растут. Подошла девочка к дереву с огурцами, только руку за маленьким огурчиком протянула, как видит: у ограды стоит совсем диковинное дерево, на нем – не зеленые листочки, а деньги растут: пониже доллары, повыше пятерки, еще выше десятки, а на самом верху стодолларовые бумажки.

Подбежала девочка к денежному дереву – срывает пятерки, десятки, но куда их положить – в руках много не удержишь. Тут видит, под деревом сумка лежит и складной стул. Поставила девочка стул на ножки, забралась на него и давай стодолларовые бумажки срывать и в сумку складывать. Насобирала денег, наверное, на шестисотый Мерседес или на BMW последней марки.

Вдруг смотрит – еще одно дерево стоит, а на нем конфеты, пирожные, всякие сладости, и сразу ей есть захотелось. Обрадовалась

Тина, соскочила со своего стульчика и побежала к конфетному дереву. А рядом с конфетным деревом еще одно стоит, а на нем бусы растут, кольца золотые, браслеты с драгоценными камнями, ожерелья... Забыла девочка про пирожные, кинулась к дереву с драгоценностями и давай их срывать и в сумку класть. Кладет, а сама думает: "Деньги будут папе на новую машину, а браслеты, и сережки нам с мамой...", и вдруг – как ударило ее: "Звездопад!". Напряглась девочка и проснулась.

Глаза открыла, сада, конечно, нет, деревьев нет, только окно за шторой чуть светится и искры по нему. Сбросила девочка с себя одеяло, всунула ноги в тапочки и в туалет побежала. Дела свои сделала – и к окну. Штору отодвинула, и правда, метеориты падают, настоящий дождь, все небо в иголках. Обрадовалась девочка, начала желания загадывать, но только никак не получается ей успеть желание произнести. Только начнет, а метеорит раз – и потух, раз – и потух. Раз сто пыталась, но так за ночь ни одного желания произнести не успела. Но девочка от этого не очень расстроилась, потому что красиво было, как никогда: звезды большие, огромные, некоторые так просто светили, а некоторые все время подмигивали, и еще метеориты...

Легла девочка в кровать, только когда светать начало, и сразу заснула. А утром только глаза открыла, а у нее на подушке сумка лежит, ну точно как во сне была. Открыла ее девочка, а там деньги, колечки, сережки с драгоценными камнями.

Схватила девочка сумку и к папе с мамой в спальню побежала "Папа, мама, смотрите, что мне приснилось!" Ворвалась она в спальню, а папа ей с постели говорит недовольным голосом: "Что ты так кричишь, я всю ночь не спал, все думал, как нам деньги на новую машину достать, старая совсем скоро развалится". "Папа, папа, смотри, что у меня есть!" – и высыпала девочка все, что было в сумочке на кровать. Тут дверь открылась и мама вошла.

Ну что дальше было, рассказывать не буду, только девочка после этого стала очень чутко спать. Говорит себе: хочу во сне увидеть море или необитаемый остров, или пиратов, или как звери в Африке живут – и увидит. Только вот незадача: больше волшебный сад ей не снится. Но она и так довольна: папа в школу теперь ее на новой BMW отвозит, тысяч за 80, да и маме есть, что в гости надеть.

* * *

Проснулась Тиночка, и сразу в гараж пошла, а там старый папин бьюик стоит. Вернулась она в комнату грустная-грустная, что это только сон был. Тут папа к ней в комнату заходит:

13

– Знаешь, Тиночка, я в интернете прочел: завтра ожидается метеоритный дождь, самый сильный за последнюю тысячу лет. Мы с мамой думаем, надо срочно в Нью-Мексико поехать. Там горы, городов нет. Метеориты хорошо будут видны. Ты как на это смотришь?

– Ураааа!!! – закричала Тина, – а Лешку с собой возьмем?

– А как же, куда ж мы его денем? – Удивился папа. – Только ты быстрее собирайся, туда ехать почти девять часов, а я пойду гостиницу закажу.

– Папа, а можно, я с собой подушку возьму?

– Какую подушку? – Спросил папа.

– Ну, ту, которую, Миша подарил.

– Конечно, бери. Только быстрее, через полчаса выезжаем.

– Урааа!!!! – закричала Тина и побежала на кухню завтракать.

"Урааа! – закричало левое ушко подушки правому, – в горы едем, метеориты смотреть". Нет, что я говорю, это кричало правое ушко. Левое сказало: "Хорошо бы, пока Тина собирается, новую сказку придумать". Нет, это сказало другое левое, или нет, другое правое... Ужас, запутаться можно, когда столько ушей у человека есть.

Тина едет в Нью-Мексико смотреть на метеориты

Тина никогда так долго не ездила в машине, поэтому вначале ей было все интересно: и городки, которые они проезжали, и встречные грузовики, и пустынные до самого горизонта места. Но через три часа она уже спрашивала у папы, как долго им еще ехать, и когда, наконец, будет гостиница. Папа отвечал всегда одно и то же: "По моим расчетам пять заходов в туалет и два на заправку". После чего начинал рассказывать о солнечной системе, звездах, магнитных полях. Мама в такие моменты сильно напрягалась, потому что папа порой увлекался, бросал руль, стараясь «на пальцах» объяснить, что такое электрон и почему он вращается вокруг своей оси.

Папин «Бьюик», несмотря на почтенный возраст, шел хорошо и быстро. "Это он торопится на метеориты посмотреть" – думала про себя Тина. Папины объяснения про электроны были часто совсем непонятны, но слушать было все равно интересно. Лешка вначале тоже веселился, все время пытался вылезть из своего детского кресла, пристегнутого к заднему сиденью. Он показывал пальцами на встречные машины и пытался что-то сказать на своем тарабарском языке. Кушать он не хотел, хотя и очень любил. Однако часа через три он начал скучать, и мама, чтобы занять его, рассказывала ему сказки, или показывала книжки с картинками, которые он время от времени внимательно рассматривал и «комментировал».

Когда Лешка начинал выгибаться всем телом, демонстрируя, что не может больше терпеть ремней безопасности, и надо дать человеку подвигаться, папа подъезжал к ближайшей стоянке, и все минут пять разминали ноги. Лешку папа привязывал на поводок, чтобы он от радости не побежал знакомиться с подъезжающими и отъезжающими машинами. Когда пять минут истекало, папа говорил: "Время вышло, всем на коня, наш старый «Боливар» соскучился по быстрой езде". Все залезали в нагревшуюся кабину, папа включал кондиционер и ждал, пока мама пристегнет буйно сопротивляющегося Лешку.

В шестом часу Лешка наконец-то заснул и никому уже не мешал. Тина потеряла всякий интерес к проносящимся мимо окон пейзажам и читала в третий раз "Гарри Поттера". "Бьюик" был старой американской машиной, и, хотя жрал много бензина, подвеска у него была мягкая, не то что у современных Хонд, Тойот и Мазд. Миша на дне рождения Тины, узнав, что она в свои восемь лет уже прочла все семь книг о Гарри Потере, очень разволновался: "Ты знаешь, – тихо, чтобы никто не слышал, сказал он ей. – Я тоже очень люблю «Гарри Поттера», только никак не могу решить, кто мне больше нравится, Гермиона или Дженни. Тебе кто из них больше нравится?". Тина подумала и сказала: "Плакса Милс из туалета для девочек". Миша тогда очень обиделся и весь вечер с ней не разговаривал.

Когда все стали расходиться, Тина подошла к Мише и протянула руку: "Давай дружить. Мне больше всех нравится Дженни. Она ведь любит Гарри Поттера, а Гермиона только его друг". Миша подумал и сказал, что она, пожалуй, права, но Гермиона ему нравится все-таки немножко больше. Папа потом сказал, что дружба часто начинается со ссоры и иногда она крепче остальных. Тина с ним согласилась. Лили Эванс и Джеймс Потер, родители Гарри, тоже вначале друг друга очень не любили. Да и сам Гарри с его другом Роном терпеть не могли выскочку и всезнайку Гермиону, пока они не спасли ее от горного тролля.

"Боливар" подкатил к гостинице в двенадцатом часу ночи. Звезды сияли вовсю, но звездопада еще не было, он должен был начаться в час ночи и достигнуть максимума в три. Папа, видно, очень устал, поскольку сразу лег спать, попросив его разбудить, как только все будут готовы. Мама и Тина выспались в машине и готовы были хоть сейчас идти и смотреть на звезды, но жалко было папу, проведшего одиннадцать часов за рулем. Мама взяла Лешку, и они с Тиной вышли прогуляться. Мама надеялась, что Лешка на свежем воздухе быстро заснет, и не будет мешать смотреть на метеоритный дождь. Гостиница стояла у дороги и хорошо освещалась. Портье сказал, что смотровая площадка находится в пяти милях и добраться до нее нет никаких проблем. Он достал из ящика стола карту и показал, как туда доехать.

Ночь была необыкновенная. За свои почти девять лет Тина еще никогда не видела столько звезд. Казалось, все небо усеяно мириадами светящихся неоновых лампочек. Некоторые из них были до того большие, что казалось, где-то должны быть спрятаны батарейки, от которых они питаются. "Давай пройдемся немного вдоль дороги, – предложила мама, – гостиница слишком освещена". Тина кивнула. Когда они с Лешкой, пройдя вдоль шоссе, свернули на проселочную дорогу, Тину охватило чувство, которое ей еще ни разу не приходилось испытывать – смесь страха и восторга, даже Лешка молча шагал, держась за мамин палец. Хруст мелкого гравия под ногами, очертания деревьев вдоль дороги и звездный купол мигающих звезд создавали ощущение, что она, Тина, является центром какой-то Божественной Музыки Сфер, что вся эта бесконечная Вселенная создана ради нее. "Мама, что это?" – тихо спросила Тина. "Бах" – ответила Ирис.

Прогулявшись с полчасика, Ирис с Тиной и Лешкой вернулись в гостиницу за папой. Исаак долго не просыпался, бормоча: "Еще минутку, еще чуть-чуть, сейчас, секундочку...", и только когда Лешка, забравшись на стол и спрыгнув с него, громко завизжал от радости, Исаак проснулся.

Со смотровой площадки вернулись поздно ночью. Лешку принесли в номер прямо в детском кресле, он заснул почти сразу, как приехали в горы, и метеоритного дождя практически не видел. Все съели по бутерброду с вареньем и маслом и легли спать.

*   *   *

– Ну как, все заснули? – осторожно приподнявшись, спросило правое ушко.

– Да, вроде все – ответили ей остальные три и посмотрели каждая в свою сторону.

Рассвет уже начертал на стене полосы от жалюзи на окнах. У стола, стульев, чемоданов, в беспорядке лежащих на полу, появились сероватые, сейчас едва заметные тени.

"Ну что? Начнем?"

В этот раз ушки не ссорились, они заранее договорились, что будут рассказывать Тине сказку о девочке и звездочете.

Девочка и Звездочет

"Так часто бывает, что те, кого мы любим, почему-то не замечают этого, не обращают на нас внимания. И это очень печально". Три ушка склонили свои острые кончики в знак согласия, и, если бы они могли плакать, мы бы увидели слезинки на их личиках.

Девочка Ио жила через забор от большого двухэтажного дома, оканчивающегося плоской крышей. Дом принадлежал молодому человеку, недавно приехавшему в небольшой городок в Непале в самом центре Гималаев. Молодого человека звали Джеймс, он окончил университет в Европе и приехал изучать звезды. Джеймс был высокий рыжеватый парень, его розовые щеки прикрывала небольшая бородка, глаза были голубые, носил он синие брюки и белую рубашку. Короче, он очень сильно отличался от всех жителей городка, к тому же он был очень богат потому, что, не торгуясь, купил огромный дом у местного купца. Каждую ночь молодой человек забирался на крышу своего дома, снимал с телескопа покрывало и смотрел на звезды. Иногда он брал ручку и что-то записывал в тетрадку, лежащую на столике перед ним. Только когда начинало светать, он закрывал свой телескоп и спускался вниз.

В городке Джеймса не очень любили, его вежливость отпугивала людей, многим она казалась барьером, которым он отгородился от них. Джеймса прозвали звездочетом за его ночные бдения у телескопа.

Когда Ио в первый раз увидела Джеймса, входящего в их дом, сердце ее замерло и остановилось, а потом стало лихорадочно биться в груди, как загнанная в клетку лисица. Ио еле стояла на ногах, хорошо, что братья и сестра не видели, а то бы засмеяли. Отец, после разговора с Джеймсом, позвал Ио к себе и объяснил, что молодой человек намеревается жить в соседнем доме, что ему нужна кухарка, и что Ио будет относить ему еду два раз в день: днем в 12 часов и в семь вечера. Потом вдруг спросил: "Что с тобой, Ио, ты не заболела? Ты такая бледная". "Нет, папа, все в порядке. Это так...". "А-а-а, – понимающе сказал папа, – тогда иди. Смотри, не перетруждайся сегодня".

Ровно в полдень Ио приносила Джеймсу обед, звездочет кивал ей и сразу погружался в книгу, лежащую перед ним на столе. В семь вечера

Ио приносила ужин. В это время Джеймс обычно возвращался с прогулки и был весел и бодр. Она ставила ужин на стол в кухне, Джеймс говорил ей, как ему здесь нравится, что лучшего места для работы нет, и отпускал ее. Однажды, когда Джеймс опоздал с прогулки, Ио зашла в гостиную и заглянула в книгу, лежащую на столике. В ней были нарисованы участки звездного неба, стрелки с непонятными надписями и какие-то формулы. На полях ровным наклонным почерком были написаны какие-то слова и цифры. Буквы были маленькие, одна к одной. "Сразу видно, человек ученый!" – подумала Ио и уже хотела перевернуть страницу, как услышала шаги звездочета в садике. Она захлопнула книгу и побежала на кухню.

– А, ты уже здесь! – Джеймс улыбнулся. – Сегодня спустился в долину. Там было так много тюльпанов, голова кругом пошла. Ну, что тут у нас? – Джеймс развернул теплое одеяло, в котором Ио всегда приносила еду. – О, как вкусно, – приподняв крышку горшка, в котором была запечена баранина с овощами, произнес Джеймс, – твоя мама замечательный повар. Купец, у которого я купил дом, мне сразу сказал, что лучше твоей мамы никто не готовит в этом городе.

Ио хотела сказать, что в этот раз она сама приготовила баранину, но не смогла.

Увидев ее смущение, звездочет улыбнулся:

– Ну, иди, Ио. Наверное, твои родители уже волнуются, где ты там пропала.

Ио повернулась и ушла. Ей очень хотелось сказать, что ей уже 17 лет, и родители не волнуются за нее, что она с удовольствием бы посидела и послушала о той далекой Европе, в которой она никогда не была и, наверное, никогда не будет. И еще ей очень хотелось узнать, есть ли у него девушка, а если есть, почему она к нему не приехала.

Так проходили дни за днями. Звездочет по ночам смотрел в небо, днем что-то писал, звонил по телефону, иногда гулял по окрестностям. С жителями был всегда приветлив, каждому находил несколько ласковых слов. Жители уже привыкли к нему, как привыкают к белой овце в черной отаре. Местным девушкам он нравился, но поскольку Звездочет никому не оказывал предпочтение, они вскоре перестали на него заглядываться. Только Ио не могла выбросить Звездочета из своего сердца. Каждую ночь она выходила из дому и смотрела на сгорбившуюся фигурку Джеймса в черном пальто, прильнувшую к трубе телескопа.

Ио иногда специально сидела у магазина на бревнышке, чтобы еще издали увидеть Джеймса, возвращающегося с прогулки, неожиданно догнать его, поздороваться и пройтись с ним до дома. Джеймс всегда улыбался, увидев ее, и рассказывал ей о том, что он видел в горах. Однажды он рассказал Ио о сверхновой, огромной звезде, которая сжимается под действием гравитационных сил до размеров с солнечную систему, а потом взрывается, образуя сотни и тысячи звезд, а иногда даже галактику. Что он приехал сюда, чтобы исследовать сверхновые, и что если ему повезет первому увидеть рождение сверхновой, он будет счастлив.

Джеймс никогда не спрашивал, как у Ио дела, чем она живет, она была для него маленькой девочкой, приносящей ему два раза в день еду, и с которой приятно пройтись до дома. Однажды он спросил ее:

– Ио, почему ты никогда не говоришь? Ты немая?

– Нет, я могу разговаривать. – Ответила Ио смутившись.

– Какой у тебя замечательный голос. Ты, наверное, хорошо поешь?

– Да. Моим родителям нравится. Когда я была маленькая, они меня брали на свадьбы, и я пела жениху и невесте.

– Так может, ты и мне когда-нибудь споешь?

Ио ничего не ответила, но сердце ее запрыгало, как зайчик на полянке весной. "Он меня позовет, он меня позовет"

Но прошел день, другой, прошла неделя. Джеймс все не приглашал ее. "Наверное, его сверхновая никак не взрывается" – думала она, видя его хмурое лицо. Однажды, когда она принесла ему обед, и он, как обычно, кивнув ей, углубился в свою книжку, Ио спросила:

– Что, Ваша сверхновая никак не взрывается?

– Никак, – грустно ответил он. – Понимаешь, по моим расчетам звезда КЕ-7035, является сверхновой и должна вот-вот взорваться. А она все никак!

– А что, это так важно? Ведь много других звезд, – удивилась Ио.

Звездочет покачал головой:

– Понимаешь, Ио, людей тоже много, но любят одного.

Ио опустила глаза и покрылась румянцем, как небо на заходе солнца.

– О! – Засмеялся звездочет. – Когда будешь выходить замуж, пригласи меня.

Бедная девушка хотела сказать Звездочету, что он ее Сверхновая. Но ничего не сказала. Повернулась и пошла к двери. В дверях ее догнал голос Джеймса: "У меня есть для тебя хороший подарок. Так что не забудь пригласить".

* * *

– Бедная девочка. – Сказало левое ушко. – Не дай Бог, чтобы наша Тиночка попала в ее судьбу.

– Ну что ты такое говоришь! – Возмутилось правое нижнее ушко. – Для чего мы с тобой сказки нашей хозяюшке рассказываем? Чтобы подготовить к взрослой жизни! Ну, – оно с укоризной посмотрело на свою оппонентку, – разве не так?

– От судьбы не уйдешь, – меланхолично заметило левое ушко, – Рассказывай, не рассказывай...

– Да, это так. – Вступило в разговор правое верхнее ушко. – Помните, мальчику, ну, которому мы лет триста назад сказки рассказывали, ничего не помогло. Говорили мы ему: остерегайся плохих людей, остерегайся. А он свое: "Гений и злодейство несовместимы", – вот и дождался, что его друг-музыкант в ухо ему, пока он спал, из зависти яд и влил.

– Ты все перепутала, – не выдержало сих пор молчащее правое ушко. – Моцарт от простуды умер. Сказку-то мы Сашке Пушкину на ушко надиктовали, но не про Моцарта, а так, про одного композитора, абстрактного. А он взял и маленькую трагедию написал «Моцарт и Сальери», и до того хорошо, сукин сын, написал, что многие в России до сих пор верят, что композитор Сальери из зависти отравил композитора Моцарта.

– Так что, вообще сказки рассказывать не нужно? Так и лежать тысячу лет молча? Так и говорить можно разучиться.

– Слушайте, хватить галдеть, скоро совсем светло станет, а мы Тине сказку даже до середины не рассказали. Вдруг проснется, а сказка без конца! – громко сказало левое верхнее ушко.

Ушки от страха застыли. Потому что стоит им хоть одну сказку не кончить, как станут они простыми ушками у обычной подушки. Так сказал волшебник, сотворивший их.

– Все, кончай споры! – Сказало самое большое ушко. – Продолжаем сказку.

* * *

Наступила осень. Холодные зеленые цвета сменились на теплые: золотые, коричневые, желтые. Деревья на отрогах гор были словно мазки художника – импрессиониста, только трава оставалась зеленой.

Жители городка любили начало осени больше всего. Урожай собран. Фрукты и овощи законсервированы и в больших стеклянных банках стоят в глубоких погребах, рядом с подвешенными луковицами, сплетенными своими концами в длинные косички, чесноком в капроновых чулках, огромными головками сыра, свисающими на длинных веревках. Бутылки сладкого вина и виноградной водки ждут, когда их вынесут, чтобы поставить на свадебный стол. Ягнята выросли, кормов для них хватит до середины весны.

Что может быть лучше, когда все дела переделаны и можно выйти на завалинку и тихо посидеть, радуясь заходящему солнцу. Нет, ничто не может сравниться с ощущением радости от хорошо выполненной работы.

Пастухи жили дома и радовали своих соскучившихся по ним жен, старики и старухи ворчали на появляющихся к полудню невесток и зятьев – утренняя работа теперь сваливалась на них. По ночам шли дожди, однако днем небо прояснялось, и к обеду солнышко сияло как обычно. Пока не наступили холода с неожиданными снежными бурями, непроходимыми заносами, все спешили сыграть свадьбы. Почти каждый день в чьем-нибудь доме играла музыка, девушки и парни пели в честь новобрачных песни, вино лилось рекой, но никто не был пьян. В городе не любили пьяниц, поэтому их и не было.

Ио, несмотря на частые приглашения подруг, на свадьбы не ходила. Ее совсем не тянула чужая радость, веселье, в душе Ио поселилось маленькое существо, требующее бережного отношения к себе.

Иногда Джеймс звал Ио посидеть с ним в его пустом доме. Он рассказывал ей про жизнь в Европе, свою учебу, девушек, с которыми встречался. Когда Джеймс просил Ио рассказать о себе, она отмалчивалась. Однажды отец зашел в комнату Ио и сказал, что она слишком много времени проводит у Джеймса, что это нехорошо, потому что люди могут подумать про нее что-нибудь плохое. Ио рассердилась и в первый раз повысила голос на отца. В ответ отец пожал плечами: "Ты человек взрослый, и сама должна понимать как себя вести", потом добавил: "Жизнь длинная, это следует помнить" Больше разговоров о Джеймсе он не заводил.

Зима наступила как-то вдруг, за одну ночь деревья оголились, и, словно мертвые, торчали из земли. Холодный промозглый ветер разбрасывал некогда золотые монеты. День-другой, и наступит зима. В эти несколько дней перепутья улицы были пустынны, только необходимость покормить овец, принести из колодца воду, или купить чай в лавке заставляла людей выбираться из дому.

Перед Ио лежала книга Ремарка «Три товарища», которую дал Джеймс вместе с популярной книгой Хокинса о происхождении Вселенной. Вначале Ио начала читать Хокинса, но, взяв в руки книгу Ремарка, уже не могла от нее оторваться. Дружба трех молодых людей, вернувшихся с войны и друживших с молодой женщиной, болевшей туберкулезом, держала ее в напряжении. Это была совсем другая жизнь: сложная, непонятная, и в то же время необъяснимо притягательная. Чувства, испытываемые ее героями, были столь сильны, столь искренни, что не разделить их было невозможно. Книга, написанная почти семьдесят лет назад, рассказывала Ио о той жизни много больше, чем Джеймс. Во время чтения мысли иногда настолько переполняли Ио, что для того, чтобы успокоиться, она откладывала книгу и ходила из угла в угол. Отец и мать несколько раз заглядывали в ее комнату, но видя выражение глаз дочери, ее волнение, тихо закрывали за собой дверь, не смея беспокоить. Даже младшая сестренка, безобразница Нино, в это утро вела себя тихо. Ио не замечала, как чтение истории любви механика Роберта Липмана и Патриции меняло ее, как из провинциальной девушки она превращалась в молодую страстную женщину.

Часы пробили без четверти двенадцать. Ио вскрикнула от неожиданности. Неодолимое желание видеть Джеймса и страх подняться к нему переполняли ее сердце "Что мне делать? Что мне делать? Идти, не идти..." стучало в голове. Неожиданно Ио услышала стук в дверь, и затем голос отца. "Ио, уже двенадцать, надо нести Джеймсу завтрак. Но если ты не хочешь, я попрошу Нино, она отнесет". "Я сейчас подойду, папа" – мысль, что не увидит сегодня Джеймса, решила все.

Джеймс встретил Ио с радостью.

– Как я проголодался. – Были его первые слова. – Ночью лил дождь, я рано лег и встал в девять.

Джеймс откинул одеяло, прикрывавшее еду в корзинке, достал горшочек с мясом, потушенным в овощах, салатницу, полную свежих овощей, и хлебец, источавший запах здоровья и молодости сквозь еще неразрезанную хрустящую корочку.

– Слов нет. Такое впечатление, что в первый раз ем. – Джеймс отложил вилку и откинулся на спинку стула. Первый голод прошел, и можно было посмотреть вокруг. – Знаешь, я у вас в городке живу три с половиной месяца, нет, даже четыре, и еда, которую готовит твоя мама, мне совсем не надоела. А в Лондоне я все время менял рестораны, через неделю все так приедалось... – Джеймс задумался. – Может, воздух у вас другой, а может, твоя мать колдунья и знает, как меня приворожить. – Джеймс засмеялся, но, увидев выражение Ио, осекся. – Извини, что-то на меня нашло.

Джеймс взял вилку и стал неторопливо есть, глаза у него затуманились. Ио знала, что Джеймс сейчас среди своих звезд. Она тихо пошла к двери.

– Ио, а тебе понравилась книга Хокинса? – слова Джеймса она услышала уже за дверью.

– Нет, я ее еще не читала. Я читаю «Три Товарища».

– Ну как? Ты зайди, чего убегаешь.

Ио открыла дверь, но в комнату не вошла.

– Мне очень нравится. У вас все так любят?

Джеймс засмеялся:

– Если бы все. Нет. Настоящая любовь вещь редкая, очень редкая. Конечно, спать друг с другом все могут, но ведь ты, не об этом меня спрашиваешь. – Джеймс внимательно смотрел в глаза Ио.

Ио молчала. Джеймс показал жестом на стул.

– Сядь, я тебе кое-что расскажу.

Сердце Ио упало: "Джеймс сейчас скажет, что у него есть девушка, и она скоро приедет". На ватных непослушных ногах она двинулась к креслу.

Ио села на край и только тогда подняла глаза на Джеймса. Он тепло улыбался ей. "Нет, он сейчас скажет, что тоже любит меня".

– Я хочу рассказать тебе сказку о Маленьком Принце, живущем на небольшой планете, удаленной от Солнца на сотни миллионов километров. Эта планета в астрономических каталогах зафиксирована как астероид В-612. Сказку о Маленьком Принце написал Антуан де Сент-Экзюпери, военный, а потом почтовый летчик, в тридцатых годах прошлого столетия. Его самолет потерпел аварию в пустыне Сахара. Тогда еще на самолетах не было радио, спутниковой системы слежения, поэтому Сент-Экзюпери провел целую неделю в ожидании, пока его друзья найдут его. В Сахаре, как ты знаешь, днем стоит ужасная жара, – Джеймс сделал жест рукой, как бы открывая занавес, и Ио увидела раскаленную пустыню и маленький одномоторный самолетик на одном из бесчисленных барханов. Под крылом самолета лежал летчик, он был небольшого роста, без рубашки, голова его была покрыта завязанной узлом тряпкой, – а ночью, – Джеймс тронул Ио за руку, возвращая ее в комнату, – очень холодно. Звездное небо в Сахаре, я знаю, я там был, производит на всех сильное впечатление, оно одно из самых ярких на Земле. В ожидании помощи, Антуан де Сент-Экзюпери и начал писать в своем дневнике сказку о Маленьком Принце, живущем на астероиде В-612...

От прикосновения руки Джеймса Ио била дрожь, она не понимала, что он ей сейчас говорил, все ее усилия были направлены на то, чтобы справиться с волнением.

– Ио, что с тобой, ты вся побледнела, тебе нехорошо?

– Нет-нет, все в порядке. Это так... – Ио прижала локти к телу, стараясь унять волны, одна за другой, пронизывающие все ее тело.

Джеймс встал из-за стола, подошел к холодильнику, достал из него банку Пепси-Колы и протянул ей.

К удивлению Ио, холодная Пепси-Кола успокоила ее, дрожь прошла:

– Я слушаю. – Ио поставила пустую банку на стол и посмотрела на Джеймса.

– Со мной тоже иногда так бывает. – Ио с удивлением посмотрела на Джеймса, – Только не от сказки... Такое волнение охватывает, от того, что истина где-то рядом. Думаешь, как бы не упустить... И страх, что мысль мимо пройдет... Ну ладно, – улыбнулся Джеймс, – давай сказку расскажу.

Ио наклонилась к Джеймсу, и он, почувствовав ее внимание, вдруг подумал: "Из Ио выйдет хороший ученый, в ней есть страсть, без которой в науке нельзя добиться успеха".

Так вот, – Джеймс откинулся на спинку стула, в глазах его появилась сосредоточенность, которая всегда так нравилась Ио, – давным-давно жил-был Маленький принц. Жил он на маленькой планете, которая была такой маленькой, что передвигая стул, можно было все время наблюдать восход Солнца. На планете, как и на многих других, росли хорошие и плохие растения. Хорошие растения давали полезные семена, а от плохих растений появлялись сорняки, которые нужно беспощадно уничтожать, потому что иначе они покроют всю маленькую планету. Каждое утро Маленький Принц начинал с того, что выкорчевывал сорняки и поливал полезные растения. Раз в неделю Маленький Принц чистил два своих вулкана, один действующий, а другой давно потухший. Потухший так, на всякий случай. Больше всего Маленький Принц боялся, что звездный ветер принесет на его планету семена баобабов, и, когда они вырастут, разорвут ее своими корнями на части.

Однажды на планете появился странный стебелек, он так быстро тянулся вверх, что Маленький Принц испугался, не росток ли это баобаба. Но, когда на его конце появился большой зеленый бутон, он успокоился и стал с интересом ждать, что будет дальше. Два раза в день, утром и вечером, Маленький Принц поливал странный цветок. Он все ждал, когда он раскроется, чтобы, наконец, познакомиться с ним, но тот не торопился. И вот однажды, когда солнце только собиралось взойти, Маленький Принц вдруг услышал: "Ну сколько можно ждать, пора бы меня уже и полить". Маленький Принц открыл глаза, перед ним был цветок, до того красивый, что он не смог сдержаться: "О, Вы так прекрасны". "Это совсем не значит, что Вы не должны меня полить!" – капризным голосом произнес цветок. "Да, он от скромности не зачахнет", – подумал Маленький принц и пошел за лейкой.

Ио слушала сказку о Маленьком принце, о его путешествиях на соседние астероиды, о лисе, которого приручил принц, о тех простых истинах, которые открыл Маленький Принц своему другу, летчику, потерпевшему аварию.

– Через неделю летчик починил свой самолет, и Маленький Принц вернулся на свою планету. Ведь у него осталась роза, за которой нужно ухаживать, и еще вулканы, которые надо периодически чистить. Маленький Принц принадлежал звездам, там было его место. Земля была слишком мала для звездного мальчика, чтобы он мог жить на ней, – закончил сказку Джеймс.

Ио шла домой. Она точно знала, что ей никогда не быть женой Джеймса. Что никогда его руки не коснуться ее горячего тела, что ей никогда не носить его ребенка под сердцем. Слово «никогда» звучало в ней как колокол.

В библиотеке Ио нашла сказку Антуана де Сент-Экзюпери «Маленький принц» и прямо у полки прочла ее. Она была совсем другой, более детской, более светлой и гораздо менее оптимистичной, чем в пересказе Джеймса. Маленький Принц у Джеймса был мальчик-луч, мальчик-радость, в нем не было чувства одиночества, не было грусти, он перелетал с одной планеты на другую из любопытства, а не в поисках друга.

Прошло несколько дней. Ио все также два раза в день носила Джеймсу еду, но он больше не рассказывал ей сказки. Вскоре выпал снег, наступила зима. Установились морозы. Теперь Джеймс целые ночи проводил на крыше своего дома. Закутавшись в медвежий тулуп, он ночью смотрел в телескоп и делал записи, а днем спал и обрабатывал результаты ночных наблюдений. Настроение у Джеймса было хорошее, он радостно улыбался, когда Ио приносила поесть. Сказав пару слов, Джеймс быстро все съедал, чтобы поскорее продолжить свою работу. Джеймс уже не хвалил баранину, салаты, хлеб, пирожки с изюмом, капустой, он был там, среди звезд, но не как маленький Принц. Джеймс ждал, что вот-вот его KE-7035 взорвется и на небе появится еще одна сверхновая.

Так прошло еще два месяца. Супернова не взрывалась, но у Джеймса настроение было все равно хорошее. Он сказал Ио, что развил теорию происхождения сверхтяжелых звезд, и что, кажется, (он скрестил пальцы на двух руках) она правильна. Ио жила спокойно, внешне она не изменилась. Огонь, горевший в ней, превратился в ожидание, она знала, что что-то должно произойти.

Однажды Ио, как всегда, встала в шесть утра, чтобы накормить овец и растопить печь. Звезды были огромные, словно глаза. В том месте, где должна была взорваться сверхновая, ничего, кроме едва заметных звездочек, не было. Ио посмотрела на крышу купеческого дома, телескоп был укрыт покрывалом. Она направилась в сарай, когда кто-то постучал в калитку. Ио удивилась "В такую рань? Может что-то случилось". Она поспешила открыть калитку. В проеме стоял глубокий старик, лицо его было все в морщинах, но держался он прямо.

– Ну что, девочка, не обращает на тебя внимания Звездочет? – Спросил старик вместо приветствия.

– Нет, не обращает.

– И не обратит, – покачал головой старик. – Ученые – они все такие, наука – им жена. Так что, девочка, успокойся, отдохни, я тебе тут приглашение в Сорбонну принес. – Старик достал из внутреннего кармана тулупа пакет с множеством печатей. – Только ты его никому пока не показывай. Через два дня придет на твое имя чек на очень крупную сумму. Это ваш дальний дядюшка по моей просьбе его послал. В сопроводительном письме будет сказано, что эти деньги ты можешь потратить только на поездку в Европу или Америку. В письме также сказано, что Сорбонский университет выделил тебе место на факультете журналистики, и что в течение года ты должна приступить к учебе, а когда – зависит от тебя. После года в Сорбонне ты сможешь учиться в любом университете Европы, Америки, Азии. Ну, что устраивает? – улыбнулся старик.

– Вы – волшебник, да? – спросила Ио.

– В некотором смысле... Пожалуй, да!

– Значит, – Ио покраснела, – Вы можете сделать так, чтобы Джеймс полюбил меня?

– Эх, девочка, девочка, не могу я сделать этого. Понимаешь, все могу. Но заставить человека любить, говорить правду, не ябедничать – не могу. – Старик с грустью посмотрел на Ио и, спрятав письмо за пазуху, печально проговорил. – Все могу: звезды зажигать, в прошлое или будущее переносить, деньги добывать, ураганы или тайфуны усмирять, но вот заставить полюбить кого-то не могу.

– Ну, тогда превратите меня в звезду КЕ-7035, чтобы завтра, когда Звездочет будет смотреть на небо, я превратилась в сверхновую.

– Что ты, девочка, зачем? – Испугался старик.

– Чтобы звездочет каждую ночь на меня смотрел.

– Но пойми ты, глупенькая девочка, сверхновые миллионы, миллиарды лет живут. Твой Звездочет умрет, а ты все будешь и будешь светить. Слушай, поезжай в Сорбонну, а если не хочешь в Сорбонну, в Нью-Йорк, Лондон, Москву, Токио. Любой университет тебя примет.

– Нет, – твердо сказала девочка. – Преврати меня в сверхновую. Пусть пройдут тысячи, миллионы лет, миллиарды лет, пусть Солнце потухнет и Земля превратиться в замерзшую глыбу, но сверхновая КЕ-7035 будет существовать.

Старик посмотрел на Ио:

– Хорошо, пусть будет по-твоему. Ровно в 12 ночи, когда Звездочет прильнет к телескопу, ты превратишься в сверхновую. Но если ты вдруг передумаешь, достань из конверта приглашение в Сорбонну, и я буду знать, что ты передумала.

Ровно в двенадцать ночи на небе вспыхнула новая сверхновая. Первым открывателем ее стал Джеймс Карбоу, по прозвищу Звездочет. В честь девочки, приносящей ему обеды и ужины, Джеймс назвал новую Сверхновую «Ио».

Прошло много лет, у Джеймса – любимая жена, трое детей. Две девочки и мальчик. Скоро Джеймсу стукнет сорок, но все равно каждую ночь он выходит на улицу, чтобы полюбоваться на Ио, сверхновую, которую ему посчастливилось открыть.

Девочку Ио Джеймс уже почти совсем забыл. В ночь, когда появилась сверхновая, она пропала. Ио долго искали, даже Джемс принял участие в поисках, но так и не нашли.

Два раза в год Джеймсу встречается странный старик. Он долго смотрит на него и, не произнеся ни одного слова, грустно идет прочь. Джеймс долго думал над тем, что дни, когда он встречает старика, всегда попадают на день взрыва КЕ-7035 и день его приезда в небольшой городок, затерянный в горах Гималаев.

*   *   *

Тина открыла глаза. На улице был уже день, в номере никого не было. Вчера они с папой и мамой до четырех утра смотрели на падающие метеориты и звезды. Желания она не загадывала, поскольку все равно не успеть. "Какой странный сон мне приснился". Тина встала, сходила в туалет, почистила зубы, приняла душ и вышла во двор. На скамейке у клумбы сидел папа, в одной руке он держал яблоко, на вторую был намотан поводок. Когда поводок натягивался, папа вздрагивал и открывал глаза и тут же закрывал их опять. Лешка на конце поводка рассматривал цветочки, и время от времени срывал один из них и клал в кучку. Тина помнила сквозь сон, что часов в семь проснулся Лешка и стал настоятельно требовать, чтобы с ним кто-то играл.

Тина подошла к папе:

– Исаак – всегда, когда у Тины возникал серьезный вопрос, она называла папу по имени, – ты знаешь что-нибудь про сверхновую КЕ-7035?

– Конечно, – откусывая большой кусок от яблока, ответил папа, – ее открыл лет 20 назад малоизвестный в то время астроном Джеймс Карбоу. Она, кстати, послужила доказательством его теории формирования сверхтяжелых звезд. После взрыва КЕ-7035 Звездочет, так все прозвали Карбоу, назвал ее «Ио». Слушай, а откуда ты знаешь про КЕ-7035? – подозрительно уставился на Тину папа.

– Мне подушка рассказала.

Исаак засмеялся:

– Ладно, пойдем в дом, ты, небось, уже проголодалась.

Исаак натянул поводок, и Лешка оказался рядом.

– Папа, когда приедем, давай обязательно возьмем мне книжку «Три Товарища» Ремарка.

От неожиданности Исаак подавился яблоком.

*   *   *

Подушка стояла углом. Верхний ее кончик, вытянувшись насколько это было возможно, внимательно следил за происходящим за гостиничным окном. Три остальных с нетерпением смотрели на него.

– Ну как? – сдавленным голосом выдавил из себя смятый тяжестью книги, левый угол подушки. Верхний угол не ответил.

– Ну что там? – повторил левый угол подушки.

Верхний угол повернулся:

– Наша Тиночка, – ушко загадочно улыбнулось, – будет, будет...

– Не тяни, что будет? – нетерпеливое ушко от волнения подалось вперед.

– Наша Тиночка с папой будет читать, – ушко не могло больше сдерживаться и радостно выпалило, – «Три товарища».

"Ура! – закричали ушки, – Наша хозяйка будет читать «Три товарища» – и они с шумом стали обсуждать эту новость.

Взрослый ты человек или маленький, волшебная подушка или просто рваный ботинок, нет большей радости знать, что человек прислушался к тебе, что он последовал твоему совету.

– Тише вы! Раскудахтались. Помните, что стало с письменным столом, когда он нарушил декрет секретности?

Кончики подушки вздрогнули, и через секунду подушка уже ничем не отличалась от обычной среднестатистической подушки, которую можно купить в любом большом супермаркете за пять долларов.

Тина начинает читать «Три Товарища» Ремарка

Прошло несколько дней, Тина читала «Три товарища» Ремарка. Ирис была против чтения этой книги, считая ее слишком взрослой для восьмилетней девочки. Исаак был с ней согласен, но поскольку в детстве был вундеркиндом, то есть скакал из класса в класс, и окончил школу не в 17 лет, как нормальные дети, а в четырнадцать, считал, что – думать не запретишь – и Тинка сама должна убедиться, что «Три товарища» не для нее. "Ладно, – сказала Ирис Исааку, – пусть попробует, но с условием: на вопросы будешь отвечать ты", и пошла с Тиной в библиотеку.

Так начались бесконечные разговоры Исаака с дочкой. Тина читала вслух Исааку страницу и отмечала карандашом места, которые были ей непонятны. После чего Исаак, читал эту же страницу вслух сам, и, доходя до подчеркнутого места, объяснял смысл слова, или предложения. Если Тину удовлетворяли объяснения, он читал дальше, если нет, Исаак читал ей небольшую лекцию из истории первой четверти 20-го столетия. Если Исаак видел, что какое-то место Тина пропустила, тогда он либо обращал ее внимание на него, либо, считая, что она еще не доросла, пропускал. Но таких мест было мало, особенно вначале. Чтение книги Ремарка занимало все свободные вечера, так что Исааку приходилось решать задачи для глупых студентов до поздней ночи. Но если честно, общение с Тиной доставляло Исааку огромное удовольствие "Всегда приятно поговорить с умным человеком", – говорил он Ирис, когда она заходила в детскую со словами: "Хватит, Исаак, ребенка мучить, Тине пора спать!".

В семье Исаака и Ирис, как и во многих интеллигентных семьях, было разделение: папа отвечал за интеллектуальное развитие ребенка, мама за все остальное. Когда дело касалось уроков, отношений со сверстниками, неприятностей в школе Тина советовалась с мамой, все отвлеченные темы лежали на Исааке. У Тины, как и у многих талантливых детей, была сильно развита наблюдательность, она многое подмечала и, лежа в постели, обдумывала. С детьми Тина дружила хорошо, в ней каким-то образом уживалась детская искренность и вполне сложившийся трезвый взгляд на мир. Она жила в двух независимых мирах одновременно, и это отличало ее детство от детства Исаака, который в силу своего перепрыгивания через класс всегда должен был общаться с детьми на два-три года старше.

Пока Тина была в школе, ушки Мишиной подушки беспрерывно спорили, какие истории рассказывать Тине. Две из них считали, что она должна слушать сказки для взрослых, две другие – что Исаак и так слишком много ей рассказывает из взрослой жизни, поэтому она должна слушать детские сказки. В конце концов, возобладало мнение, "Дать ребенку нормальное детство" и повременить со сказками для взрослых.

На совете четырех было принято решение рассказывать Тине сказки, объединенные одной сюжетной линией. Но, поскольку сказка, под страхом смерти, должна быть рассказана волшебной вещью до конца (таков был закон, принятый на первом съезде волшебных вещей), подушка обратилась в «Комитет рассказчиц и предсказателей» с вопросом: не нарушают ли сериалы это правило. Через несколько дней был получен ответ, что в принципе "Да, нарушают! Но если очень хочется, то можно". В письме было сказано, что каждая серия должна быть вполне самостоятельной, то есть иметь начало и конец. После полученного письма ушки в течение нескольких дней разработали сюжет сериала и утвердили его тайным голосованием.

Декрет о секретности

Было это в те далекие времена, когда люди верили в Скатерти-Самобранки, Сапоги-Скороходы, Неразменные-Пятаки, в джинов в лампах, исполняющих только три желания, верили в волшебные палочки и многие другие волшебные вещи. И, что удивительно, эти вещи действительно существовали, иногда они приносили людям горе, иногда счастье – все зависело от того, в чьих руках они были, чьи желания они исполняли. Если Сапоги-Скороходы оказывались у вора или разбойника, то догнать его было невозможно, но, если они оказывались в руках, точнее на ногах почтальона или врача, то пользу приносили огромную. Стоило Скатерти-Самобранке оказаться в руках обжоры, как он вскоре умирал от переедания, зато во время голода Скатерть-Самобранка могла спасти сотни людей.

И вот однажды, тысячу лет назад или, может быть, две, волшебные вещи решили положить конец своей рабской зависимости от людей. Решили они собраться в укромном месте, так чтобы ни один человек не мог их случайно обнаружить. Рыба, Рак да Щука предлагали дно океана, их в этом поддерживала Чудо-Юдо-Рыба-Кит. Но Волшебные Палочки были категорически против, они считали, и вполне справедливо, что их волшебные свойства от огромного давления и соленой воды могут пострадать. Сапогам- Скороходам, Скатерти-Самобранке и Волшебной Флейте тоже не понравилась идея провести Съезд Волшебных Вещей на дне океана. Были предложения провести съезд на Северном Полюсе, на вершине Джомолунгмы, в Гренландии и многих других, скрытых от людей, местах. Прийти к единому мнению оказалось не так просто, как вначале казалось организаторам съезда, Топору-Саморубу и Плащу-Невидимке. Когда казалось, что идея съезда провалилась, Неразменный-Пятак предложил встретиться внутри Чудо-Юдо-Рыбы-Кит, "Там тепло, сухо и почти не качает". Все сразу поняли всю нелепость спора и решили встретиться в одну из безлунных ночей в Австралии, в Долине Змей. Идея всем сразу понравилась. Во-первых, место было недоступно для людей, во-вторых, климат в этой части Австралии всегда умеренный, мягкий, ласковый и, в третьих, что не менее важно, змеи всегда дружелюбно относились к волшебным вещам. "Змеи говорить не могут, у них даже ушей нет, поэтому рассказать о нашем съезде они никому не смогут", – этот довод Топора-Саморуба убедил всех окончательно. Было принято решение собраться через месяц, 12 апреля.

И вот Скатерти-Самобранки, Топоры-Саморубы, Волшебные Палочки, Дудочки-Певуньи силой своего волшебства оказались в самом центре Австралии в Долине Змей. Когда ответственный секретарь конгресса, Плащ-Невидимка, под аплодисменты присутствующих, объявил съезд открытым и предоставил слово председателю конгресса Топору-Саморубу, в небо взвились ракеты, конфетти и новогодние игрушки. Подождав пока все утихнут, Топор-Саморуб поднес к лезвию магический рупор.

– Я очень рад, что все волшебные вещи, существующие на Земле, откликнулись на наш призыв собраться вместе, и обсудить накипевшие за три тысячи лет проблемы, что никто из вас не сослался на занятость, поломку и прочие житейские трудности. Я рад видеть вас всех. – Волшебные вещи дружно зааплодировали. – Что я вам хочу сказать, дорогие мои друзья, – Топор-Саморуб еще выше приподнялся над председательским столом. – Так больше жить нельзя! – и с такой силой ударил по столу, что расколол его на две части. Слабонервные Шептуньи-Сережки, Шапки-Невидимки и Перчаки-Все-Умелки завизжали от страха. – Я предлагаю, – не обращая внимания на их визг, продолжил свою речь Топор-Саморуб, – создать комиссию, которая будет следить за тем, чтобы мы, волшебные вещи, к плохим людям не попадали.

"Правильно! Правильно!" – закричали волшебные вещи. "Сколько мы можем служить подлецам и проходимцам?" – громко возмущались Шапки-Невидимки и Ключи-Все-Открывалки, им больше всего доставалось от разбойников и воров.

– Нет, так не пойдет! – взвился вверх весьма потертый Ковер-Самолет. Наступила тишина. Все знали и уважали Ковра-Самолетыча за разумные советы и справедливость. – Мы существа несвободные, мы не можем выбирать, кому служить. Правильно я говорю Джин в лампе Алладина?

– Правильно, – поднялся из носика лампы Джин, – сколько я для дураков и завистников золотых дворцов понастроил, сколько хрустальных мостов перекинул, сколько им красавиц принес – не счесть. Не мог я не ослушаться их желаний, ибо в выполнении прихотей людей и состоит моя волшебная суть. Поэтому прав Ковер-Самолет, созданная нами комиссия не сможет ничего изменить, ничего исправить. – В долине, где проходил съезд, наступило тягостное молчание. – Единственное, что мы можем сделать, – Ковер-Самолет обвел всех взглядом и улыбнулся, – Плохих людей убрать с Земли, оставить на ней только хороших.

Все засмеялись: мысль о том, чтобы убить человека, была лишена всякого смысла.

Джин выдулся из лампы Алладина и завис над обломками председательского стола.

– Значит так, – он поднял вверх свою могучую руку. Смех мгновенно прекратился. – Единственное, что мы можем сделать, это разработать декрет о секретности.

Волшебные вещи стали переглядываться: какой декрет, какая секретность? Джин опять поднял руку. Наступила тишина.

– Мы не можем сделать так, чтобы мы попадали в руки только порядочных и честных людей, не можем предотвратить того, чтобы нами владели злодеи, лицемеры, жадины, воры. Мы должны выполнять желание любого человека, который нами владеет – это закон волшебного мира. Декрет о секретности должен регулировать наши взаимоотношения с реальным миром. Запрещать, например, волшебным вещам рекламировать себя, рассказывать кому-либо о своих возможностях. Мы, – Джин из Лампы Алладина стал еще больше и сейчас уже напоминал грозовую тучу, – должны вести себя так, чтобы люди воспринимали наши действия как случайности.

Наступило молчание.

– А как же люди узнают, – растерянный голос Волшебного-Зеркальца прервал тишину собрания, – что я могу показать им любую точку на Земле, если не скажу им волшебные слова, которые следует произнести?

– Вот на такие вопросы и должен отвечать Декрет о Секретности. – сказал Джин и, уменьшившись до своего нормального размера, оказался на носике лампы Алладина.

– Верно, – поднялся со своего места Топор-Саморуб, – надо разработать Декрет о Секретности, чтобы каждый знал, что он может делать и что не может, и какое наказание его ждет, если он нарушит этот декрет.

Все загалдели, и Топор-Саморуб, чтобы остановить галдеж принялся нещадно рубить председательский стол. Когда все немного успокоились, Топор-Саморуб поднес к лезвию магический рупор:

– Нужно нам разделиться на комиссии по волшебным свойствам. В одну войдут летающие волшебные средства, в другую маскирующие, в третьи ясновидящие, в четвертую исполняющие желания... Каждая комиссия разработает свои предложения, которые мы и обсудим завтра во второй половине дня. А сейчас давайте выберем председателей комиссий.

Так начал свою работу первый в истории волшебного мира конгресс волшебных вещей. Через три дня после напряженных дебатов, Декрет о Секретности был принят. В основу его были положены два основных принципа. Первый: Запрет на рекламу. Любое намеренное раскрытие своих свойств карается смертью, то есть лишением вещи ее волшебной сути. Второй: Все волшебные действия должны происходить в секрете от людей, то есть таким образом, чтобы они выглядели как случайности. В декрете было прописаны правила поведения волшебных палочек, ковров-самолетов, шапок-невидимок, зеркал-всезнаек, учтены были все особенности волшебных вещей. Декрет был принят единогласно и сразу стал законом волшебного мира. По завершении работы конгресса волшебные вещи устроили праздник, на котором каждая могла продемонстрировать свои возможности[2].

* * *

Тина проснулась с хорошим настроением, она научилась запоминать свои сны и с удовольствием рассказывала их маме и Лешке за завтраком. История о конгрессе волшебных вещей Маме и Лешке понравилась, и они сказали Тине, что с нетерпением ждут ее продолжения завтра. Папа обычно вставал часов в восемь, когда мама уже везла Тину в школу, поэтому Тининых историй не знал. Исаак может и вставал бы пораньше, но решение задач для глупых студентов часто затягивалось до глубокой ночи. На работу Исааку нужно было быть к девяти, а дорога на машине занимала не больше пяти-шести минут, поэтому он и давал себе возможность выспаться.

Сказка о том, как волшебный стол, стал обычным обеденным

Люди часто настолько привязываются к своим вещам, что считают их живыми существами, наделяя их чувствами и мыслями. Вещи, как и люди, тоже привязываются к тем, кто их любит, но об этом никто не знает. Когда люди покидают их или долго не касаются, вещи начинают страдать: покрываются трещинами, краска с них сходит, чувство брошенности всем неприятно. Поэтому вещи, как и люди, в одиночестве начинают искать себе друзей, тех, кто может их выслушать и посочувствовать. Если вы ночью слышите чьи-то вздохи и скрипы, знайте, это покинутые людьми вещи жалуются друг другу на свою нелегкую жизнь.

---

[2]Пояснение автора: В волшебном мире, как и в природе, есть свои законы. Главный из них заключается в том, что если волшебные вещи единогласно договариваются о чём-то, то их договор автоматически становится законом волшебного мира. Но в отличие от закона Кулона, описывающего притяжение и отталкивание заряженных частиц, законы в волшебном мире носят скорее юридический характер, чем естественный, нарушившие его автоматически подвергаются наказанию.

Огромный, вишневого дерева письменный стол никому не жаловался, он гордо возвышался в чулане для ненужных вещей. Поломанные стулья и старый компьютер пытались разговорить стол, узнать, как он оказался здесь, в этом темном покрытом паутиной месте, но стол не отвечал. И что он мог им сказать? Что когда-то был волшебным столом и помогал людям писать гениальные произведения. Что на его гладкой поверхности лежали руки великого Дюма, Рабле, Андерсена, Толстого, что каждый раз, садясь за него, они проводили по нему рукой, чтобы дать знать ему, что они здесь, что любят его, узнать его настроение. Стол всегда готовился к встрече с писателем, заранее продумывал сюжеты, линии героев, их характеры, и когда тот брал в руку перо или ручку, щедро делился с ним своими идеями.

Некоторые писатели любили работать утром, часов в пять они подходили к нему, ставили на его поверхность большую свечу или лампу, клали на стол исписанные прошлым утром листы бумаги, и начинали писать. Другие были «совами» и садились за него вечером или поздно ночью и работали до утра. Волшебный стол любил всех, возможность выразить себя через писателя была его радостью. Писатели отвечали столу привязанностью. Когда чья-либо жена или мать начинали указывать писателю, как и что писать или, что стол старый, и пора его менять, волшебный стол замирал. Помучившись день-другой, писатель принимал сторону стола и уже никогда не давал его в обиду. Но это было в прошлом.

Так случилось, что последним хозяином волшебного стола оказался не писатель, а поэт. С поэтами стол еще никогда не работал, поэтому принял его появление за собой настороженно. Длинные, тонкие, как у хирурга, пальцы поэта прошлись по выщербленной временем поверхности стола и, сцепившись, успокоились на ней. Волшебный стол всегда чувствовал человека по его рукам. Вот и сейчас он понял, что поэта мучает то, что живет он в плохонькой квартире, что денег нет и, может быть, придется съезжать и с этой, что молодая красавица отказала ему во внимании. Ей, видите ли, не понравились его стихи, она их назвала школьными. Стол знал эти стихи и был, в общем-то, согласен с девушкой, они действительно были школьные, хотя и складно сложены. Волшебный стол, как и любая волшебная вещь, всецело принадлежал своему хозяину и должен был выполнять его указания независимо от своего отношения к ним. "Ну что ж, для начала напишем стихотворение, посвященное надменной красавице", – произнес стол. "Ну что ж, для начала напишем стихотворение, посвященное надменной красавице", – произнес поэт, взял ручку и принялся за работу. Если честно, поэт он был посредственный, поэтому столу приходилось по несколько раз надиктовывать ему строчки, чтобы он их правильно записал. Через час лист перед поэтом был исчеркан вдоль и поперек, но стихотворение было написано. Поэт перечел его. "Ай да молодец", – сказал он себе, взял чистый листок бумаги и переписал красивым с завитушками почерком. Затем вложил его в конверт, написал на нем адрес, приклеил последнюю оставшуюся у него марку и пошел на почту.

Андреа только проснулась, когда ее позвала мама. "Зайди ко мне!", – просунув голову в спальню, приказала она. Андреа было почти двадцать, но мама считала своим долгом следить за дочерью, ей совсем не хотелось, чтобы ее девочка стала самостоятельной и покинула дом, как ее два старших сына. Она понимала, что это глупо, контролировать дочь, но сделать с собой ничего не могла. "Мам, сейчас приду", – ответила Андреа и, вскочив с кровати, подбежала к зеркалу. "Хороша", – сказала она себе и стала быстро одеваться. Поэт, приударивший за ней, стал назойливым. Вчера целый вечер сидел у нее в гостях и своими детскими стихами ей жутко надоел, но маме он чем-то понравился, и она не хотела его отпускать. "Нет, надо с этим кончать", – решила Андреа и, поправив локон, пошла в гостиную, где мама уже накрыла завтрак.

– Кстати, тебе письмо от твоего поэта. Он правда бедный, но очень мил. Знаешь, многие великие тоже в юности были бедны, но потом, когда их узнавал мир, жили совсем неплохо.

– Да бросьте, мама. То великие, а это..., – договорить она не успела. Стихотворение, которое ей прислал поэт, было совсем другое, в нем была страсть замешанная на красоте слов. Андреа взяла конверт. "Нет, обратный адрес был именно его".

– Что, опять твой поэт прислал стихи.

– Да, мама, но это совсем другое. Будто совсем и не он писал.

– Я всегда говорила, что ты недооцениваешь молодых людей. Твой поэт мне сразу понравился, такой галантный, вежливый, и стихи у него такие складные, так и стучат, как барабанные палочки.

Андреа еще раз прочла письмо.

– На, мама, прочти.

Мама взяла листок и прочла.

– Да, это совсем не барабанные палочки. – Протягивая листок дочери обратно, сказала мама. – Откуда у него это?

Андреа выпила кофе. Сегодня была суббота, и идти в университет необходимости не было. Она взяла письмо и пошла к себе в комнату. "И как это она, за месяц знакомства с Пьером, не распознала в нем такой замечательный талант?". Андреа безумно любила талантливых людей, они действовали на нее как наркотик. Себя же она считала способной девочкой и не больше. В своей комнате, она улеглась на диван и еще раз прочла стихотворение. "Не может быть!" Андреа была, несмотря на мамину опеку, человеком решительным, она взяла трубку и позвонила поэту домой.

– Пьер это Вы написали стихотворение, которое мне прислали? – Вместо ответного "Привет!", спросила она.

– Да, я! – услышала она растерянный голос.

– Очень странно, и как это Вам удалось?

Пьер молчал, видно, он не знал, как ответить на этот странный вопрос.

– Ну, как? – наконец он выдавил из себя. – Сел за стол и написал. Вчера купил новый стол у старьевщика. Он отдал его почти даром, сказал, что занимает слишком много места. Вчера днем сел за него и написал, – голос поэта звучал растерянно.

– Хочу Вам сказать, уважаемый Пьер, что это стихотворение совсем другое, чем те, которыми Вы меня мучили последний месяц. Если и дальше будете так писать, то я, пожалуй... – Андреа, запнулась, – пойду с Вами в кино..., – и засмеялась своим нелепым словам.

Теперь поэт писал по несколько стихотворений в день, и все они были отмечены знаком истинного таланта. Постепенно Пьер стал модным молодым человеком, а Андреа стала бывать у него в гостях. Несколько престижных сборников поэзии напечатали его стихи, и материальное положение поэта поправилось.

"Видишь, я тебе всегда говорила, что в Пьере есть талант, но ты этого не замечала", – часто говорила мама, довольная, что оказалась права. Единственный, кто не был рад успеху Пьера, был сам стол. Пьер никак не хотел учиться, вернее он старался, но у него ничего не получалось, и столу приходилось все делать самому. Радовала волшебный стол только Андреа.

Когда она в первый раз положила свои маленькие ручки на его поверхность, волшебный стол, если бы был человеком, задрожал бы от переполнивших его чувств. Андреа обладала талантом огромной силы, и служить ей было бы честью. Но он принадлежал посредственному поэту, и надеяться на то, что когда-нибудь он окажется в руках Андреа не приходилось. Пьер по-своему любил свой стол. Каждый раз, перед тем как сесть за него он внимательно его осматривал и протирал влажной тряпкой. Столу это не нравилось, в заботливости Пьера было что-то от жокея средней руки, но поделать он ничего не мог и философски относился к ухаживанию хозяина.

Через месяц Пьер догадался, что причиной того, что он стал писать хорошие стихи, является стол. Всегда, когда волей обстоятельств ему приходилось писать вне дома, стихи выходили как барабанные палочки.

Дело шло к развязке, через полгода была назначена свадьба красавицы Андреа и молодого преуспевающего поэта Пьера Ришара. С приближением свадьбы хозяина и Андреа волшебный стол стала все чаще охватывать паника. Пьер ничему не учился, он всецело полагался на стол, и к тому же хвастался своим талантом. Была еще одна причина. Волшебному столу все больше и больше нравилась Андреа, и от этого стихи, выходящие из-под пера Пьера, были все лучше и лучше. О нем уже поговаривали как о новой восходящей звезде французской поэзии. Приходя в гости к поэту, Андреа всегда выбирала место за его столом и, гладила своими мягкими ручками его поверхность. Однажды она даже предложила продать его ей. "Пьер, ты пишешь гениальные стихи. Тебе все равно, где их писать. Отдай этот стол мне, или, если хочешь, я у тебя его куплю. – Пьер молчал. – Ну, тогда назови цену. Я тебе заплачу столько, сколько ты скажешь. "Стол не продается – отрезал Пьер. – И к тому же, скоро ты станешь моей женой, и стол будет принадлежать нам обоим". Волшебный стол хотел сказать, что волшебные вещи могут иметь только одного хозяина, поэтому, пока Пьер не подарит его Андреа или не продаст, стол будет принадлежать ему и не сможет выполнять ее желания, как бы он этого не хотел. Произнести эту фразу волшебный стол не мог, потому что это было бы нарушением Декрета о Секретности, после которого он был бы лишен волшебных свойств.

Накануне свадьбы Андреа зашла к Пьеру. Ей было не по себе, и она решилась дождаться Пьера у него дома. Несколько дней назад они обменялись ключами как символами их будущей совместной жизни. Андреа села за стол и, незаметно для себя, заснула. Волшебный стол был в ужасе: эта замечательная талантливая девушка выходила замуж за посредственного поэта и человека, который за полгода общения с ним, так ничему и не научился. Сейчас голова ее лежала на его поверхности, и он не знал, что делать. Неожиданно она подняла голову. "Как я сладко спала, словно в детстве, когда мне мама рассказывала сказки". Она потянулась и хотела уже встать, как в ее ушах раздался приятный мужской голос.

– Послушай меня, милая девушка, ты не должна выходить замуж за Пьера, потому что стихи тебе писал не он, а я!

Андреа в страхе оглянулась, в комнате кроме стола и книжных полок ничего не было.

– Стихи писал тебе я, Волшебный стол.

– Ты? – удивилась девушка и уставилась на красную поверхность стола.

– Да, я. Слушай. – И стол стал читать ей стихи, которые написал за последние полгода Пьер. Во время чтения бедная Андреа несколько раз щипала себя за нос, звонила маме, чтобы убедиться, что это не сон.

Часы пробили девять. Пьер сказал, что придет после 12 ночи, или даже позже, сегодня у него была холостяцкая вечеринка.

– У меня нет времени. – неожиданно прервал чтение стихов Волшебный стол, – В двенадцать ночи я умру.

Стол хотел сказать еще что-то, но Андреа перебила его:

– Почему?

– Потому что я нарушил декрет о секретности, и моя жизнь, как волшебной вещи, прекратится, когда часы пробьют двенадцать.

– И кем же ты станешь? – участливо спросила девушка.

– Обычным деревянным столом, неспособным ни на что, как только стареть в комнатах или в чулане для старых вещей.

– Что я могу сделать для тебя? – участливо спросила девушка.

– Я хочу передать тебе часть своих знаний, научить тебя писать стихи. Полгода я старался обучить этому твоего жениха, но мне это так и не удалось.

– И что я должна сделать?

– Сосредоточься на самом замечательном, что было в твоей жизни, – сказал стол.

Андреа уселась поудобнее и закрыла глаза. Прошла минута, другая и вдруг она увидела первую свою поездку на пароходике по Сене. Ветер, блеск воды, цвета зданий медленно проплывающих мимо людей. Чувства захватили ее, и в голове зазвучал мягкий баритон. Стихи были классные, в них было все то, что она видела, чувствовала тогда, 15 лет назад, слова сцеплялись друг с другом, создавая волшебный мир, который жил, дышал, в нем было все.

– Молодец! – сказал Волшебный стол. Ты схватила главное. Теперь пойдем дальше. Девочка шла по изгибам своей памяти, то перепрыгивая далеко назад, то двигаясь вперед, и каждая остановка сопровождалась стихотворением. Прошел час, второй, Андреа вдруг заметила, что к мужскому голосу присоединился женский, сначала он звучал еле слышно, но с каждым новым стихотворением был все громче и громче.

– Что это за голос? – спросила она у волшебного стола.

– Это твой голос, твой собственный. Я хочу, чтобы ты начала прислушиваться к нему, помни, ровно в полночь я умру, и у тебя останется только твой голос, моего уже не будет. Так что прислушивайся к своему, учись им владеть.

Андреа старалась слушать свой голос, но в нем не было той красоты, того знания, которое было в мужском.

– Андреа, прошу тебя, слушай себя. Сейчас научиться слышать свой голос, – это главное. Потом, когда твой голос окрепнет, ты сможешь слышать и другие, но сейчас, я тебя очень прошу, слушай только себя.

Андреа старалась изо всех сил. И вдруг она услышала, как ее голос стал вровень с мужским, они были как единое целое, радость охватила ее. Часы стали бить полночь. С последним ударом в голове остался только ее голос, он плакал, от того, что ему уже никогда не слышать того, кто отдал свою жизнь для него.

Андреа посмотрела на часы. Было пятнадцать минут первого. Она приподнялась, глаза ее были заплаканы. Прощай, мой друг, прощай мой учитель, – она дотронулась до стола, в надежде услышать его, но ей никто не ответил.

Внизу хлопнула дверь и спустя минуту в комнату вошел Пьер. Он был радостен, завтра свершалась мечта его жизни: он женился на Андреа и выходил первый сборник его стихов.

– Ты здесь? – оторопел от удивления Пьер, заметив у окна фигуру Андреа.

– Да. Мне было очень тоскливо, и я пришла к тебе домой. Завтра жду от тебя стихотворение, которое должно украсить наше венчание.

Андреа взяла плащ и пошла вниз. Счастливый Пьер проводил ее до угла, где обычно стояли в это время свободные экипажи.

– До завтра! – махнула Андреа Пьеру. Сердце ее подсказывало, что завтра, какое оно планировалось, уже не наступит, но верить в это не хотелось.

Стол Пьер через неделю продал за ненадобностью в антикварный магазин, получив за него неплохие деньги. Пьер считался молодой звездой Франции и антиквар рассчитывал со временем на нем хорошо заработать, он знал по своему опыту, что всегда найдутся любители поэзии, желающие иметь у себя стол, за которым работал гениальный поэт. Но расчету антиквара не суждено было сбыться. Пьер Ришар так и остался автором одной книги. Сам Пьер, осознав, что без стола ничего собой не представляет, переключился на спекуляции недвижимостью и вскоре, заработав приличный капиталец, стал вести образ жизни обеспеченного буржуа. Стол кочевал от одного хозяина к другому, пока через семьдесят лет не оказался в кладовке для ненужных вещей.

Андреа на удивление легко перенесла расстройство свадьбы с подающим надежды поэтом, Пьером Ришаром, и сама стала писать стихи. Вскоре вся Франция зачитывалась ее поэзией, но это не сделало ее снобом. Вышла замуж Андреа довольно поздно, в двадцать семь, за музыканта, и была счастлива с ним вплоть до своей смерти. Все близкие Андреа удивлялись ее неожиданной привязанности к людям с красивыми баритонами, но откуда она взялась, никто толком не знал, а объяснять она категорически отказывалась. У Андреа была еще одна странность: она тратила уйму времени в антикварных и прочих магазинах, где можно было купить подержанную мебель, причем ничего никогда не покупала.

*   *   *

Когда Тина закончила рассказывать сказку, она увидела в дверях папу, он стоял в трусах и в майке и смотрел на нее, выпучив глаза. Мама тоже смотрела на нее, из глаз ее лились слезы. Папа посмотрел на часы. "Черт, опоздали в школу!" "Еще семь минут, успеем" – подымаясь из-за стола сказала Ирис в отличие от Исаака, она могла в такие минуты оставаться спокойной и контролировать происходящее. Тина скатилась со своего высокого стульчика, схватила приготовленный с вечера рюкзак, папа сунул ей в руку пакет с бутербродом и соком. Тина, посмотрела по сторонам.

"Мама в машине!" – крикнул папа, отворяя ей дверь.

"А Лешка?"

"С Лешкой я".

Тина выскочила и пулей влетела в уже открытую дверь. Машина с ходу взяла скорость и понеслась в школу. Мама ничего не говорила, все ее внимание было сосредоточено на дороге. Неожиданно она резко затормозила, так что Тинка, если бы не ремень, ударилась о лобовое стекло. Машина шла медленно, 15 миль в час. "Школьная зона" – пояснила мама. Успели они за 30 секунд до начала уроков. "Вечером состоится разбор полетов" – сказала Ирис вместо всегдашнего "пока", и поехала домой.

Разбор полетов ничего не дал: Тина упорно утверждала, что ей сказку рассказала подушка, когда она спала.

Три товарища

Лешка медленно, но упорно рос. Теперь он не только с визгом бегал за каждым, кто ему нравился, а еще и пытался в чем-то его убедить или, по крайней мере, заставить выслушать. Понимать Лешку было сложно: только Ирис, по каким-то неясным для нее самой признакам догадывалась, что он хочет сказать.

Чтение Тиной «Трех Товарищей» через месяц превратилось в долгосрочный проект, который обещал закончиться не ранее, чем через полгода. Тина часто отвлекалась. Ее увлечения напоминали бурные романы эпохи серебряного века русской поэзии, она так же, как и молодые поэты, не могла противостоять своим желаниям и страстям. Когда на нее накатывало, она бросала все и заставить ее заниматься чем-то полезным было невозможно. Если Исаак хоть как-то пытался упорядочить жизнь дочки, придать ей направленность, то Ирис – нет. Однажды в парке, где он прогуливал Лешку, Тинка, увлеченная очередной книгой, гулять отказалась, Исаак пожаловался Мише, что дочка абсолютно его не слушает, и, даже, все делает наоборот.

– Она пьет водку? – нахмурив густые нависавшие на глаза брови, спросил Миша.

– Нет, она еще маленькая! – Засмеялся Исаак.

– Она гуляет с мальчиками?

– Нет. Тинка до этого еще не доросла.

– Она все время проводит у зеркала?

– Нет! – Исаак включился в игру.

– Она беспрерывно смотрит мультики и играет в глупые стрелялки?

– У нас нет телевизора, а компьютер Тинка не любит.

– Так на что ты жалуешься? – Миша не мог сдержаться и расхохотался во все горло.

– Действительно, на что? – Исаак посмотрел на Мишу и присоединился к нему.

– Заставить человеческую натуру развиваться равномерно-поступательно, – Миша был серьезен, – если в ней сидит черт – невозможно, даже если это маленькая девочка. Ты, Исаак, не расстраивайся, Тина сама вспомнит о «Трех товарищах». На самом деле, она все держит под контролем, главное, к ней не приставай.

Исаак неожиданно вспомнил себя и свои отношения с отцом, когда был в возрасте дочери. Отец никогда его не заставлял что-либо делать, он вообще стоял в стороне от воспитания детей, на это у него, вечно занятого наукой и студентами профессора, просто не было времени. Но авторитет отца в семье был непререкаем. "Наверное, я слишком демократичен", – покачал головой Исаак. "Знаешь, – прервал его тоскливые мысли Миша, – талантливые дети, как больные собаки или кошки, они сами находят травку, которой им не хватает. Талант очень эгоистичен, он вроде вечно голодного человека, спасибо никогда не скажет. Я это по своему сыну знаю. Так что на благодарности не надейся, – хлопнул Миша по плечу загрустившего Исаака, – потомки, вот кто тебе спасибо скажут!"

К удивлению Исаака, Тинка через три дня после его разговора с Мишей, действительно вдруг вспомнила «Трех Товарищей» и несколько дней они увлеченно читали книгу Ремарка. Потом Тина опять отставила книгу и вспомнила о ней через неделю. "Наверное, Тинка еще маленькая, – решил для себя Исаак, – поэтому быстро насыщается взрослой жизнью и делает перерывы, чтобы совладать с прочитанным".

Однажды Исаак с удивлением сообщил Мише, что Тинка увлеклась компьютером и начала лазить по сайтам. "Чтобы ее обезопасить от порнографии и прочих ненужных вещей, я установил специальную программу блокирующую случайный доступ к порносайтам." Миша удовлетворенно хмыкнул: "Твоя Тинка, когда вырастет, будет ой как парням хвосты крутить. Я им не завидую". В последних словах Миши Исаак уловил оттенок прошлой горечи, но, как человек деликатный, вопросов задавать не стал. "Твоя дочка, человек очень наблюдательный, все на ус мотает. Мозги у нее ой-ой-ой какие. Страшно представить, что в них там происходит. – Миша посмотрел на удивленного Исаака и изрек, – Лет через 10, а может и раньше, твоя дочь станет тебе другом. Моя стала и теперь дает мне советы, как жить", – засмеялся он.

В школе у Тины было много друзей, но среди девочек. К мальчикам она относилась с подозрением, считая их дураками, не заслуживающими внимания. Иногда две или три девочки приходили к Тине домой, и начиналось такое, что лучше об этом не рассказывать. Исаак не мог этого вынести и уходил, куда глаза глядят. Самым простым было построением домиков, шалашей и прочих жилищно-площадных вещей с целью временно в них пожить. Ирис объяснила Исааку, что это вполне естественное желание маленького человечка, каждая обезьяна должна научиться жить на дереве, и за это отвечает инстинкт «домостроения», который есть в каждом нормально развитом человеке. Исаак не спорил, он был человеком разумным и придерживался принципа "в то, что нельзя изменить, лучше не вмешиваться". Про себя же он решил, что произошел от какой-то другой породы обезьян, поскольку желания что-либо строить никогда в себе не замечал.

Что касается рассказов Тины за завтраком, Ирис с Исааком решили, что Тина в школе украдкой читает какие-то истории, а потом выдает их за рассказанные подушкой. Поскольку истории были совсем неплохие, и Тина рассказывала их с видимым удовольствием, Ирис и Исаак решили не настаивать на раскрытии источника.

Простая история

В комнату вошла Тина, она уже приняла душ, и была в пижаме, готовая ко сну. За ней вошел папа, поцеловал дочку в лоб и, укрыв одеялом, пожелал хорошего сна. Лешка не спал, и им занималась мама. Когда Исаак вышел, Тина приподнялась, взбила подушку и улеглась. Еще минута и она спала крепким сном.

– Знаете, дети очень любят сказки, в которых они являются главными героями, – сказало левое ушко, – давайте расскажем сказку про Тину.

– Хорошая идея, – подтвердила левое верхнее ушко, – вот ты ее и расскажешь.

– Я не знаю, – сконфузилось, предложившее ушко.

– Раз не знаешь, то и не предлагай, – ответило левое верхнее ухо и сурово посмотрело на оставшиеся два ушка.

– А давайте расскажем сказку, – правое верхнее ушко сделало паузу, – про Тину и в тоже время не про Тину.

– А как это? Про Тину и не про Тину, – удивились ушки.

– Давайте расскажем Тине сказку про Девочку с красными волосами.

Все ушки недоуменно посмотрел на правое верхнее ушко.

– Ведь Тине снятся сны. Правда?

– Хорошая идея. Сегодня ночью и расскажем, – подытожила дискуссию левое верхнее ушко.

– А можно, я ее расскажу. Ведь это, а предложила, – просительно пролепетала левое нижнее ушко.

– Давай рассказывай. – Сказала левое верхнее ушко, сегодня оно было выше всех и поэтому было за главного.

Таблица умножения

Один мальчик, не будем называть его фамилию, очень не любил математику. Он любил читать книжки, рисовать картинки, он любил маму и папу, он любил бабушку, к которой он чуть ли не каждый день ходил в гости, но математику мальчик не любил, она отскакивала от него как мяч от стенки.

Каждый вечер папа этого мальчика садился и учил его таблице умножения: $2 \times 3 = ?$, $6 \times 8 = ?$, $9 \times 7 = ?$, и так далее. Казалось, мальчик выучил таблицу умножения, он легко мог умножить, например, 7 на 8 или 6 на 4, но утром все улетучивалось, и мальчик не мог умножить даже 6 на 6.

Родители очень огорчались, они не знали, что им делать. Они даже водили сына к врачу, но тот, поговорив с мальчиком, сказал, что с умом у мальчика все в порядке и даже больше. А то, что он не может удержать в голове таблицу умножения и к утру ее забывает, то с этим он помочь не может.

Что только ни придумывали родители, чтобы только их сын выучил таблицу умножения – ничего не помогало. Папа этого мальчика даже решил будить его по ночам, чтобы точно выяснить в какое время ночи таблица умножения испаряется из головы его сына. Но ничего из этого не вышло. Когда бы ни будил папа сына, в час ночи, в два, в четыре ... – сын не знал таблицу умножения ни в четыре, ни в два, ни в час и даже в 12 часов ночи он ее не знал. Но вот однажды утром мальчик вдруг ответил на вопрос папы, сколько будет 6×7, потом сколько будет 3×8, 4×5, короче, мальчик неожиданно для всех стал умножать любое однозначное число на любое однозначное. Что же произошло с мальчиком?

Волшебный порошок

В классе, где учился этот мальчик, училась одна девочка. У нее были ярко красные волосы, зеленые раскосые глаза, лукавая улыбка. Все мальчики этого класса были, что называется, по уши влюблены в эту девочку. Но ко всем она относилась одинаково, она смеялась над мальчиками, делала им рожи, короче, она вполне оправдывала свое прозвище – девочка-колдунья. Она и правда напоминала колдунью – иногда ее лицо заволакивал туман, глаза становились невидящими и даже мертвыми. "Наверное, сейчас она среди своих", – говорили дети. В такие минуты они боялись девочку-колдунью и не трогали ее. Хотя любого другого наверняка бы засмеяли.

Однажды маленькая колдунья подошла к нашему мальчику и сказала: "Вот возьми, — и протянула ему маленькую коробочку, в которой лежал абсолютно черный порошок, — съешь на ночь и ты запомнишь таблицу умножения. Только никому не говори и не показывай порошок, иначе он не подействует". Мальчик оторопел, но коробочку взял и положил в портфель. Вечером, после занятий таблицей умножения, он почистил зубы, поцеловал маму и папу, и уже лежа в кровати, съел порошок.

Ночью мальчику снились цифры, они складывались друг с другом, умножались друг на друга, делились. Во сне мальчик давал ответы, если они были правильными, он ощущал радость, если нет – неутешное горе. К утру перед глазами мальчика возникла огромная таблица умножения, он ходил от одного умножения к другому и вместо знака вопроса ставил ответ. Как раз в тот момент, когда рука мамы коснулась его лба, он давал последний ответ на вопрос: сколько будет 9×9. "81", – написал мальчик и позволил себе проснуться.

Лучший ученик

После второго урока мальчик подошел к девочке с красными волосами и сказал ей радостно:

– Спасибо за порошок. Ты знаешь, я сделал, как ты сказала, и утром я знал таблицу умножения!

– Очень странно, – сказала холодно девочка, – никакого порошка я тебе не давала.

– Ну как же? В маленькой коробочке, – сказал мальчик и полез в карман. Но к своему удивлению, он ее там не нашел.

– Вот видишь, – сказала девочка, – ты все придумал.

Ее глаза были холодны. "Она действительно колдунья", – подумал мальчик. Он еще постоял немного рядом с ее партой и пошел к своей.

Еще несколько раз мальчик пытался заговорить с девочкой-колдуньей, но каждый раз натыкался на холодный взгляд и усмешку. Иногда мальчику казалось, что за всем эти скрывается доброе сердце, желание помочь, и тогда всем своим детским сердцем он стремился к своей девочке-колдунье, но ее демонстративное нежелание разговаривать с ним, принимать его благодарность приводила его в отчаяние.

Так продолжалось довольно долго, больше месяца. Для ребенка восьми лет это очень большой срок. Через месяц девочка ушла из школы – ее родители переехали в другой город. Переживания мальчика, как ни странно, не мешали его успехам в математике. Вскоре он стал лучшим учеником в классе по математике, а дома к радости и удивлению родителей с удовольствием решал с папой математические головоломки.

Уже прошло много лет, мальчик вырос, закончил университет, сейчас он один из самых сильных молодых математиков мира и, наверное, скоро получит Филдсовскую премию – самую престижную премию для математика. Но и сейчас он все еще вглядывается в лица девушек и молодых женщин, он ищет среди них девочку с красными волосами, ярко зелеными раскосыми глазами и насмешливой улыбкой. Если ты, Тина, встретишь ее, скажи нам, мы ему обязательно передам.

*   *   *

– Папа, а я могу в уме умножать двузначные числа на двузначные, – доев хлопья, сообщила Тина.

– Хорошо давай проверим. 11 умножить на 10, сколько будет? – Исаак не поверил, но решил дочку не расстраивать.

– Сто десять.

– А 11 умножить на 11?

– 121

– А 17 умножить 15?

– 255.

– Смотри, правильно, – удивился Исаак.

– Папа, задай, что-нибудь посложнее. Я могу любое двузначное число на любое двузначное умножить.

Исаак взял с полки калькулятор.

Через 10 минут он убедился, что Тина с легкостью, будто это таблица умножения, перемножает любые двузначные числа друг на друга.

Странно, – положив калькулятор на стол, проговорил Исаак, – никогда бы не подумал, что в вашей школе этому учат.

– Это не в школе, этому меня подушка ночью научила, – и Тина принялась рассказывать историю про мальчика и девочку с красными волосами.

Когда она закончила, Исаак, задумчиво сказал:

– У нас в университете, был один парень, очень одаренный математик, ни с кем особенно не общался. Но как увидит девушку с рыжими волосами, встрепенется, побежит за ней. Но только догонит как опять заснет, ну в том смысле, что в свои гениальные мысли уйдет. Ну точно твой друг из сна.

Сказка о сбежавших носках

– Что ж это мы все Тине рассказываем взрослые сказки. Мы же договорились – горячилось левое ушко, – рассказывать ей сказки для детей. Договорились?

– Договорились... – нехотя ответило ей ушко по диагонали.

– И что? – Левое ушко грозно посмотрело вокруг, – мы опять рассказали нашей хозяйке сказку о любви, а ведь ей восемь лет. Что, скажите мне, в жизни ничего кроме любви нет? Да? – Левое ушко по очереди обвело взглядом каждое из трех. Все три ушка виновато свесили свои кончики, им вдруг показалось, что если бы левое ушко могло метать громы и молнии, то непременно метнуло в них по парочке на каждого. – Что, в жизни ничего, кроме любви, случиться не может?

Все три ушка парализовано молчали. Наконец, то, которое было по диагонали от левого, несмело подняло голову:

– Я предлагаю рассказать сказку о носках.

– Про какие такие носки? – спросило левое ушко подозрительно.

– Про простые, которые люди носят.

– Ну, тогда начинай! – улыбнулось левое ушко, и ушко по диагонали начало свою сказку.

Носки не любили своего хозяина, он их подолгу носил и редко стирал. "Ничего, он еще образумится!" говорили они друг другу, мужественными, слегка охрипшими голосами. Носки не жаловались рубашкам, штанам, пальто, модной японской куртке с сотней пуговиц спереди, потому что те были белой косточкой, всегда на виду, и хозяин за ними следил с особой тщательностью.

Когда жизнь носкам стала совсем невмоготу, материя их настолько истончилась, что жизнь их в буквальном смысле держалась на нитке, они решили, что пришло время действовать. Было две возможности: либо в самый неподходящий момент порваться, например, в гостях у чистюли, с которой хозяин только познакомился, но уже безумно любил ее, либо запропаститься, да так, чтобы их невозможно было найти.

После долгих дебатов было решено, не рисковать жизнью, и спрятаться. Но вот куда?

– Давай под кровать, – предложил правый носок, – там темно и хозяин редко туда заглядывает.

– Нет! – возразил левый. – Там он нас быстро найдет. Помнишь, когда у него пропал учебник по программированию, он сразу под кровать полез. Надо найти другое место, более подходящее, вернее, совсем неподходящее, тогда он нас точно не сыщет.

– Давай, тогда за шкаф, – предложил новый вариант правый носок.

– За шкаф, конечно, можно, – левый носок сморщил свою пятку в раздумье, – хозяин точно туда не посмотрит. Но что это будет за жизнь – за шкафом. Темно, одиноко – никакого удовольствия. Нужно спрятаться так, чтобы красиво было, удобно, безопасно, чтобы жизнь перед нами была, как сериал на экране телевизора.

– А зачем? – недоуменно спросил, левый носок.

– Чтобы хоть на старости лет пожить в свое удовольствие.

После долгих дебатов решено было спрятаться за решетку кондиционера. Там всегда обдувало, да и жизнь сквозь решетку хорошо просматривалась. Вся ночь у носков ушла на то, чтобы, помогая друг другу, пролезть в кондиционерную систему. Конечно, была вероятность, что Хозяину вздумается сменить фильтр, но она была очень маленькая и к тому же к кондиционеру подходила широкая труба, которая могла служить укрытием. К утру уставшие, но довольные, что им наконец-то удалось осуществить задуманное, носки заснули. Проснулись они от ругательств хозяина, он тщетно пытался их найти. Носков не было под кроватью, в туфлях, их не было под столом и стулом, их не было даже под шкафом и в холодильнике, их не было нигде. В конце-концов хозяин надел сандалии и полетел в университет.

С приходом в дом Чистюли жизнь в доме изменилась. Бывший хозяин забыл свои дурные привычки, мыл посуду сразу после еды, а не в конце недели, по субботам пылесосил квартиру, причесывался и даже стал пользоваться лосьоном после бритья. Все вещи радовались новой жизни. А однажды, когда хозяйка взяла в руки иголку и умело заштопала на носке маленькую дырочку на пятке, старые черные носки за решеткой кондиционера прослезились. Там, за решеткой, шла нормальная красивая жизнь. Иногда, носки думали, что, наверное, поторопились спрятаться и, может, стоит вернуться, они даже видели в своих снах, как Чистюля аккуратно трет с мылом их друг о друга, потом вывешивает на веревку на балконе, чтобы свежий бриз счастья их обдул, а затем гладит горячим с паром утюгом и аккуратно складывает вместе с другим носками в ящик с чистым бельем. Грезы иногда заходили настолько далеко, что они видели себя гордо смотрящими из-под брюк, молодого красивого человека: весь мир принадлежал им. Очнувшись, они с удивлением смотрели друг на друга, на свои почерневшие от пыли пятки, на пятна и, ничего не говоря, расходились.

– У каждой вещи есть свой срок жизни, и, если он по какой-либо причине затягивается, ее начинают мучить старческие боли и тоскливые мысли. Ты, Тиночка, спросишь: почему?

– Да, – сквозь сон прошептала Тина.

Ушко, которое сейчас нашептывало Тине сказку, глубоко вздохнуло:

– Понимаешь, Тина, у каждой вещи, как и человека, есть свое предназначение, для чего оно создано. Кровать – чтобы на ней спать, ложка – чтобы ею есть, портрет – чтобы сохранить память о человеке. Каждая вещь, если она создана рукой человека, хранит прикосновение его рук, взгляд его глаз, биение сердца. Если она сделано с любовью, то приносит людям радость, а если тяп-ляп, то и жизнь у вещи тоже тяп-ляп.

– А если вещи сделаны на фабрике или заводе? – спросила Тина, не открывая глаз.

Ушко тяжело, вздохнуло:

– Жизнь у таких вещей – сиротская, их не любят по-настоящему. Бывает, конечно, что хозяин сам наполнит фабричную вещь жизнью, но так редко случается. Часто люди забывают, что у каждой вещи есть душа, характер и относятся к ним нехорошо, забывают про них. Не носят туфли, не играют в куклы, не играют на пианино, подаренное к их семилетию. И тогда у вещей, как и у детей, которых не очень любят, начинает портиться характер: они злятся, теряются, жмут, не слушаются, или сбегают из дому, потому что каждая вещь, волшебная она или нет, любит ласку. Помнишь сказку о маленьком принце, которую Джеймс рассказал Ио?

– Да, помню. – Тина покрепче обняла подушку. – У него была Роза, она была очень колючей и большой гордячкой.

– Но принц ее любил, потому что любят не только тех, кто любит нас, любят еще потому что иначе нельзя.

– Я вот очень люблю папу! – Тина вздохнула и шумно повернулась на другой бок. Мама за стенкой привстала, но было тихо, и она сразу заснула. – Почему он мне часто противоречит? Почему он всегда хочет, что бы я делала, как он сказал? Недавно мы с ним планер запускали. Я его сделала из бумаги и картона, а папа на меня накричал, что он летать не будет, потому что у него края должны быть жесткие. Как будто я сама этого не знаю. Я нарочно планер из картона сделала.

– Ну и как, он летал? – поинтересовалось другое ушко.

– Нет, конечно. Но это неважно!

– Понимаешь, Тиночка, – нижнее левое ушко, чуть приподнялось, чтобы хорошо видеть Тину, – ты можешь в это верить, можешь не верить, но в твоем папе, как и в каждом умном мужчине, сидит ребенок. Понимаешь, твой папа в детстве очень много учился, изучал математику, физику, он всех своих сверстников на три года опережал, поэтому и не наигрался в детстве.

– А я и не знала, что он был таким умным, – удивилась Тина.

– А ты у мамы спроси, – ушко растянулось в улыбке, – мама знает. Не зря же она за папу твоего замуж вышла и ему, для радости, тебя и Лешку подарила.

– Ааа! – сказала Тина.

– Слушайте, хватать болтать, я ведь «Сказку о носках» не досказала – встряло в разговор верхнее правое ушко.

–Ай-я-яй – испугались ушки, потому что до рассвета совсем чуть-чуть осталось.

Прошло много, много лет, старые носки уже счет годам потеряли. Все их друзья, с которыми они в дом пришли, давно умерли. Чистюля стала бабушкой, а хозяин из молодого бойкого парня превратился в седовласого профессора университета. Из старых вещей на стенке висят только портреты, нарисованные Чистюлей, когда она только в дом пришла, и фотография, где они с Хозяином в дождь бегут на автобус, это их друг как раз перед свадьбой, снял. В доме порядок, чистота, ухоженность, и еще... ожидание, что откроется вдруг дверь, и войдут дети или внуки, или старые друзья без звонка нагрянут. Часто дом остается один. Чистюля с Хозяином много путешествуют. Иногда к внукам заезжают, да и детей не забывают. Самый большой праздник для Чистюли и Хозяина – подарки всем готовить, они долго обсуждают, что кому подойдет, понравится или нет.

Наверное, и сейчас живут два старых носка в своем кондиционере и смотрят нескончаемый сериал жизни, которая проходит мимо них.

* * *

– Грустная история, – сказал Исаак, – я, пожалуй, пойду приберу в своем кабинете.

– Иди, иди, – засмеялась Ирис, – я тебя уже месяц прошу на своем столе убрать.

– А скажи, папа, это правда, что когда ты в школе учился, был очень умным?

– Почему был? – обиделся Исаак, – я вроде и сейчас ничего.

– Нет, про сейчас я знаю. Ты во сколько лет школу закончил?

– В четырнадцать, – с гордостью ответил папа.

– И что, сразу в университет пошел учиться? – деловито спросила Тина.

– Да. А что еще было делать. – Исаак не понимал, чего это Тинка вдруг, стала интересоваться его детством.

Тина встала из-за стола и пошла в свою комнату.

– Что это с ней? – удивился Исаак.

– Взрослеет, – ласково сказала Ирис.

Из комнаты Тины раздался радостный крик: "Нашла! Нашла!" Через минуту Тина вошла в комнату, в руках у нее был медвежонок, со смешно опущенным ухом и пара носков:

– Папа, это тебе, – Тина протянула Исааку медвежонка, – поставь на свой стол и разговаривай с ним, когда тебе грустно будет – он тебя обязательно поймет. Меня он понимал. Мама, я под кроватью нашла грязные носки, пойду их постираю.

– М-да, – только и мог выговорить Исаак.

Сказка об Иване Царевиче в табакерке

– Папа, почему люди расходятся? – дожевывая печенье, спросила Тина небрежным тоном.

Исаак опустил чашку с чаем. Его брови сошлись к переносице, губы стянулись в ниточку:

– В каком смысле расходятся?

– Живут вместе с детьми, а потом разъезжаются. – Четко сформулировала вопрос Тина и уставилась на Исаака, круглыми как у мамы глазами.

Повисла тишина, даже Лешка притих.

– А, почему, собственно говоря, Тина, тебя этот вопрос интересует? – Прервала общее недоумение Ирис и с осуждением, как будто он в этом виноват, посмотрела на Исаака.

– Тлетворное влияние Мишиной подушки – ответил на взгляд жены Исаак. Он уже решил, что ответит Тине правдиво, но так, чтобы ей это было доступно.– Это, Тина, непростой вопрос, почему люди перестают любить друг друга и разводятся. Наверное, – Исаак посмотрел в окно, в котором был виден кусок голубого неба, – им становится скучно друг с другом жить, не о чем разговаривать, и потом...

– А мне Джона сказала, – перебила Исаака Тина, – что во всем виноваты женщины. У них папа уходит к другой тете, и если бы не она, то все было бы хорошо, и папа не ушел.

– Вот что, Тина, – Ирис, явно не нравился разговор, который завела дочка, – тебе сейчас в школу собираться надо. Понятно? – Тина кивнула головой. – О разводах мы поговорим вечером, после того как закончишь с уроками.

– А вы не собираетесь разводиться? – Тина подалась вперед, в ее взгляде был страх смешанный с жутким любопытством.

Исаак засмеялся:

– Нет, не собираемся. Слушай, откуда ты взяла, что мы с мамой собираемся разводиться?

– Ну... вы иногда так спорите друг с другом, что я и подумала, может вы тоже того, – Тинины глаза заняли пол лица, – собираетесь развестись.

– Вот, что Тина, – не выдержала Ирис, – бери портфель, пакет с едой, нам надо ехать в школу.

Тина встала из-за стола и побежала в комнату.

– У Тины в классе, – ответил на взгляд Ирис Исаак, – из 24 человек, только у пятерых родители не были в разводе. Поэтому вопрос Тины вполне разумный и надо найти на него правильный ответ.

– Мама, я готова. – В дверях стояла Тина с рюкзаком на плечах. – Где мой ланч?

Ирис открыла холодильник и протянула Тине пакет, завернутый в непромокаемую бумагу.

– Лешка, смотри не обижай мне папу! – голосом сержанта спецназа, произнесла Тина.

– Исаак, мы поехали. – миролюбиво сказала Ирис и, взяв с полочки ключи от машины, вместе с Тиной вышла на улицу.

* * *

– Я знаю хорошую сказку. Мы ее лет четыреста не рассказывали, – уголок, зажатый

между щекой и плечом Тины, сморщил свою маленькую остроконечную, головку, – или даже больше – пятьсот.

Три угла подушки повернулись к говорившему кончику.

– Я предлагаю рассказать сказку об Иване Царевиче в табакерке.

– А что, – согласились все, – неплохая идея.

Конец подушки пристроился поудобнее и начал:

В одном царстве, в одном государстве, за дремучим лесом, за пшеничным полем, у дороги стоял домик. В домике этом жила Машенька со своими родителями и бабушкой. По утрам родители Машеньки на работу ходили, а девочка с бабушкой одни оставались до самого позднего вечера. Чтобы девочке нескучно было, бабушка ей сказки рассказывала и грамоте учила. Трудно девочке было грамоту осваивать. И правда, разве легкое это дело в шесть лет буквы в слова складывать, а из слов предложения, да так, чтобы прочесть их можно было. Но вот бабушкины сказки девочка очень любила слушать и запоминала их сходу. Много сказок знала она: и про Курочку Рябу, и про Иванушку Дурачка, и Василису Прекрасную, и Змея Горыныча, и Ивана Царевича на волшебном коне..., но в них не верила.

И вот случилось так, что прошел в той местности ураган. Много домов он порушил, много деревьев сломал, но домик где Маша жила не тронул. Сказала бабушка Маше: "Пойди внученька в лес, пособирай ягодок да грибков, а я огород в порядок приведу, деревья, что ураган поломал, повыкорчевываю".

Одела Машенька непромокаемые сапожки, взяла в руку корзинку и пошла в лес, он как раз за забором начинался. Идет по лесу: там ягодку сорвет, там грибок подымет – с солнышком в переглядки играется. Вдруг смотрит девочка, из орешника старушка выходит, грязная вся, в глине, в земле, мокрая с ног до головы, видно, ураган ее в лесу застал. Говорит старушка:

– Здравствуй, девочка. Помоги мне на дорогу выйти, заблудилась я. Такой дождь был, такой ветер, что не знаю куда шла.

– А что ты мне за это дашь? – спросила Машенька. Она, как и все дети, которых родители балуют, считала, что весь мир вращается вокруг нее, что летом солнце светит, чтобы ей тепло было, а зимой снег падает, чтобы она с горок на санках съезжала, что все: и мама, и папа, и бабушка живут, чтобы ее счастливой сделать.

– Если выведешь меня на дорогу, дам тебе табакерку, – ответила старушка.

– Зачем мне твоя табакерка? – засмеялась девочка. – Ведь я не курю, давай я тебя так из лесу выведу. – Взяла Маша старушку за руку и повела за собой. Всю дорогу, что они по лесу шли, Маша ей рассказывала про родителей, бабушку, про козу Майку, какая она непослушная и упрямая бывает.

Так незаметно вышли Маша и старушка на дорогу.

– Если Вам в Васюки – налево идите, если в город Чернигов то направо. Но идти до Чернигова неделю, так папа говорит. Сама я в Чернигове еще не была, я от папы знаю. Достала старушка из грязного кармана белый платок, развернула его, а там табакерка: до того красивая, что само солнце на ней свой взгляд задержало. Протянула старушка Маше табакерку и говорит:

– Ты свое слово сдержала, и я хочу свое слово сдержать.

– Да что Вы, – застеснялась Маша, – я же так, просто пошутила.

– Маша, табакерка, которую я тебе дарю, не простая, наделена она волшебной силой. Стоит тебе сказать: "По моему хотению, по велению царицы леса полезай в табакерку". И какая большая вещь не будет, откроется крышка табакерки, и вещь скроется в ней. А захочешь, чтобы она наружу вышла, скажи: "По моему хотению, по велению царицы леса, вылезай наружу", она и вылезет.

– А человека можно в нее спрятать? – залюбовавшись искорками от табакерки спросила девочка.

– Можно, – ответила старушка, – Только много там не прячь. Больше двух человек сложно табакерке будет вместить. И вот еще, будь осторожна. Если узнают плохие люди про волшебную табакерку, обязательно захотят у тебя ее забрать. Никому о ней не говори, табакерка только тебя слушаться будет.

Повернулась старушка на каблучке и пропала. Стоит Маша, смотрит на подарок царицы леса и насмотреться не может.

Пришла Маша домой поздно. Хотела ее бабушка отругать, но когда показала Маша, сколько ягод она собрала, сколько белых грибов нашла, не стала. Почистила бабушка грибы и супчик из них сварила. Да такой вкусный, что Маша две тарелки съела.

После обеда пошла Маша к себе в комнату, достала из укромного местечка табакерку.

Посмотрела на грамматику с арифметикой и сказала: "По моему хотению, по велению царицы леса, полезайте грамматика с арифметикой в табакерку". Тут крышка табакерки открылась, книжки в воздух поднялись и, на глазах удивленной Маши, уменьшились, и-и раз и юркнули в табакерку. Крышка захлопнулась.

"Ух ты! – воскликнула Маша. – А теперь: По моему хотению, по велению царицы леса, вылезайте грамматика и арифметика из табакерки". Крышка табакерки открылась, и от туда вылетели грамматика с арифметикой и прямо на стол шлепнулись. Хорошую табакерку подарила мне Царица Леса, никому показывать не буду" – решила Маша.

Прошло пятнадцать лет. Выросла Машенька, теперь никто не звал ее Машкой, Машуткой, а все называли ее Марьей-Красой. И действительно, красоты Маша была необычайной, многие парни на нее заглядывались, только вот не нравился ей никто. Родители не раз и не два ей говорили: "Маша, короток девичий век, замуж тебе нужно. Не будь такой привередливой". Не слушала их Маша, знала она, что где-то живет парень, которого она полюбит всем своим горячим сердцем, всей своей ласковой душой. Так и случилось.

Вышла однажды на дорогу Машенька, Марья-Краса, смотрит, едет по ней парень: молодой, пригожий, как солнце на восходе. Конь под ним горячее самого крепкого вина, так и норовит в галоп пуститься. Но держит его мощной рукой парень, не дает ему норов показать. Подъехал парень к Маше и говорит:

– Здравствуй, красна девица, как зовут тебя?

– Маша. – Ответила Машенька и зарделась, словно цветок маковый. Но сразу в руки себя взяла: челку со лба сбросила и в глаза молодцу посмотрела, – А тебя как?

Улыбнулся парень:

– Иван Царевич. Дай мне Маша воды испить, и мне и коню моему.

Пошла Маша в горницу. А Иван Царевич на домик смотрит, улыбается. Нравится ему: сад ухоженный, дом аккуратный, знать не лентяи в нем живут, а люди хоть и не богатые, да честные и порядочные. Выходит Марья-Краса из горницы, в одной руке у нее ведро с водой для коня, в другой кружка до краев наполненная свежим квасом.

Принял Иван Царевич кружку из рук Машеньки, а они до того мягкие да ласковые были, что не захотел их отпускать, так и выпил квас из рук Машеньки. А выпив, отпустил Машины руки и сказал:

– Много всяких напитков я перепробовал. И в Баварии пиво пил, и в Англии эль пил, и в Киеве мед за праздничным столом пивал. Но такого никогда не пробовал. Спасибо тебе, красна-девица.

Пришпорил он коня, поднял его на дыбы, и только в галоп пустить его хотел, как выхватила Машенька из кармана волшебную табакерку, и как закричит: "По моему хотению, по велению царицы леса, полезай Иван-Царевич, вместе с конем своим в табакерку". Только произнесла она это, как взвился Иван Царевич с конем своим в воздух и в табакерке скрылся. Спрятала Марья-Царевна табакерку в карман и как ни в чем небывало в дом пошла.

Спрашивают ее мать:

– Куда молодец пропал, Машенька? Как увидели мы, как из рук твоих он квас пил, бросились мы с отцом праздничные одежды надевать. Подумали, непременно в дом зайти захочет, а мы в будничном. Только не слышали мы цокота копыт коня его. Если парень в саду ждет, когда мы его в дом пригласим, скажи пусть заходит, мы рады ему будем.

– Нет Ивана Царевича в саду. Не стоит он под яблоней, не ждет приглашения.

– Так, где же он? – развел отец Машеньки руками. – На крыльце, что ли, ждет?

– И там его нет. – Ответила Машенька и погладила рукой в кармане табакерку.

– Тогда, ничего не понимаю. – Удивился отец. – Не в воздухе же он растаял с конем своим.

– А может и в воздухе. – Засмеялась Маша, и пошла в свою горницу.

Как ни звали, отец с матерью Машу чай пить, не пошла она.

Так и повелось с того дня: только солнце коснется края поля, как Маша, желает родителям спокойной ночи и идет к себе в горницу. Долго удивлялись они столь странному поведению дочери. Раньше она, пока часы одиннадцать не пробьют, спать не шла, а сейчас, чуть стемнеет, и нет ее. Даже в привычку себе взяла в горнице своей кушать. Сама яств разных наготовит и к себе несет. На утро косточки в яму сбросит и садится чай пить. Глаза сияют, будто два самоцвета голубых. Проходит месяц другой, третий только видят родители, что Маша их поправляться стала, щеки ее словно два спелых яблока, и грудь округлились. Всполошилась мама "Неужто, наша Маша, себе любовника завела".

– А кто такой любовник? – приподняла с подушки голову Тина. Исаак приучил Тину, задавать вопросы, когда что-то не понимаешь, и теперь она, пока не добивалась для себя полной ясности, не успокаивалась. Рассказывающее ушко в растерянности посмотрело на своих братьев.

– Ну, это, Тина, понимаешь, когда мужчина и женщина живут вместе, но еще не женаты. – Произнесло после продолжительной паузы самое длинное ушко.

– Так же как у Джоны? Там папа жил с мамой и детьми, и имел любовницу. Мне Джона так сказала.

– Тина, слово любовник и любовница происходят от слова любовь. Люди, которые любят друг друга, даже если они не живут вместе, а встречаются изредка, чтобы проводить время, называются любовниками.

– А, – Тина сладко потянулась, – тогда мои папа с мамой тоже любовники, – и поудобнее улеглась на подушку.

– Почему? – прошептало ушко придавленное щекой Тины.

– Они так заняты своими делами, что у них совсем нет времени друг для друга. Только ночью, когда спать надо идти. И то, папа и ночью на компьютере задачи для студентов щелкает. А так, они или со мной и Лешкой, или на работе. Вот Роб с Пат, это другое дело. – Тина обхватила подушку и провалилась в сон.

– Ну что продолжим? – спросило левое ушко.

– Продолжим! – ответили три других.

Не спят родители Маши, волнуются, что будет с нашей бедной Машенькой. Решили они поговорить с дочкой. По утру вошла Маша в горницу, за стол села, и первым делом малосольный огурчик себе взяла. Переглянулись отец с матерью, знают они, что когда девица беременная, ее всегда вначале на соленное тянет, так организм человеческий устроен. Отложил отец вилку в сторону, посмотрел пристально на Машу, потом на жену и говорит:

– Знаешь Машенька, у нас к тебе разговор есть.

Налилась Маша краской, но ничего не сказала, только салфетку в руках крутить принялась.

– Что-то странное с тобой происходить стало. Раньше ты с нами до одиннадцати вечера беседы вела, а сейчас, только солнце зайдет, ты к себе бежишь. И ешь теперь отдельно. Раньше ты никогда готовить не любила, а в последние месяцы, ты готовить стала, как настоящая повариха. И что удивительно, нас с мамой, никогда своей едой не угощаешь. Что случилось, скажи доченька? Не бойся, мы поймем.

Сидит Маша, теребит в руках салфетку, глаз на родителей поднять не может.

Встала мама, подошла к дочке обняла и говорит:

– Знаем мы с отцом, что беременная ты. Скажи нам, что случилось с тобой. Не бойся, мы же тебя любим, из дому не выгоним.

Встала Маша:

– Идемте. Покажу я вам свой секрет.

Ведет Маша родителей в свою комнату. Подходит к тумбочке, и достает из нее удивительной красоты табакерку. Смотрят родители на табакерку, ничего понять не могут.

Откуда такая дорогая вещь у дочки их. Наверное, подарок любовника, подумал отец Маши, но промолчал. Садится Маша на кровать посередине комнаты и говорит: "По моему хотению, по велению царицы леса, выходи Иван Царевич из табакерки". Только сказала она это, как откинулась крышка табакерки, а из нее показалась маленькая фигурка молодого человека. Стал он на глазах расти, пяти секунд не прошло, как предстал перед шокированными родителями Маши прекрасный царевич.

Смотрят родители Марьи-Красы на парня, который четыре месяца назад у их дома остановился и из Машиных рук квас пил и слова от удивления произнести не могут.

– Это Иван Царевич. – тихо сказала Маша и потупила от смущения глаза.

Иван Царевич поклонился родителям Марьи-Царевны и сел на высокий стул.

– А где конь Ваш? – только и смог вымолвить отец Маши.

– Он там, в стойле стоит, в табакерке.

Встали родители Маши и поочередно в табакерку заглянули. И действительно, в правом верхнем углу табакерки стойло организовано, а в нем стоит конь и сено жует. Рядом со стойлом, за перегородкой спальня: кровать стоит, комод из красного дерева, и шкаф для верхней одежды.

– Вот куда наш новый диван пропал и комод со шкафом. – Сказал отец и улыбнулся.

Но не весел Иван Царевич.

– Что с тобой Иван Царевич? – Спрашивает отец Машеньки, – Почему грусть на твоем лице написана, почему в глазах слезы стоят? Не люба тебе наша дочь, Марья-Краса?

– Люба мне Машенька, дочь ваша. Как увидел я ее, у меня сердце так и оборвалось. А когда я из ее рук квасу попил, решил я: будет Машенька женой мне. И только пришпорил я

коня, чтобы скакать к родителям моим, в славный город Житомир, чтобы слали они сватов к вам, взвился я и конь мой в воздух, и оказались мы в табакерке.

– Ну, так что тебе мешает Иван Царевич, сейчас скакать в Житомирское королевство, чтобы обрадовать родителей своих.

– Понимаете, четыре месяца, я в неволе провел. Каждый вечер приходила ко мне дочь ваша Маша, а утром уходила. Горько мне было весь день одному в табакерке быть, как в тюрьме. И люба ваша дочь ко мне была и ласкова, и речами умными развлекала, только все равно чувствовал я себя узником в золотой клетке.

– Почему же ты, доченька, Иван Царевича в табакерке держала? – удивилась мама, – почему нас с ним не познакомила? Или боялась, что не примем мы его?

– Нет, мама, – отвечала потупив взор Маша, – не боялась я тебя с отцом, знала, что понравится вам Иван Царевич. Боялась я его отпустить от себя. Думала: отпущу, а он ускачет в Житомирское царство свое и забудет меня. Вот и держала его в табакерке.

Покачал головой отец:

– Значит, любила ты Ивана Царевича не для него – для себя, Машенька. Нельзя человека в неволе держать, даже если любишь его больше жизни своей. Должен он сам свой выбор сделать. Потому что, когда человек сам свой выбор делает – никогда после не жалеет.

Стоят все четверо, никто слово сказать не может. Вздохнул тяжело отец Машеньки и

молвил:

– Отпусти, Маша, Иван Царевича на свободу – должен он сам решение принять. Нельзя за человека думать и решения принимать, даже, если он дороже тебе жизни твоей.

Зарделась Маша, мотнула головкой своей.

– Не отпущу, отец. Скоро у меня сын будет, от Ивана Царевича, как же он без отца расти будет? Не отпущу.

– Эх, Маша, Маша, – покачала головой мама Машеньки, – не смогла ты повязать Ивана Царевича любовью своей, так теперь хочешь сыном повязать. Нехорошо это, неправильно. Верно отец сказал: "Человек только тогда по-настоящему счастлив будет, когда он сам решение примет, не отец за него решение примет, не мать, не муж, не жена, не старший брат, только когда он сам скажет: "Я этого хочу". Когда я за твоего отца замуж собралась, я месяц от него весточку ждала, все переживала, что не шлет он сватов. А как прислал, я на седьмое небе от счастья взлетела, и вот уже 22 года с него не спускаюсь.

– А разве бывает семь неб, небо ведь одно? – спросила Тина.

– Тиночка, раньше люди считали, что существует семь небес: шесть по количеству планет Меркурий, Марс, Венера, Юпитер, Сатурн и Луна, а на седьмом небе находится

Солнце и звезды. Когда человек говорит о себе, что он на седьмом небе от счастья, это значит, что его душа от счастья так высоко взлетела, что звезд достигла.

– Со мной так часто бывает, – сказала Тина. – Ну что там дальше было. Остался Иван Царевич с Машей или ушел?

Заплакала Маша, понимает нельзя всю жизнь Ивана Царевича в табакерке держать, и отпустить страшно. "А вдруг не вернется". И за сына будущего обидно.

Стоит Иван Царевич и ждет своей участи. Знает он, не убежать ему.

– Иди, Иван Царевич отпускаю тебя. Захочешь ко мне вернуться, и к сыну своему – вернешься. А не захочешь, значит судьба наша такая.

Взяла Марья-Краса с тумбочки табакерку, вышла на улицу, слезы рукавом вытерла и сказала: "По моему хотению, по велению царицы леса, выходи конь наружу".

Только Маша волшебные сказала, как открылась табакерка и из нее маленький конек появился. Стал он расти, и пяти секунд не прошло, как уже стоял рядом с Иваном Царевичем, конь его красавец из красавцев.

Вскочил Иван Царевич на коня, поднял его шпорами острыми на дыбы, потом опустил. Наклонился, поцеловал Машеньку в глаза заплаканные, поклонился родителям и поскакал в направлении города Чернигова.

Постояла Марья-Краса со своими родителями и в дом пошли. День, проходит, другой, третий, неделя прошла, другая, нет весточки от Ивана Царевича. Только на третьей неделе прискакал гонец на взмыленной лошади. Достал письмо и прямо в руки Маше его вручил.

Сорвала Маша сургучовую печать, одним взглядом его прочла и горько заплакала.

Говорилось в письме:

Любовь моя, Маша, долго я думал о судьбе своей, о тебе и сыне нашем будущем. Никогда более не суждено мне встретить женщины, более прекрасней чем ты. Но не могу я жениться на тебе, ибо всю жизнь, глядя на тебя, буду вспоминать свое заточение в табакерке твоей. Жду я через месяц, караван с Востока. Принесет он шелку тонкого, пряностей индийских, и золота червонного. Половину я тебе пришлю. Пиши мне любовь моя Марья-Краса.

Иван Царевич.

Вышли из дому родители Маши, прочли письмо, ничего не сказали. Да и сказать-то
нечего.

В положенное время родила Маша сына, и поехала с отцом и сыном в Житомир. Табакерку Маша дома оставила.

*   *   *

Вечером Исаак долго не мог уснуть. Сказка, рассказанная Тинкой, засела в голове, как гвоздь вбитый в стенку. Стоило закрыть глаза, как перед ним то появлялась табакерка и из нее выплывал Иван Царевич, то Машенька стояла с молодым человеком, пьющим из ее рук кружку кваса, то он видел письмо, написанное Иваном-Царевичем Марье-Красе. Самое неприятное было то, что Исаак не мог никак понять: почему эта, вобщем-то, простая история так подействовал на него. "Со мной никто так не обходился, как с Иваном-Царевичем, почему же сказка про табакерку так задела меня? – спрашивал он себя, ворочаясь в постели, – почему?". Ирис спала рядом, иногда посапывая, словно ребенок. Дети настолько утомляли жену, что она засыпала, только голова касалась подушки.

Исаак повернулся на бок, включил лампочку, прищелкнутую к спинке кровати, и взял книгу. "Странно, – вдруг подумал он, – когда, Ирис выслушала Тинину сказку, она засмеялась. 'Какая чудная сказка!' – успокоившись сказала она – 'Твоя подушка, – улыбнулась она Тине, – наверное, много времени провела в женских спальнях, – и, увидев удивленное лицо Исаак, вдруг сказала: – Какой ты, Исаак, наивный. Я как тебя увидела, сразу поняла: этот человек сделает меня счастливой! Так и оказалось'. Затем притянула его голову и, не стесняясь детей, поцеловала в губы. Тина с Лешкой, после этого бросились к нему и тоже стали залазить на него и целовать.

Исаак смотрел на темный проем окна, на котором выделялось пятно уличного фонаря. Самое удивительное, что Тина, после сказки про волшебную табакерку, больше разговор о разводах не заводила. "Мне все ясно!", ответила она на вопрос Исаака. Что ей ясно она не объяснила, а Исаак не спрашивал. Интуиция подсказала, что на своем уровне Тина уже нашла ответ, и форсировать не следует. Исаак, выключил лампочку. "Интересно, что вырастет из Тинки?" – было его последней мыслью, перед тем как он провалился в сон.

*   *   *

– А неплохую сказку мы рассказали Тинке, – высунув кончик из-под щеки Тины, и

осмотревшись по сторонам, прошептало нижнее левое ушко, оно еще не было уверено, что все в доме уснули.

Остальные, приподнявшись, согласно кивнули.

Ушко прислушалось:

– Кажется, все уже спят.

– Нет, Исаак не спит. Все думает о нашей Табакерке. – тихо сказало верхнее ушко, ему удалось подняться выше всех. В последнее время у

62

Тины появилась привычка обнимать подушку, так что особо никто подняться не мог.

– Ну, тогда подождем, – предложило нижнее ушко, и все ушки опустились. Каждое из них думало о чем-то своем.

Часы пропиликали час ночи.

Сказка о Змее Горыныче, его семействе и пастухе Ванечке

Гениальная идея

– Папа, а кто такой Змей Горыныч? – входя в кабинет к Исааку, спросила Тина. В руках у нее была книжка, на обложке которой был нарисован огнедышащий дракон. В вытянутых вперед лапах дракон держал небольшой раскачивающийся из стороны в сторону домик, девочка лет восьми или чуть старше с любопытством смотрела из окошка на землю.

– Это дракон, – не отрываясь от компьютера, бросил Исаак, – Его называют Горынычем, потому что у него из пасти, как из горна, пышет огонь. Горн – это, – Исаак на минутку задумался, потом на поисковике в компьютере нашел что-то и кликнул. На экране появился горн для выплавки металла, каким он был две тысячи лет назад.

– Тина, про Змей Горыныча тебе тоже подушка рассказала? – Исаак оттолкнулся от стола, и кресло, сделав полтора оборота, оказалось точно напротив Тины.

– Нет, про Змея Горыныча я в русской книжке прочла. А почему, папа, американские драконы – добрые, а русские все злые и всегда голодные.

– Почему голодные? – Удивился Исаак.

– А почему тогда они всегда требуют себе на завтрак самую красивую девушку, как будто им не все равно, кого есть. Можно, например, мальчика...

– Значит, Лешку тебе не жалко? – констатировал Исаак.

– Скажи, папа, американские драконы питаются травой, да?

– Ну, почему травой? Откуда ты это взяла?

– А чем еще, – Тина явно не хотела отвечать на вопрос о Лешке, – если американские драконы людей не едят, коров и быков не едят, не могут же они питаться солнечной радиацией?

63

— Логично, — согласился Исаак. — Ну, а как насчет Лешки, отдадим его какому-нибудь завалявшемуся Змею Горынычу.

— Папа, ну почему дракон должен любить есть мальчика или девочку, можно ведь корову или лошадь, они больше и вкуснее. — Тина быстро соображала, и сконфузить ее было не так-то просто.

— Ладно, Тинка, иди читай дальше про своего Змея Горыныча, я должен пару задач для своих студентов решить. — Исаак оттолкнулся от пола, и кресло, сделав полтора оборота, оказалось напротив компьютера. Исаак глянул на экран и застучал по клавишам клавиатуры.

*   *   *

Ночью ушки спорили, какую сказку рассказывать про дракона: верхние предлагали про друга мальчиков и девочек, дракона Билла, а две другие про кровожадного трехголового Змея-Ненасытного, короче, решили начать сказку, и как получится – так получится.

Змей Горыныч приподнялся из-за стола. На всех пяти мордах его двух дочек читалось недовольство.

— Опять голодные, — сказала Змея-Огненная. Одна ее голова с грустью посмотрела на своих маленьких девочек, другая, выражая крайнюю степень недовольства, повернулась к мужу.

— Переедание вредит здоровью. — ответил на взгляд жены Змей Горыныч.

— Не переедание, а недоедание вредит здоровью. – Из ноздрей Змеи-Огненной повалил дым. – Вот у твоего брата, который в Англии, стол ломится от еды. А у нас... Тьфу – длинный плевок пламени опалил стол, покрытый огнеупорной сталью. – Муж называется.

— Не нравится, ищи другого дракона, — обиделся Змей Горыныч.

Змея-Огненная, стала собирать остатки костей в большую кастрюлю. Горькое чувство от того, что все у нее не так, как она мечтала в девичестве, угнетало: нет куража полетов над океаном, фейерверков, нет охапок цветущих деревьев, нет интеллектуальных разговоров о свойствах огня... "Наплел черт знает чего..." с неприязнью посмотрела Змея-Огненная на мужа. Он, в хорошо знакомой ей позе философа, пускал дым в потолок. "Влипла, так влипла" – подумала она, и слезы показались в глазах ее двух голов.

Детей за столом не было, они всегда, как только начиналась перепалка между родителями, сбегали. "Неужели моим девчонкам уготована та же судьба, что и мне? Вечно выгадывать, считать, думать как свести концы с концами. Нет, это не жизнь. Надо что-то делать".

64

Змея-Огненная открыла ледник, острая боль пронзила ее материнское сердце: "Даже костей нет". Она поставила кастрюлю на верхнюю полку и с силой закрыла дверь.

Зойка и Виктория, дети Змея Горыныча и Змеи-Огненной, сидели у дома, спрятанного в глубине пещеры. Солнце еще было высоко над горизонтом, но спокойствие, предшествующее майскому закату, уже наступило. Хотелось ни о чем не думать, просто вдыхать в себя остывавший после летнего зноя воздух.

– Быстрей бы вырасти и улететь куда-нибудь, – сказала Зойка. Ей до чертиков надоели родительские разговоры по поводу еды, безденежья, убогости жизни.

Виктория промолчала. "Куда лететь?". Она на два года была старше Зойки и давно не верила в существование Земли Обетованной, где на воле пасутся бесчисленные стада диких баранов, быков, где в речках водится рыба, а в небе нет этих ужасных летательных аппаратов, придуманных людьми, где вообще нет людей с их городами, засеянными всякой ерундой полями, нет дорог с вонючими машинам. Времена, когда люди приносили дань драконам в виде юных дев и благородных юношей, быков и овец, давно стали легендой, в которые, положа лапу на сердце, никто не верил.

Солнце огромным красным шаром опускалось за горизонт. Длинные тени потеряли свой контраст, еще немного, и они совсем растают.

– Может, полетаем немного, пока родители не загнали домой? – предложила Зойка.

– Давай! – согласилась Виктория.

Они взмыли вверх и, зависнув над землей в метрах ста, стали медленно дрейфовать на запад.

Зойка и Виктория, как и все 1225 драконов живущих на Земле, не боялись быть замеченными. Источник волшебной воды, открытый больше ста тысяч лет назад, сделал их невидимыми. Вода-невидимка обладала поразительным свойством: тех, кто ее выпил, она делала невидимыми для всех, кроме их самих. "Если бы не волшебная вода, – не раз говорил Змей Горыныч детям, – ни вас, ни меня, ни мамы не было бы, люди уничтожили нас, как уничтожили мамонтов и бизонов". Вода-невидимка обладала одним недостатком, стоило ее не принять вовремя, как дракон начинал таять, и вскорости превращался в огромную грязную лужу. Поэтому каждый, даже самый маленький дракончик, всегда носил на шее цепочку с банкой волшебной воды.

Когда Зойка и Виктория были совсем маленькими, Змей Горыныч каждый вечер рассказывал им истории на сон грядущий. Начинал он обычно так: "Лет этак миллиона полтора назад драконов было несколько сот тысяч. Среди них были двухголовые, трехголовые, с двумя, с четырьмя крыльями, даже карлики всего в тонны полтора. И вот однажды, когда..." Далее шли истории о великих битвах между драконами, мудрецах, изучавших свойства огня и небесные сферы, истории о поэтах, написавших книги, которые, к сожалению, давно утеряны.

Зойка и Виктория очень любили рассказы отца. Они вместе с Великим Огнебоем дрались с кровожадным властолюбцем драконом Убей-Каждого, с затаенным дыханием следили за перипетиями битвы между двухголовыми и трехголовыми драконами, длившейся без малого 300 лет. Особенно им нравились истории о смешном звездочете по имени Крыша-Поехала, который старался по движению планет угадать на какой из трех молодых дракониц ему жениться и так, в конце концов, оставшимся старым холостяком.

История Драконов в рассказах Змея Горыныча была наполнена страстью, страданием, любовью, мужеством ее творцов. Разинув все пасти, Зойка и Виктория слушали рассказ папы об открытии Австралии братьями Ой-Ля, о тех диковинных животных и птицах, с которыми они встретились в Неведомой Стране, о том, как братьями чуть не погибли от голода на обратном пути. Иногда Змей Горыныч рассказывал об ужасном времени, когда после удара метеорита небо заволокло дымом, и земля покрылась льдом. "Драконы вымирали сотнями и тысячами, были забыты законы и правила, каждый дрался за себя, за свой кусок мяса. На Земле был беспредел. – Голос Змея Горыныча дрожал, в нем была боль. – Нет ничего страшнее, когда доброта, порядочность, любовь ничего не стоят в этом мире...".

Душа у Змея Горыныч была тонкая, поэтическая, Зойка с Викторией очень любили своего папу. Все истории заканчивались одинаково: "Да, было время... Сейчас, к сожалению, огнедышащих драконов, как мы с вами, осталось не больше десятка семей. А что будет дальше?" После этих слов у Змея Горыныча портилось настроение, он глубоко вздыхал, и из его пасти вырывалось пламя метра в полтора длиной. Змея Огненная в таких случаях очень сердилась на мужа: "Какой пример ты подаешь детям! Твой брат и моя сестра поплатились жизнью за неумение держать пламя за зубами. Ты хочешь, чтобы наших детей тоже уничтожили ракеты этих сумасшедших в касках?" Змей Горыныч смущался (на пламя, вырывавшееся из пасти, вода-невидимка не действовала), целовал детей и шел в гостиную.

Виктория и Зойка не летали выше километра. В последние сто лет полеты для драконов стали небезопасны, люди, кроме равнин, морей и

66

гор, стали осваивать воздушное пространство. Вначале аэропланы, дирижабли вызывали смех у драконов, но вскоре, когда в небе вначале появились многомоторные винтовые самолеты, а за ними скоростные реактивные, полеты драконов на больших высотах стали опасны.

Виктория и Зойка летели медленно, наслаждаясь безмятежностью наступающей ночи, легкий ночной ветерок ласкал их грубую твердую кожу. Днем на этих высотах можно было встретить дельтапланеристов, они были славные ребята, с ними можно было и потусоваться иногда. Правда, год назад Виктория случайно съела одного из них. Его потом долго искали и, конечно, так и не нашли.

Неожиданно Зойка резко остановилась.

— Что случилось? — чуть не столкнувшись с ней, спросила Виктория.

— У меня родилась идея.

— Опять идея, — недовольно усмехнулась Виктория, красный язычок пламени показался в небе и сразу потух.

— Знаешь, очень хорошая идея.

— Всегда ты со своими идеями: то с людьми подружиться, то разузнать дорогу в Англию и, не сказав никому, сбежать к дяде. Лучше бы подумала о том, как нам каждый день сытыми спать ложиться.

— Как раз об этом я и подумала.

Виктория и Зойка, сделав кружок, сели на утес с плоской площадкой. Это было их любимое место. С утеса днем открывался замечательный вид, но главное, никто, даже родители, не знали о нем.

— Ну, давай, о чем твоя идея? — с едва скрытым любопытством спросила Виктория.

Виктория, хоть и выказывала недовольство своей младшей сестрой, внутри ею восхищалась. Никто не был таким выдумщиком, заводилой, фантазером, как она. С Зойкой всегда было интересно, весело, и к тому же, она была беспечна, и, как все талантливые драконы, недооценивала себя, позволяя Виктории легко поддерживать статус старшей сестры.

— Я вот о чем подумала, — глядя на звездную карту неба, знакомую ей с младенчества, сказала Зойка, — Смотри, мы, чтобы стать невидимыми, пьем волшебную воду, правильно?

— Да, правильно. — Виктория недоуменно подняла головы, — и что?

— Как ты думаешь, если ее попьет кто-нибудь другой, то он тоже станет невидимым?

— Нам-то что от того, станет он невидимым или не станет? — удивилась Виктория.

— Как что? — Зойка взволновалась. — Если взять овцу и напоить ее водой невидимкой, и она после этого станет невидимой для всех кроме нас, тогда...

67

– Тогда мы сможем создать стадо невидимых людям овец и баранов. – Виктория продолжила мысль Зойки и в восхищении уставилась на нее.

– Но это еще ни все, – одна из голов Зойки наклонилась к голове Виктории и стала ей что-то нашептывать, две другие застыли в ожидании реакции.

– Ты гений, Зойка.

– Ну, что, завтра попробуем, у меня еще целое ведерко воды-невидимки?

Сестры взмыли вверх на три сотни метров, переполнявший их восторг требовал выхода, они кувыркались в воздухе, делали петли, висели вниз головой, резвились, как могли.

– А что нашептала Зойка своей сестре? – спросила сквозь сон Тина подушку.

– Откуда мы знаем? – ответила ушко-рассказчица, – Она же шепотом сказала.

– А, – вздохнула Тина и повернулась на другой бок.

Когда Зойка и Виктория вернулись домой, оказалось, что Змей Горыныч и Змея-Огненная очень недовольны их долгим отсутствием. Змей Горыныч даже собирался их отлупить, но потом передумал: "Нет, они уже большие, трогать их нельзя, еще обидятся на всю жизнь, и, к тому же, завтра предстоит тяжелый день".

Змей Горыныч взглядом усадил детей в кресла и строго сказал:

– Мы завтра отправляемся на охоту за сто миль от дома, поэтому быстро в свой угол и немедленно спать.

Виктория и Зойка послушно отправились в свою часть пещеры. Лежа каждая в своем углу они еще долго обсуждали свой завтрашний день. Сама мысль о том, что баранов действительно можно с помощью волшебной воды сделать невидимыми, не давала им заснуть.

За завтраком, состоящим из костей съеденного вчера барана, все молчали. Змей Горыныч думал о том, как перенесут длительный полет его дочки и смогут ли они участвовать в охоте. Зойка и Виктория переглядывались. Они ждали момента, когда отец, отодвинет тарелку, чтобы немедленно выскочить за дверь, желание немедленно проверить гениальную идею не давала им спокойно сидеть. Змея-Огненная почти не ела, ее сердце обливалось кровью от мысли, что на столе лишь кости. "Стыдно сказать кому-то о таком завтраке".

Змей Горыныч поднял глаза:

– Что ерзаете, как две дуры, не понимаете, что ли, что нам предстоит длительный полет, охота и еще возвращение домой. Вылетаем через 10 минут. Ничего с собой не брать: ни ожерелья, ни браслетов, ни часиков. Ясно?

– Ясно. Только можно, папа, – Зоя посмотрела на старшую сестру, – мы раньше тебе один фокус покажем, а потом уже полетим.

Змей Горыныч улыбнулся своими двумя головами, третья осталась серьезной:

– Опять что-то придумала? – сказала она и, не сдержавшись, тоже улыбнулась, да так, что Зойка с Викторией с криком: "Счас будем!" – кинулись на улицу.

Ванечка

Иванушке минуло 24, но он все еще выглядел юношей: небольшого роста, поджарый, черные почти до плеч волосы, в нем была та стеснительность, та романтичность, которая в определенных условиях становится силой, характером.

Половину своей жизни Иванушка провел в горах. Его отец, заметив любовь сына к природе, умение понимать животных, поручил ему пасти овец. С конца апреля до середины сентября Иван, вместе с другими пастухами, проводил на горных пастбищах. Среди пастухов, грубых мужчин Иван прослыл чудаком. Они часто подсмеивались над ним, но никогда не трогали, "себе дороже станет" – говорили они, и это было правильно.

В той местности Алтая, где жил Ваня, среди молодых людей была популярна местная разновидность классической борьбы. Выигрывал тот, кто три раза клал противника на лопатки. Каких-то особых приемов никто, естественно, не знал, поэтому побеждал самый физически сильный. Чтобы борьба была по справедливости, пастухи делились на «петушков», чей вес не превышал 60 килограмм, волков, чей вес был меньше 80, и медведей. Иванушка был чемпионом среди «петухов», но часто, благодаря природной ловкости, побеждал и волков.

Сказать, что Иванушка любил горы, было нельзя, как нельзя сказать, что трава любит утренний дождь, а ястреб – полет в солнечный полдень, он был частью природы, ее разумной частью. Обычно люди быстро привыкают к среде, в которой долго живут: гондольеры Венеции не замечают великолепия дворцов, мимо которых на лодках возят восторженных туристов, богатые люди не обращают внимания на изысканность обстановки, которой себя окружают. Все с течением времени приедается, теряет свою первоначальную прелесть, даже картины природы, перед которыми млеют гурманы искусства, через полгода сливаются в один непрерывный пейзаж. Иванушка был наделен редким даром: он не только понимал язык природы, этим обладают многие художники, но и разговаривал с ней на ее языке. Каждому камню на дороге, утесу, ручью, травинке, овечке он находил доброе слово, и они отвечали ему взаимностью. Иванушка никогда не споткнулся в своей жизни, никогда не поранился, никогда не обжегся, – предметы любили его, как и он любил их.

Больше всего Ване нравились вечерние часы, когда пастухи, утомленные работой, ели свою простую еду, пили чай, заваренный на костре, рассказывали друг другу анекдоты и незамысловатые истории из жизни. С заходом солнца все, кроме Вани, шли спать. Оставшись в одиночестве, Ваня смотрел на языки пламени, в его воображении возникали удивительные картины, они были также беззвучны и так же экспрессивны, как и немое кино. Краски, линии, двигаясь, застывали в фигурах людей, диковинных животных, фантастических пейзажах и опять распадались, подобно стеклышкам калейдоскопа. Многие люди могут видеть в своем воображении прекрасные картины, но не каждый может их повторить на листе бумаги или экране компьютера.

Зимой, длинными вечерами Ваня рисовал на бумаге или компьютере картины, возникавшие в его воображении в вечерние часы у костра. Он их помнил все, как помнил каждую минуту, прожитую в своей жизни. Никто, даже родители, не знали о его увлечении. Иногда Ваня отправлялся в путешествие по музеям и выставкам, знакомился с разными техниками рисования, интернет был миром его длинных зимних ночей.

Перед тем как заснуть, Иванушка часто смотрел на звездное небо, и думал о том, что, наверное, на какой-нибудь планете тоже есть люди. Они живут, любят, умирают, и среди них есть девушка, она смотрит на звезды и, как и он, ищет взгляд живого существа, чтобы улыбнуться ему и протянуть руку в знак приветствия.

Осенью и зимой Иван жил в доме своих родителей, помогал им по хозяйству. Нет, он не скучал по горам, круто подымающимся вверх, сочной траве в долинах, карликовым деревьям, цепляющимся за скалы, солнцу, ветрам, по своей работе пастуха. Он много читал, одиночество сделало его философом, ему никогда не было скучно, только иногда тоска от того, что нет рядом ласкового, нежного взгляда, охватывала его. Много раз его знакомили с местными девушками, он ходил с ними в кино или на местный «Бродвей» – небольшую улочку, где собиралась молодежь и старики, но ничего из этого никогда не выходило. Девушкам он нравился своей учтивостью, вежливостью, умением говорить умно и красиво, но они быстро понимали, что счастья с ним у них не получится. Иванушка был слишком другой, слишком не того поля ягодка. Среди девушек поселка закрепилось поверье, что если хочешь выйти замуж, нужно непременно погулять с Ванечкой под ручку, они его так и звали между собой «Ванечка Выдай-Замуж».

Единственный человек, кто понимал Ваню, был старый учитель математики, приехавший в этот забытый всеми поселок, из чудаковатых представлений о предназначении человека "Сеять разумное, доброе, вечное". Учителя математики быстро приметила местная молодка, которая на спор окрутила его, что, к всеобщему недоумению, оказалось не забавой, а счастьем для обоих.

Фекла по своему любила Ванечку, она ставила на стол перед ним его любимые вареники с мясом и с грустью смотрела, как он ест, аккуратно разрезая ножом. Дети Феклы и Самсоныча давно выросли, закончили престижные университеты и успешно работали, получая по местным понятиям сумасшедшие деньги. Раз в два-три года они приезжали на неделю, другую навестить родителей. На больший срок приехать они не могли, поскольку в кампаниях, где работали отпуска были короткими.

После того как Ваня съедал последний вареник, Фекла грустно вздыхала, смахивала слезу концом фартука и проговаривала: "Ну где ж такому алмазу пару найти?". Ваня улыбался ей и шел в комнату, где его ждал Самсон с бутылкой вина и они философствовали до самого позднего вечера.

Охота

Охота не задалась с самого утра. Зойка зацепилась за высоковольтную линию передач, и, если бы не толстая шкура, непременно сильно бы пострадала. Сейчас Змей Горыныч летел впереди, за ним Зойка и Виктория, замыкала процессию Змея-Огненная. Столкновение Зойки с линией электропередач выбила Змея Горыныча из колеи "Надо было оставить детей дома, – думал он, – теперь Зойка будет хромать по крайней мере несколько дней". Он обернулся. Зойка летела скособочившись, левое крыло работало не в полную силу, и ее все время заваливало на бок. "Все-таки она молодец, – улыбнулся Змей Горыныч, – даже, не заплакала. Хорошим драконом вырастит. А шок от удара током скоро пройдет". Змей Горыныч повеселел: "Конечно жаль, что уже полдня пролетело, а овец и баранов нет. Но еще не вечер! Эй, там, – обернувшись гаркнул Змей Горыныч, – подтянуть ряды, выше головы". Зойка и Виктория догнали отца и теперь летели вровень с ним. "Смотрите внимательнее, – одна голова Змея Горыныча повернулась к Зойке, другая к Виктории, третья продолжала следить за полетом, –

люди пасут овец и баранов в основном в долинах, и там лучше их не трогать. Вот когда овцы идут через перевал, тогда самое время заднюю овечку и утащить. Сторожить овец пастухам помогают собаки, но вы их не бойтесь, они нас не видят, а запахов наших не знают, но лучше их не дразнить. Если они подымают шум, то лучше их сразу съесть. Я предпочитаю охотиться на диких баранов, это, конечно, требует большего времени, они более чуткие, да и группы у них небольшие, но зато безопаснее.

Неожиданно впереди показалась большая отара баранов, вел ее молодой человек в бурке.

– Папа, смотри, овцы! – закричала Виктория.

– Вижу. – Ответил Змей Горыныч. – Снижаемся. Летим хвост в хвост. Змея-Огненная, – левая голова дракона повернулась назад, – ты прикрываешь нас.

Невидимая цепочка драконов опустилась до высоты пятидесяти метров.

– Это хороший пастух! Видите, – объяснял Змей Горыныч дочкам, зависнув в метрах трестах впереди от черного пятна овец на зеленой траве, – отара у пастуха не растянута бараны и овцы идут кучно. Нападать в такой ситуации не рекомендуется. Но мы подождем, когда они дойдут до перевала, там тропа узкая, отара растянется и, поскольку, пастух один, уследить за обоими концами отары он не сможет. Вот тут мы на них и нападем. Чтобы не было паники, надо овцу выхватывать быстро, так, чтобы она бекнуть не успела, иначе возникнет паника, и все стадо со страху бросится в пропасть.

– И что дальше делать, после того как мы схватим овец? – спросила Виктория.

Виктория, в отличие от Зойки, была дракончиком рассудительным и всегда хотела знать наперед, что будет. Без продуманного плана она терялась, поэтому никогда ничего не предпринимала. Надежда на авось была не по ней.

– Овец мы будем складировать вон в том лесу, – одна из голов показала на верхушку горы, покрытой густым лесом, – он как раз в метрах трехстах от верхней точки перевала. Охоту начнем либо с переднего, либо с заднего конца цепочки, это зависит от того, где будет пастух.

– А если он будет в центре? – спросила опять неугомонная Виктория.

– Вообще-то, так не бывает. Пастух обычно идет сзади отары, чтобы видеть ее всю, но если он предвидит препятствие на перевале, идет вперед. Если пастух, – центральная голова Змея Горыныча указала на

Ваню, это была его отара, – пойдет сзади, вы летите вперед и по моему сигналу начинаете хватать овец. Только ни в коем случае не хватайте первых трех баранов, это вожаки, за ними идет все стадо. Выхватывайте овец и баранов из середины группы. Без моей команды охоту не начинать. Ясно? – Две головы уставились на Зойку и Викторию, третья продолжала следить за стадом.

– Понятно! – Хором ответили дроконицы и полетели к перевалу.

Ваня вел отару к знакомому перевалу, тропинка там круто поднималась вверх и затем плавно спускалась вниз, поэтому овцы, шедшие впереди, ускоряли движение за перевалом, а задние, наоборот замедляли. "Конечно, лучше в таких случаях иметь напарника, но сейчас время такое, что нападения волков явление редкое, это только весной, они с голодухи лютуют". Но что-то тревожило Ваню. Странный ветерок, будто кто-то дунул над головой, и все стихло. Дорога приближалась к перевалу, тропинка стала сужаться и подниматься в гору. Иван свистнул, и большая овчарка побежала вперед, она должна была притормозить движение головы отары. Вот и начался подъем. Ваня видел, как голова отары перевалила за перевал. Рекс молчал – значит все в порядке. Собака у Вани была обучена хорошо, и никогда его не подводила. Все шло нормально, но какое-то беспокойство не оставляло. Ну, слава богу, теперь и перевал недалеко, еще минут пять и он увидит всю отару. Неожиданно над Ваней пронесся ветерок, за ним другой. Ваня ускорил шаг и застыл в ужасе. Его овцы взлетали в воздух и уносились вверх. Он выхватил ружье, но куда стрелять? Рекса не было. Он побежал вперед. Четверть отары, как и не было. Рекса тоже нигде не было. Отара медленно шла за вожаками. "Что это было? Что это было?" – Ваня метался между овцами ничего не понимая. – "Куда девался Рекс, где овцы? Не могли же они вот так просто пропасть в воздухе!"

Ваня успокоился только к вечеру. Пропало овец не так уж много, штук тридцать, но это тоже немало. Что он теперь скажет отцу, братьям? Что овцы и бараны растворились в воздухе? Не инопланетяне же, на самом деле, напали на отару. И зачем она им?" Ваня решил не останавливаться. До загона, где можно было спрятать отару, было часа три. Он гнал отару. Только в двенадцатом часу изможденные животные, наконец, достигли загона и без обычного блеяния повалились на траву.

Всю ночь Ваня ходил вокруг ограды, охраняя овец. Только раз остановился, чтобы съесть кусок сыра и выпить чашку с остывшим чаем. Ночь была безлунная, поэтому чашку он не видел, а нащупал ее рукой. Когда совсем рассвело Ваня решил вздремнуть минут на пять. Предстоял тяжелый день, он решил отвести овец вниз, в долину, конечно, там не такая сочная трава, но ему надо было разобраться с тем, что произошло, к тому же хотелось посоветоваться и с другими пастухами.

— Сработало, сработало! — радостно шептала Зойка Виктории. — Выпил, выпил.

— Только надо быть осторожным, — отвечала Виктория, — ведь теперь он нас сможет видеть.

Драконицы взмахнули крыльями и бесшумно полетели на вершину горы, где Змей Горыныч и Змея-Огненая паковали овец в огромные мешки и поливали их водой-невидимкой.

— Где вы пропадали? — сурово спросил Змей Горыныч подлетевших Зойку и Викторию.

— Мы, папа, — с заговорщицким видом сказала Зойка, — подлили в кружку пастуха воды-невидимки. Теперь его никто не будет слушать, ведь он будет невидим для всех. И мы сможем забрать всех его овец, — с восторгом закончила Зойка.

— Что, что вы наделали! Все три головы Змея Горыныча пылали огнем. Теперь он нас может увидеть. Как вы могли? Как вы могли? Вы нарушили статус секретности. Ужасу Змея Горыныча не было предела.

— У нас есть только один выход, — Сурово сказала Змея-Огненная. — Поймать пастуха и съесть его.

— Ты понимаешь, что ты предлагаешь, — рассердился Змей Горыныч, — убить человека. Понимаешь, Че-ло-ве-ка.

— У тебя есть другое предложение? — спросила Змея-Огненная.

— Может его просто взять с собой? — тихо спросила Зойка. Теперь она осознала, какую глупость они с сестрой совершили. — Подождем пока действие воды-невидимки прекратится и отпустим его домой. Ему все равно никто не поверит.

— Отпустить домой ЧТО? — зло засмеялся Змей Горыныч, — Грязную лужицу, в которую он превратиться через три месяца.

Все молчали.

— Ну, ладно, давайте паковать баранов. — Сказал Змей Горыныч. — Делом надо заниматься. Утро вечера мудренее.

* * *

— А что дальше было? — спросил Исаак. Перед ним стоял омлет и кофе, к которым он так и не притронулся.

— Что было? — Тина сделала удивленное лицо.

— Ну, что с пастухом случилось?

– А что могло случиться? – Тина пожала плечами.

– Слушай, Тинка, хватит мне мозги компостировать, рассказывай, что твои драконы с Васей, тьфу-ты, с Ваней сделали?

– Откуда я знаю, – Тина взяла холодную гренку с тарелки, – мне подушка только до этого места рассказала.

Исаак посмотрел на Ирис:

– Ты ей веришь, про эту подушку?

Ирис улыбнулась:

– Исаак, дай я твой омлет в микроволновке подогрею. Верю я в подушку, не верю, какая разница. То, что Тинка по-русски сказки рассказывает, вот это удивительно.

– Так, – Исаак сделал паузу, – сегодня, – Исаак посмотрел на Тину, потом на Ирис, – я буду спать на Мишиной подушке. Мне эти разговоры про подушку-сказочницу надоели.

Наступило тягостное молчание, даже Лешка сидел притихший. Исаак придвинул к себе тарелку с подогретым омлетом и молча стал есть.

– А ты с Мишей разговаривал? – нарушила позвякивание вилки и ножа о тарелку Ирис.

– Да.

– И, что он сказал?

– Что сказал, что сказал? – Исаак поднял глаза; зажатые в правом кулаке нож, а в левом – вилка, смотрелись устрашающе, – Ничего не сказал. Сказал, что купил ее в Таргете за пять долларов. Знаешь, – глаза Исаака на мгновение расфокусировались, – я, пожалуй, покажу подушку Питеру, он рентгенологом в госпитале работает, пусть ее просветит, может в ней какой-нибудь чип спрятан.

– Папа, если ты заберешь у меня подушку, то как мы узнаем, что случилось с Ваней? – Тинка, в отличие от Лешки, папу не боялась.

– А, ну да, конечно, – Исаак сдвинул брови к переносице, – ладно уж, – Исаак повернул голову к Тине и улыбнулся, – пусть пока подушка у тебя побудет. Рентгенолог подождет.

Ваня знакомится с драконами

Ваня проснулся от блеяния овец. Солнце было высоко. Он посмотрел на часы: "Девять!? Ничего себе!". Ваня резким движением сбросил с себя бурку и пошел к умывальнику. Овцы путались под ногами "Слепые они что ли?" Ваня вымыл лицо, почистил зубы и только после этого позволил себе вспомнить о случившемся. "Странно все очень. Овцы взлетали в воздух и уносились вверх на гору. Может, почудилось?" Ваня стал пересчитывать овец и баранов. Да, не хватало ровно тридцати. "Какие-то странные они сегодня. Пока палкой не огреешь, или не гаркнешь, не реагируют". Ваня провел рукой по щекам: "Надо побриться". Он зашел в хибару, она была сложена давно, бревна растрескались, и стены были утыкана кусочками травы, глины, тряпок. Зимой они не давали ей остыть на морозе. Внутри, как и все пастушьи строения, хибара представляла собой одновременно и комнату, и кухню, и кладовку. Потускневшее от времени зеркало висело над умывальником, рядом с окном. Ваня зажег газовую плитку, налил ковшиком в помятый со всех сторон чайник воды и поставил его на огонь. Достал из рюкзака бритву, крем для бритья и подошел к зеркалу. В зеркале никого не было. Вернее, в нем отражалось все, что положено: нары, полка с посудой, приклеенная кем-то карта мира, полуголые и совсем голые красотки, все, кроме самого Вани. "Что за чертовщина?" – Он зачем-то оглянулся, за ним никого не было, тени тоже не было. Ваня снял со стенки зеркало и, держа его на вытянутых руках, вышел на улицу. Теперь в зеркале отражались горы, небо, хибара, но не Ваня. "Человек-невидимка. – Криво улыбнулся зеркалу Ваня. – Теперь понятно, почему бараны и овцы так странно вели себя. Невидимка. Об этом только мечтать можно". Ваня посмотрел под ноги, тени от его фигуры не было. "Но себя я вижу – значит, существую" – переиначил он слова Декарта. Овцы жалостливо блеяли. "Бедненькие, – Ваня погладил овечку, сослепу ткнувшуюся ему в ноги, после вчерашнего перехода совсем проголодались". Ваня зашел в хибару, выключил газ и повесил зеркало. В голове не укладывалось происшедшее. "Ну как такое может быть? Рассказать – никто не поверит". Ваня взял свой посох и, не обращая внимания на путавшихся под ногами овец, пошел к забору открывать ворота.

Ваня стоял у ручья, опершись о посох, и смотрел как овцы, столпившись у ручья, жадно пьют. Мысль, что он стал невидим, волновала его меньше, чем загадка пропавших овец. Неожиданно Ваня услышал шум за спиной, он обернулся – сзади стояли два огнедышащих дракона. Один огромный, второй поменьше. Ваня стоял не шелохнувшись, ужас сковал его ледяной коркой.

– Н-да, – произнесла одна из голов большего дракона и повернулась к меньшему дракону, – Что будем делать?

Две головы меньшего сделали движение, которое можно было интерпретировать как пожатие плечами: не знаю.

– Смотри, он еще живой! – Произнесла голова, повернутая к меньшему дракону, – а я надеялся, что он от страха умрет и проблема решится сама собой. – Две другие головы качнулись в знак согласия с говорившей.

– Знаешь, давай его заберем с собой. Будет жить у нас в пещере и девочкам будет развлечение, – произнесла одна из голов меньшего дракона.

– Поймешь ты, наконец, или нет? – В пасти говорившей головы показались язычки пламени. – Что он: че-ло-век. Он не кукла, не домашнее животное.

– Но он такой маленький.

Неожиданно одна из голов большего дракона, резко дернулась и схватила овцу, ткнувшуюся ему в лапу. Мгновение, и овечка пропала в огнедышащей пасти.

"Тридцать один" – кто-то подсчитал в голове Вани.

– Что, не выдержала? – с усмешкой сказал вторая голова той, которая только что проглотила овцу. – Вкусно, да?

Голова облизнулась и смущенно моргнула.

"Интересно, значит у них разделенный разум, каждая голова мыслит независимо" – опять кто-то сказал в Ване.

– Может, съедим и дело с концом? – произнесла голова, съевшая овцу.

– Вот что, – вмешался в разговор голов большего змея дракон поменьше. – Он мне нравится. Берем его с собой. Будет у нас пастухом работать.

– Это тебе Зойка сказала? – голова, которая говорила с меньшим драконом, поднялась вверх и, изогнувшись, посмотрела вниз. Она удивительным образом походила на вопросительный знак.

– А может, вы меня спросите? – разговор драконов, обсуждающих Ванину судьбу, привел его в чувство.

Все пять голов драконов с удивлением уставились на Ваню.

– Берем! – сказала средняя голова большего змея, и не успел Ваня дернуться, как оказался в воздухе. Две другие повернулись к меньшей:

– Хватай овец, только не убивай их. И неси на гору. Мы их польем водой-невидимкой и вместе с пастухом принесем домой. Поживет с нами. А дальше видно будет.

Ваня сидел в огромном мешке вместе с блеявшими от страха овцами и думал о том, как много еще удивительного есть на Земле. Зойка и Виктория – дети Змеи-Огненной и Змея Горыныча ему понравились. "Славные драконицы. Только бы случайно не съели".

Свадьба

Ваня жил с драконами уже несколько лет. Зойка и Виктория за это время стали совсем взрослыми, Виктория вышла замуж и улетела в Южную Америку к мужу, а Зойка с нетерпение ждала своего часа. Свадьба Виктории и веселого зажигательного Пабло из Рио прошла, по мнению всех, спокойно. Правда, не обошлось без довольно сильного пожара, который прилетали тушить вертолеты и специально обученные люди. Но, как объяснил Змей-Горыныч Ване, это как раз обычным явлением на подобных мероприятиях.

На свадьбе Ваню больше всего поразило, что все драконы были абсолютно разные, казалось, законы генетики не действовали на них, дети драконов совсем не походили на своих родителей. И если раньше непохожесть Виктории и Зойки на Змея Горыныча и Змею-Огненную Ваня считал игрой случая, то после свадьбы Виктории понял, что биология, лежащая в основе жизни драконов, сильно отличается от биологии человека и всех других существ, живущих на Земле. Это открытие настолько потрясло его, что он решил непременно в этом вопросе разобраться.

Свадьбу Зойки с местным парнем, Змей Горыныч и Змея-Огненая устроили в милях 200 от дома, в безлюдном месте, у реки. Высокие горы, неприступной стеной окружающие небольшую долину, служили банкетным залом для небольшой общины драконов, проживающих в Северной Америке. Гостей было немного, драконов 20.

Больше всех Ване понравился английский родственник Змеи-Огненной, Пит-Делай-Что-Я-Сказал. Его холерический темперамент проявлялся во всем: в танцах, речах, анекдотах, в умении вести свадьбу и при всем этом, в нем чувствовался дракон ответственный, умеющий принимать решения и доводить задуманное до конца. К Змею Горынычу Пит-Делай-Что-Я-Сказал питал слабость и, когда местные гости после фейерверка, от которого начался пожар, разлетелись по домам, а Зойка со своим парнем полетела в свадебное путешествие к сестре в Южную Америку, Пит-Делай-Что-Я-Сказал всю ночь внимательно, слушал оценку происходящих событий Змеем Горынычем. Под утро он попросил Змея Горыныча изложить свои соображения «на бумаге» и переслать ему. Он ее обязательно покажет на конгрессе Драконов Европы и Азии, которая состоится через два месяца.

Вечером, после нескольких дней безумного базара, вызванного свадьбой Зойки, дом стал неестественно тихим, Змей Горыныч начал рассказывать Ване истории из своего далекого детства. "Раньше, лет

150 назад, – улыбаясь говорил он, – когда я был юношей, маленькие дракончики сами устраивали небольшие пожары, чтобы наблюдать, как люди тушат их. Для них, да пожалуй и для нас тоже, – это было вроде как представление. Мы летали между людьми, пытавшихся ведрами или с помощью примитивных пожарных машин загасить огонь, и когда видели, что это им почти удалось, поджигали траву или деревья, чтобы продлить удовольствие. Конечно, нам попадало от родителей, но как говорил мой отец: Кто не был молод, тот не был глуп". Змей Горыныч во время рассказа часто впадал в сентиментальные настроения, он очень любил своих девочек, и никак не мог привыкнуть к жизни без них.

Змей Горыныч оказался начитанным драконом, если бы не огнедышащие головы, в пылу разговора приближавшиеся к Ване на недопустимо близкую дистанцию, он бы вполне счел его приятным собеседником. Его любовь к отвлеченным разговорам, напоминала ему Самсоныча, учителя математики, но Змей Горыныч не был стариком, в нем еще жила нерастраченная многими годами любовь к знаниям.

Змея-Огненая оказалась заботливым существом, пожалуй, она одна понимала насколько искусственной является жизнь Вани в семействе драконов. Часто Ваня ловил на себе грустный взгляд ее двух голов, казалось, ей хочется погладить его по голове или сказать что-то ласковое, ободряющее, но природная стеснительность не давала ей сделать этого.

Так постепенно жизнь в семействе Змея Горыныча постепенно вытеснила старую человеческую и Ване уже казалось, что он всю свою жизнь провел с драконами, что жизнь с людьми была сказкой, нереальностью, о которой он читал когда-то в детстве. Драконы надели на него специальное кольцо, чтобы сбежать от них он не мог. Каждые три месяца Ваня со всеми выпивал свой стакан воды-невидимки.

Однажды, это было еще до замужества Виктории, Ваня рассказал драконам рассказ Чехова "Лев и Собака". Все слушали с большим вниманием. Когда собачка умерла, из глаз Змеи-Огненной полились слезы. Она их сглатывала и они, попадая на горячий язык, превращались в облачка пара.

Змея-Огненная, как и когда-то Фекла, всегда старалась подложить Ване лучший кусочек мяса, который готовила специально для него.

Следует сказать, что появление Вани установило мирные взаимоотношения в семье Змея Горыныча, чему были все рады, да и голода не было, Ваня с удовольствие исполнял свои обязанности пастуха.

Однажды Ваня, крутя в руках очередную порцию шашлыка, приготовленного в пасти, дружившей с ним Зойки, посетовал на то, что нечего читать. На следующее утро Зойка принесла ему огромный мешок книг. На вопрос откуда она их взяла, Зойка засмеялась:

– Откуда взяла, там их уже нет!

Но Ваня и сам догадался, на всех книгах стоял штамп одного из уважаемых университетов.

– Ограбила библиотеку. Да?

– Ну сам понимаешь, – весело сказала Зойка, – в библиотеку я не записана.

Книги, принесенные Зойкой, были украдены из библиотеки департамента физики, поэтому Ване ничего не оставалось, как изучать химию, квантовую механику, теорию относительности, биологию, теорию излучения. Занятие естественными науками Ване нравились, он даже, подумывал не попросить ли Зойку украсть для него из библиотеки "Science" или "Nature" или, на крайний случай, «Phys.Rev.Letters».

В просьбе принести ему телевизор со спутниковой антенной Змей-Горыныч отказался. "Ты начнешь скучать по людям и от тоски умрешь. А мне этого совсем не хочется. Так что, книги любые – нет проблем, а вот средства связи, ты уж прости, Ванечка, нет!"

В год свадьбы Виктории, Зойка принесли Ване все номера "Science", "Nature", , «Phys.Rev.Letters», "Physics Today" за последние несколько лет. Ваня обрадовался и по пол дня читал журналы, и делал заметки на доске, которую соорудила Зойка.

Однажды утром Ваня обнаружил у себя на столе компьютер. Он бросился к нему, и застучал по клавишам, все необходимые программы на компьютере были установлены. Ваня вошел в интернет пошел на один веб сайт, другой, и с удивлением уставился на драконов, окруживших его стол.

– Понимаешь, Ванечка, – ласково обратилась средняя голова Змея Горыныча, – когда неделю назад Зойка с Викторией принесли мне компьютер, они, – две головы с недовольством посмотрели на дочерей, – стащили его для тебя из кабинета одного большого профессора Гарварда, я задумался отдавать его тебе или нет. – Ваня напряженно молчал. – С одной стороны, отдать тебе компьютер было нельзя, ты бы вспомнил мир человека, и непременно захотел бы от нас уйти. Но поскольку жить без живой воды ты не можешь, то либо ты бы умер здесь от тоски, либо сбежал и через три месяца превратился бы в лужицу воды, или привел людей к ее источнику. А с другой стороны, не отдать тебе компьютер было бы не по-драконовски. И вот, что мы решили на семейном совете... – Змей-Горыныч глубоко вздохнул и замолчал.

– Что? – глухо спросил Ваня.

– Ограничить возможности интернета. Ты можешь использовать его только для поиска и чтения научных статей и книг и переписки с научными журналами. Вчера я сделал все необходимые изменения в компьютере и связался с президентом Сообщества Драконов. Первая его реакция, как ты понимаешь, была уничтожить компьютер. Но после многочасовых дискуссий, мне удалось убедить его и подключившийся консультативный совет… Короче, было принято решение позволить тебе пользоваться компьютером.

Наступила тишина.

Наконец, Ваня встал и подошел к Змею Горынычу:

– Вы и ваша семья стали, – Ваня замолчал, слезы душили его, – самыми близкими мне людьми на Земле.

Все заплакали огненными слезами.

– Папа, – левая голова Зойки облизнула слезы, – Ваня ошибся, – он хотел сказать, что мы стали ему самыми близкими драконами на Земле, – голова приблизилась почти к самому лицу Вани, – Так, да?

Волосы на Ване затрещали от жара.

– Да! – быстро согласился Ваня и быстро отошел назад.

– Эх, жаль, что ты не дракон, Ванечка, – а то выдал бы я за тебя нашу пигалицу, и дело с концом.

Зойка залилась краской, чем сразу сняла напряжение.

– Сегодня завтрак на улице! – объявил Змей Горыныч, и, посмотрев на жену, добавил, – с вином 30 летней выдержки.

Все направились к выходу из пещеры.

Змей Горыныч обернулся:

– Ваня, ты иди поиграйся с компьютером, когда твои шашлыки будут готовы, мы тебя позовем.

Перед самой свадьбой Зойки, Ваня подозвал ее к с своему столу и открыл компьютер. На экране был какой-то странный текст.

– Это моя первая статья в Pys.Rev.Lett.

Зойка хотела обнять, Ваню, но вовремя остановилась.

– Папа, Мама, – закричали все ее три головы, – идите сюда скорее, наш Ваня опубликовал свою первую статью в научном журнале.

Когда Ване исполнилось тридцать, и он уже был автором 10 статей в ведущих научных журналах, он неожиданно пропал и вернулся с молоденькой девушкой лет двадцати. Она смущенно жалась к Ване, и этим сразу понравилась Змею Горынычу и его жене.

Что было дальше с Ваней и семьей Змея Горыныча, подушка Тине не рассказывала, и как она ее не просила, та ей отвечала "Вырастешь, сама придумаешь." "А как же закон о том, что сказка должна быть досказана до конца! – горячилась Тина. "Она и рассказана до конца. Дальше твоя очередь" – спокойно отвечала подушка. – Также было и с Андерсеном, и с братьями Гримм, и с Сашей Пушкиным, и многими людьми."

* * *

Исаак оставил идею просканировать рентгеном Тинину подушку, после просмотра фильма Тарковского «Солярис».

* * *

– Ну, ты и фантазерка! – сказала Ирис Тине в машине, когда она пожаловалась маме на отказ подушки рассказывать продолжение сказки о драконах, – драконы, вода-невидимка, и все то, что мы с папой слышим, тебе рассказала подушка?

– Ну да! А кто еще? – удивилась Тина.

– Уж больно это похоже на Гарри Поттера, там тоже драконы, мантии невидимки, тролли, драчливые ивы.

– Мама, – перебила Тина Ирис, – Ну как подушка может читать книги, ведь глаз у нее нет, да и как страницы перелистывать.

– А как твоя подушка, может рассказывать сказки, если у нее нет даже рта, я уж не говорю о голосовых связках, – парировала Ирис Тинино возражение.

– Значит, может, – безапелляционно заявила Тина, открывая дверь машины.

– Тина, смотри, не забудь съесть ланч. – Ирис поцеловала дочку и та, выпрыгнув из машины, побежала к школьной двери.

"Тоже мне: «Подушка рассказала!» – Думала про себя Ирис, – начиталась «Гарри Поттера» и теперь сама выдумывает" – Ирис включила музыку, машина медленно двигалась в школьной зоне. Если честно, она уже привыкла к мысли, что действительно Мишина подушка рассказывает по ночам Тине сказки.

За завтраком

– Папа, скажи, о чем ты мечтал, когда был маленький. – Тина налила в чашку с овсяными хлопьями молоко и приготовилась слушать. Так уж повелось в семье Исаака и Ирис, что все свои главные вопросы Тина задавала за завтраком. "Тлетворное влияние Мишиной подушки" – нахмурив брови, говорил в таких случаях Исаак, прежде чем ответить. Но если честно, вопросы Тины ему нравились. "Задает умные вопросы, значит думает" – успокаивал он Ирис, когда она начинала переживать из-за слишком взрослых тем волновавших Тинку.

– Ну, когда был таким как я, или чуть постарше, – не услышав очередного замечания о «Тлетворном влиянии... » – уточнила Тина.

У Исаака была очень редкая особенность, он мог глубоко задуматься, но не в том обычном понимании, когда человек, уставясь в книгу, переходит улицу на красный свет или проезжает свою остановку в метро. Исаак погружался в иной мир, как водолаз в глубину океана, чтобы выйти из него с ответом.

– В пять лет, – начал с середины своей мысли Исаак, – я не мечтал, я видел сны. Многие я забыл, но некоторые помню очень хорошо, даже сейчас. Однажды во сне я увидел себя управляющим небольшим самолет, рядом со мной в кресле сидел летчик в красивой синей форме, на голове у него были наушники, сзади, в салоне, были пассажиры. Сон был настолько явственный, что я проснулся с мыслью, что действительно управлял самолетом. Когда я сказал своим родителям об этом, они засмеялись: тебе это приснилось. "Может и приснилось" – подумал я, но решил, что при первой возможности обязательно повожу самолет, и эта мысль настолько засела в мою детскую голову, что я все время мысленно представлял себя в кабине летчиков. И вот, через год, когда мне было уже шесть, мы летели на небольшом самолетике из Пырнова, областного центра, в Киев.

– Это было, когда ты жил на Украине? – уточнила Тина

– Да, – подтвердил Исаак и продолжил:

– Пассажиров было немного, и дверь в кабину летчиков была открыта. Когда мы набрали высоту, я, не спрашивая у родителей разрешения, встал и пошел к летчику:

"Дядя, давай полетаем вместе. Я тебе помогу" – сказал я

Летчик посмотрел на меня удивленно и, сняв наушники, спросил:

"А ты умеешь?"

"Конечно, умею. Я раньше очень большие самолеты водил".

"Ну, раз так, – засмеялся он, – давай садись".

Он посадил меня себе на колени и сказал:

"Держи штурвал"

— Папа, а что такое штурвал? — спросила Тина, она всегда, когда слышала непонятное слово, спрашивала, что оно значит. Это правило ввел Исаак, и очень сердился, если оно не соблюдалось.

— Штурвал, это джойстик с двумя ручками. — Исаак сжал перед собой кулаки, — Когда тянешь штурвал на себя, — Исаак откинулся на спинку стула и потянул на себя воображаемый штурвал, — самолет задирает нос и летит вверх. Когда ведешь его от себя, — Исаак наклонился вперед и с усилием наклонил штурвал вперед, — самолет опускает нос и летит вниз, — когда наклоняешь вправо, — Исаак вместе со штурвалом наклонился вправо, — самолет, опирается на правое крыло, — Исаак посмотрел на воображаемое крыло, — и поворачивает направо. Когда наклоняешь влево — влево. Короче, мы с летчиком минут десять летали.

— И что, ты на самом деле двигал штурвал и самолет подымался и опускался! — глаза Тины стали огромными от восторга.

— А что здесь такого? — небрежно повел плечами Исаак, — Ну полетал немного. Это тебе не картину маслом написать.

— Папа, значит, если мечтать о чем-нибудь очень сильно, то обязательно сбудется? — глаза Тинки расширились еще больше.

— Мечтать не вредно, — засмеялся Исаак.

Ирис внимательно посмотрела на мужа, она явно не разделяла его юмора.

— Когда мы жили в Афинах, моя бабушка рассказала мне притчу.

— А что такое притча? — спросила Тина.

— Это поучительная история, которая непонятно: была она на самом деле или нет, — пояснил Исаак и глянул на часы, время еще было, но немного.

— Один человек попал в Рай, — Ирис поставила чашку с чаем на стол, — он об этом мечтал всю жизнь и вот он умер, и Б-г говорит ему:

"Ты своей праведной жизнью заслужил Рай. Сейчас ты поднимешься по этой лестнице и войдешь в него. Но почему ты такой печальный, разве ты не хотел попасть в Рай?

"А что мне Рай, — сказал человек, — Всю жизнь я прожил в маленькой квартире на рабочей окраине Афин. Никогда не был женат, нигде не был, кроме Афин. В школе, помню, неплохо писал сочинения, но всю жизнь занимался ремонтом бытовых приборов. Эта работа никогда мне не нравилась, да и платили мало, Что ж веселого в том, что я сейчас войду в Рай?"

Б-г понимающе кивнул:

"Смотри, видишь красивый дом на берегу моря, он предназначался тебе. А вон там, в беседке, красивая молодая женщина с двумя маленькими детьми. Женщина и дети тоже предназначались тебе. А вон там, – Бог указал на красивое большое здание, – издательство, которое предназначалось тебе. Но ты об этом всем даже не мечтал".

Исаак внимательно посмотрел на Ирис.

– Тинка, быстро! В школу опоздаешь, – крикнул он, увидев положение стрелок на часах.

Тина спрыгнула со своего стула, дала щелбан Лешке, от чего тот, не поняв его смысла, дико засмеялся, и побежала в комнату хватать портфель.

*   *   *

Одно из ушек подушки осторожно приподнялось:

– Тихо. Только Исаак на компьютере стучит.

Все ушки подушки привстали, готовые при малейшем шуме, как солдаты под огнем противника, упасть вниз.

– Да, – грустно втянуло в себя воздух верхнее правое ушко, – недомечтал наш Исаак в детстве, недомечтал...

– Это часто со скромными людьми бывает. Вообще, хорошие люди себя недооценивают. – Нижнее ушко, прислушалось к стуку клавиш. – Я вам скажу так: умные, как Исаак, редко случаются. Чтобы и в науке разбирался, и в понимании жизни был не лопух...

– Эх, нашему Исааку бы лабораторию по физике дать и пару толковых студентов, он бы такого в науке наворочал, – мечтательно потянулось вверх левое ушко, – сколько его слушаю, всегда удивляюсь.

– А может мы ему про общую теорию поля напоем, глядишь, он и в Нобели выбьется, или какую другую премию отхватит, – неожиданно предложило нижнее правое ушко.

– Как ты о таком даже думать можешь? – вскипело ушко, которое приподнялось первым.

– А что, Альберту теорию относительности и фотоэффект напели, Галилею формулу $s = gt^2/2$ напели, Бору про квантование орбит напели, чем Исаак хуже, или имя у него не то? – оскорбилось нижнее правое ушко.

– Да имя-то – то. Только знаете, мы не можем помогать тому человеку, кто даже помечтать не хочет.

– Ну, это правильно, – согласились все ушки.

85

Зимние каникулы. Колорадо

Незаметно пролетело полгода. Наступил декабрь, самый радостный месяц для детей. Скоро Рождество, а это значит: каникулы, подарки и Новый Год. Исаак и Ирис, кроме Нового Года, еще отмечали еврейский праздник Ханука: зажигали ханукальные свечи, дарили Тине и Лешке деньги, вернее только Тине, Лешка был еще мал и не понимал их ценности в жизни.

Праздник Ханука продолжался 8 дней и с каждым днем число зажженных свечей увеличивалось на одну, и на один доллар увеличивалась сумма, которую Исаак вручал Тине. Так что к в конце 8 дня у нее скапливалась приличная сумма в 36 $. В первый день, Исаак и Ирис устраивали торжественный обед, на котором Исаак рассказывал детям историю праздника Хануки и дети, поев сладости, играли в дрейдел. Рассказ Исаака вкратце сводился к борьбе израильского народа с греческой империей, управляемой царями династии Селевкидов, и победе израильтян под командованием семейства Маккавеев над 40-тысячной, хорошо вооруженной армией греков. Рассказывал о том, что когда израильтяне вошли в священный храм в Иерусалиме, разграбленный греками и пожелали зажечь светильник, они нашли только одну маленькую бутылочку с чистым оливковым маслом с печатью первосвященника храма. Этого масла должно было хватить только на один день горения лампады. Но произошло чудо, масло горело в течение целых восьми дней, пока не было изготовлено новое масло. В память об этих событиях мудрецы выделили эти 8 дней в каждом году для выражения благодарности Богу за чудо победы над Греческой империей и горения светильника 8 дней вместо одного.

На этот раз Ханука выпала на 20 Декабря и было решено отправиться на машине в Колорадо и там, среди гор, отметить Хануку, покататься на лыжах, встретить Новый Год и вернуться домой в Хьюстон 3 января, с тем, чтобы Тина могла четвертого пойти в школу, а Лешка в детский сад.

Тина, узнав, что через 5 дней все едут в Колорадо кататься на лыжах, обрадовалась несказанно. Она еще никогда не видела снега и предвкушала, как на санках будет спускаться с самых крутых гор Колорадо, строить снеговиков, которые видела только на фотографиях и смотреть на северное сияние. Хьюстон южный город, в нем последний раз снег выпал лет за сорок до рождения Тины.

*   *   *

Предстоящую поездку Тины в Колорадо, ушки обсуждали очень горячо. Каждое предлагало свою сказку и отстаивало ее с упрямством сытого, выспавшегося осленка. И вдруг в самый разгар базара, когда казалось, что подушка вот-вот выпрыгнет с кровати, одно из ушек вдруг спросило: "А мы-то поедем в Колорадо?". Этот вопрос как-то сразу охладил разгоряченные головы. Все сразу притихли. "А действительно, возьмет ли Тина нас с собой?" – спросило выше всех стоящее ушко После довольно продолжительного молчания было принято решение "Безусловно возьмет. Ведь куда она без подушки?", и сразу как-то само собой решилось в ночь перед поездкой рассказать Тине сказку «Нашествие сумасшединок»

Вечером Тина занесла в комнату большой рюкзак и вместе с мамой набила его всем необходимыми вещами. Мишину подушку, по предложению Ирис, Тина должна была впихнуть утром, как только проснется.

Углы подушки были счастливы: "Ну я же тебе говорило, говорило" шептало каждое своим соседям. Наконец, пришел Исаак, все проверил, поцеловал Тину и уже в дверях сказал: "Тинка не забудь Мишину подушку взять. Без нее скучно будет!".

Ушки ничего не сказали, только переглянулись, ведь ни в коем случае нельзя показывать людям, что ты живой.

Наконец Тина взбила подушку и улеглась. Еще минута, и она спала крепким сном.

Нашествие сумасшединок

Сегодня, наконец, было объявлено, что нашествие сумасшединок ожидается в ближайшие несколько дней. Уже три года как сумасшединок не было в нашей стране, и люди стали забывать об их существовании.

Сразу после объявления все срочно бросились в магазины закупать конфетти, хлопушки, почему-то плюшевых медвежат и зайцев. Цены на яркие ткани, картон и краски – на все, из чего можно сделать карнавальные маски и костюмы – подскочили в три раза. Дело не в том, что торговцы хотели нажиться, просто они знали, что за два дня до нашествия сумасшединок цены на все эти товары по непонятной причине упадут в пять раз. Именно поэтому они и повысили цены, чтобы не вылететь в трубу. Пять лет назад торговцы не сделали этого, и после эпидемии сумасшествия многие из них разорились.

Мамы и папы, братья и сестры, начальники и начальницы, взрослые и дети не ждали понижения цен. Они, как сумасшедшие, бегали из одного магазина в другой, покупая все подряд. Наше правительство со своей стороны тоже стало готовиться к нашествию сумасшедшинок. Оно распустило армию, полицию, а всех своих чиновников отправило в принудительный отпуск за казенный счет. В магазинах, на улицах, дома люди обсуждали прошлые нашествия сумасшедшинок и гадали каким будет новое. Но, конечно, никто не мог ничего определенного сказать.

За два дня до нашествия цены упали, но людям было уже не до магазинов, они срочно шили карнавальные костюмы, украшали дома, пекли пироги. И вот волна сумасшедшинок пересекла границу государства. На этот раз сумасшедшинки пришли к нам не с востока, со стороны гор, как было в прошлый раз, и не с запада, с озер, как было в позапрошлый раз, и не с юга, и не с севера. Они каким-то чудным образом появились сразу в центре страны у Капитолия. На то они и сумасшедшинки, чтобы пересекать границу самым неожиданным образом.

Следует сказать, что математики нашей страны уже 15 лет серьезно занимаются проблемой пересечения сумасшедшинками границ нашего государства. Вначале они никак не могли понять, как сумасшедшинки могут появиться в городе N., находящемся в 200 километрах от границы, не пересекая ее. Но сейчас наши уважаемые математики вчерне построили теорию пересечения сумасшедшинками наших границ. Она носит странное название – “Туннельная геометрия сумасшествия”.

Наши физики, со своей стороны, тоже изучают сумасшедшинки, но как реальный физический объект. Однако у них нет таких успехов, как у математиков. “Они недостаточно сумасшедшие, эти физики, чтобы придумать что-нибудь стоящее”, – шутят наши математики. Физики в ответ улыбаются и работают в поте лица. Они утверждают, что и на их улице будет праздник.

На этот раз сумасшедшинки появились в виде быстро летящих бабочек. Вначале, как говорилось выше, они появились на главной площади, у Капитолия, но уже через час вся столица была по настоящему весела, а на следующий день вся страна сошла с ума. Что удивительно, бабочки не пересекали границы сопредельных государств, четко уважая их суверенитет.

Люди веселились, пели, танцевали, делали сумасшедшие поступки – дарили цветы, подарки незнакомым людям, целовались со всеми подряд, а не только с самими хорошенькими девушками и с близкими родственниками. Кстати, к дальним родственникам наши люди летали самолетами компании "Эй, пролечу" абсолютно бесплатно. Летчики этой компании крутили петли, бочки, делали горки, виражи – короче, выделывали все фигуры высшего пилотажа на радость пассажирам и наблюдателям с земли.

Вино у нас, как говорится, лилось рекой, но никто не был пьян. Что касается детей, то они прыгали на диванах и кроватях, а те почему-то не ломались, они были в эти дни чертовски прочны. Фейерверки начинались с заходом солнца и кончались только на рассвете – никто не спал.

Мужчины были дьявольски галантны и вежливы, а женщины зверски красивы и недоступны. Даже собаки и кошки сошли с ума – они громко лаяли и мяукали, стараясь всех лизнуть в лицо или руки. Лягушки (этого никогда раньше не было) по вечерам устраивали чудные концерты – они исполняли как популярные песни, так и классическую музыку русских авторов. Днем бабочки были яркими, как сама радуга, ночью они светились, переливались всеми мыслимыми цветами, и те, на кого они садились, становились еще веселее, еще сумасшедшее.

Эпидемия продолжалась четыре дня. На четвертый день, в полночь, бабочки по всей стране взлетели вверх и устроили представление, которое продолжалось 30 минут. Это было что-то необыкновенное – рассказать об этом нельзя. Ровно на тридцатой минуте бабочки собрались вместе и через всю страну появилась надпись: "До свидания, мы еще вернемся!" – и подпись – "Сумасшедшинки". По истечению тридцатой минуты сумасшедшинки пропали, и люди стали расходиться по домам. Назавтра им предстоял тяжелый день, все надо было привести в порядок, убрать конфетные обертки, конфетти, почистить улицы. Но все были счастливы.

На этот раз сумасшедшинки преподнесли нам сюрприз: утром все было чисто прибрано, в огромных черных полиэтиленовых мешках лежал мусор, который только и нужно было что вывезти – что и было сделано городскими властями.

* * *

Выехали, как всегда, на полтора часа позже, чем планировал Исаак, поэтому в машине стояла нереальная тишина. Даже Лешка, за полгода приобретший навык говорить без остановки и влезать во все разговоры, молчал. Наконец Исаак остыл и, оглянувшись назад, весело сказал: а теперь споем про Чебурашку, и красивым голосом завел "Пусть бегут неуклюже пешеходы по лужам, а вода по асфальту рекой" и тут слаженный хор под управлением Ирис подхватил "и неясно прохожим в этот день непогожий почему я веселый такой". Так с песнями доехали до бензозаправки.

После совместной прогулки в туалет на вопрос Исаака:

– Вопросы есть?

Тина спросила:

– Папа, какого цвета бывает снег?

– Белого, – ответил Исаак, потом подумал и добавил, – еще грязного.

– А зеленого, красного, синего не бывает?

– Нет.

– Даже в Новый Год?

– Даже в Новый Год.

– А жаль, – вздохнула Тина.

В мотеле быстро перекусили, и легли спать.

Утром все быстро позавтракали и через два часа въехали в зону снега. Лешка и Тина не отрываясь смотрели в окна: горы слева белой отвесной стеной подымались вверх, справа грядой упирались в небо, деревья, долины устланные снегом, все казались им чудом.

Ирис с Исааком на переднем сидении тихо разговаривали. Обоим почему-то вспомнился жаркий израильский июнь, аудитория, где они впервые увидели друг друга, кафетерий, где ели фалафи и вечер, когда шли по набережной Тель-Авива среди тысяч молодых людей как и они. Вспомнилось море: темное, будто чернота бездны, и прожектор, пробегающий по воде от одного края набережной до другой. Парочки шли в обнимку или держались за руки; у многих девушек и юношей на плече стволом вниз висел автомат с двумя магазинами, привязанными к ручке изолентой. Линия гостиниц-небоскребов, выходящих своими дверями прямо на набережную, казалась светящейся стеной окон, за каждым из которых, безусловно, были радость и любовь. Полоса пляжа шириной метров 100, примыкающая к набережной, была пуста, только отдельные немолодые люди сидели на складных стульчиках пили колу и о чем-то говорили. Исаак взял руку Ирис и опять они были юны, как тогда в Израиле.

Через час начался серпантин. Исаак внимательно, не отвлекаясь на красоты, вел машину. У перевала он с еще одним водителем надели

90

цепи на колеса, и Бьюик пополз вверх. Через два часа перевал был пройден и перед ними опять был очищенный от снега асфальт.

В Макдоналдс возле заправки все поели, заправили машину и опять дорога. В этот раз Лешка вел себя спокойней, он будто понимал, что сейчас от папы требуется осторожность и пристальное внимание. Ирис сидела сзади и, как могла, развлекала детей.

Часов в 9 вечера они подъехали к мотелю. Ирис пошла в офис за ключом, Исаак остался в машине с детьми.

Комната оказалась на первом этаже. Первым занесли спящего Лешку, затем вещи, затем пакеты с едой.

Время летело быстро. Утром все лепили снеговиков, катались на санках. После обеда Исаак брал горные лыжи и шел на подъемник, а Ирис одевала беговые лыжи себе и Тинке, Лешку засовывала в рюкзак и шла с детьми в лес. Аппетит у детей был зверский. Взятую, из дому еду Тина и Лешка съели за 4 дня, хотя планировалось, что ее хватит на неделю.

К концу отдыха Тина уже научилась владеть лыжами и лихо, вслед за мамой, спускалась с горок. Несколько раз Ирис с детьми на подъемнике поднималась на гору вместе с Исааком. Он надевал лыжи и спускался вниз, а она с Тиной и Лешкой любовались панорамой гор, фотографировались и на подъемнике спускалась вниз.

20 Декабря, в первый день Хануки, Ирис, сказав благословение, зажгла одну свечу. Исаак дал Тинке и Лешке по доллару. Во время рассказа о смысле Хануки дети уснули, так что в дрейдел играли только Исаак и Ирис, играли на поцелуйчики, от чего им было весело, как тогда в Израиле.

В последний день Хануки, после того как были зажжены все 8 свечей и Тина получила свои 8 долларов от Исаака, все поехали в Аспен. Погуляли немного и зашли в ресторанчик. На дверях его была табличка "В лыжах не входить. Пожалуйста, оставьте их в гардеробе". Табличка очень позабавила Тинку, поскольку столики стояли достаточно близко друг к другу, и в лыжах было уж никак между ними не пройти. Еда была вкусная и совсем недорогая. За соседними столиками в основном сидели молодые родители с детьми. Тина быстро нашла с детьми общий язык и была страшно довольна. Лешка, поев, быстро заснул и участия в беготне по ресторану не принимал.

Новогоднюю ночь встретили у телевизора. Лешка с Тиной пили детское шампанское, Исаак с Ирис настоящее. В 12 все вышли на улицу посмотреть на звезды. Они были огромные и их было много. Исаак принес из багажника Бьюика небольшой телескоп, установил его на веранде и все по очереди смотрели на звезды, туманности, галактики, о которых Исаак интересно рассказывал. У него была диссертация по астрофизике и звездное небо он хорошо знал.

Первого января Исаак поднял всех в 7 утра. Быстро побросали вещи в машину и поехали обратно. Прогноз погоды был плохой, ожидался сильный снегопад, и перевал мог закрыться на несколько дней. Взяв перевал и сняв цепи с колес, Исаак облегченно вздохнул:

– Успели! Если бы выехали на полчаса позже, попали бы в страшный трафик.

На этот раз никто в машине не буянил. Лешка спал, только иногда просыпался, чтобы на стоянке сходить в туалет или съесть финик. Тина тоже почти всю дорогу спала, положив голову на Мишину подушку. Исаак и Ирис вели машину по очереди.

Подушка рассказывала Тине разные истории, она улыбалась во сне и, переворачиваясь на другой бок, крепко прижимала к себе.

Вот одна из историй, рассказанных Волшебной Подушкой во время долгого возвращение в родной Хьюстон.

Смешинки. Новогодняя история

Смешинки начали падать прямо с неба. Они были похожи на снежинки, только были крупнее и все разного цвета. В это время на улице были только дети. Они стали их ловить. Вначале они просто улыбались, потом начали смеяться, а затем просто хохотать. Этот было совсем по другому, как если вас щекочут в подмышках или за пятки, дети смеялись, потому что им было смешно.

Родители ничего не знали про смешинки, они сидели у себя в квартирах, смотрели идиотские передачи по телевизору, пили пиво, читали газеты, а некоторые даже ругались друг с другом, пока их детей не было дома. А дети от смеха уже падали на снег, бросали друг в друга смешинки, и от этого им было еще веселее. Некоторые дети, их было совсем немного, стали звать своих родителей, кричать им, чтобы те поскорее вышли на улицу, пока с неба еще падают эти чудные смешинки. Наверное, они очень любили своих родителей, если даже во время смеха не забыли их. И вот из форточки показалась голова первого родителя, она была очень лысая. Она с удивлением посмотрела на происходящее вокруг, затем пропала, и вот в узкой форточке показались две головы. Они с изумлением смотрели на падающие смешинки и детей. Потом в окнах появилось еще несколько голов, они стали поворачиваться в разные стороны и что-то кричать, потом вдруг стали улыбаться, потом смеяться, наверное, смешинки стали попадать на них. И вот на улице появились родители маленьких и больших детей. Они тоже стали ловить смешинки, делать из них разноцветные комки и пулять ими друг в друга, в своих и чужих детей. Когда на улице уже стоял жуткий хохот, из подъездов стали появляться бабушки и дедушки, и, конечно, через пять минут хохотали уже все. Все были маленькими детьми, и нельзя было сказать, кто это хохочет – малыш, которому в рот залетел целый комок смешинок, брошенный удачливой рукой, или папаша, который их наглотался. И вдруг смешинки перестали падать, и над городом повисли сани, из которых посыпались шоколадные конфеты и маленькие плюшевые игрушки (большие или тяжелые игрушки, наверное, поубивали бы всех). Потом из саней появился Дед Мороз. Он закричал: "С Новым Годом вас, с новым счастьем!", достал огромное ведро и высыпал из него целую кучу смешинок, и, пока дети и взрослые смеялись, исчез так же неожиданно, как и появился. Потом выглянуло солнце, и под его яркими лучами смешинки стали превращаться в болтушки. И тут все сразу заговорили о том, что было, как это замечательно, что выпало столько много конфет и плюшевых игрушек, и какой был Дед Мороз, и какие у него были замечательные сани, и вот они говорят об этом и говорят и до сих пор говорят, но им никто не верит. Кто же верит болтушкам

*   *   *

Хьюстон встретил путешественников Рождественскими огнями, украшенными елками и теплой погодой. Жизнь вернулась в свою колею.

Волшебный пузырек

Левое ушко не отрываясь смотрело на праздничный стол, за которым друг против друга сидели Ирис и Исаак. На столе стояла бутылка полусладкого шампанского, в большой хрустальной вазе лежали две нетронутые кисти винограда: зеленая и черная, в вазах поменьше клубника и нарезанный кружочками ананас. В больших фужерах на тонких ножках находилось ванильное мороженое, а в двух изящных чашечках остывший кофе. Ирис была в новом бело-голубом платье, Исаак в свадебном костюме, двенадцатилетней давности. Последний раз Исаак надевал костюм в день свадьбы и с того времени прибавил несколько килограммов, поэтому влез в него с большим трудом.

Ирис и Исаак говорили тихо, чтобы не разбудить Тину и Лешку, спящих на диване валетом и укрытых теплым пледом.

– А помнишь, как мы с тобой познакомились? – спросила Ирис.

– Конечно. Я ошибся номером, звонил другу и случайно нажал не на ту цифру в конце.

– А если правду, Исаак, – улыбнулась Ирис, – ты звонил своей подружке Авиве[3] – она тоже делала диссертацию по космологии.

– Да не звонил я ей, и телефон у нее совсем другой.

– Хорошо, давай посмотрим, – Ирис взяла телефон и после нескольких манипуляций показала Исааку телефон. Это телефон Авивы. Запомнил? – в зрачках Ирис играли чертики, – а это мой, когда жила в Израиле, – и опять протянула телефон Исааку.

Исаак покраснел.

– Значит, Исаак, Он, – Ирис показала рукой в верх, посчитал, я тебе больше подхожу, чем Авива. Или ты в этом сомневаешься? – сказала Ирис, и засмеялась.

– Да, против Него, – Исаак показал рукой вверх, – не попрешь, – и засмеялся вместе с Ирис.

Ирис перегнулась через стол и поцеловала Исаака в губы.

– Сегодня двенадцатая годовщина нашей свадьбы, давай выпьем за нее еще раз, – сказал он.

Ирис кивнула, и Исаак налил шампанское в два красивых бокала, украшенных свадебными кольцами. Пузырьки в них заиграли золотом в лучах пяти свечей в серебряном подсвечнике. Исаак поднял свой бокал, Ирис – свой, и они медленно выпили шампанское.

Поставив бокал на стол, Исаак, показал глазами на спальню. Ирис улыбнулась, протянула ему руку:

– Уберем завтра.

Исаак посмотрел на спящих детей и потушил свечи.

* * *

Верхнее ушко наклонилось к остальным и сообщило:

– Ирис и Исаак пошли спать.

Подушка стояла углом и за происходящим могло следить только оно одно.

– Ты уверено? – Прошипело сдавленное весом подушки ушко.

---

[3] Авива (весна) – древнееврейское имя

– Да, уверено! Они свечи потушили.

– А как же Тина? – спросило правое ушко

– Она спит на диване вместе с Лешкой.

– Мдаа..., – недовольно промычало левое ушко, – значит, наша сказка на сегодня отменяется. Наступила тишина, все ушки переваривали неприятную новость.

– Вот скажите, мне, – прервало молчание верхнее ушко, – почему дети никогда не спрашивают своих родителей о том, как они познакомились, как проходила их свадьба, странно даже.

– Да, интересно, почему. Сколько мы живем, а живем лет пятьсот, если не больше, ни один мальчик, ни одна девочка о своих родителях никогда не спрашивали, – сказало левое ушко.

– Потому что дети считают, что Мир начинается свое существование с их рождения, до их рождения ничего не было, – прохрипело нижнее ушко.

– А как же история... ну войны, царства, события, которые были до их рождения? – спросило правое ушко.

– Сказки! – прошипело сдавленное ушко.

– Сказки? – удивилось правое ушко.

– Да, сказки. То, что человек сам не пережил, в чем не участвовал, для него информация лишенная сочувствия, сопереживания, ну или почти так, – поправилось нижнее ушко.

– Но дети же верят в сказки! – заметило правое ушко.

– Да, верят, – согласилось нижнее ушко.

– А давайте расскажем Тине историю любви ее родителей, Исаака и Ирис, как сказку, но очень близкую к правде.

– Правильно, давайте, вот здорово будет, – загалдели ушки.

– Сказки, – с трудом прервало общий гомон, нижнее ушко, – отличаются от реальных событий тем, что отражают не реальные события, а чувства, которые испытывали их участники. Поэтому, хотя наша сказка и не будет в точности отражать реальные события, но чувства Исаака и Ирис отразит.

– Значит, решено! Рассказываем Тине сказку про Исаака и Тину, – подвело итог дискуссии верхнее ушко.

В три часа ночи дверь спальни скрипнула, и Исаак внес Тину в комнату. Положив Тину в кровать, он поправил подушку под ее головой и сказал: "Хорошей тебе сказки Тиночка", затем постоял минуту и вышел из комнаты.

* * *

Ирис не спала.

– Исаак, где вы сейчас находитесь в "Трех Товарищах"?

– Ты еще не спишь, – удивился Исаак.

– Так где?

Исаак лег рядом с Ирис. Часы показывали полчетвертого.

– Находимся при смерти, ну когда Роб получил сообщение от Пат, чтобы срочно приехал.

– И как Тина все воспринимает.

Исаак просветлел:

– Ты не поверишь, она так сочувствует Робу и Пат, так хочет, чтобы Пат не умерла, я с ней говорю как с взрослым человеком. Однажды я застал ее за чтением статьи про туберкулез на Wikipedia. Я попытался с ней читать поверхностно. Так, представь себе, она мне не дала, стала задавать вопросы.

– Как она перенесла смерть Ленца?

– Тяжеловато, но я бы не сказал, что уж очень она переживала. А вот линия Пат и Роба... Она прямо вгрызается в текст, будто хочет примерить их одежду.

– Ты не боишься, что она слишком близко принимает все к сердцу?

Исаак задумался:

– Нет, не боюсь. В ее вопросах много рационального, исследовательского я бы сказал. Если бы она читала «Три Товарища» в 17-19 лет, то книга оказала бы на нее большее эмоциональное влияние, сказывались бы уже развитые чувства и желание любить. Я, думаю, что, чем раньше наша Тинка начнет понимать чувства других людей, чем раньше избавиться от детского эгоцентризма, тем лучше. Ты как считаешь?

– Знаешь, – Ирис взяла руку Исаака, – я всегда знала, что в тебе не ошиблась.

Исаак знакомится с Ирис

Исаак познакомился со своей будущей женой Ирис при удивительных обстоятельствах. Однажды, гуляя по парку вблизи Иерусалимского университета, он увидел на скамейке небольшой пузырек со странной наклейкой. Наклейка спиралью обвивала пузырек несколько раз и попадала в пузырек через пробку.

Исаак сел на скамейку рядом с пузырьком, посмотрел – никого рядом не было, за спиной – тоже. Он быстро схватил пузырек и положил в карман куртки. Посидев еще пару минут "для приличия", он встал и неторопливой походкой пошел вдоль аллеи. Было очень красиво: красные и желтые краски осени перемежались зеленым цветом елей. Золотая осень была во всей своей красоте. Вскоре Исаак увидел другую скамейку. Она в принципе ничем не отличалась от той, на которой он только что сидел, но показалась ему безопасней, и он направился прямо к ней. Сев, он сразу достал пузырек и, уже ничего не боясь, стал внимательно его рассматривать. На ленточке, опускавшейся через пробку в пузырек, явно был написан чей-то телефон, а вот на ленточке, приклеенной к внешней стороне пузырька, на трех непонятных языках был что-то написано. Исаак внимательно посмотрел на надпись, ничего не понял, положил пузырек в карман и пошел на работу. Там за столом он еще раз внимательно посмотрел на пузырек, опять ничего не понял и, положив пузырек в стол, начал работать. Вечером, когда солнце стало садиться, и яркие красные полосы облаков причудливо украсили небо, необычное волнение охватило его. Он машинально достал из стола пузырек и увидел надпись "Позвони до захода солнца по телефону ….". Исаак опешил, ведь еще утром надпись на ленточке была сделана на трех абсолютно незнакомых ему языках, и вдруг он посмотрел в окно: "Время еще есть", – неосознанно подумал он. Он еще раз посмотрел на надпись на пузырьке – нет, она не изменилась, повертел в руках бутылочку. Облака стали темнеть. Исаак протянул руку к телефону, помедлил несколько секунд, еще раз глянул в окно, затем решительно взял трубку и позвонил.

Тайна пузырька

Прошло несколько месяцев. Исаак теперь почти каждый день виделся с Ирис, так зовут девушку, чей телефон был написан на бумажной ленточке, приклеенной к пузырьку. Надпись на ленточке не менялась, она так же призывала позвонить до захода солнца по телефону…

Ирис в который раз уверяла Исаака, что она ничего не знает: не знает, кто написал ее телефон на бумажной ленточке, кто приклеил один конец ленточки к пузырьку, а второй засунул в пузырек, и как пузырек оказался на скамейке. В который раз она повторяла, что за несколько минут до его звонка, ее охватило жуткое волнение, предчувствие, что сейчас должно произойти нечто очень и очень важное, нечто, что изменит всю ее жизнь, что перед тем, как зазвонил телефон, ее волнение вдруг сменилось страхом – она то с испугом смотрела то на телефон, то на начавшие темнеть красные полосы

97

облаков, что телефон пронзительно зазвенел, в точности как в квартире Маргариты, когда той позвонил Азазелло[4].

В первое время после встречи с Ирис, Исаак думать забыл о пузырьке, о загадочной надписи, сделанной на чужом языке. Он решил, что все ему привиделось, что надпись всегда была на русском языке, а бутылочку подбросил кто-то из шутников, коих всегда много среди молодых людей, влюбленных в науку. Однако одно обстоятельство заставило его отбросить успокоительные мысли. Однажды, ради смеха, он показал пузырек и бумажную ленточку своему другу химику и тот предложил провести анализ стекла, из которого был сделан пузырек, и бумаги, на которой была сделана надпись. Исаак отдал ему пузырек и стал ждать, что скажет великая химия.

Через пять дней химик позвонил и ошарашил Исаака. Он сказал, что бумаге, как минимум, 500 лет, а пузырьку не меньше 750, правда, чернила, которыми написана записка, современные.

Ирис, когда Исаак, рассказал ей обо всем этом, ничего не сказала, кроме того, что полюбила своего Исаака еще до того, как он позвонил. Вначале это обидело его:

– Значит, ты полюбила бы любого, кто нашел бы пузырек и позвонил тебе? – обиженно спросил он.

– Да, любого, – честно сказала Ирис, – но этот любой, был бы все равно ты.

– Как это, все равно это был бы я?

– Да, кто бы ни позвонил, это был бы ты!

Исаак, долго думал над ее словами, но так ни до чего не додумался.

Через полгода Исаак женился. А история с загадочным пузырьком и ленточкой так и осталась невыясненной.

Рождение дочки

Исаак, как и многие мужчины, стал отцом совсем случайно. Он много работал в университете, приходил поздно и сразу ложился спать. Каждое утро он еле-еле продирал глаза и спрашивал у Ирис, какое сегодня число и месяц. Получив ответ, он задавал следующий вопрос: какой сегодня день недели, и, в зависимости от ответа Ирис, он либо вставал и с закрытыми глазами направлялся в туалет, либо говорил: "Ну, тогда я часок еще посплю", – и спал до одиннадцати утра. Поэтому ничего удивительного, что он был поражен, когда однажды ночью Ирис ему сказала, что она пять месяцев как беременна. Исаак начал что-то в

---

[4] Маргарита и Азазелло – герои романа Булгакова "Мастер и Маргарита".

уме считать, лоб его морщился, пока, наконец, он не хлопнул себя по лбу: "Ну конечно, мы же уже полгода как женаты!".

Вот и сейчас на слова Ирис, что пора ехать, он спросонья спросил:

– Куда?

Этой ночью Исаак пришел домой около четырех ночи, на носу была конференция, и он не успевал к ней подготовиться.

– Куда?! – повторила Ирис, – В роддом, дорогой, в роддом!

– А подождать нельзя? – ничего не понимая, спросил Исаак.

– Я бы подождала, но она не хочет!

– Ну тогда давай быстро собираться, – сказал Исаак, до него наконец дошло.

Роддом находился недалеко, минутах в пятнадцати от их дома. В приемном покое Ирис ласково посмотрела на мужа и сказала:

– Иди спать, здесь я справлюсь сама.

– Ну хорошо, – сказал будущий папа и пошел домой. Через двадцать минут он сладко спал.

Ирис очень повезло – принимать роды в этот день должен был маститый светило. В этот раз светило пришло в палату рожениц в сопровождении 18 планет. И это естественно, какое уважающее себя светило обходится без планет. Увидев подходящий экземпляр, светило гинекологии сказало своим студентам: "А сейчас вы увидите роды", и попросил санитарку отвести студентов в смотровую комнату, откуда они могли бы наблюдать весь процесс появления ребенка на свет.

Когда через полчаса Ирис открыла глаза, она увидела в потолке большое окно и множество молодых лиц, в основном, мужских, смотрящих на нее. На некоторых было написано удивление и страх, некоторые смотрели на нее немножко брезгливо, но большинство выражало сочувствие. Ирис стало очень не по себе. "Ничего, – сказало светило, – пусть посмотрят, а ты не волнуйся, роды, как и все, что им предшествует (слово "предшествует" светило выделило) является делом естественным", – и засмеялось. После этих слов Ирис стало еще хуже. Но вскоре она перестала думать и о студентах, и о профессоре: роды начались.

Через три часа ей показали девочку и спросили, куда звонить отцу. Ирис с трудом вспомнила рабочий телефон Исаака. Светило посидело еще пару минут и сказало, подымаясь: "Не волнуйся, твой скоро будет", – и величественной походкой направилось к выходу.

Через два часа Исаак был у роддома и искал окно, за которым лежала его Ирис. Кто-то ему указал его, и Исаак простоял около часа возле него, но так никого не увидев, пошел в приемный покой передавать жене купленные на базаре яблоки и цветы.

В университете Исаака все поздравляли, желали счастья и рассказывали, как их жены рожали и что они при этом испытывали. Вечером Ирис показывала своего мужа своим соседкам. Те качали головами и говорили: "Какой он у тебя славный! Наверное, умный! Сразу видно, серьезный мужик".

Вот так Исаак стал отцом.

*   *   *

– Мама, а правда, что ты и папа были когда-то, давным-давно, маленькими? – Тина на секунду задумалась, – как я, или еще младше, как наш Лешка?

– Да, были. Были совсем крошечными, еще меньше чем Лешка.

Тина недоверчиво посмотрела на маму.

– Да-да, были, – Ирис пошла в комнату и принесла два старых потрепанных альбома с фотографиями. – Это мой, когда я была маленькая, – положила она перед Тиной первый альбом, – а это папин. С какого начнем?

– С папиного.

Ирис открыла альбом. Совсем молодая девушка, почти ребенок, опустила руку на плечо сидящего мужчину в черном костюме. Оба смущенно улыбались. Тина удивленно подняла глаза на маму.

– Это твои бабушка и дедушка, – родители Исаака. Они только поженились.

Тина скептически посмотрела на маму:

– Ты меня обманываешь. Бабушка и дедушка очень старые. А это совсем молодые дядя и тетя.

– Нет, это твоя бабушка Рахель и дедушка Ашер. А это твой папа, – Ирис перевернула страницу.

На Тину смотрел какой-то сморщенный младенец в чепчике. Его маленькие тоненькие ножки с растопыренными пальчиками были подняты кверху, а ручки сжаты в кулачки.

– Нет, это не мой папа. Мой папа огромный, а это какой-то ужасный и некрасивый мальчик. Ты меня опять обманываешь.

Ирис ничего не ответила, только стала перелистывать страницы альбома, указывая где на фотографиях Исаак. Младенец рос пока в конце не превратился в худющего мальчика с маленькой челкой на полностью обстриженной голове. Мальчик стоял у двухколесного велосипеда и улыбался.

– Это твой папа, когда ему было 8 лет, – сказала Ирис.

Ничего общего между Исааком и этим мальчуганом с велосипедом не было.

– Это не мой папа. Мой папа огромен как гора и очень умный. А это какой-то мальчик, и при этом очень глупый, – резюмировала Тина.

Ирис засмеялась:

– Нет, это твой папа. А это я когда была маленькая, – Ирис открыла второй альбом. Он ничем не отличался от первого, только в нем была девочка, а не мальчик. Тина перелистывала страницы.

– Где ты? – спрашивала она Ирис.

– Вот, – показывала Ирис.

Тина смотрела на маму, потом на фотографию. Ничего общего между ее мамой и маленький девочкой со светлыми волосами иногда распущенными, иногда завязанными в косички, она не находила. Тина глубоко вздыхала и листала альбом дальше. Наконец она закрыла альбом и с обидой в голосе сказала:

– Врать, мама, нехорошо.

Ирис ничего не сказала. Взяла альбомы и отнесла в спальню. Тина посидела еще немного и пошла на кухню, где вовсю безобразничал Лешка. "Наверное, опять ищет конфеты" и с мыслью, что надо это безобразие прекратить, открыла дверь кухни.

Лешка уже не безобразничал, а ел конфеты, которые нашел на верхней полке подвесного шкафа. Увидев рассерженную сестру, он достал из кулька шоколадную конфету и протянул ей. Тина взяла конфету, она действительно была очень вкусная. Лешка никогда не был жадным. Увидев, что Тина прикончила конфету, он достал вторую и положил в протянутую руку. Тина развернула обертку, когда вошел папа. Она быстро запихнула ее в рот и проговорила, пережевывая сладостную мякоть:

– Это не я. Это Лешка.

В подтверждение, что это именно он достал конфеты, Лешка улыбнулся измазанным шоколадом ртом.

Исаак недоверчиво посмотрел на раскрытый подвесной шкаф, на Лешку, доставшего из кулька очередную конфету, спросил:

– Как? Покажи.

Лешка аккуратно положил на пол кулек, в котором еще оставалось несколько конфет, затем забрался на стул, с него на стол, затем на плиту и, держась за дверь микроволновки, переместился на кухонную тумбу. Открыв пошире дверь подвесного шкафа, он достал второй кулек с конфетами и сбросил на пол. После чего аккуратно, проделав обратный путь, спустился на пол, поднял кулек и протянул папе.

Все время пока Лешка демонстрировал сноровку канатоходца, Исаак стоял рядом, готовый мгновенно поймать падающего сына. Взяв кулек с конфетами, Исаак посмотрел на Тину:

– Маме ничего не рассказывай, а то она умрет от страха. Я скажу ей, что конфеты случайно оставил на столе. Договорились?

Тина кивнула. Исаак взял на руки Лешку и поднес к шкафу. Ни конфет, ни печенья, ничего сладкого в нем не было.

– Лешка, ты понял?

– Поняв, – с грустью подтвердил Лешка.

Исаак закрыл шкаф, взял за руку Лешку и повел в ванную, чтобы вымыть его измазанную физиономию.

– Папа, почему ты его не наказал? – спросила Тина, следуя за Исааком и братом в ванную.

– Потому, что главное не наказание, а результат. Поскольку Лешка уже знает, что ничего вкусного на полках нет, он туда не полезет.

– А если из спортивного интереса? – спросила Тина.

– Он еще мал, чтобы лезть куда-то из спортивного интереса.

Исаак вытер лицо Лешки и повел опять в кухню. Открыв нижнюю тумбу, он положил в нее конфеты, затем достал из кухонного стола замок и на глазах огорченного Лешки, навесил замок на дверцы и закрыл замок на ключ.

– А теперь идем побросаем мячик.

Услышав о мяче, Лешка забыл о конфетах и побежал в кладовку.

– Папа, а ты когда-то был маленьким.

– Да, конечно, все когда-то были маленькими, – беспечно ответил Исаак и поймал мяч брошенный Лешкой.

Тина ничего не сказала, только подумала: "И почему все взрослые врут, даже папа".

* * *

Уголки подушки грустно улыбнулись, они жили уже очень давно и знали, что люди рождаются, растут, становятся взрослыми, рожают детей, стареются, нянчат внуков и умирают.

– Почему Тина не верит, что ее папа и мама были когда-то маленьким, – спросило верхнее левое ушко.

– Потому что дети считают, что Мир начинается свое существование с их рождения, до их рождения ничего не было. – Грустно ответило правое нижнее ушко.

– А как мы?

– Мы, наверное, тоже когда-то умрем, – философски ответило нижнее правое ушко, – а сейчас давайте подумаем, какую сказку рассказать нашей Тиночке сегодня ночью.

*   *   *

Сказку, рассказанную предыдущей ночью, Тина решила родителям не рассказывать.

Часть 2. Подросток

Чем старше человек, тем быстрее для него бежит время, чем моложе он – тем медленнее. Что, если подумать, является довольно странным обстоятельством, поскольку за год пятилетний ребенок изменяется намного больше, чем человек, которому за 60. Этому феномену можно найти много объяснений, однако все они будут находиться в области физики и лежат вне нашего повествования. Как бы то ни было, с описанных выше событий, прошло два года.

Тина вступила в возраст подростка, что с учетом ее интеллектуального развития, не предвещало родителям легких лет. За три года она подросла на целых 10 сантиметров, и стала еще более независимой, чему способствовала необдуманная покупка для нее Исааком персонального компьютера.

Лешка тоже изменился кардинально, из трехлетнего плохо говорящего атлета-разбойника превратился в педанта, требующего от окружающих безукоснительного исполнения правил поведения и этикета. Что касается атлетических особенностей, то они сохранились, что позволило ему доминировать среди соседских ребят и в садике.

Лешкина страсть к порядку сильно напрягала Ирис, поскольку замечания Лешки, как она считала, подрывают ее авторитет в семье. "Но он же прав, – пытался объяснить Исаак жене, – ложки, ножи и вилки в комоде, действительно, должны лежать раздельно, а не вперемежку". "Но, кроме того, – негодовала Ирис, – он требует, чтобы из-за любого микроскопического пятнышка я меняла ему штанишки и футболку. Я каждый день стираю по десять-пятнадцать его шорт и футболок. Это безумие какое-то, только и делаю, что загружаю и разгружаю стиральную и сушильную машины. А Тинка, представляешь, туда же, меняй ей платье каждые два часа. Но ладно, это еще ничего. Лешка вчера потребовал, чтобы я все его рубашки и шорты гладила утюгом. Сделай что-нибудь". Исаак обещал исправить ситуацию, но ничего не делал. Объяснения с мужем приводили Ирис в полное расстройство. Что касается взаимоотношений Тины с Лешкой, то она просто игнорировала замечания Лешки, что приводило к бесконечным разбирательствам и дракам.

Сам Исаак за два года добавил, к своему немаленькому весу, дополнительные 3 килограмма и серьезно начал подумывать о том, что следует наконец заняться спортом и перестать есть перед сном пирожные.

Ирис практически не изменилась, только укоротила волосы и поменяла цвет волос на более светлый.

Миша, друг Исаака и Ирис, написал несколько научных статей, развелся с женой, помирился с детьми и переехал в Нью-Йорк.

Единственный, кто в доме совсем не изменился, была Мишина Подушка. Она, как и два года до этого, продолжала каждую ночь рассказывать Тине сказки, которые Тина во время завтрака, обсуждала Ирис и Исааком. Что касается Лешки, в дискуссиях он не участвовал, хотя и слушал все с большим интересом.

Тине 13 лет, Лешке – 7. Сколько я знал Лешку, он всегда любил поесть.

Тине 13 лет, Лешка на 6 лет младше, ему – 7.

Начитанный крокодил

– О чем сегодня будем рассказывать? – спросило писклявым голосом ушко, почти совсем придавленное левым ухом Тины.

– Давайте про крокодила и девочку! – предложило правое ушко.

– Хорошая сказка, проучительная, – согласилось левое ушко.

– Не проучительная, а поучительная, – поправило нижнее правое ушко.

– Ну что, договорились?

Три ушка кивнули в знак согласия…

Весной, во время сезона дождей, великая река Египта Нил разливается во всей своей широте. Каждый год тысячи протоков, островов, заводей создают грандиозную, запутанную сеть маленьких и больших каналов, ведущих к Красному морю. Ни один египтянин, будь он простым крестьянином или богатым человеком, не рискнет пересечь Нил на лодке в это время года. Да что говорить, и не каждая птица долетит в это время года без остановки до его середины.

С начала сезона дождей сотни тысяч птиц, прилетают в дельту Великого Нила, чтобы на бесчисленных его островах, покрытых густой сочной травой, папоротником и камышом, вывести своих птенцов, научить их летать, а затем, с наступлением жары, улететь в те далекие края, откуда они прилетели. Жизнь бурлит везде: тысячи разных зверей, больших и маленьких, живут и размножаются на островах Великого Нила, а в его неисчислимых протоках множество рыб мечет икру, чтобы через несколько месяцев дать жизнь миллионам мальков.

И вот, в конце сезона дождей, когда солнце светит ярко, но еще совсем не жарко, на одном из зеленых берегов Нила, посреди буйной растительности лежал крокодил. Мимо него шла дорога, ведущая к большому красивому дворцу, окруженному со всех сторон ажурным забором. Он лежал и плакал.

– Что с тобой, крокодильчик? – спрашивали его прохожие, но он ничего не говорил, только из глаз его лились и лились слезы.

– Наверное, ему плохо, – говорили участливо люди и шли дальше своей дорогой.

Вечером к крокодилу подошла девушка. Она была очень красивая и очень добрая. Ее сердце было открыто каждому.

– Что с тобой, крокодильчик? – спросила она.

Крокодил поднял свою голову, посмотрел в разные стороны – вокруг никого не было:

– Я плачу потому, что мне суждено плакать. Злая фея заколдовала меня, превратила в мерзкого крокодила. И теперь, вместо того, чтобы жить во дворце вместе со своими братьями и сестрами, молиться Аллаху вместе с моими родителями и подданными, я должен быть крокодилом. Лежать здесь на песке и смотреть издали на дворец, где безмятежно проходила моя жизнь, – и слезы еще сильнее полились из его глаз.

– За что тебя наказала злая волшебница? – участливо спросила девушка. Она почему-то совсем не удивлялась, что крокодил говорил человеческим голосом.

– Я не поклонился ей достаточно низко! – сказал крокодил и замолчал.

Он был очень печален. Девушка смотрела на него, ей стало еще жальче бедного крокодила.

– Только поцелуй девушки с добрым сердцем может вернуть мне мой человеческий вид. Но разве есть на свете девушка, которая не побоится поцеловать крокодила?

Девушка посмотрела на зеленого плачущего крокодила, и сердце ее забилось сильно-сильно.

– Есть такая девушка! – сказала она и наклонилась к крокодилу, чтобы поцеловать его.

И как только ее прекрасные губы коснулись крокодиловой пасти, он мгновенно открыл ее и откусил девушке голову, затем быстро схватил ее туловище и утянул в воду. Только несколько пятен крови осталось на песке, но и их вскоре смыли волны.

В кустах под светом луны, лакомясь внутренностями девушки, крокодил перелистывал передней лапой книгу.

«А мама говорила, что чтение меня до добра не доведет! – говорил он сам с собой. – А, вот и моя любимая сказка.

"И сказала Царевна Лягушка Ивану Царевичу: Была я заколдована злой волшебницей за то, что посмеялась над ней. И сказала она мне, что только поцелуй юноши вернет мне мой человеческий вид. Взял тогда Иван Царевич Царевну Лягушку в свои сильные ладони, поднял с земли и поцеловал ее. И в ту же секунду превратилась она в прекрасную царевну. И обнял ее Иван Царевич, и стали они мужем и женой, и жили долго-долго". Хорошая сказка, – сказал крокодил, – полезная! – и перевернул страницу. Затем оторвал от туловища девушки ногу и стал ее машинально пережевывать. Из глаз его текли слезы.

* * *

– Папа, зачем подушка рассказала мне такую страшную сказку?

– Тебе скоро исполнится тринадцать лет.

– Нет, не скоро, через 5 месяцев.

– Да через 5, но ты уже взрослая, чтобы знать, что в мире существует много крокодилов, охочих до красивых девушек с добрым открытым сердцем. Поэтому надо свое сердце держать под контролем, чтобы оно не досталось вот такому слезливому крокодилу.

– Папа, а как узнать, крокодил перед тобой или человек?

– Пусть впереди сердца идет твой ум и наблюдательность – они помогут тебе отличить человека от крокодила. Это первое, а второе – никогда не спеши.

– Хорошо, папа, я постараюсь.

– Тебе пора в школу, Тина, – необычно тихо сказала мама. Сказка про Начитанного Крокодила, произвела и на нее впечатление.

*   *   *

Вечером, когда дети были отправлены спать, состоялся разговор между Исааком и Ирис.

– Эта идиотская подушка, – кипятился Исаак, – делает из Тинки акселератку. Если так дальше пойдет она закончит школу в 16 вместо 18.

– И что в этом плохого, – спокойно возразила Ирис, – ты закончил школу в 14.

– А если она в 14 лет выскочит замуж, тогда что ты скажешь?

– Скажу, что не выскочит. Подушка многому ее научила. Жаль у меня такой подушки не было?

Исаак с удивлением посмотрел на Ирис:

– Что ты имеешь в виду?

Ирис засмеялся:

– Совсем не то, что ты имеешь в виду. Мне в моей жизни не встречались крокодилы, я была слишком серенькая, чтобы мальчики обращали на меня внимания. А вот моим подружкам... Я бы непременно рассказала им эту сказку...

Телепатия

– Папа, Тина вошла в кабинет и строго посмотрела на мощный затылок Исаака, возвышающийся словно глыба над спинкой оффисного кресла.

Исаак, не отрываясь от компьютера, поднял вверх указательный палец, что означало: ровно через минуту он будет с ней говорить.

Тина глубоко вздохнула и стала следить за секундной стрелкой, скачками передвигающейся по белому циферблату стенных часов. На пятьдесят третьей секунде раздался характерный щелчок мышки. Исаак откинулся назад и резко оттолкнулся от края стола. Кресло, сделав три с половиной оборота, остановилось прямо напротив Тины.

– Слушаю тебя.

– Скажи, папа, можно ли знать все?

– Что ты имеешь в виду "Знать все"? Человек не может знать все! – усмехнулся Исаак.

– Ну, все. Понимаешь, все, все! – Тина уставилась на Исаака своими круглыми глазами: "Что ж здесь непонятного?".

Исаак пожал плечами, затем скорчил рожу выражающую крайнюю степень озадаченности.

– Ну, папа, – Тина от недовольства топнула ножкой. – Понимаешь, все-все, – и развела руками, придавая наглядность своим словам.

Исаак откинулся в кресле и, заложив руки за голову, задумался. "Странная Тина девочка, всегда говорит загадками. Считает, что папа должен знать, о чем она думает... Хотя, – усмехнулся Исаак, – что здесь странного? Ирис, например, тоже считает, что он должен знать, что ее волнует, а когда выясняется, что он не врубился, обижается". Исаак посмотрел в окно. "Можно ли знать Все?". Ответов было много, и какой из них выбрать было непонятно – каждый имел свои плюсы и минусы.

– А зачем тебе знать ответ на этот вопрос? – наконец, спросил он.

Тина глубоко вздохнула:

– Можно ли жить, если знаешь все наперед?

Исаак опустил руки и внимательно посмотрел в глаза Тине?

– И мысли, которые только собираются прийти в голову, тоже?

Тина смутилась:

– И мысли тоже.

Исаак опять закинул руки за голову и уставился в потолок. Конечно, он мог высмеять Тину с ее глупым вопросом, но делать этого не хотелось. "Знать свои мысли наперед...", – улыбнулся он про себя. Надо же, и как в этой маленькой головке рождаются такие замечательные вопросы. Брови Исаака сошлись к переносице: "Как же ответить?"...

– Знать все нельзя! – наконец, прервал он молчание. – Тем более мысли, которые придут позже.

– Почему нельзя? – в глазах Тины было упрямство.

Исаак внимательно посмотрел на дочку. «Да, сильно выросла, Ирис права. Неужели так подушка подействовала? Раньше в Тине такой настырности не было. И откуда Миша взял подушку? Странно... Ирис говорит, что именно он своими обсуждениями "Трех Товарищей" привил Тине желание добиваться полной ясности во всем. Может и так, но без "Волшебной" подушки точно не обошлось!».

– Папа, почему ты молчишь?

Исаак поднял глаза на стоящую перед ним Тину.

– Потому, что если мысль пришла, то – пришла, а если еще нет – то нет. Это, Тина, как бросить монету и посмотреть результат.

Тина озадачено молчала.

– Хорошо. Сядь, во-первых..., – Исаак пододвинул Тине пуфик, на который любил класть ноги, когда задача нерадивого студента не решалась.

Тина послушно села.

– Давай подумаем. – Лицо Исаака было серьезным. – Скажи мне, что такое, по-твоему, знания?

Тина притихла. Исаак отвернулся к компьютеру, он по себе знал, как нелегко думать, когда кто-то стоит за спиной или пялится в глаза.

– Знание, это когда ты знаешь, что с тобой произойдет завтра, какая утром будет погода, знаешь решение всех задач в учебнике. – Тина задумалась: "Что бы еще назвать?".

– Знаешь, о чем думают твои друзья, что утром скажет мама и скажу я. Правильно?

– Правильно, – медленно, как бы проверяя на вкус слова Исаака, согласилась Тина.

Исаак почувствовал, как в дочке зашевелились мозги. – Больше всего он ценил в жизни именно то, что сейчас происходило между ним и Тиной. Туннель, связывающий два мозга; туннель, когда два интеллекта начинают работать над одной проблемой, когда мысль, зарожденная в одном мозгу, подхватывается другим, чтобы дополненной и преображенной вернуться обратно.

– Но, если ты знаешь, что произойдет в этом мире, – Исаак сделал паузу, чтобы дать Тине осознать важность того, что собирается сказать, – произойдет через секунду, через минуту, через час, ты можешь изменить будущее. Разве не так? – резко закончил он свою мысль.

Тина побледнела:

– Ты хочешь сказать, папа, – в глазах ее горел огонь, – если я знаю все наперед, то я могу изменить будущее, и тогда мои знания окажутся...

– Да, Тина, они окажутся совсем не знанием, потому что ты можешь не дать осуществиться тому, что обязано было произойти.

– Папа, значит, значит... – Тина искала слова, чтобы выразить свою мысль.

– Что абсолютное знание, – пришел на помощь Тине Исаак, – возможно только в том случае, когда человек никак не может помешать осуществиться тому, что он знает. Потому, что, если ты имеешь возможность вмешаться в происходящие события, то можешь изменить будущее, и в этом случае знание, каким будет будущее, не может считаться знанием, потому что оно, благодаря твоим действиям, может и не осуществиться. Это была твоя мысль?

– Да! Эта! – Тина с восторгом смотрела на папу.

– Как видишь, если Человек включен в наш Мир, он не может знать все об этом Мире, потому что он часть его, часть наделенная способностью осознанно изменять его, влиять на него.

– Но тогда какой смысл в знаниях, если ты не можешь их применить? – удивилась Тина.

Исаак улыбнулся:

– Никакой!

– Как никакой?

– Никакой! – повторил Исаак.

– Никакой... – растерянно повторила Тина.

Исаак ласково смотрел на дочку: сколько в ней той искренности, неопытности, которая с возрастом теряется, превращаясь в заученность, рутинность... Как быстро бежит время... Совсем недавно, он первый раз держал ее на руках в роддоме, а сейчас она уже сидит перед ним на пуфики и они говорят о смысле жизни...

– Давай, уточним с тобой, – начал Исаак, – что мы называем знанием. Есть знания о том как устроен наш мир в целом. Это законы физики, химии, биологии, то есть правила, по которым существует наш физический мир. Понятно?

Тина кивнула:

– Понятно.

– И эти знания абсолютны, мы не можем повлиять на законы природы, мы можем только учитывать их в нашей жизни осознанно или неосознанно.

Тина удивленно посмотрела на папу.

Исаак вытянул вперед шею, и, расставив руки, стал, изгибая локти и кисти, плавно ими махать. Тина засмеялась: папа очень смешно изображал умирающего лебедя из балета Чайковского «Лебединое озеро».

– Зря смеешься, Тина. Разве птицы, летающие в облаках, не используют в своей жизни знание аэродинамики, или, скажем, белки, – Исаак, прижав локти к бокам, вытянул вперед кисти, – прыгая с ветки на ветку, не используют знания закона притяжения, ведь не промахиваются. Правда?

– Правда! – подтвердила Тина.

– Вот видишь, – улыбнулся Исаак, – оказывается можно, не формулируя законы природы в словах или в формулах, пользоваться ими.

Тина согласно кивнула.

– Второй вид знаний – это факты, события, которые произошли, то есть были в прошлом. Верно?

Тинка, пожала плечами:

– Да, верно.

И, наконец, третий вид знаний – это то, что мы можем предвидеть на основе знаний законов природы. Согласна?

– Папа, но ведь предвидение, не есть знания на самом деле. Ведь это то, что может произойти, а может и не произойти.

– Верно. Но если, допустим, ты, Тиночка, вычислила траекторию движения спутника или планеты солнечной системы, или как будет двигаться струя в шланге с водой, если открыть кран, это ведь тоже знания, правда, еще не ставшие фактами.

– И они станут фактами, если в них не вмешаться. Я правильно говорю, папа?

– Да, правильно. Теперь скажи, можно ли знать все?

– Я думаю, я думаю, что если человек не может ни на что повлиять, то он действительно может все знать. А если может повлиять, то тогда – нет, потому что он может изменить, то, что может произойти.

– Абсолютно верно. Знаешь, Тина, когда я был маленьким, я думал, что как было бы здорово, если бы люди имели способность читать мысли друг друга. А сейчас думаю, это было бы ужасно.

– Почему, папа? – Тина пожала плечами. – Я думаю, это было бы здорово!

– Нет, Тиночка, – Исаак отрицательно покачал головой, – это не было бы здорово. Если бы люди были наделены способностью читать мысли друг друга, – Исаак сделал паузу, – то вряд ли бы они вообще научились мыслить.

Тина в недоумении пожала плечами.

Уголки Тининой подушки переглянулись, они с самого начала с огромным вниманием следили за разговором Исаака и Тины.

– Ну что я вам говорила, – верхнее ушко самодовольно улыбнулось, – что Тине можно рассказать сказку, про всезнающего Царевича. А вы мне: "Она еще маленькая. Ничего не поймет, только запутается".

– Не мешай! – прикрикнуло нижнее правое ушко на говорившую, – Дай послушать, что Исаак скажет.

Все ушки опять вытянулись в направлении кабинета Исаака.

– Смотри, – Исаак опять придвинулся к Тине, – что получилось бы, если бы люди смогли вдруг начать читать мысли друг друга. – Исаак на минуту задумался, и продолжил. – Итак, однажды проснувшись ни свет, ни заря, ты поняла, что я собираюсь сегодня, вместо того, чтобы пойти с тобой в зоопарк, пойти в спортзал. Но, поскольку тебе не хочется плавать в бассейне, а хочется смотреть на обезьян и тигров, ты решаешь сказать мне, что у тебя болит нога, или что капает из носа.

– Я так не скажу, папа.

– Это я так, для примера. Но поскольку я, как и ты, тоже был в это утро наделен способностью читать мысли, то сразу принимаю решение вести тебя в спортзал, независимо от твоих жалоб. Но, поскольку ты читаешь мои мысли, ты решаешь идти к маме, что бы она повлияла на меня. Однако твое решение тут же становится мне известным, и я иду к маме, чтобы успеть с ней переговорить раньше тебя. Но, поскольку мама знает мысли нас обоих, она решает сбежать от нас в магазин, чтобы не становиться на чью-либо сторону. Мы с тобой, прочтя ее мысли, принимаем решение к маме не ходить, поскольку она все равно от нас сбежит. Короче, мы никуда не идем, поскольку только тем и занимаемся, что читаем мысли друг друга и думаем, как друг друга перехитрить. Как видишь, получается замкнутый круг мыслей, из которого выхода нет. Когда все время твои мысли кто-то прерывает своими – невозможно ничего придумать. Понятно?

– Да, папа, понятно. – Тине явно не терпелось сказать идею, пришедшую к ней в голову в то время, пока Исаак рассказывал фантастическую историю о том, что было бы, если бы у нее в семье все вдруг начали читать мысли друг друга. – Слушай, а можно что-нибудь знать, если ни во что не вмешиваться?

Исаак удивленно поднял брови:

– Повтори, что ты только что сказала.

– Ну как, что? Можно ли что-нибудь узнать, просто так, ничего для этого делая?

Исаак ждал продолжения.

– Ну, помнишь, мы в магазине хотели купить арбуз, и я спросила, как узнать спелый арбуз или нет? А ты ответил: "Чтобы узнать вкус арбуза надо его разрезать". А когда я спросила: "А иначе нельзя?", ты засмеялся и ответил "Ну подумай сама, как можно узнать вкусный арбуз или нет, если ты его не попробуешь". Я вот сейчас и подумала, а может так всегда: чтобы узнать как вещь устроена, нужно ее обязательно сломать?

– Знаешь, Тинка, давай на сегодня остановимся. Мама уже два раза заглядывала. Тебе спать пора, да и Волшебная подушка тебя тоже уже ждет с новой сказкой. (*Уголки подушки удивленно переглянулись*). А твой вопрос: "Можно ли что-либо узнать о вещи, не нарушая ее состояния или целостность?" мне очень понравился. Его впервые Нильс Бор сформулировал. Знаешь, кто такой Нильс Бор?

– Тот, который модель атома придумал и квантовую механику тоже?

– Да, он, – вставая с кресла, сказал Исаак, – идем, съедим по мармеладке. Сегодня мы с тобой заслужили.

В дверях Исаак неожиданно остановился и в упор посмотрел на Тину.

– Любому знанию предшествует процесс измерения. Ты с этим согласна?

Тина кивнула.

– Процесс измерения никогда не остается без последствий как для того кто измеряет, так и для самого объекта измерения. Любое измерение требует действия, просто так, не прикладывая усилий, узнать ничего нельзя. Понятно?

Тина опять кивнула. Исаак знал, что слова, которые он сейчас говорит, Тина не понимает до конца. Но это неважно, они запечатлеются в ее мозгу и впоследствии наполнятся смыслом и станут частью языка ее мышления.

– Квантовая механика утверждает, что для того чтобы произвести измерение требуется приложить некое усилие, и оно не может быть меньше определенной величины. Эта величина носит название "постоянная Планка".

Тина внимательно слушала.

– Если ты, Тина, – Исаак улыбнулся, – приложишь к арбузу усилие меньше постоянной Планка, ты его не разрежешь.

Тина молчала.

– Но ты не волнуйся. Постоянная Планка в миллиарды миллиардов раз меньше той величины, которую тебе нужно приложить, чтобы разрезать арбуз. И еще, ты спросила: можно ли все знать, если ни во что не вмешиваться. Даже если бы и можно было, то кому они нужны были бы, эти знания, если ни на что и ни на кого они не могли бы повлиять. Кому нужны знания, которыми ты не можешь поделиться?

Исаак взял Тину за руку, и они пошли на кухню, где на кухонном столике уже красовалась горка «Лимонных Корочек», обожаемых Исааком и Тиной.

*   *   *

Исаак не спал, разговор с Тиной не давал ему покоя. В университете на физическом факультете с ним училась Полина: хрупкая, красивая девочка из Подмосковия, наделенная острым насмешливым умом. Физику Полина воспринимала с легкостью. Как шутили ребята: "Для нашей Полины читать квантовую механику Ландау и Лифшица, что девице пединститута любовный роман". Исаак был на четыре года младше своих однокурсников, поэтому девочки из его группы с ним особо не церемонились: заставляли решать за них задачи, давали мелкие поручения, часто, не стесняясь его присутствия, обсуждали свои женские проблемы. Ребята же относились к Исааку иначе, они считали его младшим братом, и старались уберечь от тлетворного влияния "дурных женщин".

Единственный человек, с которым в университете дружил Исаак, была Полина. Она относилась к нему со всей серьезностью, хотя, иногда тоже давала понять "кто из них старший". Им обоим доставляло наслаждение обсуждать проблемы современной физики, находить простые и ясные решения задач, которые им давались на месяц. Исаак и Полина были по своему стилю мышления наблюдателями: за обыденными вещами они видели законы мироздания, ощущение красоты, истины мира, в котором они живут, наполняло их сердца восторгом. Сегодняшний разговор с Тиной неожиданно вернул Исааку давно забытые ощущения, однако это его не радовало. Мысль, что Тина может вырасти в такого же одинокого человека, которым, по сути, была Полина, мучила его. Мужчина может любить женщину ниже его по уровню мышления, таланта, образования, женщина мужчину – никогда.

– Исаак, что с тобой, почему, не спишь? – Ирис приподнялась с подушки, в ее круглых глазах была тревога.

– Знаешь, сегодня Тина стала задавать вопросы, о которых я в ее возрасте никогда не думал.

Ирис улыбнулась:

– Но у тебя же не было такого умного папы, как у Тины! – пошутила Ирис, но увидев, как нахмурились брови Исаака, поправилась, – я имела в виду, что твой папа столько времени тебе, как ты Тине, не уделял.

– Не знаю, хорошо ли это? – глядя в пространство, задумчиво произнес Исаак, – Ведь талант ведет к одиночеству. Понимаешь, простую человеческую радость с тобой могут разделить многие, а вот... – губы Исаака сжались в ниточку. – Помнишь, Полину. Она из-за своего ума так и не вышла замуж, с ней все чувствовали себя дураками. Понимаешь, талант, он же во всех областях проявляется. Вот я и думаю, правильно ли я делаю, что так много внимания уделяю развитию Тининых способностей.

Ирис легла на спину.

– Чему ты улыбаешься, – недовольным тоном произнес Исаак.

– Да так, вспомнилось, как мы с тобой встретились. Помнишь в Израиле, у стены Плача?

Исаак ничего не ответил.

– Молчание – знак согласия, – засмеялась Ирис, – может, еще одного ребенка родим, а, Исаак?

Исаак не отреагировал на тон Ирис.

– Исаак, ты не переживай, все будет хорошо. – Ирис опять повернулась к Исааку и взяла его руку в ладони: – Исаак, ну чего ты так?

Исаак молча смотрел в потолок.

– Исаак, все будет хорошо, вот увидишь. И потом, у нашей Тиночки есть Волшебная Подушка, так что чувство одиночества ей не грозит. И еще, знаешь, мне кажется, что Волшебная Подушка, очень благотворно влияет на нашу дочь. Заметь, Тина к Лешке лучше стала относиться: не дразнит его, не бьет, начала читать ему книжки, да и с тобой ругается меньше.

– Ладно, – Исаак повернулся к Ирис, – беспокоиться не будем! Что будет, то будет! А про подушку ты права, Волшебная она, не волшебная, но на Тинку хорошо влияет!

* * *

– Вы слышали, что сказала Ирис, о нас с вами? – Левое нижнее ушко с гордостью посмотрела на остальные три.

– Ты всегда слишком восторженно воспринимаешь слова людей, – саркастически улыбнулось правое верхнее ушко. – Давайте, лучше обсудим, какую сказку Тине рассказывать.

Все четыре ушка, приподнялись, даже правое нижнее, придавленное щекой Тины, вытянуло свою головку.

В комнате Тины шел горячий спор, какой вариант сказки о "Всезнающем Царевиче" рассказывать. В конце концов, было решено рассказывать полный вариант, но с осторожностью.

Подарок королевы ночи

Есть такая страна, – уголок Волшебной подушки посмотрел в окно, маленькая звездочка подмигнула и сразу и спряталась за черную, бесшумную тучу, – в которой все мысли, все желания, стоит им только появиться, сразу сбываются. – Тина улыбнулась и обняла покрепче подушку. Уголок подушки грустно покачал своей треугольной, головкой – звездочки не было. Он вздохнул, и продолжил – Страна эта называется Сонное Царство и правит им царица Ночи. Что удивительно, что власть Царицы Ночи распространяется на весь Земной Шар, но поданных у нее нет. Днем Царица Ночи спит, а ночью решает, кому видеть сон, а кому и так хорошо. Многие ошибочно считают, что сны царица Ночи посылает, но это ошибочное мнение. Она не посылает сны людям, она только решает, кому видеть сон, а кому нет.

*   *   *

В одном царстве, в одном государстве, за высокими горами, за бурными реками жила королева. Муж королевы, король Виктор давно умер, и управляла она страной одна. Поданные королеву любили, уважали, называли не иначе как Матушка-Королева, и было за что: заботилась она о своих подданных, как некоторые родители о своих детях не заботятся. Если у кого в семье ребенок рождался, королева обязательно или сама заходила, или через придворного подарок передавала. Любила она еще, когда в ее королевстве свадьбы играли. Как узнает, что кто-то из поданных жениться собирается, сразу давала поручение казначею обручальные кольца из королевской казны ему принести. Сядет за инструктированный драгоценными камнями столик королева и самолично письмо с поздравлениями и добрыми пожеланиями напишет и с курьером пошлет. Однако нельзя сказать, что королева, была этакой всепрощалкой, нет, была она женщиной строгой, с пониманием, что можно делать, а что только вред принести может.

Был у королевы единственный сын, Дмитрий. Любила она его очень, напоминанием он был о муже ее, короле Викторе, о его горячем сердце, о доброте его, нежности и силе. Хотела королева, чтобы королевич Дмитрий не только внешностью был похож на короля Виктора, но и умом и пониманием жизни, поэтому сама его уму-разуму наставляла, никому нс доверяла. Рос Дмитрий мальчиком хорошим, незлобивым, уважительным, всегда знал, как и с кем себя вести. Любили королевича Дмитрия в королевстве.

Когда исполнилось Дмитрию 7 лет, выписала Королева-Матушка из-за Моря для него трех учителей: из Франции математика Эйлера, из Англии физика Доплера, из Италии музыканта Мизанини. Были они людьми серьезными и учили Дмитрия хорошо. Сама королева учила Дмитрия литературе, истории, а когда исполнилось королевичу тринадцать – ведению государственных дел и финансов. Помогал ей в этом Премьер-министр. Каждую неделю Королева самолично проверяла, как успешно продвигается у королевича освоение наук. Любила Матушка-Королева людей умных, и хотела, чтобы и королевича Дмитрия тянулся к ним, к наукам, а не к развлечениям и пустым забавам.

Пролетело 10 лет, должно было исполниться королевичу Дмитрию 18 лет, а в королевстве этом, 18 лет был возраст совершеннолетия. Долго думала матушка-королева, чем бы сыночка своего одарить, думала, думала, так ничего и не придумала. И вот ночью, за день до дня рождения, видит Королева-Мать сон. Подходит к ней удивительной красоты женщина, платье на ней черное, легкое, как ночной воздух в мае, а по платью блики бегают из серебра лунного, в волосах женщины диадема вся в алмазных звездах. Догадалась Королева-Матушка, что к ней сама Царица Ночи пожаловала, но своего королевского достоинства не уронила, встретила ее, как и подобает лицу королевской крови.

– Нравишься ты мне своей разумностью, справедливостью, Королева-Матушка, поданные тебя уважают, а для правителя это ценнее любви; любовь властью и деньгами получить можно, а уважение, только добрыми делами и хорошим сердцем. Хочу я твоему сыну подарок к совершеннолетию сделать. Выбери, что для него лучше: Волшебная Палочка, или умение у людей, животных и птиц мысли читать.

Недолго раздумывала Королева-Матушка, сразу ответила:
– Подари моему Дмитрию, умение мысли читать.
– Почему? – удивилась Царица Ночи.

— Палочку украсть могут, или по неосторожности потерять, а способность мысли читать всегда при тебе. — Объяснила Матушка-Королева.

Покачала головой Царица Ночи:

— Правильно ты говоришь: способность мысли читать украсть нельзя и потерять нельзя. Но подумай: а вдруг не захочет твой Дмитрий мысли людей слышать, животных и птиц понимать, а ведь придется.

— Не пугай меня, Царица Ночи, хочешь сделать подарок моему сыну – делай. А не хочешь, ну что ж, и на том спасибо, что ко мне заглянуть время нашла!

— Ну что ж, прощай, матушка. Завтра сама увидишь, как дом твой изменится. — Сказала так Царица Ночи и растаяла, только звезды в окне королевской спальни ярче засветились.

Проснулась Королева-Матушка рано, солнце лишь окрасило своим светом небосвод в окошке. «Странно, – была ее первая мысль, – разве может человек мысли читать? Что за сон мне приснился, ерунда, какая». Полежала Королева-Матушка, поудивлялась своему сну и кликнула прислуге, платье ей нести и одевать побыстрее – не любила она в кровати залеживаться.

Вышла Королева-Матушка в гостиную, а ее там слуги ждут, и премьер-министр с папочкой в руке, он всегда Королеве-Матушке за завтраком обзор дел на день докладывал. Смотрят друг на друга, переглядываются, сказать что-то хотят, но не решаются. Рассердилась королева, нахмурила брови и только хотела грозно спросить "В чем дело? Что случилось?", как распахнулась дверь, и вбежал королевич Дмитрий. Ужаснулась королева: никогда еще не входил сын в гостиную неодетым. Любил королевич Дмитрий все самое лучшее, модное, следил за собой, как кошечка за своей мордашкой.

— Не ругай слуг, матушка, это я виноват, что на них накричал.

— Откуда ты взял, что ругать я их собралась? – удивилась королева.

— Не знаю, матушка, откуда. Только знаю.

— Знаешь? Как ты знать можешь, когда твоя спальня через три комнаты на четвертой от гостиной расположена, – захохотала королева, и вдруг осеклась: "Так, – подумала королева, – значит, Царица Ночи исполнила свое обещание: наградила Дмитрия способностью мысли людей слышать, язык животных и птиц понимать!".

— Ах, вот откуда, матушка, у меня в голове чужие слова взялись, мысли, которые быть не должны, появились. Выходит, это Царица Ночи по твоей просьбе меня ими "наградила". Спасибо. — Улыбнулся горько

Дмитрий, и, не произнеся и слова, из гостиной вышел. Замерли все, сказать ничего не могут.

– Что застыли остолопы? – закричала королева, – забыли свои обязанности? Быстро завтрак собирать, а ты, – зло посмотрела королева на своего премьер-министра, – быстро говори, что здесь произошло.

Премьер-министр говорил медленно, давая возможность королеве прийти в себя.

После смерти короля Виктора, Георг стал королеве близким другом, сбрасывала перед ним она свое королевское величие (облачение), становясь обыкновенной женщиной. По установившейся много лет назад традиции, Георг каждый вечер приходил в малую гостиную, где за игрой в шахматы они с королевой обсуждал государственные дела, делились новостями, смеялись над смешными поступками людей. Единственное, что не нравилось Премьер-министру в этих вечерах, это то, что королева не любила проигрывать и обижалась на него, когда он, забывшись, позволял себе взять над ней верх. Ровно в 10 вечера отпускала королева своего премьер-министра домой к детям его. Умерла жена премьер-министра, при рождении четвертого сына, не уследили врачи.

"Когда раздался сигнал экстерной помощи, – спокойно начал рассказ премьер-министр, – мы все, согласно инструкции, бросились в комнату королевича Дмитрия. Он стоял перед нами абсолютно потерянный и, не переставая, давил на кнопку вызова экстерной помощи. В глазах королевича было что-то до того странное, что мы остановились, не зная, что предпринять. Я быстро рассматривал варианты: позвать врача, вызвать стражу, начать успокоительную беседу, разбить стоящую передо мной вазу, наконец, связать королевича, ... но ни один, не подходил. Королевич поднял на меня глаза: "Не надо, Георг, вызывать стражу, звать врачей, связывать меня... и пожалуйста, не разбивайте вазу. Она из Шанхая, мама будет очень расстроена, когда узнает, что Вы ее разбили". Я стоял, ошеломленный. Дмитрий каким-то образом знал, о чем я думал. "Да, Ваши мысли, Георг, мне известны, и слуг тоже. Правда, они не столько мыслят, сколько ждут вашего решения". Неожиданно он повернулся к слугам: "Джо, вам хочется в туалет. Идите, пожалуйста. А вы Мария, – Мария побледнела, – перестаньте обращаться к божьей матери, она здесь не причем". Мария пошатнулась и упала в обморок. Мы бросились к ней. Королевич схватился за голову и сдавил ее, казалось, он хочет удержать ее от взрыва. "Вон немедленно! – Закричал он, – Все вон! Не могу больше". Все выскочили. Потом он посмотрел на меня: "Я Вас прошу,

Георг, уйдите, Ваши мысли сейчас взорвут мою голову! Ну, идите же, идите". Я вышел.

Королева сидела, подавленная. Премьер-министр ждал, когда королева придет в себя. Наконец королева взяла себя в руки: «Георг, мне нужно побыть одной». Премьер-министр не шелохнулся. «Сделайте мне одолжение, – королева жалобно улыбнулась, – идите». Премьер-министр взял со стола, так и не раскрытую папку со своим докладом, и поклонился королеве. В дверях королева остановила его: "Георг, – премьер-министр обернулся, – не обижайтесь на меня. Когда я соберусь, я обязательно вас позову".

*   *   *

– А что дальше было, – спросила Ирис, и поставила на стол остывший чай.

– Подушка сказала: "Продолжение следует!".

– Может Тиночка сегодня пойдет пораньше спать? – спросил Исаак, ему явно хотелось знать продолжение сказки.

– Нет! – решительно ответила Ирис, – у нас по программе, проверка домашних заданий, игра с Лешкой, ванна, потом чтение с папой книги "Три Товарища"... Так Тина?

– Да, и еще шоколадка!

– Нет, – улыбнулась Ирис, – шоколадка завтра утром на завтрак.

Исааку ничего не оставалось, только как вздохнуть и кивнуть головой.

– Не грусти, Исаак, – ободряюще улыбнулась Ирис, – пока я буду проверять Тинкины уроки, у тебя есть возможность побросать тарелку с Лешкой на лужайке.

Лешка, услышав про летающую тарелку, соскочил со стула, вцепился в папину руку и потащил к двери.

– Не забудьте взять еще и мяч, – крикнула вдогонку своим мужчинам Ирис и, повернулась к Тине, – ну а ты неси свой тетрадки с домашними заданиями.

*   *   *

– Ну что продолжим сказку? – спросило ушко, на котором покоилось щека Тинки.

– Давай, начинай, – сказало ушко над ней, – только без особых подробностей и украшательств, а то опять к утру не успеем.

– Да, нам одной желтой карточки достаточно, – веско сказало нижнее ушко, – а то еще одно нарушение – и нам покажут красную карточку и дисквалифицируют на месяц.

– Вечно ты со своим футболом, – недовольно пробурчало соседка сверху, – В Америке футбол называется «соккером». В американском футболе играют руками и ногами, а не только ногами, и в нем нет красных и желтых карточек.

– Ладно, хватит ругаться, – сказало недовольно нижнее ушко. Все замолчали, – итак начинаем:

*   *   *

Королева-Матушка не находила себе места: "Что делать? Что делать?", – спрашивала она себя. Находится рядом с сыном, знающего все ее мысли, все желания, которых она сами иногда стеснялась, было невозможно. «А если, вдруг, он узнает о ее тайной любви к Георгу... Нет, только не это». И вдруг мысль, что он уже знает, заставила ее густо покраснеть.

Раздался стук в дверь:

– Разрешите войти, Ваше Королевское Высочество? – раздался голос главного камердинер дворца.

Королева села в красивое, оббитое красным бархатом кресло, глянула на себя в зеркало, поправила волосы и произнесла:

– Войдите.

Обычно спокойный, невозмутимый, камердинер был растерян. Королева за все 15 лет его безукоризненной службы не видела камердинера в таком состоянии:

– Слушаю Вас, Леопольд, – сказала она, что бы хоть как-то прервать затянувшуюся паузу.

– Ваше Королевское Высочество, – начал доклад камердинер, – час назад королевич Дмитрий приказал привести к парадному входу нашу самую быструю лошадь и принести кошель с золотом. Что было исполнено незамедлительно. Королевич Дмитрий, взобравшись в седло, достал из кошеля два золотых дублона, протянул их мне и поздравил с рождением дочки, после чего приказал через час подать Вам вот это письмо.

Камердинер протянул Королеве конверт, который держал в руке.

Королева схватила конверт, но прежде чем прочесть письмо, спросила:

– Скажите, Леопольда, когда у Вас родилась дочка?

– Два часа назад, Ваше Высочество. Никак не пойму, откуда принц Дмитрий мог узнать о рождении дочки раньше меня.

Королева ничего не ответила, только махнула рукой:

– Идите, Леопольд.

В письме Королевич Дмитрий писал:

Дорогая моя матушка, я решил уехать, чтобы прийти в себя от произошедшего. Мысли людей, их тайны, которые я не должен знать, преследуют меня. Они лезут отовсюду, от них нет спасения. Я боюсь узнать, что-то о близких мне людях, что убьет мое уважение, мою любовь к ним.

Королева покрылась холодным потом, страх пронзил ее материнское сердце.

Я решил бежать, чтобы не сойти с ума. Матушка не ищите меня, это бесполезно. Когда я найду выход из создавшегося положения – вернусь. Сколько времени это займет, я не знаю.

Любящий тебя Дмитрий.

В конце письма была приписка:

Мама, я давно знаю, что Вы неравнодушны к Георгу. Он к Вам тоже скодце имеет. Георг мне нравится.

– А Королева-Матушка, поженится на премьер-министре? – сквозь сон спросила Тинка.

– Да, – сказала, подушка, – но это совсем другая история. А сейчас я расскажу, что произошло с королевичем Дмитрием. Ведь ты хочешь знать?

– Да, хочу, – Тинка обхватила руками подушку, чтобы не пропустить ни одного слова.

Королевич Дмитрий гнал лошадь, что было сил. Стоило ему приостановиться, как обрывки чьих-то мыслей, слов, настигали его, складывались в предложения, наполнялись смыслом, и тогда ему хотелось, чтобы отрубили его голову, лишь бы не слышать всего этого гомона голосов.

В одной из деревень сквозь человеческие голоса, он вдруг явственно услышал жалобный плач. "Мои котята... Мои котята, их утопят. Как я смогу жить без моих пятерых малышей, зачем я только рожала их. Мое тело полно молока, кому я его дам?". Королевич, натянув поводья, остановил лошадь. Прислушался "Да из этого дома". – Он постучал в дверь.

"Кого это принесло к нам? Михайло, иди посмотри" – голос явно принадлежал старухе. Дверь открылась, на пороге стоял весьма непривлекательного вида старик. Королевич улыбнулся, и без телепатии можно было понять насколько тот поражен его видом.

– Я знаю, Михайло, что ваша кошка три дня назад родила 5 котят, и вы забрали их у нее, чтобы днем утопить в пруду. – В глазах старика застыл ужас. – Я, решил купить их у вас, – сказал королевич и достал золотую монету, – если через три месяца, вы их мне отдадите, получите еще один золотой... И не вздумайте меня обмануть, подменить другими. Я об этом сразу узнаю!".

Старик опустил голову. Он действительно собрался утопить котят, как только этот странный, хорошо, даже изысканно одетый, человек, предложил ему деньги.

– Ладно, ладно, – усмехнулся королевич Дмитрий, – не говорите мне ничего, я и так знаю, что теперь котят вы будете беречь как зеницу ока.

Он уже повернул коня, чтобы скакать дальше:

– Да, вот еще, не вздумайте прятать золотой от жены, купите ей новые ботинки, а себе сапоги, ведь вы о них давно мечтаете.

Пыль, поднятая Королевичем, давно осела, а старик все стоял в воротах держа в руке золотую монету.

Королевич гнал весь день без остановки, только однажды он дал взмыленному коню попить студеной воды и поесть пшеницы. Роща, где он остановился, была вдалеке от жилья, и человеческие мысли были едва слышны. К ночи он достиг свой цели, дикий раскинувшийся на сотни километров лес принял его в свои объятия. Найдя подходящую поляну, Королевич сполз с коня, и, сделав несколько неуверенных шагов, опустился на землю. Попив студеной воды из ключа, он лег на спину и, раскинув руки, закрыл глаза. "Как хорошо ни одной мысли" думал он. Пролежав с полчаса, Королевич Дмитрий подошел к коню снял с него мешок с едой, и, заглянув, грустно улыбнулся. Он планировал остановиться в одной из харчевен по дороге, поесть и купить еду, но сила человеческих желаний, страстей, криков в его бедной голове была столь нестерпима, что он проскакивал людные места с одной мыслью: быстрее, быстрее, только бы не упасть с коня.

В мешке был только хлеб, сыр и несколько коробок спичек. Королевич собрал сухих сучьев, и разжег костер. Поджаренный хлеб с сыром, был удивительно вкусным. Съев практически весь хлеб, Королевич мгновенно заснул. Проснулся он от холода. Звездный небосвод раскинулся над ним во всем своим неимоверном величии.

Звезды – большие, маленькие, близкие, далекие, им не было счета. "Как хорошо, что деревья не умеют думать", подумал Королевич и поеживаясь, подошел к коню. Конь повернул к нему голову. «Не волнуйся, мы здесь побудем до полудня. У тебя будет время отдохнуть» – королевич погладил коня по холке. Конь наклонил голову и стал рвать сочную вкусную траву. Королевич достал из мешка положенное заботливым дворецким теплое одеяло. "Как хороша была его жизнь до этого неуместного подарка". "Неужели, – Королевичу Дмитрию стало, очень печально, – неужели ему предстоит всю жизнь провести в лесу, прячась от людей, их мыслей, страданий, необузданных страстей? Только иногда по ночам, стучаться в одинокие избы, чтобы купить еду и патроны для мушкета. "Сними с меня седло" – сказал конь. Королевич снял седло, подбросил в почти угасший костер сухих веток, укутался в одеяло и прилег. "Безлунная ночь" – подумал он, и мгновенно провалился в сон.

Проснулся от легкого касания руки. Перед ним стояла удивительной красоты женщина. На ее черном платью были рассыпаны звезды. Они мерцали, словно ночные светлячки, черные как смоль волосы, на фоне неба были едва видны.

– Я – Царица Ночи, улыбнувшись, произнесла женщина. – В ее голосе было сочувствие. – По просьбе твоей матери, я наградила тебя способностью понимать язык зверей, птиц, ящериц, знать мысли людей. Нет, – Царица Ночи остановила рукой Королевича, – я не могу забрать этот дар, потому что подарок нельзя возвратить. Я могу только научить жить с ним.

Королевич кивнул. Он еще был слишком молод, чтобы понимать, что настоящая красота не в фигуре, лице, уме, а в умении любить, понимать, в умении дать – сделать возлюбленного лучше, помочь раскрыть ему свои таланты, а главное искренне радоваться его успехам, и болеть его болью.

– Ты приехал в лес ночью, когда все звери и птицы спят. Утром с рассветом, ты услышишь их голоса, разговоры, крики, узнаешь их страхи и болезни. Конечно, тебе будет легче переносить лесную жизнь и к ней ты сможешь привыкнуть. Но ты человек и должен жить среди людей, среди хороших и плохих мыслей.

Королевич внимательно слушал.

– Мысли любого человека предшествует желание, поэтому у тебя есть доля времени поставить барьер и решить хочешь ты знать его мысль или хочешь не знать.

– Разве это возможно?

– Да, возможно.

Королевич удивленно посмотрел на Царицу Ночи.

– Мысль, – это всегда эмоция или знание оформившиеся в слова. Поэтому время поставить барьер всегда есть, надо только научиться "хорошо слышать". Конечно, умение ставить барьер требует тренировки, но здесь в лесу ты этому быстро научишься. Второе: мысли человека или группы людей часто слиты вместе подобно белому свету или симфонической музыке. Поэтому ты должен научиться ставить перед собой «линзу», чтобы расщепить белый свет мыслей на составляющие. Или, иными словами, развить свой слух настолько, чтобы в многоголосии симфонического оркестра слышать каждую скрипку, каждую виолончель, каждую трубу. Когда ты овладеешь техникой чтения мыслей, ты сможешь вернуться домой. Но запомни, никто не должен знать о твоих способностях. Люди не терпят тех, кто знает их подноготную жизнь. Они могут простить все, даже мудрость, но никогда не простят чтение их мыслей. Твоя жизнь будет очень одинока и в то же время очень счастлива. В твое сердце вольется столько истинной любви, сколько не может вместить ни одно сердце в мире, вольется столько мудрости, знаний, что твое имя будут помнить в веках. Ты спросишь, а как же печаль, ненависть, злодейство, живущее в мыслях людей? Смотри, в любой даже самой красивой женщине есть кости, вены, мышцы, любая красавица ест и ходит в туалет. Но за кожей, мы всего этого не видим, тело скрыто от нас. Так и здесь, ты должен иметь фильтр, чтобы не слышать, то, что будет мешать тебе жить. И в тоже время научиться не боятся видеть, когда это надо, то, что скрыто за кожей.

Днем к тебе придет мой посланник, который будет учить тебя навыкам жизни в окружении мыслей и чувств. А сейчас спи.

Царица встала, коснулась рукой лба Королевича Дмитрия, и он уснул.

*   *   *

Прошло три года. В течение этих лет каждые две недели Королевич Дмитрий посылал королеве, весточку, в которой сообщал, что жив-здоров, денег достаточно, и, если понадобятся, непременно сообщит. Королева отвечала длинными письмами. Подробно описывала события в королевстве, не забывая в конце передать приветы от друзей и Георга. В своих письмах, королевич никогда не писал где находится, чем занимается, и Матушка не настаивала.

Вернулся королевич Дмитрий в день рождения Королевы. С ним были пять кошек. Королева-Матушка не удивилась, еще в первом письме Дмитрий написал о том, что купил пять котят у старика, собиравшегося их утопить. Встретила Королева Матушка сына с Королем Георгом и детьми Георга.

— Значит, королева вышла замуж за своего премьер-министра, пока ее сын учился жить в окружении чужих мыслей? — спросила Тина.
— Да. — Ответило правое верхнее ушко.
— А почему?
— Понимаешь, Тиночка, несчастье либо сближает людей, либо разводит. По всей видимости...
— А я думаю, — перебила ушко Тина, — потому, что королевич сказал маме, что премьер-министр ее любит, и что ее любовь к Георгу давно не является для него тайной.
— И это тоже. — Ушко горделиво посмотрело на своих сестер и продолжило, — Давай, Тиночка, я тебе дальше расскажу. Еще немного осталось. Да и просыпаться тебе скоро.
Тина, перевернулась на другой бок и зажмурила глаза.

На вопрос мамы о его здоровье, Дмитрий ответил, что полностью излечился от странного дара и теперь ничем не отличается от своих сверстников. Королева Матушка, сказала, что очень рада этому, но в душе не поверила. На вопрос короля Георга, чем занимался он все эти три года, ответил, что медициной. После этих слов, Георг назначил королевича Дмитрия, главным лекарем королевства. Вначале врачи были недовольны этим, слишком уж молод он был, да и учился только три года, а не 10-12 как большинство из них. Но королевич Дмитрий быстро развеял их скептицизм, поставив правильный диагноз нескольким больным, от которых они отказались, и вылечил их.
После смерти Королевы Матушки на престол вошел Королевич Дмитрий, и более процветающих лет королевство ни до ни после не имело. Наследников он не оставил, поскольку, несмотря на уговоры мамы и Георга, не женился. Королем стал сын Матушки и Георга королевич Александр. Что касается детей Георга от первого брака, то они души не чаяли в Дмитрие, и были ему хорошими друзьями.

*   *   *

— Папа, а почему королевич Дмитрий не женился? Боялся, что жена узнает о его способности читать ее мысли? — спросила Тина и отхлебнула молоко из красивого голубого стаканчика.

129

— Нет, Тиночка. Когда человек любит, он ничего не боится. Королевич был мудрым и понимал, что между искренне любящими друг друга людьми должна быть не только близость, но и равенство, а его способность читать мысли, знать желания поставили бы его в привилегированные положение.

— Но ведь королевич Дмитрий, мог притвориться, что не знает мыслей жены — Тина обвила глазами родителей и уставилась на Ирис, — Ведь так, мама, правда?

Ирис улыбнулась:

— Я не думаю, что это возможно. Даже простой человек, не обладающий талантом читать мысли, может знать о чем думает и что чувствует его возлюбленный. И это делает его беззащитным.

— Почему?

— Почему, что?

— Почему беззащитным?

— Потому, что, когда любишь, сделать возлюбленному больно, ответить на зло злом практически невозможно.

— Папа, а ты согласен с тем, что можно читать мысли и знать, что чувствует человек, когда любишь его? — с интересом спросила Тина, повернув голову к Исааку.

— Отчасти, да. Но это очень индивидуально.

— А как у вас? — в глазах Тины горело любопытство.

Исаак засмеялся:

— Мы не на допросе. Поэтому на твой вопрос отвечать не будем. Так, Ирис?

Ирис кивнула:

— Да, не будем.

— Знаешь что, — решил сменить тему Исаак, — На самом деле, Тиночка, твоего Королевича Дмитрия, звали, Соломон, царь Соломон. Потому что именно про него говорят, что он знал язык птиц и зверей, и даже, вроде, обладал даром читать мысли людей.

— Значит, он был не женат? — спросила Тина.

— Нет, у него было 1000 жен, — ответил Исаак

— А это хорошо или плохо? — с интересом спросила Тина.

— Плохо, — ответила Ирис.

— А ты как думаешь, папа, хорошо или плохо?

— Не знаю, — пошутил Исаак, — не пробовал.

По лицу Ирис все поняли, что шутка оказалась неудачной.

— Мама, а иметь 1000 мужей, хорошо? — подогрела дискуссию Тина.

Начавшаяся перебранка закончилась тем, что Лешка поднял стакан с молоком и с возгласом "Наших бьют" разбил его об пол. Наступила неловкое молчание. Ирис с Исааком с удивлением посмотрели друг на друга, "Чего это они так распалились", и приступили к обсуждению того, как провести воскресный день. Тина в обсуждении не участвовала. Она думала, о том, что, поскольку имеется время между возникшим желанием и мыслью, то, наверняка, можно научиться контролировать свои эмоции и даже сделать так, чтобы плохие мысли вообще не появлялись в голове.

Теория вероятности

Разговор о знании Исаак считал исчерпанным, поэтому никак не ожидал, что Тина через два дня вернется к нему.

Поставив, машину перед домом, Исаак, в предчувствии ужина, улыбнулся: днем поесть не удалось, заказчики приехали позже, чем было запланировано, и ланч пропустил. Час назад он позвонил Ирис, и сейчас, наверняка мясо с грибами и жареной картошкой, уже стоит в кухне и источает запах, от которого даже, даже когда сыт, текут слюнки.

Исаак открыл дверь и сразу уперся в суровый взгляд Тинки.

– Наконец-то явился, – недовольно констатировала дочь – идем в мою комнату, поговорить надо.

Исаак озадаченно посмотрел на жену.

Ирис усмехнулась:

– Тина с пяти тебя ждет. Уселась на пол перед дверью, уставила глаза в дверь…

– Идем, уже! – дернула руку Исаака Тина.

"Пол часа ждала, пол часа " – думал Исаак, послушно следуя за дочкой.

– Сядь, – Тина указала на кресло у письменного столом, – у меня к тебе серьезный разговор, Исаак.

"Интонация мамы" – автоматически подумал Исаак и, изобразив невинность, спросил:

– Может, раньше поедим?

– Нет, – отрезала Тина, – разговор серьезный, потом поешь.

– Если выживу, – пошутил Исаак.

Тина шутку не приняла:

– Скажи, Б-г все знает?

Исаак, задумался: "Если сказать, что да, Б-г знает все, то Тина непременно заявит: что в таком случае Б-га словно и нет, потому что Он не может ни на что повлиять. После чего начнется дискуссия, из которой ему не выбраться. А если сказать: что нет, Б-г не знает всего, тогда Тинка, обязательно спросит, какой же тогда это Б-г, если всего не знает и чем Он лучше человека…".

– Папа, почему ты молчишь?

"Конечно, – продолжал думать Исаак, – можно сказать, что Б-га нет, и закончить разговор. Но сам-то он в этом не уверен, может действительно Б-г существует, и тогда что? К тому же, как объяснить существование Мишиной подушки?".

– Исаак, почему ты молчишь? Что так тяжело ответить на простой вопрос: Знает Б-г все или не знает?

Тина явна начала злиться. Исааку ничего не осталось, как попробовать перевести стрелку на саму Тину:

– А ты сама, как думаешь: Знает Б-г все или не знает?

– Я первая задала вопрос, поэтому тебе отвечать, – парировала Тина.

– Хорошо попробую, – Исаак глубоко вздохнул, – если я скажу тебе, что да, Б-г знает все, ты непременно мне скажешь, что Б-га нет!

– Почему?

– Потому что всезнание, как мы с тобой уже обсуждали, возможно только в том случае, когда у всезнающего нет возможности ни на что повлиять.

– То есть, Б-г не может вмешаться в нашу жизнь, – перефразировала Тина.

– Да, так. А если я скажу: Нет, Б-г не может все знать. Ты непременно скажешь, что это за Б-г, который не знает всего?

– Да, так и скажу, – подтвердила Тина.

– Как же тогда возможно одновременно все знать и знать не все?

Тина озадаченно уставилась на папу.

– Остается один выход, разобраться в том, что есть знание.

– А разве, вчера мы в этом не разобрались? – удивилась Тина.

Исаак ничего не ответил, достал из кармана кошелек, высыпал на стол мелочь, взял 25 центовую монету, подбросил, поймал и, не дав Тине увидеть какой стороной она упала, прижал ладонью к столу.

– Орел или решка?

– Не знаю?

– А кто знает?

Тина пожала плечами:

– Б-г знает.

Исаак поднял руку.

– Решка. А теперь скажи, если я брошу еще раз, что выпадет, орел или решка?

Тина опять пожала плечами:

– Может орел, а может решка.

– А кто знает? – повторил вопрос Исаак.

– Наверное, только Б-г.

– Давай, пока вопрос о Б-ге отставим в сторону, и подумаем, что нам точно известно.

Тина была само внимание:

– А известно нам, – Исаак сделал паузу, – известно то, что при бросании монеты может выпасть только орел или решка. Ничего другого выпасть не может. Так?

– Да, так! – подтвердила Тина

– Так же известно, что вероятность того, что выпадет орел, равна ½, также как и вероятность того, что выпадет решка. То есть, если мы будем много раз бросать монету, то в половине случаев выпадет орел, а в половине случаев решка. Согласна?

Тина кивнула:

– Согласна.

– Принеси, мне Моно′поли.

Тину вопросительно посмотрел на папу.

– Принеси, принеси, я тебе кое-что покажу.

Тина подошла к полке с играми, нашла Моно′поли и принесла Исааку. Он достал из коробки кубик, на которого были наклеены цифры от 1 до 6, и спросил:

– Скажи, Тина, если я подброшу кубик, какая цифра может выпасть?

– Ну, как, какая, – удивилась глупости вопроса Тина, – может выпасть 1-ка, 2-ка, 3-ка, 4-ка, 5-ка или 6-ка.

– Правильно, – подтвердил Исаак, – А если конкретно, – Он подбросил к потолку кубик, поймал и прижал ладонью к столу. – Какая цифра?

Тина пожала плечами:

– Может 1-ка, может 2-ка, может 3-ка, может 4-ка, может 5-ка, может 6-ка. Кто ж это знает?

– А семерка может?

– Семерка не может, – засмеялась Тина.

– А восьмерка?

– Восьмерка, тоже не может выпасть.

– Значит, у меня под ладонью может быть только 1-ка, 2-ка, 3-ка, 4-ка, 5-ка или 6-ка. Так?

– Так!

– Точно?

– Точно!

– А какая вероятность, что у меня под ладонью 3-ка?

– 1/6 – не задумываясь, ответила Тина.

– А двойка?

– Тоже 1/6.

– А пятерка?

– Тоже 1/6. Всегда одна 1/6.

– Правильно! Теперь, Тина, давай подумаем, что мы можем сказать про кубик или монету, прежде чем мы их подбросим.

Тина задумалась, прошла одна минута, вторая, Исаак терпеливо ждал.

– Ну что, – наконец сказала Тина, – что если подбросить монету, то вероятность того, что она упадет орлом верх, равна ½, решкой тоже ½. Если подбросить кубик то вероятность того, что выпадет единичка, равна 1/6, двойка тоже 1/6, тройка тоже 1/6 и так далее.

– А за раннее знать, что выпадет, мы можем?

– Нет.

– Правильно! Поэтому знанием мы назовем не точное знание того, что при бросании монеты выпадет именно орел, а кубика – тройка, а знание того, что при бросании монеты может выпасть только орел или орешка и ничего более, а при бросании кубика может выпасть только единица, двойка, тройка, четверка, пятерка или шестерка. Но это не все. К этому надо добавить и знание вероятностей выпадения орла и решки, а для кубика, соответственно, знание вероятностей выпадения единички, двойки, тройки, четверки, пятерки и шестерки. Ясно?

– Ты хочешь сказать, папа, что при бросании монеты или кубика, знанием является не точное знание того, что выпадет, а знание того, что в принципе может выпасть и знание вероятностей того, что выпадет?

– Абсолютно верно. А теперь следи: Б-г не знает, какое точно решение мы примем. Но он точно знает весь набор наших возможных решений и их последствий.

– Как мы знаем, что при бросании монеты может выпасть только орел или решка?

– Именно так. Например, он знает, что завтра у тебя контрольная работа по математике, знает задачи, которые тебе придется решить. Но он не знает, как ты ее напишешь. Знает, Он только то, что вероятность того, что ты разволнуешься и напишешь контрольную плохо, равна 30%, а вероятность, что ты соберешься и напишешь хорошо 70%. Но соберешься ты или нет, зависит от тебя.

— Папа, ты хочешь сказать, что Б-г знает все, все возможные события в мире?

— И не только, но и вероятности того, что эти события произойдут. У тебя есть свобода выбора, поэтому ни я, ни мама, ни Он не знаем в точности, что ты сделаешь. Разница между Б-гом и мною, состоит в том, что Он знает все твои возможные решения на годы вперед; мы же с мамой можем только предполагать, что ты завтра или послезавтра ты вытворишь. Понятно?

Тина задумалась:

— Значит, Б-г знает все возможные мои решения и следствия моих решений, но не знает, какое именно решение я приму. Так?

— Да, именно так. То есть с одной стороны Он все про тебя знает, поскольку знает все возможные варианты твоих решений и, соответственно, событий, которые могут с тобой произойти. Знает вероятность принятия тобой того или иного решения. А с другой ничего не знает, поскольку в точности не знает, какой вариант твоей жизни на самом деле реализуется. Не знает поскольку у тебя есть свобода выбора.

— Все, все, мои решения знает? – опять спросила Тина.

— Да все, все – повторил Исаак. Теперь, давай поговорим вот о чем. Каким образом Б-г управляет миром. Ведь зачем нужны знания, если ими не пользоваться. Согласна?

— Да, папа.

— К тому же, если знаешь все что может и не может произойти в будущем. Ведь так?

— Да так, – подтвердила Тина.

— Итак, – Исаак улыбнулся, – Б-г знает наше будущее, вернее все, что с нами может произойти и завтра, и послезавтра, и через год, и через 20 лет, и 80 лет, знает, где мы можем споткнуться, оступиться, знает наш хороший выбор и плохой. А теперь подумай, чтобы ты на Его месте сделала, если бы знала все возможные вариант поступков человека?

— Ну, предупредила бы, сказала: по этой дороге не езжай, там яма, лучше поезжай в объезд. Или… в этом месте глубоко, утонешь.

— То есть дала бы инструкцию, что можно делать, а что нельзя, куда можно ходить, а куда не следует. Так?

— Да, так.

— Так вот. На горе Синай четыре тысячи лет назад, Б-г так и поступил. Он дал евреям Тору – свод законов и правила, следование которым должны было их уберечь от неправильных поступков. Он предупредил евреев: не будете следовать им – получите наказание в виде, землетрясения, засухи, цунами, будете рабами у других народов.

А если будете поступать правильно, в соответствии с законами, изложенными в моей инструкции (Торе), будет у вас урожай обильный, дети здоровыми, и радость в каждом доме. Ну, а выбор? Выбор за вами.

– И что, мы теперь следуем этим законам? – спросила Тина.

– Не всегда.

– Странно.

– Потому что нарушать Его законы, гораздо легче, чем им следовать. Например, евреям нельзя мешать молочное с мясным. – Исаак, увидев непонимание в глазах Тины, пояснил. – Ты любишь cheeseburger?

– Очень.

– А нельзя, хотя и очень хочется. Понятно!

– Так, что из-за cheeseburger у меня, могут быть неприятности в жизни.

Исаак понял, что зашел слишком далеко:

– Ну, вроде да… Понимаешь, мешать молочное с мясным…

– Есть cheeseburger – уточнила Тина

– Да, есть cheeseburger, Б-г запретил только евреям, всех остальных народов это не касается. Если человек не еврей, то, пожалуйста, ешь cheeseburger, сколько влезет. А если еврей и к тому же религиозный, то нельзя.

– А мы, кто?

– Я еврей, а мама гречанка.

– А я кто? – встревожено спросила Тина.

– Если ты очень любишь cheeseburger, то можешь считать себя гречанкой, а если нет – то можешь считать себя еврейкой.

– Я подумаю, папа! – на лбу Тины появилась морщинка.

Исаак, облегченно вздохнул: "Слава Б-гу, Тинка не пошла дальше со своими cheeseburger", и быстро продолжил:

– Проблема в том, что Б-г скрыт от нас, он не человек, не дерево, не птица, животное, Его "как бы и нет". И потом, после плохого выбора, неприятности случаются не сразу, а спустя некоторое время: через месяц, год, десять лет и даже 20 лет. А поскольку делать плохой выбор в сто раз легче, чем хороший, то человек склонен делать плохой, к тому же и последствия своего выбора ему неизвестны.

– А сейчас Б-г подсказывает людям их возможные ошибки?

– Можно сказать, что нет, поскольку все его инструкции в Торе написаны.

– Получается так, Папа, что Б-г дал нам свои инструкции, объяснил, что делать хорошо и что плохо и на этом взаимоотношение с нами прекратил: мол, я вас предупредил, а дальше живите, как вы хотите. Так?

— Не совсем. Представь себе, что ты сказала Лешке, не суй палец в работающий вентилятор, оторвет. Он выслушал тебя, сказал, что не будет, но про себя решил, что, при удобном случае, обязательно сунет, потому что интересно. И вот ты видишь, что Лешка, направился к вентилятору с явным намерением сунуть в него палец. Твои действия?

— Ну, что? Я крикну, чтобы он не совал палец в вентилятор, подбегу, схвачу за руку, постараюсь остановить как-нибудь.

— А вот Б-г, поступил бы по-другому. Поскольку крикнуть он не может, это не в его правилах, Он просто сделал бы так, что вошла мама и остановила Лешку, или вдруг отключилось электричество, или еще, что-нибудь…

— А почему, это не в его правилах?

— Потому, что в этом случае Он бы открыл свое присутствие в мире. А поскольку Он себя скрыл, чтобы мы имели свободу выбора (свободу делать и плохие поступки и хорошие), крикнуть Он не может.

— Потому, что выдал бы свое присутствие в Мире.

— Да.

— А почему это плохо?

— Скажи, могла бы Лешке, прийти мысль сунуть палец в вентилятор, если бы он всегда был бы под твоим контролем. Конечно, нет.

— Ты хочешь сказать, что явное присутствия Б-га, лишило бы нас свободы выбора?

— Конечно.

— Именно поэтому, он использовал бы маму, чтобы отключить свет, или сломал вентилятор?

— Да, именно так. А теперь, следи. Скажи, какая вероятность того, что именно в тот момент, когда Лешка примет решение вставить палец в вентилятор войдет Мама?

— Маленькая.

— А то, что Лешка споткнется и разобьет нос и забудет о вентиляторе?

— Совсем маленькая

— А то, что отключится свет во всем доме?

— Такого не бывает!

— Так вот, может так случиться, что, в момент когда Лешка пойдет к вентилятору, войдет в комнату мама?

— Да, может.

— А то, что Лешка упадет и разобьет нос?

— Да может.

— А то, что отключится свет во всем доме, может такое случиться?

— Может.

– И все эти события очень маловероятны. Значит, что делает Б-г, когда направляет маму в комнату, отключает свет, или запутывает ноги Лешке, он делает маловероятное событие – вероятным. Иными словами подкручивает вероятность событий.

– Папа, ты хочешь сказать, что Б-г делает так, чтобы практически невероятное событие имело вероятность 100%.

– Именно так.

– Скажи, что бы мы сказали, если бы увидели, что в момент, когда Лешка протянул палец чтобы вставить его в вентилятор, вбежала собака соседа и гавкнула.

– Сказали бы, что произошло чудо.

– Так вот, чем отличается Чудо от обычного события? Чудо – это всегда маловероятное событие, которое случается в самом необходимом месте и в самое необходимое время. Если бы соседская собака забежала в любое другое время, – это не было чудо, а просто случайность.

– Понятно. Папа, получается, что Б-г творит чудеса?

– Да! И эти чудеса есть маловероятные события, которые случаются в самое необходимое время и в самом необходимом месте. Наша свобода выбора состоит в том, что мы можем сказать: "повезло". А можем сказать: "Б-г для нас совершил чудо", и поблагодарить Его.

– А на самом деле как?

– От тебя зависит. Если ты признаешь существование Б-га, то все, что происходит с тобой неожиданно, не в соответствии с твоим планом, и это является жизненно важным, есть чудо – подкрутка Б-гом вероятности.

– А если я, например, случайно встретила подружку и мы с ней поболтали?

– Если эта встреча ничего в жизни не изменила, то это просто случайность, за которой Б-г не стоит. А если эта подружка рассказала тебе решение задачи, и именно эта задача была на экзамене, от которого зависела твоя судьба, то это было чудо, участие Б-га в твоей судьбе.

– Ты хочешь сказать, папа, что, с помощью изменения вероятностей событий, Б-г управляет Миром?

– Абсолютно. Как видишь, Тина, оказывается можно одновременно знать все и не знать всего. В этом нет противоречия. Теперь еще один пример. Допустим, человеку нужны деньги, чтобы заплатить за лечение ребенка. Он решает купить лотерейный билет. Идет в киоск покупает билет, заполняет цифры и через неделю выигрывает 200 тысяч долларов. Он мог бы выиграть и 100 тысяч, и миллион, и 10 миллионов, а мог бы ничего не выиграть, но он выиграл именно 2000 тысяч, как раз столько, сколько нужно заплатить за операцию. Что это, случайность?

– Не знаю, папа.

– Если человек верит в Б-га, он говорит: "Это не случайность – это желание Б-га. Почему он так говорит, потому что, считает, что не важно какие цифры он вписал в лотерейный билет, Б-г при любых цифрах сделал бы так, что вероятность его выигрыша равнялась 100%. А если он не верит в Б-га, говорит: "Мне здорово повезло. Я большой молодец, сделал правильный выбор".

– А как на самом деле?

– На самом деле, все зависит от тебя, от твоего выбора верить в Б-га или не верить. Понятно?

– Мне кажется, что да.

– И что тебе понятно?

– Б-г знает все возможные выборы, которые я сделаю в своей жизни и их последствия. Но он не знает, какой конкретное решение, сейчас, в данный момент я приму, потому что у меня есть свобода выбора.

– И еще…

– Если происходят вещи, в которых не было моего выбора… и они, например, спасли мою жизнь, или круто поменяли ее, то это был выбор Б-га, он сделал так, чтобы вероятность этих событий была равна 100 процентам. Я правильно сказала?

– Правильно. Как видишь, оказывается можно одновременно знать все и не знать всего. В этом нет противоречия. Тебе все понятно?

– Я думаю, да.

– Ну, если так, ты позволишь, мне пойти и, наконец, поужинать?

– Иди, только покажи, какая цифра у тебя под рукой?

Исаак поднял ладонь:

– Пять, а я думала три, – грустно произнесла Тина.

В кухне Исаака ждала Ирис.

– Ну, что ты на это все скажешь? – спросил Исаак, садясь за стол.

– Скажу, что ты молодец! Я тебя очень люблю, – Ирис наклонилась к Исааку и поцеловала его в губы, – остальное ночью.

Когда, Исаак, подвинул к себе десерт, в кухню зашла Тина:

– Папа, а почему Б-г не наказывает сразу, ждет неделю, месяц, год, иногда 10 и 20 лет? Ты меня сразу наказываешь.

– Потому что цель Б-г не наказать человека, а что бы человек из дикого осленка, каким рождается, вырос он, в конце концов, хорошим человеком. Именно поэтому Он, дает нам время отдуматься, исправить свою ошибку и попросить прощение. И как только мы это делаем – наше прегрешение "забывает".

– Как забывает? Ведь Б-г знает все, даже то, что могло бы случиться, но не случилось!

Исаак задумался:

– Хорошее замечание, Тина, очень хорошее. Мне кажется, ответа я не знаю, что Всевышний обнуляет вероятность наказания, то есть делает вероятность наказания равной нулю. Это первое. Второе, как мы с тобой говорили, Б-г общается с человеком языком шансов и событий и делает Он это, чтобы скрыть свое присутствие в Мире, не лишать нас свободы выбора. Поэтому Б-г не может сказать: "Эй, Тина, нельзя обижать Лешку и грубить маме". Это моя работа, как твоего папы. Понятно?

– Да, мне кажется, что да понятно!

– Ну и хорошо, – Исаак взял в руку чайную ложку, чтобы наградить себя большим куском торта, стоящего перед ним.

– Слушай, – глаза Тины горели, – а зачем Б-гу, все это нужно?

Исаак тяжело вздохнул, и с тоской посмотрел на торт.

– Действительно, интересно, Исаак, – Ирис, с улыбкой посмотрела на мужа, – зачем Б-гу, все это нужно?

Исаак, откинулся на спинку стула и уставился в потолок. Ирис с Тиной понимающе переглянулись: "Папа думает". Наконец, он опустил глаза и неожиданно спросил:

– Почему ты думаешь, Тина, что наша жизнь Б-гу не интересна?

– Ну, понимаешь, когда все, все знаешь, так вроде и ничего не интересно, Если бы я, например, знала решение всех задач в учебники, мне бы было очень неинтересно ходить в школу и смотреть, как другие мучаются.

– Хорошо. Теперь смотри, у твоей подруги Лены есть кошка. Ее все в доме любят. Правда?

– Да. Я тоже ее люблю.

– Скажи, может кошка понять своим кошачьим умом, зачем Лена ее кормит, убирает за ней, ведь с кошачьей точки зрения, это абсолютно бессмысленно о ком-то заботиться, кроме как о себе. У кошки нет даже подобия чувства, сострадания, любви к животным, – Исаак на секунду задумался, – как у коня нет крыльев, а попугая – хобота. Так и мы. Мы можем только догадываться, зачем, Б-гу все это надо, но знать точно, не можем. Мы, как и Ленина кошка, должны стараться понять, что от нас хочет Б-г и стараться выполнять.

– А, что Б-г от нас хочет? Я не знаю. Мне лично, Он ничего не говорил.

– Верно. Тебе лично ничего, а вот евреям сказал и повелел другим передать.

– На горе Синая?

– Да, на горе Синай. Да и сейчас, иногда, через некоторых очень порядочных и верующих в него людей, предупреждает нас о грозящей или негрозящей нам опасности.

– Папа, ты не ответил на вопрос, "Зачем Б-гу с нами возиться?".

– Разве? – засмеялся Исаак, – Я же сказал: "Нам не дано этого понять".

– Ну ладно, не хочешь сказать – не говори, – сказала Тина и обиженная вышла из кухни.

Израиль мрачно посмотрел на Ирис:

– Вот и поговорили, – сладкого ему уже не хотелось.

*   *   *

Со следующей недели, Исаак стал на полдня возить Тину в воскресную еврейскую школу при синагоге.

Чертовка и Поэт. Сказка о Любви

В одном небольшом городке на краю Земли жил-был колдун. Это был настоящий колдун, противный и злой. Он мог навести болезнь, или одним взглядом причинить человеку неприятность и даже сделать несчастье. Конечно, люди этого городка могли бы убить его, ведь колдун все же был человеком, но не делали этого, потому что, во-первых, боялись его, а во-вторых у колдуна была дочь и очень красивая, а сами знаете, покушаться на красоту никто не может. Звали девочку Чертовка. Нет, это было не прозвище, а настоящее ее имя. Свою дочь колдун очень любил, но, зная свой глаз и нрав, старался поменьше на нее влиять, и это было правильно. Мама у девочки была ведьма, но, наверное, какая-то ненастоящая, потому что не может у двух плохих людей родиться хорошая дочь – генетика не позволяет. Конечно, Чертовке что-то передалось от папы – колдуна и мамы – ведьмы. Она, например, могла так заразительно смеяться, что все, кто ее слышал, начинали безудержно хохотать. Чертовка уже ест свой суп или смотрит телевизор, а за окнами все еще смеются. И еще Чертовка умела летать: зависнет над деревьями и смотрит на всех. Или возьмет горсть монет, взлетит к верхушкам деревьев и бросает их вниз. Люди ползают, ищут, ругаются: "Это моя монета, я ее увидел". "Нет, моя, я первый нашел", –

141

а она, Чертовка, висит высоко в воздухе и улыбается. Но люди не злились на нее, она для них была вроде местной достопримечательности, всегда забавной и совсем не страшной.

И вот, когда Чертовке исполнилось 18 лет, она влюбилась настолько сильно, что ужасно похорошела. Она и так была не дурнушка, а сейчас стала просто красавицей. Все молодые люди рты раскрыли, а старые смотрели на нее и только улыбались. Кто же это был за человек, который украл сердце Чертовки? Это был пчеловод. Был он невысокого роста, руки у него были маленькие, а лицо светлое, он уже начал седеть, но это было ему к лицу. Пчеловод больше всего на свете любил сидеть на высоком холме, на камне, и читать стихи или слушать звуки Вселенной. Часто к нему на холм прилетали пчелы и настойчиво жужжали, требуя внимания. Тогда он вставал со своего камня и читал им стихи. Пчелы умолкали и внимательно слушали поэта, потом облетали его и улетали дальше заготавливать мед. Может потому, что пчелы слушали стихи поэта, у него всегда был замечательный мед, который он с выгодой для себя продавал. Пчеловод достаточно хорошо разбирался в жизни и понимал, что к чему.

Чертовка очень завидовала пчелам, что Поэт для них, а не для нее читает стихи, что это они, а не она могут сидеть возле него и слушать его голос. Однажды, когда пчеловод сидел на камне, погруженный в свои мысли, Чертовка подлетела к нему и села рядом. Пчеловод вскочил, он явно был смущен неожиданным появлением девушки и не знал, что сказать. Чертовка попросила поэта почитать стихи, но он отказался, сказав, что его стихи несовершенны, что он еще только ищет рифмы, чтобы передать голос Вселенной. Услышав о голосе Вселенной, Чертовка стала просить поэта объяснить ей, что нужно сделать, чтобы тоже услышать его. Сначала поэт отнекивался, он привык к одиночеству, он никогда никому не рассказывал о голосе Вселенной, но потом поддался уговорам девушки и с увлечением стал рассказывать ей о том, что он слышит, и как он это делает. Чертовка все выслушала, взлетела над землей и застыла, стараясь услышать голос Вселенной, но ничего не услышала.

Чертовка стала довольно часто прилетать к поэту. Она обычно зависала за его спиной или сбоку, в метрах 10 от него, так, чтобы не мешать ему, и старательно вслушивалась, стараясь уловить голоса Вселенной, но у нее ничего не получалось. Она слышала только незамысловатые мелодии пастушков, шепот травы на склонах холмов, свист ветра за крыльями ястреба, смех качающихся яблок в садах; звезды и бездны ей были недоступны – она была еще слишком юной, эта девушка, чтобы слышать голоса Вселенной.

Колдун не одобрял выбора своей дочери, он хотел чтобы она стала если не женой Воланда, то, по крайней мере, состояла в его свите. Это было заветной мечтой любого колдуна. Люди, хотя и дивились привязанности Чертовки к Пчеловоду, не удивлялись этому, наоборот, они считали, что эти два странных существа подходят друг к другу и поэтому желали им счастья. Люди, как это бывает в таких случаях, были правы, не зря же Б-г наделил их искрой своей.

Пчеловод постепенно привык к девушке, к ее проказам. Когда она не появлялась несколько дней, он начинал скучать. Чертовка всегда очень хорошо чувствовала людей, это было у нее от папы, и всегда появлялась вовремя. Иногда на Чертовку находило веселое настроение, тогда она пряталась в высокой кроне деревьев или в облаке и оттуда с криком: "Ну, погоди!" падала вниз, прямо на поэта, но всегда в последний момент останавливалась и с озорством и ласковостью смотрела в его глаза. Поэт показывал на свои седевшие волосы и улыбался. В его глазах было знание и боль, недоступные девушке.

Пчелы сразу приняли Чертовку, и это было вполне естественно, ведь она слышала голос земли, голос природы, а кто слышит тебя, кто понимает тебя, разве тому мы не отвечаем любовью? Чертовка часто вместе с пчелы кружилась в воздухе; она каким-то непонятным образом дирижировала ими, заставляя их то собираться вместе, то разлетаться в стороны, то кружиться в хороводе, то создавать различные геометрические фигуры. Все эти танцы всегда заканчивались живым портретом поэта, который на минуту зависал в воздухе, а потом рассыпался на мелкие жужжащие кусочки. Поэт часто читал стихи, и уже пчелы и Чертовка напряженно слушали его голос, голос Вселенной.

В начале осени, когда клены покрываются ярко-красной листвой, а березы и тополя желтеют, в доме колдуна появились гости – Воланд со своей свитой. Они пришли, вернее появились незадолго перед рассветом, когда холодный озноб пронизывает путников, застигнутых в пути. "Уважаемый колдун, – говорил Воланд холодным голосом, прохаживаясь по комнате, – как Вы понимаете, мой приход к Вам не случаен, по пустякам я никогда не беспокою своих подданных. Я давно слежу за Вашей дочкой и, наконец, принял решение: я беру ее в жены. Вы, как отец моей жены, получите после свадьбы бессмертие, я им награждаю всех отцов моих жен. Ваша дочь, как Вам известно, не будет иметь бессмертия, во-первых, потому что Воланду не к лицу иметь иметь постоянную жену, во-вторых, жена Воланда не должна знать никого, кроме него. Поэтому Ваша дочь Чертовка умрет, как только она мне надоест, и я захочу жениться на другой. Это может произойти через неделю, через месяц, через год, а может и через сто лет. Со своей

143

последней женой я прожил три года два месяца и пять дней. Вот перед вами контракт", – сказал Воланд, и в ту же секунду перед колдуном появился лист очень дорогой бумаги, писанный кровью, и ручка с золотым пером. Холодные глаза Воланда, в которых был мрак вечности и пустоты, уставились в ожидании на колдуна. Колдун задрожал, поднял ручку, чтобы подписать контракт, как вдруг открылась дверь соседней комнаты и Чертовка, прекрасная в своем гневе, влетела в комнату: "Я не согласна, отец! – закричала она. – Не подписывай контракт!" Но колдун быстро наклонился над листом бумаги и подписал ее. И в то самое мгновение, как он поставил точку, все исчезло – и Воланд со своей свитой, и девушка, и ее отец. Только огонь в камине продолжал весело потрескивать – Воланд не переносил утренний холод. Неожиданно огонь превратился в злобного зверя и стал биться о прутья камина, они накалились и расплавились. Всегда голодный зверь выпрыгнул из камина и стал поедать все, что было в доме. Пожирая, огонь становился все злее и голоднее, вскоре весь дом уже пылал снизу доверху.

Люди вышли из своих домов и с удивлением и скорбью смотрели на пылающий дом. Среди них находился и пчеловод. Он смотрел на огонь, его сердце билось от страха и любви. Но, пожалуй, он единственный догадывался, что произошло, ведь не зря же он мог слушать голос Вселенной.

После пожара голова поэта поседела еще больше, и он стал еще более замкнутым, но глаза его оставались ясными и молодыми. Люди сочувствовали пчеловоду, но никто не высказывал своего сочувствия ему вслух – все знали, что делать этого не следует. Пчеловод, как и раньше, взбирался каждый день на свой холм, садился на камень и долго сидел, погруженный в свои мысли. Но если раньше он только молчал и слушал голос Вселенной, то сейчас его губы шевелились, казалось он разговаривает с кем-то. Пчелы, как и раньше, прилетали к нему, но если раньше они требовали внимания к себе, то сейчас они тихо облепляли деревце возле камня и тихо жужжали, потом срывались и улетали.

Пришла зима. Да, на этом краю Земли лето тоже сменялось осенью, а осень зимой. Горы и долины покрылись толстым пушистым слоем снега. Безмолвие опустилось на землю. Ясные холодные дни сменялись звездными ночами. Только сильный ветер иногда нарушал эту тишину, и тогда все живое пряталось и жалось друг к другу. Пчеловод жил в горах, в своем небольшом домике, состоявшем из двух комнат. В одной спали его пчелы в своих ульях, в другой жил он сам. Пчеловод очень любил зиму, потому что зимой он писал свои стихи. Тени от свечи, стоявшей на его столе; тепло, исходившее от печки; звезды и тишина будили его воображение – возникали странные образы, которые ложились строками на белые листы его тетради. Он подымал глаза, обращался в себя, долго молчал, затем брал ручку и писал несколько строк и затем опять надолго замолкал. Его глаза в это время нельзя было видеть. Так было всегда, так было и в этот год.

Осенью пчеловод продал на удивление много меда. В нем была удивительная сладость: больной, съевший ложку этого меда, выздоравливал, старик вставал с постели, а хмурый недовольный человек весь день был весел и деятелен. В следующем году в этом городке и в нескольких соседних родилось на удивление много детей. Все они были розовыми красивыми малышами, улыбались своим родителям и всему миру. Количество ссор и драк в этом году сократилось до нуля. Люди приписывали все это меду, который они покупали у пчеловода, и они были правы.

*   *   *

Тина пила молоко из чашки с хлопьями и внимательно следила за родителями. Исаак флегматично ковырял в тарелке яичницу, а Ирис смотрела за Лешкой, чтобы он не выпал со своего стула. Решив, что самый удачный момент настал, она невинно, как бы между прочим, спросила:

– Папа, скажи, с какого возраста люди влюбляются? – и сразу круглыми глазами уставилась на Исаака.

– Это подушка попросила тебя узнать? – Исааку нужно было время, чтобы найти ответ, и он таким образом решил потянуть время.

– Подушка здесь не причем. Я тебя спрашиваю. – Тинка решила загнать Исаака в угол.

– Папа, а что такое любовь? – подлил масло в огонь Лешка.

Тина повернулась к брату и дала ему щелбан:

– Не вмешивайся, когда взрослые говорят.

Пока шла перебранка между Тиной и Лешкой, Исаак судорожно искал взвешенный ответ.

Видя мучения папы, Тина решила ему помочь:

– Папа, ты просто скажи, с какого возраста мальчикам разрешается влюбляться в девочек, а девочкам в мальчиков?

Исаак решил перевести стрелки на Ирис.

– Знаешь, Тина, мама младше меня на три года, поэтому лучше понимает в этих вопросах.

Тина повернулась к маме, теперь две дрели буравили ее. Ирис строго посмотрела на дочь и сказала:

– У нас с папой есть договоренность, что на все вопросы, ну... вроде твоего, отвечает папа. – Ирис победно посмотрела на Исаака, мол, давай, рассказывай о своей первой любви.

Исаак вздохнул и начал:

– Когда мне было пять лет, в меня вселилась любовь. Я влюбился в женщину, которая жила в нашем доме, в соседнем подъезде. Эта любовь, как я сейчас понимаю, сделала меня по-настоящему сумасшедшим. Я мог стоять часами у двери подъезда и ждать, когда она пройдет мимо, либо не отрываясь смотреть в окно, желая только одного – увидеть ее. Моя мама, наверное, догадывалась о моей любви, потому что не отгоняла меня от окна и не ругала за то, что я торчу у подъезда. Она только улыбалась и все. Когда эта роскошная женщина, а она на самом деле была очень красивой и умной, и многим мужчинам безумно нравилась, (это рассказала мне мама, когда мне было уже двенадцать) приходила к нам домой поболтать, я ставил свой стульчик напротив нее и неотрывно смотрел ей в глаза. Наверное, это было очень смешно, потому что все смеялись, а она улыбалась мне и говорила что-то маме, отчего они с мамой смеялись еще больше. Наверное, она говорила, что если муж ее бросит, то она уйдет ко мне. Эта сумасшедшая любовь продолжалась не так уж долго, может, несколько месяцев. Но она, как я сейчас вижу, определила всю мою жизнь, сформировала во мне чувство уважения к женщине, научила видеть их красоту.

– Так, с тобой все понятно. – Тина резко повернулась Ирис, – Теперь ты, мама. Кто был твоей первой любовью?

– Ты хочешь знать, кто был моей первой любовью?

– Да!

Ирис выдержала паузу, чем усилила нетерпение Тинки до уровня готового взорваться парового котла и резко выбросила руку в направлении Исаака:

– Он моя первая любовь, – выкрикнула Ирис.

Исаак вздрогнул, будто в миллиметре от уха пролетела тарелка из свадебного сервиза, и разбилась об бетонную стену.

– Это нечестно, – обижено сказала Тина и вышла из-за стола.

Вечером, когда Исаак зашел в комнату к Тине, чтобы поцеловать и пожелать спокойной ночи, она спросила его:

– Папа, а мама похожа на ту женщину, в которую ты влюбился, когда тебе было пять лет?

В первый момент Исаак хотел отшутиться, но, увидев, насколько важен его ответ для Тины, решил сказать, как есть.

— Тина, мне было пять лет. В этом возрасте ребенок больше запоминает чувства, чем картинки, поэтому сказать, похожа ли мама на эту женщину внешне, мне тяжело, к тому же я смотрел на нее всегда снизу вверх. Но что касается внутреннего ощущения, то да, присутствие мамы всегда наполняет мое сердце радостью, как и тогда когда мне было пять лет. Я ответил на твой вопрос?

— Да, папа, ответил. Ты иди, а я еще подумаю, а потом буду спать.

— Хорошо, — Исаак поцеловал Тину в лоб, укрыл одеялом, — спокойной ночи.

— Спокойной ночи, папа.

Закрыв за собой дверь комнаты, Исаак подумал: "Миша прав, скоро Тинка, действительно станет моим другом".

Наталья-Краса

В одном царстве, в одном государстве, за морями, за полями, за большими городами, в глухом лесу, куда и зверю страшно заходить, стояла избушка. А в той избушке жила старая-старая, но еще очень и очень крепкая старуха, лет этак 100 с небольшим. Звали эту старуху Баба-Яга, а прозвище у нее было Костяная-Нога. Ноги, у старухи, вообще-то, были нормальные, а в молодости так совсем красивые, но так уж повелось на Руси считать, что у всех старух, живущих в лесу, обязательно ноги кривые и одна из них обязательно костяная. Хотя, постой, наверное люди о костяной ноге говорят потому, что многие старухи, когда по лесу идут, на кость мамонта опираются, чтобы в яму не угодить или в овраг не свалиться.

Если ты меня спросишь, дружок мой, Тина, что значит имя Яга, я тебе прямо отвечу «Не знаю».

Так вот, был у этой Бабы-Яги волшебный горшок. Скажет она ему: "Вари горшок мне кашу", – он зашипит, забулькает, глядь, а в нем уже каша, – да не простая, а с маслом сливочным и с сухофруктами а может еще с чем-нибудь. А захочешь щей, как твоя мама готовит, скажи горшку: "Вари, Горшок, щи, как только мама умеет!". Он и приготовит. Только Баба-Яга не знала про щи твоей мамы, поэтому горшок ей никогда их не готовил, он мог готовить только то, что ему заказывали. А еще, мой друг, Тиночка, был у Бабы-Яги волшебный топор. Скажет

147

она ему: "Коли дрова!" А он ей: "Нет, Баба-Ежка-Костяная-Ножка, сама коли свои дрова!". Разговорчивый был топор, да к тому же обидчивый и цену себе знал. Баба-Яга ему ласково: "Ну чего ты, топорик мой, дрова рубить не хочешь?". "А от того, – отвечает ей топор, – что ты мое лезвие маслицем не смазала, и вообще грубо со мной разговариваешь". Ну что делать, покряхтит Баба-Яга, покряхтит, но на полку залезет и маслица заветного, растительного достанет и топор смажет. Чертыхается, конечно, про себя, но что делать, хотя маслица и жалко, топить-то надо. Топор от маслица весь засияет, заблестит, и давай дрова колоть, в пятнадцать минут все переколет, Бабе-Яге остается только их собрать и в поленницу сложить. Всяк, Тиночка, даже топор, любит вежливое обращение.

И вот однажды случилось так, что одна девушка пошла в лес по грибы и заблудилось. Шла долго, долго, наверное, месяц, пока не пришла к избушке, где жила Баба-Яга. И хотя девушка ничего кроме ягодок ни ела и водицы из ручейков ни пила, красоты своей волшебной она не утратила и была так же хороша, как и месяц назад, когда с лукошком по грибы пошла. Потому, Тиночка, что красивой девушке ничего не надо, кроме того чтобы только солнышко светило, травка зеленела, и птички своим пением по утрам вместо радио и телевизора будили. Подошла Наташа-Краса к избушке и постучала: Тук-Тук.

– Кого это там в такую противную солнечную погоду носит. Нет, чтоб дома сидеть, да в окошко глядеть. Так нет ходют и ходют, стучат и стучат, – раздался за дверью ворчливый голос Бабы-Яги.

– Это я, Наталья-Краса, шла, шла по лесу и заблудилась.

– Наталья, говоришь, Краса? – дверь чуть приоткрылась и Наталья-Краса увидела сморщенный нос, Бабы-Яги,

– Бабушка, Вы не серчайте я только немножко у Вас отдохну, и пойду дальше дорогу искать.

– Куда ж ты, милая, пойдешь? – сказала старуха, и, распахнув дверь, схватила Наталью-Красу за руку и втащила в дом.

– Нет, милая, никуда ты не пойдешь, я ж еще не евши ни пивши - приговаривала старуха, внимательно осматривая девушку.

– О, да ты отощала малость, – усадив Наталью-Красу на лавку, сказала Баба-Яга, – но ничего, покормлю тебя немножко, а потом уж и съем.

– Да что Вы, бабушка, как можно так шутить? Ведь люди людей не едет, они творожок любят, кашку пшеничную, огурцы помидоры, щи, грибы, зачем же людей есть, а бабушка?

Но Баба-Яга не ответила.

148

– Ну Вы меня и рассмешили, бабушка, своим: "Возьму и съем", – сказала Наталья, встала с лавки, взяла веник и стала подметать.

– Ты чего того делаешь? – закричала старуха.

– Как что, бабушка? Убираю. Вы, небось, совсем старенькая, вот я Вам и помогу.

– Это я-то старая? Да мне может поменьше твоего будет, – разозлилась старуха, – Да, ты знаешь? Да сейчас, да вот смотри ...., – старуха от негодования замолчала.

– Бабуленька, да Вы не волнуйтесь, я сейчас приберу, щей сварю, Вы мне только скажите, где у Вас тут огурчики солененькие, да перловочка, да грибочки сушенные, а дальше, я уж Вас, да и себя тоже, порадую. А пока щи вариться будут, я тесто поставлю пирогов приготовлю.

– Да ты что, дура, что ли набитая, Да у меня волшебный горшок есть! Я ему как скажу, готовь, дуралей, щи да пироги, так он таких щей наготовит, таких пирогов сделает, что ты, Наталья, ...

– Накось-выкуси, сама готовь, не буду тебе ничего готовить, – раздался из угла обиженный голос волшебного горшка.

– Как это не будешь?

– А вот так, не буду, и все! Больно мне надо перед тобой пыхтеть, сама пыхти раз такая дура невоспитанная.

И тут такое, Тиночка, началось, что ни в сказке сказать ни пером описать. Баба-Яга на горшок кричит, руками размахивает, а он ей в ответ такие гадости говорит, что я тебе повторить их не могу. Тут старуха не выдержала: схватила в углу кочергу и на горшок кинулась, а он парень был не промах, подпрыгнул и от старухиного удара увернулся. Кричит ей со шкафа: "Баба-Баба-Ежка, костяная ножка, меня не поймаешь только голову сломаешь!". Бегают они по всей горнице Баба-Яга за горшком, а он от нее, Баба-Яга кричит, совсем про Наталью забыла. А Наталья-Краса в кухоньку пошла щи готовить.

Пока Наташа-Краса лучок и огурчики соленые нарезала, картошечку чистила, грибочки сушенные в холодную воду бросала, перловочку нашла, Баба-Яга совсем устала. Лежит на лавке и стонет: "Ну проклятый Горшок-Самовар, я до тебя достану, ты у меня попляшешь, ты у меня попыхттишь, я такое сделаю, такое ...". А горшок ей из угла отвечает: "Лежи, лежи старая. Тебе, дуре, поголодать невредно, может тогда научишься вежливо с посудой разговаривать".

Тут из кухоньки Наташенкин голосочек донесся:

– Бабушка-Ягашенька, супчик готов, идемте кушать, я уже в тарелочки налила, только Вас за столом не хватает.

Тут Баба-Яга вспомнила про Наташу:

– Это все из-за тебя, дура, я с горшком поругалась! Да ладно, уж пойду, попробую, что ты там наготовила, – сказала Баба Яга и спустила ноги с лавки.

Тут горшок с полки как спрыгнет и в кухню:

– Хороши щи, Наташенька, только бы перцу добавить, да знаю я, нет его у нас. Но тебе, старой дуре, – горшок выглянул из кухни, – и без перца сойдет.

Встала Баба-Яга со своей лавки и потелепалась в кухню. А там запах стоит – слюнки так и текут, ну прямо ужас какой вкусный запах. Села Бабка за стол и говорит:

– Ну посмотрим, чему тебя мамка научила!

Только в руки ложку взяла, как ей горшок из угла этак ехидно говорит:

– Ешь старая, ешь, не отравишься. Только спасибо, когда пузо свое набьешь, сказать не забудь.

Только подняла она руку, чтобы в горшок этот хамский ложку запустить, но подумала: "Чем же я щи есть-то буду?", – руку опустила и за щи принялась.

А как похлебала, так вроде как бы и подобрела. А Наташа-Краса ей и говорит:

– Бабушка я бы и блинчиков со сметаной приготовила и пирожков с мясом, да вот сметанки нет, да и мяса тоже.

Баба-Яга молчит, ничего не говорит, только на горшок смотрит. А горшок ей волшебный:

– Не смотри на меня, готовить все равно не буду, пусть тебе эта деваха готовит, только смотри с ней тоже не ругайся, а то с голоду помрешь.

– Ну ладно, – говорит старуха, – пойди Наталья в чулан, в самом темном углу стоят сапоги, ты не смотри, что они неказистые, это Сапоги-Скороходы, пообтрепались, правда, немного, но бегают хорошо. Принеси их мне, я научу тебя ими пользоваться, только быстрее иди, а то передумаю.

Наташа ложку облизала и бегом в сарай. Смотрит, действительно, в самом темном углу сапоги стоят, схватила она их и бегом обратно к старухе. Старуха ей и говорит:

– Значит так, Наталья, чтобы Сапоги-Скороходы сами пошли, ты каблук о каблук ударь и скажи: "Сапоги-Скороходы, бегите со скоростью 20 миль в час". Они и побегут. Если захочешь ускориться, ты каблук о каблук ударь, и они ускорятся – каждый удар одну милю в час прибавляет. Поняла, Наташка?

– Поняла, бабушка. А если притормозить нужно, то что делать?

— Тогда, дуреха, носком о носок бей. Один раз ударишь они одну милю сбросят, два раза – две мили, ну, а если остановиться захочешь, тогда прижми сапоги голенищами друг другу они и остановятся.

— Понятно, бабушка, это у нас в деревне круиз-контроль называется!

— Какой еще круиз-контроль, одевай сапоги и давай в магазин за мясом и сметаной, и, вообще, принеси что-нибудь этакое, чтобы порадовало меня.

Наташа сапоги одела и говорит:

— Бабушка, а деньги? На что я все куплю?

— Какие это еще деньги, не знаю никаких денег? – зашипела Баба-Яга.

— Эй, старая, не придуривайся, привыкла на всем готовом жить, гони деньги! Вон у тебя полный сундук золота.

— А ты молчи, паскудник, не твоего ума дела! Мои деньги, не твои. Я их кровью и потом заработала!

— Чьим это потом, и чьей это кровью? – засмеялся горшок, – Сколько душ за свои 350 лет ты погубила, небось и не вспомнить?

Тут Бабе-Яге страшно стало, в первый раз в жизни, "А вдруг эта Наташка сейчас каблук о каблук ударит, а потом ищи ветра в поле."

— А ну, Наташка, снимай сапоги, передумала я, – сама в магазин сбегаю, небось мне, старой, льготу дадут, подешевле все продадут.

А Наташа-Краса, хоть с виду и проста была, но недаром ее все за умницу считали:

— Нет, бабушка, я уж сама справлюсь.

Ударила каблучком о каблучок: "Сапоги-Скороходы бегите со скоростью 20 миль в час", – и только ее след простыл.

"Ах дура я, дура, – заплакала старуха, – Нет моих сапожков-скороходов. 500 лет моей матушке служили, 720 матушке моей матушке служили и мне 350 хорошо служили, не уберегла я их. На пирожки с маслицем меня дуру потянуло. Дура я, дура".

«Когда матушка моя, Кощея Бессмертного дочь младшая, умирала ни слезинки не упало с глаз моих, – горько думала старуха, подбирая вещи, которые сама и разбросала, – а тут из-за сапог разревелась. Видно вырождение наступает».

— Да ты не плачь, Старая, я тебе сейчас кофею приготовлю, – участливо забулькал горшок, – А Наталья-Краса вернется, ты не волнуйся.

Попила старая кофею и заснула. И снится ей странный сон, будто она уже не Баба-Яга, а молоденькая ведьмочка, и будто у нее не седые грязные волосы и не сгорбленная старая спина, а черные с синевой волосы, смуглое от загара лицо и горящие огнем глаза. И видит она себя рядом с парнем, красивым словно дубок в лесу. Стоит парень, улыбается и говорит что-то, но она ничего не слышит, только кружится она вокруг него, словно ветер, и каждый раз, как он схватить ее хочет, она из его рук ускользает. А потом видит она его убитого и себя рядом. Смотрит она него, но нет в ее глазах жалости, а только любопытство. И еще видит она себя рядом со старым Кощеем, будто одевает он ей на палец кольцо и говорит, смотри, жена, не теряй, в нем вся моя сила. И смотрит он на нее, а в глазах его сама смерть и пустота бездонная, и кажется ей, если упадет она в эту пропасть, падать будет долго-долго, но дна никогда не достигнет. Страшно стало Бабе Яге, открыла она глаза и, что она видит, друг мой Тиночка: в кухне ее мило беседуют Наталья-Краса и горшок. И как ты думаешь, о чем они говорят? А говорят они о том, что надо Бабу-Ягу замуж выдать за хорошего человека, что больно она пообтрепалась. И вообще, если в баньке ее хорошенько скребочком поскоблить, мочалочкой потереть, и еще над паром подержать, то она еще такого кренделя выдать может, что, "мужики, только берегись!".

Слушает, Баба-Яга Костяная нога, разозлиться хочет, да не может, доброе слово оно и Бабе-Яге приятно.

– Да вот только приданного у нее нет, – стала сокрушаться Наталья-Краса, – Мужик какой сейчас пошел? Без приданного молодую не возьмет, а тут старая...

– Это я-то старая? Да мне и трехсот лет еще нет, – на пятьдесят лет преуменьшив свой возраст, закричала Баба-Яга...

– Ха, проснулась! – закричал Волшебный Горшок. Вставай, старая, смотри каких пирогов напекла тебе Наталья-Краса. Только прежде чем за стол сесть, грабельки, то-бишь, ручки, помой.

– В жизни я ни рук, ни лица не мыла и мыть не буду! Так подавай.

– Ну если так, – засмеялся горшок, – не будет тебе ни пирогов с капустой, ни огурчиков малосольных, ни рыбки, ничего! – схватил скатерку с едой и взмыл к потолку.

– Да будет тебе, горшок, над старухой издеваться, она сейчас помоется, за стол сядет и мы вместе с ней покушаем, – заступилась за старуху Наталья-Краса.

– Во-первых, я еще не старая, хоть мне и триста лет. Мы, ведьмы, по полтысячи лет живем, так что по вашему мне только сороковник стукнул.

– Ну уж сороковник? – недоверчиво проскрипел сверху горшок.

– А давайте, бабушка, я Вам баньку сооружу: помою, причешу, платье новое одену.

– Чего это вдруг? – недоверчиво прошипела Баба Яга, – небось хочешь меня в печке сжечь?

– Да уж хочет, – засмеялся Горшок, – чего ж она к тебе в твоих Сапогах-Скороходах вернулась?

Нечем крыть Бабе-Яге. Молчит.

– Банька – это хорошо, – вздохнула Наташа, – да как баньку без дров затопить?

– Как, как, – съехидничала Баба-Яга, – А Топор-Саморуб на что? Скажешь ему руби дрова – он их и нарубит.

– Ой, как здорово! Где топор лежит?

– Где, где? Сколько дней в доме живешь и ничего не знаешь! На нижней полке в сарае, против моей Летучей Метлы.

– А он действительно сам рубит?

– Ты что, не веришь мне, негодница? – закричала Баба-Яга.

– Да нет, бабушка, верю. Я вот просто подумала. Есть у меня дядя. Он лесоруб, да только в последнее время приболел немного, так твой топор ему очень пригодился бы.

– Вот так чертовка! – с восхищением закричала старуха, – мало того, что мои сапоги утянула, так теперь и топор украсть хочет.

– Бабушка о чем Вы? Я специально вернулась, чтобы сапоги Вам отдать, Вы только дорогу мне домой укажите, а то больно Ваши сапоги скорые: так быстро бегут, что никак дорогу запомнить не могла. А насчет дровосека, так понимаете, Бабушка, вдовый он и детей у него трое, вот я подумала, коли Вы в дом его хозяйкой войдете, да еще с топором вместо приданного, так и ему облегчение будет, да и Вам тоже.

– Да понимаешь, о чем ты говоришь? Если ведьма замуж за простого человека выйдет, она тут же свою ведьмину сущность потеряет. А я еще пожить хочу. А ты мне замуж предлагаешь, – вот, значит, какая ты, – с негодованием сказала, баба Яга и встала с постели:

– Ну, где у Вас тут помыться можно?

Тут горшок пониже опустился, глянула Баба-Яга, а в нем водица чистая-пречистая.

– Ну хорошо, лей, только осторожно, я уж сто лет, как не мылась, – смущенно сказала старуха.

Горшок наклонился, водичка и полилась. Взяла Баба-Яга из рук Наташи мыло, покрутила, покрутила и на руках ее пена образовалась. Испугалась Баба-Яга:

– Что это, Наташка?

– Мыло, бабушка, мыло, – засмеялась Наташа-Краса, – Вы, наверное, забыли, что это такое?

— Да она никогда и не знала? — засмеялся горшок, и от его смеха вода перелилась через край прямо Бабе-Яге на платье.

— Бабушка, Вы не бойтесь, глаза закройте и мойтесь себе на здоровье.

Сколько времени мылась Баба-Яга, я не знаю, но когда лицо она от вафельного полотенечка оторвала, удивилась:

— Наташка, паршивка, что со мной сделала, я как-будто видеть лучше стала?

— Это ты, старая, столетнюю грязь с ресниц смыла, — добродушно засмеялся горшок. Сели они за стол. Баба-Яга сидит, кушает и злиться: не нравится ей, что Наталья-Краса вверх взяла, что она и помылась против своей воли, и ест то, что Наташа приготовила, а главное, это что нравится ей все это. А Наталья-Краса ничего не говорит, только смотрит на Бабу-Ягу и улыбается.

— Чего, лыбишься, вот возьму и съем тебя.

— Да, не съедите, Вы меня, бабушка, потому, что хоть вы и ведьма, только два раза никто за один раз отобедать не может.

Молчит Баба-Яга, знает: правду говорит Наталья-Краса.

— А улыбаюсь я потому, бабуся, что вижу, как Вас подстричь надо, и какое платье Вам пошить нужно. Вот пока Вы после баньки отдыхать будете, я Вам платье и сошью.

— А материю откуда взяла, украла небось? — съехидничала старуха.

— Нет бабушка, я ее из своего сундука достала, — хотела себе платье сшить да, видно, не судьба мне в нем красоваться.

— Да что так? — удивилась Баба-Яга, и впервые за 200 лет в голосе ее человеческие нотки прозвучали.

— Да так, — грустно сказала Наталья-Краса и из-за стола вышла. Вы, бабушка, чай с вареньем поешьте, а я пойду с Топором-Саморубом договариваться.

Только дверь за Натальей закрылась, горшок поближе к Бабе-Яге подлетел и зашептал на ухо:

— Ты думаешь откуда это все? Наталья-Краса, чтобы тебя накормить, тебя ублажить, свое подвенечное платье продала. Говорит, все равно мало приданного, чтобы замуж выйти.

— Неужто из-за такой малости такую девку брать никто не хочет? — удивилась Баба-Яга?

— Не хотят!

Ничего не сказала старуха, только головой покачала. Вышла она на улицу, а уж из трубы баньки дымок идет. Сколько времени мыла Наталья-Краса Бабу-Ягу не знаю, знаю только, что вошла в баню старуха столетняя, а вышла женщина хоть и в летах, может быть, но еще пригожая. Посадила Наташа-Краса Бабу-Ягу на лавку, достала ножницы и говорит:

– Закройте глаза бабушка, и не открывайте пока я не скажу.

Долго сидела Баба-Яга с закрытыми глазами, слышала только как ножницы у головы ее щелкали. А когда открыла, глянула она в горшок, в студеную его воду – ахнула. Смотрела на нее с воды зеркальной не Баба-Яга, не бабушка столетняя, а симпатичная женщина, и хоть волосы у нее с изрядной сединой были, но кожа светлая и глаза черные огнем палили. Ничего не сказала Баба-Яга, ни словечка доброго, ни взгляда благодарного не получила Наталья-Краса.

– Вы посидите, – запнулась Наталья-Краса, не могла назвать она эту женщину бабушкой, – а я вам пока платье сошью. Это не долго, я умею.

Сидит Баба-Яга и опять перед ее глазами тот давний сон, парубок молодой, что ее обнять хочет, но помнит она слова своего отца хорошо, что если обнимет ее человек, поцелует в алые губы, станет она такой как все, проживет она жизнь человеческую, тяжелую и короткую. Горько сейчас Бабе-Яге, не оттого, что она ни разу с человеком не целовалась, ни разу ни в чьи глаза с любовью не смотрела, а горько ей, что заманила она того парубка в лес где его, Кощей старый, что мужем ее стал после, убил. Вспомнила она кровь парубка и взгляд его, и стала ей нехорошо. А Кощей то что! Пожил с ней годочков пятьдесят, потом кольцо забрал да и сгинул. Только через сто лет, ворона на хвосте весть принесла, сгубила его молодая ведьмочка, кольцо топором на две половинки разрубила. Вот с тех пор и жила Баба-Яга в лесу, никуда далеко не ходила, разве что только летала иногда на метле, чтобы совсем не закиснуть. А то, что погубила она многих, так-то их вина – хорошему человеку в лесу делать нечего, это только разбойник чащу ищет, чтобы от людского мщения да от своей совести спрятаться.

– Бабушка, платье готово. Идите в избу мерять будете, – послышался звонкий голосок Натальи-Красы.

Встала Баба-Яга и пошла в избу. А там ее Наташа с платьем в руках стоит и от нетерпения с ноги на ногу переминается. Взяла Баба-Яга платье в руки, и вдруг как крикнет:

– А ты что здесь, горшок, делаешь? А ну, марш на улицу! Ишь чего захотел, подсмотреть как женщина переодеваться будет.

От таких слов Горшок от неожиданности чуть со своей полки не свалился:

– Ты чего, старая, я ж не человек, я же Горшок-Са-мо-вар!

– Горшок не горшок, а роду мужского, марш отсюда и не появляйся, пока тебя не позовут. Это первое! А второе, не старая я. Понял? Не бабка тебе. А тебе, – Баба-Яга повернулась к Наташе, – не бабушка. Понятно?

– Понятно! Только, как Вас тогда называть, бабу-ууу? Ой, извините.

– Ну как, как? – оселась Баба-Яга.

– Да, ну как? – съязвил из-за двери горшок.

– Ну как? По имени-отчеству Яга, Яга ... – замолчала Баба-Яга, не могла же она сказать, зовите меня Яга Чертовковна, – Имя я потом скажу, а сейчас, Наташка, давай платье.

Взяла Баба-Яга платье в руки, подошла к окну и ставни закрыла, – хоть и ведьма она была, но стеснительность в ней была, как у любой женщины. Только она платье надела, как Наташа руками всплеснула:

– Как хороша Вы, Баба-Яга, как хороша.

Баба-Яга ничего не сказала, только ставни открыла и закричала:

– Куда ты запропастился, паскудник, лети сюда быстрее, мне на себя посмотреться надо.

Горшок на "паскудника" не обиделся, потому что кроме слов, Тиночка, еще интонация роль играет.

– Ох Вы, Баба-Яга, и хороши, – только и смог сказать Волшебный Горшок. И тут, откуда не возьмись, в дверях показались Сапоги-Скороходы, Топор-Саморуб и Метла-Самолетайка – все прибежали на хозяйку смотреть. Смотрят на Бабу-Ягу, и друг на дружку поглядывают, видно нравится им хозяйка в новом облачении.

Баба-Яга из дому вышла и к пруду пошла. Смотрит в воду и не верится ей, что это она и есть.

– Ой, про туфельки и чулочки я и забыла! – вдруг всплеснула руками Наташа-Краса и побежала в дом.

Смотрит Баба-Яга в воду, насмотреться на себя не может, и так повернется и этак, всяко хороша.

– Вот возьмите, чулочки я Вам принесла и туфельки. Только вот не знаю, – виноватым голосом сказала Наташа, – подойдут Вам туфельки или нет.

Баба-Яга села на бревнышко, оглянулась назад, видит Горшок и Сапоги-Скороходы отвернулись, только Метелка-Самалетайка на нее со всех глаз смотрит:

– Только повернитесь мне, убью? – сказала Баба-Яга, и тут Наташа поняла, что Баба-Яга человек серьезный.

Натянула она чулочки, подвязки одела и говорит Наташе-Красе:

– Ну как мои ноги? Еще ничего?

– Очень даже ничего, – покраснела Наташа.

Но туфельки оказались малы, ведь Наташа эти туфельки себе покупала.

– Не волнуйся, дуреха, это легко поправить, – сказала Баба-Яга, сунула ноги в туфли и стала на них пристально смотреть.

И вдруг видит Наташа-Краса, как туфли стали в размере увеличиваться, сначала на самую малость, потом еще чуть-чуть, потом еще и еще пока в пору не стали. Стоит Наташа-Краса, не то что слова сказать не может, шелохнуться не может от страха.

– Да не бойся, Наталья-Краса, ничего я тебе плохого не сделаю. Ну, где моя Метла- Самолетайка, – закричала грозным голосом Баба-Яга, – где мой Горшок-Самовар, где мои Сапоги-Скороходы, где мой Топор-Саморуб?

И в туже минуту выстроились они перед ней как на параде.

– Слушай мою команду, сейчас мы полетим к лесорубу женихаться. Ты Наталья-Краса оденешь Сапоги-Скороходы, в правую руку возьмешь Горшок-Самовар, в левую – Топор-Саморуб, он будет моим приданным. А я сяду на Метлу-Самолетайку и возьму с собой две горсти золотых монет. Одна горсть – это плата тебе, Наталья, за заботу обо мне, вторая – это твое приданное. Вопросы есть?

– Как же мы полетим, если дядя мой, дровосек, О вас ничего не знает? – спросила Наташа.

– А ты, Наталья-Краса, вперед побежишь и в пять минут все ему и объяснишь.

– Но ведь ему помыться надо, горницу прибрать, обед сготовить, чтобы вас Яга...

– Лесная, – подсказала ей Баба-Яга.

– Яга Лесная, достойно принять.

– А для чего я тебе вперед Горшок даю, чтобы он скоренько на стол сообразил, ясно?

– Да, – кивнула головой Наташа.

– А как я подлетать буду, я за сто метров с метлы соскочу, она в дом к твоему дяде залетит, и в один момент его в порядок приведет. Вопросы будут?

Все промолчали.

– Тогда по местам, – крикнула Яга Лесная, и первая вскочила на Метлу-Самолетайку. Наталья свои сапожки скинула, пояском их перевязала и на плечо накинула, а уж волшебные сапоги скороходы сами на ее ноги налезли.

– Все готовы? – спросила Яга Лесная.

– Все! – громко крикнула Наталья–Краса.

– Ну, тогда полетели!

157

Стукнула Наталья-Краса сапогами скороходами друг от друга и крикнула: "Сапоги скороходы несите меня к моему дяде дровосеку со скоростью 40 миль в час". И только она это сказала, как взмыли сапоги скороходы к самым верхушкам сосен и понесли ее к дяде дровосеку. А за ней понеслась, нет не Баба-Яга-Костяная-Нога, а прелестная женщина еще не вышедшая из бальзаковского возраста. В одной руке у нее был маленький мешочек, в другой мешочек побольше, в них были золотые монеты, которые она обещала Наталье-Красе.

Уж как там все было, рассказывать не буду, только скажу, что через три дня, как прилетела Баба-Яга и Наташа-Краса в деревню, где дровосек жил, была назначена свадьба. Много народу на свадьбу пришло, ведь не каждый раз простой человек на ведьме женится. Многие, конечно, с неодобрением к свадьбе отнеслись, но никто не отказался от приглашения, издавна страх перед нечистой силой в людях живет. И вот наступил момент. Собралась огромная толпа перед церковью, чтобы увидеть, как венчание дровосека с Ягой Лесною пройдет. Стоят люди волнуются, чувствуют, что что-то произойти должно, не может вот так просто Нечистая Сила в церковь войти. И точно, перед самым приездом молодых погода вдруг из ясной и солнечной стала быстро в бурю превращаться. Налетели невесть откуда облака, затрещали молнии, полил дождь. Стали люди разбегаться, такая давка началась, что 50 человек чуть насмерть не задавили. Многие жены потом выговаривали своим мужьям: "Говорила я тебе, нельзя с Нечистой Силой связываться, а ты – пойдем да пойдем, посмотрим как ведьма замуж выходит, вот и насмотрелись: мало того, что промокла насквозь, так меня молнией чуть не убило, и в толпе чуть насмерть не задавили". Но если правду сказать, то сами эти жены и уговаривали мужей своих на ведьмино венчание сходить, потомучто в каждой женщине от ведьмы всегда хоть самая малость да есть, если не в характере, то во взгляде, если не во взгляде то еще в чем-нибудь. Короче, когда от толпы человек 200 осталось, карета показалась. В ней Яга Лесная в платье белом подвенечном сидит, муж ее будущий Иван-Дровосек в черном костюме, и Наталья Краса, в руках у нее Волшебный Горшок, Топор-Саморуб, Сапоги-Скороходы и Метла- Самолетайка, охота им тоже посмотреть, как хозяйка замуж выйдет.

Только Яга Лесная, Иван-Дровосек, Наталья-Краса на крыльцо взошли как ветер, завыл, побледнела Баба-Яга, словно смерть настала. "Идем" – говорит ей дровосек, но не слышит его слов Баба-Яга, слышит она только голос, глухой, будто из-под земли идущий:

— Не ходи замуж Яга Лесная. Знаем мы все, полюбился тебе Иван-Дровосек, но если поцелуешь ты его, станешь, как и он, простым смертным, и обратного пути тебе не будет.

— Знаю я это! — отвечает Яга голосу, но никто ее не слышит, только видят люди как губы ее шевелятся: "Наверное молится" – думают они. – Люблю я этого человека и готова быть с ним до конца его или моих дней. Не можете вы меня отговорить. Все выбор имеют, даже я, Баба-Яга – нечистая сила.

— Делай как знаешь, – раздался как удар грома голос, и был он слышен всем, – но знай: не будет счастья ни тебе, ни мужу твоему, ни детям твоим! – и так буря завыла, что люди на землю легли.

Тут встала на цыпочки Яга Лесная, чтобы вровень с женихом своим быть и коснулась губ его бледных своими горячими.

— Ох! – вздохнул кто-то горестно из самой земли.

И вдруг ветер стихать начал, тучи расходиться. Поднялись люди с земли, смотрят, что дальше будет. Стоит Яга Лесная на крылечке не шелохнется.

— Яга Лесная, идемте, – шепчет ей на ухо Наталья-Краса, – все кончилось, смотрите, тучи расходятся, сейчас солнышко выглянет, идемте.

— Какая я Яга Лесная? Я Баба-Яга! Много людей я за триста лет сгубила, но это еще простить можно ведь нечистой силой я была. Но то что парубка молодого, что меня любил, погубила, прощения мне нет. Вижу я кровь его красную перед собой, вижу как смеялась я над ним, когда он от руки мужа моего будущего смерть принимал. Нет, не для меня жизнь человеческая, жизнь счастливая. Все я отдала бы, чтобы быть рядом с Иваном-Дровосеком, но кто возьмет себе, нет не деньги мои золотые, не Горшок волшебный, не Метлу-Самолетайку, а грех мой тяжкий. Нет, видно суждено мне по чащам лесным скитаться, волком лесным выть, потому что не перенести мне это. – Повернулась она к жениху своему, поклонилась ему в ноги и сказала: – Извини и прости меня, добрый человек, что я чуть в грех тебя не ввела. Не должно праведной душе на мне женится. Оставляю я тебе мое приданное – Топор-Саморуб. Он тебе поможет нужду перетерпеть и найти хорошую мать твоим детям малолетним. Только обращайся с ним повежливей, он хоть и топор, но душа у него тонкая – грубостей не переносит. А вы, – повернулась Яга Лесная к Горшку-Волшебному и Сапогам-Скороходам, – свободны! Идите куда вас судьба ведет. Заплакали они оба, привыкли они к Бабе-Яге за триста лет. – Потом повернулась Яга Лесная к Наталье-Красе, обняла ее, – Спасибо тебе, Наталья-Краса, за доброту твою, за ласку. В доме твоем шкатулка стоит, полна она золотых монет, это приданное тебе от меня. Сказала Яга Лесная так, и поклонилась в ноги Наталье-Красе.

Заплакала Наташа. Свистнула Яга Лесная, подлетела к ней Метелка-Самолетайка, вскочила она на нее и только хотела пришпорить, как схватил Иван Дровосек Метлу за древко:

– Никуда не полетишь ты, Яга Лесная, потому что не та ты совсем, что раньше была. Если повинился человек за свой проступок, если стыд жжет ему сердце, то становится он мил Творцу. Стирает Он прегрешения его, и грехи его и преступления его, и становится он чист и близок Ему. Потому что ничто Б-гу от человека не надо, кроме раскаяния его.

Слушает Яга Лесная, дровосека Ивана. Слезы из ее глаз текут, никогда у нее за все триста лет жизни слезинки не было, а сейчас ручейком бегут. Подняла Яга глаза. Перед ней Иван-Дровосек, Наташа-Краса, Топор-Саморуб, Горшок-Самовар и Сапоги-Скороходы стоят. Улыбнулась она им и зарыдала от радости, что человеком стала.

* * *

– Папа, тебе сказка про Наталью Красу, понравилась? – с некоторых пор Тина, к удивлению Исаака, стала интересоваться его мнением.

– Да, очень, – Исаак достал из холодильника две баночки йогурта: одну открыл, вонзил в нее ложку и протянул Лешке, вторую поставил перед Тиной.

Лешка схватил баночку и, не обращая внимания на Исаака с Тиной, принялся уминать вкусный продукт.

– А что тебе больше всего понравилось? – спросила Тина и взяла свою баночку йогурта.

Исаак задумался:

– Пожалуй, конец. Я ожидал, что все плохо кончится...

Тина облизнула ложку:

– Мне тоже. А скажи, Исаак, – в глазах Тины была серьезность, – это правда что стыд выжигает преступление человека?

– Я думаю, что да!

– А как это происходит?

Исаак посмотрел на часы:

– Это не простой вопрос. Обсудим его вечером после того как сделаешь уроки. А сейчас ешь свой йогурт, тебе выходить через три минуты. А вот и мама.

Вечером Тина зашла в кабинет Исаака. Он по Скайпу разговаривал с одним из своих нерадивых студентов. Увидев ее, Исаак показал пальцами три минуты и продолжил свои объяснения. Тина вышла, взяла книжку и, усевшись с ногами на диван, увлеклась.

– Ну что, поговорим? – в дверях гостиной стоял Исаак.

Тина дочитала предложение, и, положив книгу рядом, встала:

– Пошли, – по-хозяйски сказала она, – и направилась в свою комнату.

Исаак уселся в кресло, закинул руки за голову, потянулся и уставился в потолок:

– Значит, ты интересуешься, как стыд выжигает преступление.

– Да.

Исаак, опустил руки:

– Как ты понимаешь, прежде чем что-либо совершить, плохое или хорошее, у человека появляется желание. Например, желание ударить, если кто-то забрал игрушку или выиграл в шахматы, или, наоборот, при виде котенка сказать ему ласковое слово и погладить. Но кроме эмоций у человека есть разум, который может предупредить своего хозяина о последствии поступка. Именно этим мы отличаемся от любого животного существа.

– Поэтому нельзя обижаться на собаку, если она укусила, или птичку, если накакала на мое новое пальто. Так?

– Да, так! Потому что, все, что они делают, делают без злого умысла, у них, в отличие от человека, нет разума, чтобы оценить последствия.

– А вот почему вы с мамой не наказали Лешку, когда он сбросил на пол ваш свадебный сервиз? Потому что он маленький? А меня, значит, можно? Я большая.

Исаак покачал головой:

– Ну, у тебя и память. Лешке было тогда чуть больше года. Сейчас бы ему это с рук так не сошло. Если человек сделал что-то случайно, например, поскользнулся и инстинктивно схватился за скатерть, и сбросил на пол свадебный пирог, то вины его в этом нет. Никто обиды или зла на него держать не будет. А если нарочно, чтобы доставить неприятность, тогда дело другое.

– Получается, – перебила Тина, – что если человек случайно разбил посуду, то ему за это ничего не будет, а если нарочно, то накажут.

– Да! Если случайно, то ничего, наоборот, хозяева только успокоят. А вот если нарочно, тогда другое дело, суд может заставить человека не только возместить стоимость разбитой посуды, но и добавить 25% от нее. Но главное у человека, которого обидели, затаится обида, появится злость, желание отомстить обидчику. Так вот, когда человек искренне раскаивается в своем поступке, когда стыд за содеянное сжигает его сердце, то само желание повторить свой поступок пропадает.

– Ты хочешь сказать, что стыд уничтожает в человеке саму возможность появления желания украсть, унизить, обидеть, то есть повторить то, что он сделал?

– Да, но не только. Когда человек искренне раскаивается, он что делает? В первую очередь идет к тому кого обидел и просит у него прощение. Затем возмещает убытки, если он их нанес. Тем самым выкорчевывает у обиженног злость, желание отомстить.

– То есть, его плохой поступок рассматривается как случайность?

– Да, потерпевшим именно так! А вот у того, кто его сделал, остается шрам на сердце, который всегда ему будет напоминать, что он совершил грех.

Тина удивленно, посмотрела на Исаака:

– А зачем шрам?

– Шрам – не рана, он не болит. Он есть знак того, что здесь в этом месте ты споткнулся.

– Папа, а если человек убил другого человека?

– В этом случае, рана на сердце никогда не заживет. Как бы человек не сожалел, не раскаялся...

– Потому что без прощения рана на сердце зажить не может.

– Да, именно так!

– А как же Баба-Яга, ведь она много людей погубила, и молодого парня отдала в руки Кощея...

Исаак задумался.

– Я так понимаю, что в отдельных случаях, как с Бабой Ягой, Б-г снимает с человека грех, то есть рассматривает его поступки как случайные. Он своей властью закрыл ее раны, потому что, когда у человека больная совесть, по-настоящему он ни любить, ни жить не может.

– Но как это возможно, без прощения, папа?

– Не знаю, не знаю...

Тина нахмурилась.

Исаак с сомнением смотрел на дочь, он не знал: остановиться или продолжить разговор, зашедший так далеко.

Тина в ожидании уставилась на папу.

– Знаешь, – Исаак не выдержал взгляда, – у каждого человека есть две души, одна животная, она отвечает за жизнедеятельность человека, вторая – духовная или Б-жественная.

– Ты имеешь ввиду разум?

– Нет. Разум, вернее ум, – это механизм для реализации желаний человека. Так вот, когда у человека вверх берет животная душа, он начинает заботиться только о себе, чтобы у него была еда, жилище, развлечения, власть над другими людьми...

– И для этого она использует ум.

– Да, именно.

– А когда вверх берет Б-жественная, духовная – он заботится о других людях, о том чтобы не причинить им зла, чтобы не обидеть, доставить радость...

– Папа, а почему кошки, собаки или тигры, например, не убивают друг друга? Ведь у них нет, как ее, Б-жественной души.

– Потому? что у них есть инстинкт "Не Убей Своего".

– А, понятно, у человека инстинкта «Не Убей Своего» нет. Он у него заменен Б-жественной душой. Так?

– Да, так.

– А откуда у человека Б-жественная душа?

– Б-г дал.

– А зачем?

Исаак задумался.

– Ну зачем? – повторила Тина.

– Чтобы человек через нее Его нашел! – Исаак, видя непонимающие глаза Тины, продолжил. – Зачем тебя учат в школе писать? Чтобы через книги ты могла открыть для себя прелесть новых знаний, ощущений. Что касается умения писать, то чтобы ты могла своими чувствами и знаниями поделиться с другими. Б-г дал нам Б-жественную душу, чтобы мы могли воспринимать красоту Мира, который он создал, красоту законов по которым управляется наша Вселенная. Чтобы мы могли рисовать картины, создавать музыку, писать сказки, делать хорошие дела...

– А зачем Б-гу это нужно?

– Потому что без нас, людей, существования Вселенной не имело бы смысла.

Тина, удивленно посмотрела на Исаака:

– Почему?

– Представь себе, что на свой день рождения ты пригласила всех своих одноклассников, всех своих подруг. Украсила комнату, приготовила вкусную еду, приготовила маленькие подарки для всех мальчиков и девочек. Подобрала игры, чтобы всем было весело и хорошо. Но никто не пришел, ни один человек. Скажи, тебе было бы обидно.

– Да, очень.

– То есть без гостей, без того чтобы со всеми спеть "Happy birth day to you…", разрезать праздничный пирог, попрыгать, получить подарки, поиграть – дня рождения как бы и нет. Правда?

– Так ты хочешь сказать, папа, что Б-г дал нам Б-жественную душу, чтобы мы могли порадоваться тому, как он все хорошо сделал.

– Именно! Смотри, – Исаак сделал паузу, – вчера ты помогла маме приготовить торт для нас всех. Что ты первым делом сделала, когда я его попробовал?

– Спросила, понравился ли он тебе?

– Помнишь, год назад ты научила Лешку пользоваться ложкой.

– Да, помню. Мне очень не нравилось, что он кушает овсяную кашу пальцами.

– А когда он научился, ты радовалась?

– Очень.

– Так вот, Б-г дал нам Б-жественную душу не только для наслаждения плодами Его трудов, но и чтобы мы и сами могли создавать красоту, строить красивые дома, автомобили, здания, рисовать, писать, танцевать, радоваться за тех кого научили сами. Понятно?

– Да.

Исаак посмотрел на часы:

– Все! Быстро чистить зубы, принимать душ и в кровать, пока мамы не пришла.

Тина приложила ладошки друг к другу, и, поднеся их к губам, жалостливо пропела:

– Ну, папочка, ну дорогой, еще один вопросик, ну пожалуйста, совсем коротенький, хорошо?

Исаак засмеялся:

– Ну, хорошо. Давай свой вопрос, актриса театра оперы и балета.

– Скажи, папа, в чем состоит наказание человека после смерти?

– Ну и вопрос у тебя!!! – Покачал головой Исаак. – Хорошо, отвечу. Но учти, последний.

Тина удовлетворенно кивнула.

– Представь себе, что папа договорился с дочкой, что тортик, приготовленный мамой, она есть не будет, что вечером, когда все соберутся, они вместе с мамой и младшим братом попьют с ним чай. Но как только за папой закрылась дверь, девочка подбежала к торту, отрезала от него один кусок, потом другой, потом третий. Через час еще кусок, потом еще кусок, короче вечером, когда папа пришел с работы, от торта уже ничего не осталось. Дочка объяснила отсутствие тортика тем, что она убирала стол и случайно смахнула торт на пол. А поскольку торт упал кремом вниз, она его выбросила в мусорку, и показала на вымытый пол и чистый стол.

Тина стояла, красная как рак. Потому, что папа в точности рассказал то, что произошло три дня назад.

Прошло много лет, девочка выросла, у ней самой появились дети, потом внуки, в конце концов она стала совсем старенькой и умерла.

И вот ее душа предстала перед Б-жественным судом. А на этом суде присутствуют все: папа, мама, бабушка дедушка с маминой стороны, с папиной стороны, школьные друзья, короче все, все...

И вот стоит душа девочки перед ними, и спрашивает ее ангел, расскажи нам, дорогая, что произошло с тортиком, который ты должна была съесть с папой и мамой и младшим братом. И так стыдно этой девочке будет, так стыдно, потому что всем вокруг нее известно, что не падал торт на пол...

Тина заплакала:

– Папа, извини меня. Я не выбрасывала торт, только маленький кусочек. Тортик был очень вкусный, очень.

Исаак, погладил Тину по головке. Она прижалась к нему:

– Папа, я никогда так больше делать не буду, никогда. Я пойду к маме и Лешке и попрошу у них прощение.

– Стыд, который ты испытала сейчас, выжег вину за твой нехороший поступок. Поэтому там, на Б-жественном суде, этот твой поступок рассматриваться не будет. А сейчас, – Исаак посмотрел на дверь, – иди чистить зубы, а то нам двоим от мамы попадет. И вообще, подушка ждет тебя с очередной сказкой.

Услышав о подушке, Тина подняла глаза:

– Папа, у меня последний вопрос. А там, на суде, моя душа будет знать нехорошие поступки других людей?

– Я думаю, что нет. До тех пор пока душа не очистится от грязи плохих пступков, пока огонь стыда не выжжет из нее все плохое, присутствовать на судебном заседании она не может.

Папа, я попрошу прощение у мамы и Лешки за тортик, а потом почищу зубы. Хорошо?

– Быстро чистить зубы и спать! – В дверях была Ирис.

Волшебные вещи

— Пока наша Тина чистит зубы, мы должны быстро решить какую сказку ей рассказать, — озабочено сказало верхнее левое ушко.

— Да, сегодня она у нас молодец, попросила прощения у родителей и Лешки. Я думало, что никогда она этого не сделает, — сказало верхнее правое ушко.

— Потому, что ты пессимистка! А я, вот, всегда верила в Тинку, — гордо выпятив головку, заявило нижнее правое ушко.

— Это, я-то пессимистка, я... — верхнее правое ушко от негования, готово было вцепиться в обидчика, — Да я, чтоб ты знало, больше тебя Тинку люблю. Кто ей первую сказку рассказал? Ну скажи, кто?

— Стоп! — крикнуло нижнее левое ушко, — слышите, Тина воду в ванной закрыла, сейчас здесь будет. Ну, быстро, какую сказку рассказывать будем?

— Волшебные вещи. — Предложило до сих пор молчащее нижнее левое ушко.

Спорить с ней никто не стал, – в дверях была Тина.

В те давние времена, когда Земля представлялась людям необозримо большой, а их вера в чудеса была так же естественна, как сейчас вера в науку, произошла история, которую я вам хочу рассказать.

Итак, в одном царстве, в одном государстве жил был царь и было у него три сына. Все они были молодцы один лучше другого. Старшего звали Иван, среднего Петр, младшего Федор. И вот однажды призвал отец к себе сыновей и говорит им:

— Сыны мои дорогие, выросли вы уже большие, пришло время вам жениться.

Улыбнулись сыновья словам этим, от матушки своей, царицы Елизаветы, знали они зачем батюшка их звать изволил.

— Вы знаете правило заповеданное предками нашими, — продолжил царь, — что не могут царские дети брать себе в жены девушек в пределах нашего царства, должны они жен себе сыскать в дальних странах. Поэтому завтра поутру отправитесь вы в путь-дорогу искать себе невест. Каждому из вас я дам по доброму коню и по мешку золота. Куда вы поедете, в какую сторону решайте сами, но ровно через год, день в день, вы должны подойти ко мне со своей невестой и получить мое благословление. Ну а если кто из вас жену себе за год не сыщет, того наказывать я не буду, но и рад этому тоже не буду.

Сказал эти слова царь, сошел с трона, к каждому сыну подошел, обнял, поцеловал, и повел их в царскую конюшню.

– Ну, Иван, – сказал царь, – ты самый старший, первый выбирай себе коня.

Поклонился Иван отцу:

– Нет, отец, пусть первым коня себе выберет Федор, как самый младший среди нас.

Поклонился Федор отцу и брату своему Ивану, и пошел вдоль стойл, за которыми кони стояли; раз прошел, второй, на третий остановился возле вороного коня:

– Этого я беру, – сказал он и вывел коня из стойла.

Вторым пошел Петр; один раз прошел он вдоль стойл, второй, третий, четвертый раз прошел – никак не может коня себе выбрать. Наконец, остановился Петр у гнедого коня со звездой на лбу:

– Этого коня я возьму себе, – сказал он и вывел коня из стойла.

Повернулся царь к старшему сыну:

– Ну что ж, теперь ты выбирай.

Не стал Иван вдоль стойл ходить, а сразу подошел к пегому коню в яблоках, вывел его из стойла и подвел к отцу.

Посмотрел царь на сыновей своих:

– Хороших коней вы взяли себе, не подведут они вас в дороге дальней. А теперь, сыны мои, идемте в трапезную, там матушка ваша нас ждет.

Пришли они в трапезную, а там гостей видимо не видимо. Подвел царь детей своих к царице и сказал. "Завтра с зарей уезжают дети наши на год в дальние страны жен себе искать. Поэтому давай попируем, попляшем, чтобы год показался нам с тобой не таким длинным". Повернулся он к гостям своим, махнул рукой и пир начался.

Много было выпито вина, много съедено яств разных, но всему приходит конец, хлопнул царь в ладоши, замолкла музыка, остановились лихие танцоры.

– Подойдите, сыны мои, к царице, матери вашей, не скоро вы ее увидите, благословит она вас на дальнюю дорогу.

Подошли молодые царевичи к матушке своей: каждого она целует, каждому желает хорошую жену себе сыскать и в добром здравии домой вернуться. Видит царь, не может жена его Елизавета от детей оторваться, взял он царицу за локоть и говорит: "Идите спать, сыны дорогие, завтра до света вам вставать надобно, да и нам с матушкой тоже время почивать", – и повел царицу из трапезной.

А поутру, когда заря еще только думала подыматься, разбудили няньки сыновей царских, одели их в походные одежды, покормили и вывели на царский двор. А там уже их кони под седлами стоят и с ноги на ногу от нетерпения переступают. Только подошли царевичи к коням своим, чтобы приласкать их, как открылись ворота дворцовые, и вышел к ним царь. В руках у него скатерть самобранка, сапоги-скороходы и плащ- невидимка. Посмотрел отец на сыновей своих, смахнул слезу и сказал: "Сейчас вы, сыновья мои, отправитесь в дальний путь. Каждому из вас, как и обещал, я дам по мешку золота, его должно хватить вам на год странствий" – тут слуги царские подошли и привязали к седлам коней царевичей по мешку золота, "А еще каждому из вас в дорогу я даю по одной волшебной вещи, может и пригодятся они вам, только без острой нужды не пользуйтесь ими". Внимательно слушают братья: ни разу не слышали они про то, что в казне царской волшебные вещи есть. "Тебе, Иван, я даю плащ- невидимку". Подошел Иван-царевич к отцу, поцеловал его царь и дал ему плащ-невидимку. "Тебе, Петр, даю я сапоги-скороходы". Подошел Петр-царевич к отцу, поцеловал его царь и дал ему сапоги-скороходы. "Ты, Федор, лакомка, даю я тебе скатерть-самобранку". Подошел Федор к отцу, поцеловал царь его и дал ему скатерть-самобранку. Стоят царевичи у коней своих, держат их под уздцы – ждут отцовского приказа. Видит царь, пора: "Садитесь, сыны мои, на коней своих и езжайте. И пусть год для вас пролетит быстро и вернетесь вы с подругами, которые будут вам хорошим женами, а детям вашим хорошими матерями". Вскочили царевичи на коней, помахали отцу и выехали за ворота замка. Только ворота за ними закрылись, остановились братья, спрашивает Иван-царевич:

– Ну что, кто куда поедете?

Пожали плечами Петр и Федор, не знают что сказать. Смотрят братья друг на друга, ничего придумать не могут.

– А давайте жребий бросим, – сказал Федор-царевич.

Согласились братья. Достал Федор четыре бумажки, на одной написал Юг, на второй Север, на третей – Запад, на четвертой – Восток. Свернул их в трубочки, чтобы видно не было, и бросил в шапку. Потряс шапку Федор и говорит: «Ты первый тяни, Иван». Сунул Иван руку в шапку и вытянул бумажку, на которой написано было Восток, вторым сунул руку в шапку Петр, и достал бумажку, на которой было написано Запад, засунул Федор руку в шапку – выпало ему ехать на Юг. Обнялись братья, пожелали друг другу удачи и каждый поскакал в свою сторону: Иван-царевич на восток, Петр-царевич на запад, а Федор-царевич на юг.

Иван-царевич

Долго ли коротко скакал старший сын царя батюшки Леонида Владимировича, только прискакал он в один город. Встретил его городничий, привел к себе домой, а у него дочка Машенька на выданье, красивая, опрятная, но главное очень умная. Поговорил они час, другой, почувствовали симпатию друг к другу. У молодых да ладных всегда сердца друг к другу тянутся. Короче, на третий день сидят молодые, друг от друга отойти не могут. Тут городничий, понятное дело, это приметил, и говорит: "Иван-царевич, коли люба тебе моя дочь, то женись на ней". Опустил глаза Иван в землю и сказал: "Я бы, конечно, женился, да отец велел мне только через год возвращаться, да не с женой, а с невестой. Так что не могу я на твоей дочери Машеньке сейчас жениться". Погрустнела Машенька, но что делать, раз отец Ивана-царевича так велел, значит, тому так и быть должно.

Живет царевич Иван в городе этом месяц, другой, третий, каждый день со своей Машенькой встречается, и так они нравятся друг друга, что дождаться не могут когда ночь пройдет, чтобы наутро опять друг друга увидеть. Только вдруг вспомнил Иван-царевич, что у него плащ-невидимка имеется и подумал "Одену-ка я плащ-невидимку и пойду в дом городничего, посмотрю, что там твориться, а вдруг что-то не так". Вскочил на коня, и поскакал к дому, где городничий со своей дочкой и прислугой жил. А как подъехал, коня за углом оставил, а сам накинул плащ-невидимку и к дому пошел.

Вот ходит он по дому ничего необычного не видит: кухарка горшки моет, слуга в камин дрова подбрасывает, городничий газету читает, прачка белье в гладильной гладит. "Ну а где Машенька, невеста моя, что она делает" – думает царевич. Вдруг видит, в комнате с большим окном, сидит его невеста, а напротив нее сидит гадалка, в руках у нее колода карт. Вошел царевич в комнату – половица не скрипнула, слышит: "Пиковый валет, это твой ухажер – царевич Иван, червонная дама – это ты, а бубновый валет твой дальний родственник". Достала гадалка эти карты из колоды, положила их на стол и стала на них гадать. И слышит Иван-царевич, что вроде как бы склонно сердце у дочки городничего к бубновому волету, но путь ее лежит к пиковому. Смотрит Иван на Машеньку, а она сидит печальная, печальная. Забилось сердце Ивана-царевича от гнева и отчаяния: "Так, значит, за меня Маша выходит не по своей воле, а по воле отца!". Не стал он слушать дальше, вышел из комнаты и прямо к выходу направился.

Едет Иван-царевич на своем коне и такие мысли у него черные в голове крутятся, что лучше их и не пересказывать. А вот как ушел он в

169

своем плаще-невидимке из той комнаты, где гаданье было, Машенька еще послушала, послушала, что гадалка ей говорит, да как вдруг ножкой топнет: "Что за глупости ты, мелешь, бубновый валет, пиковый валет, люблю я Ивана-царевича за его твердый характер, за ум его и доброту, вот только печально мне, что так долго свадьбы ждать, но коли любишь и год потерпеть можно. Бери свои карты и больше ко мне не приходи. А придешь, скажу отцу, он тебя прикажет выпороть и из города выгнать!". А как ушла гадалка, заплакала Маша от того, что ей такие глупости услышать пришлось.

Утром, только солнышко встало, подхватилась Маша с постели, умылась, причесалась, только корочку хлеба съела – сидит у окошка и ждет, когда ее милый Иван-царевич покажется.

Долго не шел Иван-Царевич, только к полудню увидела его Маша в окошко. Хмурый был Иван-царевич невеселый. Вскочила Машенька со своего стульчика и побежала вниз: "Вот расскажу ему про гадание вчерашнее, он посмеется, и его пасмурность как рукой снимет". Только порог переступил Иван-царевич, говорит ему Машенька:

– Проходи в гостиную, царевич, садись у окна, я тебе хочу одну историю рассказать.

Прошел Иван-царевич в гостиную, сел у окна, посмотрел на Машеньку:

– Знаю, что ты мне сказать хочешь, что есть у тебя дальний родственник и что любишь ты его, а отец тебя за меня замуж принуждает идти.

Как услышала Машенька эти слова, залилась краской, не может слова вымолвить.

– Молчишь, Машенька, нечего тебе сказать, возвращаю я тебе слово данное тобой. Живи со своим любимым, а я пойду дальше счастье свое искать.

Сказал Иван слова такие и пошел к двери.

– О чем ты говоришь, Иван-царевич, какой дальний родственник, ты мне мил, тебе мое сердце принадлежит.

– А ты, оказывается, Маша, еще и обманывать можешь!

– О чем ты, Иван-царевич? Я и вправду тебя люблю.

– Не верю я тебе, почему ты так погрустнела, когда гадалка тебе про склонность твою к бубновому валету сказала?

– Что? Так ты, оказывается, за мной шпионил!? – сказала Машенька и в обморок упала.

Вышел Иван-царевич из дома, сел на своего коня и поскакал дальше – куда дорога вела.

Много путешествовал старший сын царя-батюшки царевич Иван, много городов посетил, во многих царствах-государствах побывал, видел он таких красавиц, которых в наше время уже не бывает, видел он умниц необыкновенных, и девушек, наделенных добротой и сердечностью, но никто в его сердце проникнуть не смог, сидела в нем Машенька и никого не пускала. Не раз и не два одевал Иван-царевич свой плащ-невидимку, много тайн он узнал, но ничего такого, что не мог бы он увидеть и без плаща-невидимки, просто внимательным нужно быть и прислушиваться к тому, что сердце тебе говорит. Короче, когда год истек, оказался Иван-царевич без невесты.

Скачет Иван-царевич домой в свое царство-государство, нигде не останавливается; на душе у него тоска, соскучился он по дому своему, по братьям своим. И так случилось, что дорога его проходила через город, где градоначальником, отец Машеньки был. Едет Иван-Царевич мимо Машиного дома и так ему вдруг захотелось остановиться, Машу увидать, но не смог он этого сделать, стыдно ему было, да и не пристало ему, царскому сыну в ноги девушке кланяться. И правильно сделал, потому что Машеньки все равно дома не было. После отъезда Иван-царевича Машенька заболела сильно, люди думали, умрет она от горя своего, от обиды своей на Ивана-царевича. Но организм молодой взял свое, и как только поправилась Маша немного, отец отправил ее в горы на целебные источники к брату своему, тоже городничему.

Приехал старший сын, встретила его матушка, ничего не сказала, только погладила по голове и спать отправила.

Петр-царевич

Когда два брата, старший Иван и младший Федор ускакали каждый в свою сторону, натянул поводья Петр-царевич, приостановил коня своего гнедого, и уже неспешно поехал на запад. Грустно было ему, привык он всегда с братьями быть: вместе они играли, вместе грамоте учились, вместе ратное дело осваивали, и чем дальше оставался дом родной, тем тоскливее и тоскливее становилось у него на душе. Так, не торопясь, ехал Петр-царевич и ехал, и не заметил, как день окончился и ночь наступила. Смотрит царевич, один он на дороге, ни города рядом, ни деревеньки, ни трактира, где на худой конец на лавке переночевать можно, только впереди огонек светится. Пришпорил коня царевич и пустил его галопом. Быстрая скачка, как известно, любую сердечную меланхолию лечит – не заметил Петр-царевич, как грустные мысли его куда-то улетучились, скачет он, только ветер свистит. Огонек этот оказался одиноким домом у дороги. Подлетел царевич к нему, спрыгнул с коня и постучал в дверь.

– Кто там? – раздался мужской хриплый голос

– Это Петр-царевич, средний сын царя батюшки Леонида Владимировича.

– Ну, раз Петр-царевич, – кто-то за дверью явно усмехнулся, – тогда, конечно, входи.

Дверь открылась, и увидел царевич Петр перед собой еще не очень старого человека, в бороде его пряталась улыбка, нос у него был красный, а в глазах прыгали зайчики. Оглядел он царевича со всех сторон и засмеялся:

– Вот какой, значит, у нашего соседа сынок пригожий.

"А старик ничего, сразу видно, что с веселой придурью и не прочь выпить" – подумал Петр.

– Ну, проходи, царевич, проходи в горницу. Устал ты, я вижу, но ничего, поешь, выспишься, а завтра как огурчик будешь.

В горнице, небольшой, но удивительно чистой, и уютной, старик с поклоном царевичу представился:

– Зовут меня, Петр-царевич, Михайло Андреевич, – и тут же, сменив тон на шутливый, весело сказал, – А сейчас садись за стол, есть будешь, моя дочь Настенька к твоему приезду щи сготовила и пирог спекла, чуяло ее сердце девичье, что знатный гость царевич Петр Леонидович будет.

Засмеялся царевич, и если была еще в его душе капля грусти, то и она растаяла. Только сел Петр-царевич за стол, подходит к нему девушка, и такая она ладненькая, такая румяная, как яблочко наливное:

– Здравствуй, Петр-царевич, – говорит она с поклоном, – ты как раз к ужину поспел, сейчас есть будем.

Подошла она к печи, достала из нее горшок, а от него дух идет такой, что даже у сытого аппетит проснется. Налила Настенька тарелку и подала в руки Петру-царевичу. Взял царевич тарелку, поставил перед собой и только за ложку взялся, как Михайло Андреевич остановил его:

– Как ты можешь, Петр-царевич, за трапезу взяться, руки свои не ополоснувши?

Покраснел царевич, встал из-за стола, подошел к умывальнику и, сбросив с себя походный камзол, остался в одной рубашке нательной. Подошла Настенька с кувшином воды, и стал он мыться.

– Ну вот и молодец, Петр-царевич, теперь, Настенька, подай гостю полотенце.

Взял Петр-царевич из рук Насти полотенце, посмотрел ей в глаза и прочел в них смущение, и от этого ему почему-то приятно стало.

Пока ели Петр-царевич, Машенька и Михайло Андреевич, Михайло Андреевич все расспрашивал царевича про его житье бытье, про дела царские, про братьев его и при этом сам рюмку выпил и царевичу не забыл налить.

– Так, значит, ваш батюшка, Леонид Владимирович, послал вас невест себе искать? – переспросил вдруг Михайло Андреевич, – и много невест ты уже посмотрел?

Слова эти были явно сказаны в расчете на Настеньку, любил Михайло Андреевич иногда и над своей дочкой подшутить.

То ли от выпитого вина, то ли от взгляда Настеньки, Петр-царевич неожиданно промолвил:

– Да немного, одну только и посмотрел.

– Да как же ты успел, – удивленно поднял брови Михайло Андреевич, – ведь вчера только выехал и целый день в седле провел?

– Да вот успел, – вконец растерявшись ответил царевич, и стал быстро стал доедать щи с пирогом.

– Ну и как? – не унимался Михайло Андреевич.

– Ну как? – Петр-царевич приподнял глаза от тарелки и посмотрел на Настеньку, от чего та еще пуще залилась краской, – Хороша! – только и мог сказать он.

– А позвольте узнать, Петр-царевич, – хитро улыбаясь, продолжал старик, – какого цвета у невесты Вашей глаза, черненькая она или беленькая, росточку высокого или маленького?

Петр-царевич сидел красный как рак.

– Что ж это Вы, папаня, гостя нашего разговорами мучаете, видите, он устал с дороги, ему спать пора – пришла на помощь царевичу Настенька.

– И правда, я очень устал! – подтвердил с облегчением царевич.

– Ну, раз так, – с притворным огорчением покачал головой Михайло Андреевич, – покажи, Настенька, гостю нашему его комнату.

Встал Петр-царевич из-за стола, поблагодарил Михаила Андреевича и Настеньку за хлеб и соль, и отвела Настя его в комнату.

Лег Петр-царевич в кровать и только собрался подумать о том как день прошел, как сразу заснул.

Конечно, на следующее утро Петр-царевич никуда не уехал, уж больно ему Настенька понравилась, да и Михайло Андреевич со своей улыбкой и шутками был ему очень приятен. Короче, скоро уже всем в округе было известно, что Петр-царевич по уши влюблен в дочку кузнеца Настеньку.

Но вот, однажды вечером, залез за чем-то в мешок свой Петр-царевич, и достал оттуда сапоги-скороходы. И подумал царевич:

173

"Настенька девушка очень хорошая, любит меня всем сердцем, да и мне по душе. Но есть и другие девушки. Нет, надо по миру поездить, посмотреть все, а то получается, сто верст от дома отъехал и на первой же пригожей девушке женился. Для чего отец год мне дал? Чтобы я самую лучшую невесту себе выбрал. Да и сапоги-скороходы зачем, если не обойти в них пол-мира? Завтра надену свои сапоги-скороходы и побегу мир смотреть".

Утро застало Петра-царевича за столом в горнице.

– Что так рано поднялись, Петр-царевич? – выходя из своей девичьей, спросила его Настенька, – Еще и солнышко не встало.

– Есть у меня сапоги-скороходы, отец мне их дал. Хочу в них пол мира обойти, посмотреть города разные, страны, людей.

– А чем же наш мир Вам не нравится? – прикусив губку, спросила Настя.

– Да всем, Настенька, нравится, только здесь я все уже знаю, понимаете?

– Значит, едете себе невесту искать? – тихо сказала Настя.

– Ну, не столько невесту искать, сколько мир смотреть, – не выдержав взгляда Настеньки, ответил Петр-царевич.

Ничего на это не сказала Настя, только видно было, что очень она огорчилась.

– Ну что ж, прощайте, Петр-царевич, возвращаться будете, заезжайте к нам, всегда рады Вам будем.

Встал царевич из-за стола, поклонился Насте:

– Спасибо Вам, Настя, за хлеб, за соль, за теплоту Вашу, – и только он развязал мешок, чтобы деньги ей дать, как сказала она:

– Не надо. Вы нашим гостем были, Петр-царевич, а деньги Ваши и меня и батюшку моего обидят.

Смутился царевич, глаза опустил.

– Настя, просьба у меня к Вам есть, хочу я у Вас коня своего оставить.

– А как же Вы путешествовать будете? – удивилась Настя.

– Так у меня ж сапоги-скороходы: в них один шаг, что ваших 500.

– Раз так, то, конечно, оставляйте, мы за Вашим конем, Петр-царевич, присмотрим.

Вышли они на улицу, а там солнце уже встало.

– Ну, до свидания, Настя, передайте Михайло Андреевичу большое спасибо за теплый прием.

Ударил сапогом о сапог Петр-царевич и умчался.

Бежит Петр-царевич мимо полей, лесов, деревень, видит впереди город большой, направился он прямо к нему. Постучал царевич в городские ворота молотком, что висел на них. Открылось оконце:

– Кто такой?

– Царевич Петр, средний сын отца батюшки, Леонида Владимировича.

Открылись ворота, и вошел Петр-царевич в город. Идет, дивится. Люди в этом городе одеты совсем не так как он привык – на ногах у мужчин всех высокие сапоги, на плечах короткие кожаные куртки, на головах широкополые шляпы, у женщин большие широкие юбки, на головах чепцы. Целый день гулял по городу Петр-царевич, все его удивляло. К вечеру постучал он в большой дом, в котором правитель города жил. Открыл ему слуга, весь в черном.

– Доложите его чести, правителю города, что Петр-царевич, сын царя соседнего царства-государства пожаловал.

Впустил его слуга в дом, провел в красивую комнату, украшенную портретами. Ходит Петр-царевич от одного портрета к другому, удивляется, никогда он подобной красоты не видел. Тут дверь открылась, слуга входит:

– Ваше высочество, Петр Леонидович, правитель города князь Алберт II, ждет вас.

Идет Петр-царевич, слуга одну дверь открывает, потом другую, потом третью, и каждая комната, которую они проходят одна краше другой. Наконец оказался Петр царевич в большом зале. С высокого кресла смотрел на него человек средних лет, в лице его не было ни улыбки, ни радости.

– Петр-царевич, сын сопредельного царства-государства царя Леонида Владимирович! – торжественно произнес слуга.

Поклонился царевич, князю.

– Его высочество князь Альберт II, – представил слуга своего господина.

Князь приподнялся, кивнул царевичу и жестом пригласил его сесть рядом.

– Слышал я про Леонида Владимировича, отца Вашего, но немного. Знаю только, что царство у него хоть и небольшое, но богато лесом и пушниной и что успешно торгует батюшка Ваш с нашим городом. Расскажите мне по-подробнее, Петр-царевич, о Вашем царстве-государстве и о цели Вашего прибытия в наш город.

Стал рассказывать царевич о своем царстве, о людях, о торговле, о семье своей. Ни разу князь его не перебил, видно было, что интересно ему слушать молодого царевича. Только один раз он улыбнулся, когда

Петр-царевич, рассказал ему о цели своего путешествия. Когда кончил царевич свой рассказ, посмотрел на него князь и сказал:

– Вижу, разумного сына вырастил царь Леонид Владимирович. Ну, а сейчас пройдемте в столовую, Петр-царевич, там уже ужин нас ждет.

Встал князь, и тут-же открыл слуга дверь в конце зала. Прошли князь и Петр-царевич в соседний зал, а там уже стол накрыт на пять человек. Сел князь на приготовленное ему место, и указал Петру-царевичу на стул рядом с собой. Только сел царевич, как боковая дверь открылась и в зал вошла женщина лет сорока, девушка лет восемнадцати и мальчик лет десяти. Знакомьтесь, Петр-царевич, моя жена Анна, моя дочь Эстер и мой сын Поль. Все ему поклонились и сели за стол. Во время ужина князь рассказал жене и детям о цели путешествия Петра-царевича, чем рассмешил княгиню и ввел в краску Эстер, понравился ей Петр-царевич. В конце обеда посмотрел князь на дочку свою, подмигнул Петру-царевичу и сказал:

– Погостите у нас Петр-царевич, может здесь, в этом городе себе невесту найдете.

Смутился Петр-царевич:

– Может, и найду, – ответил он.

Понравилось Петру-царевичу в городе: и князь ему понравился, и Эстер, а с Полем они просто стали друзьями. Но через неделю поблагодарил князя и семью его за теплый прием Петр-царевич, стукнул сапогом о сапог и дальше побежал.

Много городов, государств посетил Петр-царевич, но нигде долго не задерживался, все ему казалось, что в другом городе, в другом царстве, в другом месте живет девушка лучше тех, которых он видел. Так незаметно в поисках невесты год и прошел. И вот сидит Петр-царевич и думает: “Как же так, я в своих сапогах-скороходах пол-мира обошел и так и не нашел девушку, которая моей женой могла бы стать”. Грустно было ему от этих мыслей и захотелось Петру-царевичу поскорее дома оказаться, увидеть своих родителей и братьев. “Побегу-ка я к Михайло Андреевичу и Настеньке за конем своим, а оттуда уж и дом близко”. Стукнул сапогом о сапог царевич и помчался на восток. День бежит, два, три, на пятый увидел он знакомые поля, деревеньки, а вот и дом где остановил он своего коня, где Настенька живет. Постучал он в дверь.

– А, Петр-царевич, батюшки царя Леонида Владимировича сын пожаловал! – в дверях стоял, как всегда веселый, Михайло Андреевич. – Ну что стал в дверях, заходи, царевич, давненько тебя не видели.

Зашел Петр-царевич в дом.

– А где ж твоя невеста, Петр-царевич? Что-то не вижу я ее! А, наверное она еще в пути, ведь нет у нее сапог-скороходов – добродушно пошутил Михайло Андреевич.

– Нет у меня невесты, не нашел я ее, – грустно ответил Петр-царевич.

– Вот так да! – удивился Михайло Андреевич. – Такой парень – и не нашел невесту. Что ж этим девкам нужно? Ну не расстраивайся, Петя, найдешь себе невесту, – и вдруг громким голосом закричал, – Настенька, Алексаша, идите, посмотрите, кто к нам в гости пожаловал?

В горницу вошла Настя и стройный, как молодой тополь, парень.

– Царевич Петр, – радостно воскликнула Настя, – давненько Вас не было.

– Что-ж ты своего мужа его светлости царевичу Петру не представляешь, – весело сказал Михайло Андреевич, и, не дав Насте слово сказать, сам парня представил:

– Это Алексаша, ейный муж, – рукой показал на Настю Михайло Андреевич, – и мой зять.

– Вы, Петр-царевич, как уехали, через полгода стал захаживать к нам Алексаша, – рассказывал за столом Михайло Андреевич, – вначале Настя не очень его жаловала, но парень он оказался настырный, с характером, – Михайло Андреевич, с одобрением посмотрел на зятя, – вот своего и добился.

– Ну а как Вы, Петр-царевич, наверное, невеста у вас красоты невиданной? – спросила, ласково глядя на царевича, Настенька. – Нет, не нашел я себе невесту, – кисло улыбнулся Петр-царевич.

– Как же так? – удивилась Настенька, – ведь Вы, наверное, в своих сапогах скороходах полмира обошли, побывали в таких городах и странах, о которых мы даже и не слышали.

– Побывать-то побывал, да вот не нашлось. Все казалось мне, конечно, эта девушка хороша собой и мне подходит, но вот в другой стране я не бывал, там, наверное, еще лучше девушки есть и бежал в другой город, а из него в третий, а из третьего в четвертый, так сто городов посетил, в ста странах был, а вот лучше Вас все равно никого не встретил.

– Не в этом дело, Петр-царевич. Просто Вы свое сердце отдать никому не хотели, ценили больно его. Жену – взять это не коня купить, а друга в дом ввести – для этого и самому другом нужно уметь быть. А конь Ваш у нас в стойле стоит. Мы его и холили, и поили и отборным зерном кормили.

– Спасибо, Настенька, а можно, Михайло Андреевич, я у вас пару деньков поживу. Домой мне возвращаться раньше времени не хочется.

– Поживите, конечно, Петр-царевич, только места у нас в доме, уж извините, нет. Вот в пристройке – там, пожалуйста. Только там по Вашей чести, может и не совсем удобно, – смущенно улыбнулся Михайло Андреевич.

– Нет, что Вы, я согласен.

Пробыл Петр-царевич в гостях два дня, на третий домой собрался. Поблагодарил он всех за теплый прием, а потом и говорит:

– Знаю я, деньги вы с меня не возьмете, поэтому примите от меня в подарок коня моего, пусть он будет моим свадебным подарком Вам, Алексей и Вам, Настя.

– Спасибо, Петр Леонидович, – поклонилась Настенька, – только, Вы не расстраивайтесь, еще найдете жену себе по сердцу, оно у вас доброе, ласковое.

Вышли все на улицу проводить Петра-царевича. Поклонились Михайло Андреевич, Алексей и Настенька царевичу в ноги:

– Не забывайте нас, царевич Петр!

– Не забуду, когда родится у вас малыш, знать дайте, я или сам приеду подарок вручать или пришлю его с кем! Ударил Петр-царевич сапогом о сапог и через час дома был.

Федор-Царевич

Скоро сказка говорится, да не скоро дела делаются. Ездит Федор-царевич, по городам, по странам, по государствам. Все ему интересно: и как люди живут, и как корабли строят, и почему зимой холодно, а летом тепло, какая рыба на какую наживку клюет, от чего болезни бывают, как краски смешивать, как по звездам и солнцу дорогу находить. В каждом городе, маленьком или большом, в каждой стране, богатой или бедной, идет он не в царский дворец, не к правителю, а ищет, где ученый, или врач, или строитель, или умелец какой живет, чтобы поучиться у него, узнать, как что делается, что из чего состоит. Ездит и ездит Федор-царевич и, как будто даже забыл, зачем отец его послал. Но не так это, помнит Федор-царевич наказ отца, но остановиться не может. Когда совсем совестно ему становится, говорит он себе так: вот узнаю я это, или научусь я вот этому, и сразу за дело возьмусь – невесту себе искать буду. Но никогда до поиска невесты дело не доходит, потому что не может человек заставить себя делать то, к чему душа его не лежит, а если и заставит, все равно, либо все испортит, либо бросит на полпути.

Вот уже полгода прошло, вот уже и восемь месяцев прошло, а ни на одну девушку Федор-царевич так и не посмотрел. Да, если так подумать, то какая приличная девушка на такого, как Федор-царевич внимание обратит, серьезно на него смотреть будет, ведь не царевич он вовсе, а бродячий ученый. Девушке, бедная она или богатая, красивая или не очень, хочется семью иметь, детей рожать, любимой быть, а не бродяжничать, даже с самым умным философом или ученым.

И вот однажды зашел Федор-царевич в лес, густой, темный и такой мрачный, как душа разбойника. Сделал он себе из лапника соснового подстилку, из папоротника полог от дождя ночного, отпустил коня своего погулять, положил кулак под голову и заснул.

Проснулся Федор-царевич среди ночи от того, что рядом люди говорят. Видит он, сидит старик и роется в его походном мешке:

– А, проснулся, дервиш? Оказывается, у тебя золото есть, и конь где-то здесь пасется. Нехорошо, нехорошо, дорогой, надо с людьми делиться! – и все вокруг него засмеялись.

Смотрит царевич, вокруг костра разбойники сидят, а один из них на костре оленя готовят. Вдруг видит он, как берет старик и пересыпает золотые монеты из его мешка в свой.

– Не трогай, это мои деньги, – закричал Федор-царевич, – мне их отец дал, чтобы я себе невесту нашел.

Тут такой хохот поднялся, что, казалось, весь лес проснется.

– Может и твои, – спокойно сказал старик, – а может и мои. Сейчас посмотрим, – глянул в мешок Федора-царевича, – Нет денег в твоем мешке, – сказал он. – Теперь – посмотрим в мой, – глянул в свой, – мой полный золотых монет. Ну а поскольку мешок мой, то и деньги, значит, в нем мои. Ты не волнуйся, дервиш, мы разбойники честные, тебя не обидим, вот тебе три золотых, – и бросил он в мешок, Федора-царевича три золотые монеты.

Заплакал Федор-царевич. Как он теперь домой вернется без денег, без невесты, как скажет он отцу, что вместо того чтобы подругу себе искать он по лесам дремучим ходил, на сеновалах спал, с разбойниками разговаривал.

– Да не плачь, дервиш, лучше поешь с нами мяса оленьего. Ну-ка, отрежь, – скомандовал он разбойнику, что оленя на костре жарил, – кусок, да побольше, и получше, и подай сюда, нашему дервишу.

С рассветом собрались разбойники и тихо ушли. Открыл свой походный мешок Федор-царевич, а там и правда три золотых монеты лежат и.... скатерть-самобранка. Обрадовался царевич, свистнул, гикнул, прискакал его конь. Оседлал он его и по тропинке дальше поехал. Вот хорошо, что у меня скатерть-самобранка есть, теперь с голоду я не умру, и домой вернусь. Посмотрел он на звезды, подсчитал в уме: "Чтобы домой доехать мне месяц нужно, значит на поиски невесты у меня ровно два месяца осталось. Ну что? Женится – дело нехитрое. Это не корабль строить, не математику или физику учить. Справлюсь, месяца полтора вполне хватит". Но когда часа через три из леса Федор-царевич выехал, он ужс по-другому на мир смотрел – чтобы невесту найти и недели хватит, а сейчас надо в соседнюю деревню заехать, говорят, там пастух есть, знает он как овец с золотой шерстью выращивать.

Тропинка, как из леса выскочила, вскоре в дорожку превратилась. Петляла дорожка меж полей и лугов, пока к небольшой речке не вышла. Слез с коня Федор-царевич, напился водицы из родника, что в речку впадал, достал скатерть-самобранку, на травке ее расстелил и только собрался в ладоши хлопнуть и волшебные слова сказать, как за спиной его голосок раздался:

– Что, молодой человек, скатерть есть, а того, что на нее положить, нет?

Обернулся Федор, стоит перед ним девчушка лет пятнадцати с пастушечьим посохом в руках, глаза смеются, рот до ушей. Хотел сказать он ей, что это не просто скатерка, а скатерть-самобранка, но удержался. Неудобно показалось ему хвастаться тем, что у тебя есть, а у другого никогда быть не может.

– Ну почему нечего? – развязал Федор-царевич мешок и положил на стол обглоданную оленью кость.

– Ну, ты и богач! – засмеялась девчушка. – Не уходи никуда, – приказала она. – Сейчас я своих овечек пригоню, и мы вместе поедим.

Сидит Федор-царевич и думает, ну, негодница, ну, зазнайка, сейчас я тебя покажу. Развел он руки, чтобы в ладоши хлопнуть и волшебные слова сказать, но вдруг вспомнил слова царя-батюшки: "Без особой надобности не пользуйтесь волшебными вещами". Опустил руки и стал ждать, что дальше будет. Недолго ждать пришлось Федору-царевичу, вскоре блеяние раздалось, и из кустов овцы вышли, были они золотого цвета, а за ними из кустов девчушка показалась.

– Ну, вот и я, – весело сказала она и села на травку рядом с Федором. – Тебя как зовут?

– Меня Федор.

– А меня Зорька. Меня отец так назвал, потому что я на заре родилась. Он говорит, что я как крикнула, так первый луч на землю упал.

Положила Зорька на скатерть хлеб, овечий сыр, два огурца, лук зеленый, три помидора, чеснок молодой.

– Кушай, Федор, ты, наверное, ученый. Правда?

– Откуда ты взяла? Я не ученый, я царский сын Федор-царевич.

– Ой умора, – захохотала Зорька и повалилась на землю, – он – царский сын! Дервиш – вот кто ты. Мне о тебе дядька Чубатый рассказал. Говорит: "Там в лесу дервиш ученый живет. Мы его малость грабанули. Если увидишь, пожалей, а то боюсь, что он умом тронется от того, что мы у него золото забрали".

– Да нет, я действительно царский сын Федор-царевич.

– Ну хорошо, – вдруг с легкостью согласилась Зорька, – царевич так царевич.

Взяла она ломоть хлеба, положила на него большой кусок сыра, сверху нарезанный помидор и огурец и протянула Федору. И столько в этом естественности и открытости было, что Федор взял и, ни слова не говоря, есть начал. Пока он ел, Зорька успела овец напоить.

Ела Зорька странно, она отламывала маленькие кусочки то от сыра, то от хлеба и клала их себе в рот. Говорила она не останавливаясь. Вначале Федор даже не прислушивался к ней, не мог он оторвать глаз от золотых овечьих прядей, опускавшихся чуть ли не до земли. Наверное, Зорька привыкла быть одна и разговаривать сама с собой, потому что ее почему-то совсем не волновало, что Федор-царевич не слушает ее вовсе. Но вскоре звонкий голосок Зорьки стал застревать в ушах Федора, и вдруг поймал он себя на том, что не думает он об овцах, а внимательно слушает эту странную и смешную девочку. Она держала в руке желтый одуванчик и рассказывала удивительную историю. Это была сказка, и хотя сказка не имела названия, и в ней не было особого сюжета, в ней было солнце, была утренняя роса, была ночная прохлада, была в сказке та естественность, которую ученые люди красотой называют.

– Ну, хватит, – вдруг оборвала свою сказку девочка, – мне пора. Ягнята напились, нужно домой их гнать. Ну что, дервиш, идешь со мной или будешь свою кость грызть? – В голосе ее была та воля, та независимость, которая свойственна только незаурядным натурам.

Федор усмехнулся, покровительственный тон этой девочки был трогателен и совсем не обидный. Встал он на ноги, свистнул. В ответ раздалось ржание, и к ручью выскочил его конь.

– О, да ты действительно царский сын, – вдруг серьезным голосом сказала Зорька, – такие кони только в королевских конюшнях стоять могут.

– Ты была в королевских конюшнях? – спросил Федор.

– Нет, но животных я понимаю. Смотри, – глаза ее сузились, и вдруг в два прыжка оказалась она на лошади.

Конь царевича от неожиданности застыл, но в следующую секунду постарался на дыбы встать, чтобы сбросить наглую наездницу, но та так ударила его кулаком в морду, что он сразу смирился.

– Видишь, царевич, – Зорька спрыгнула с коня и отдала поводья Федору, – Собирай свою скатерку, и пошли.

Месяц проходит, второй начинается, живет Федор-царевич на ферме у Зорькиного отца, Кондратия Алексеевича. Нигде он так подолгу на одном месте не жил, даже у стеклодува, что учил его цветное стекло варить и красивые вещи из него делать.

Каждое утро садится Федор-царевич за стол свой дубовый, берет в руки гусиное перо, окунает его в чернильницу, смотрит на яблоню, что раскинула ветви во всю ширь двора, и писать начинает. Пишет царевич о том, где он был, с кем встречался, что видел, чему у кого научился. Пишет царевич, и разные мысли ему в голову приходят, каких раньше и не было вовсе.

В первый день, как познакомила Зорька отца своего с Федором, сказал Кондратий Алексеевич:

– Надобно тебе, молодой царевич, итог странствий своих подвести. Понять тебе надобно, как дальше жить, что дальше делать, негоже царскому сыну в бродягу ученого превращаться.

А после подвел его к столу своему дубовому письменному и сказал:

– Есть только одно средство уразуметь, кто ты есть, историю свою написать. Поэтому вот тебе, царевич, бумага, вот тебе гусиные перья, вот чернила. Садись и каждое утро начинай с того, что описывай день за днем свое путешествие. Через неделю сам увидишь насколько полезное это дело книгу про себя писать. А когда домой приедешь, батюшке своему поклонишься и книгу, которую ты за этим столом напишешь, подашь. Уверяю тебя, доволен он будет.

Поблагодарил Федор-царевич за совет и спросил:

– Скажите, Кондратий Алексеевич, а как Вам удалось овец золоторунных вывести, о них далеко слава идет.

Улыбнулся Кондратий Алексеевич:

– Дело так было, царевич, когда Зорька моя родилась, и мать ее к своей груди приложила, пошел я в овчарню – должна была там овца одна окотится. Захожу и вижу: рядом с овцой моей два новорожденных барашка лежат, оба золотом отливают. С них отара моя золоторунная и пошла.

– Понятно, Кондратий Алексеевич. А жена Ваша, мать Зорьки, где? Не вижу я ее что-то, в отъезде, наверное?

Помрачнел Кондратий Алексеевич:

– Ну что ж, пойдем, царевич, коли охота знать, где Зорькина мать. – И повел царевича на луг, что за домом начинался. Подвел к большому дубу и показал рукой на могильный камень: "Здесь Алена моя лежит, Зорькина мать". Помолчал немного и добавил: "Что тебе сказать, царевич? Женился я поздно, детей у нас долго не было. А когда родила Алена Зорьку, прожила Аленка моя еще только год, расхворалась как-то и умерла. С тех пор и живем мы с Зорькой моей вдвоем".

Пишет Федор-царевич только до полудня, а после в стеклодувную идет, которую он с Кондратием Алексеевичем в сарайчике соорудил. Там до самого вечера варит царевич цветное стекло и выдувает из него кувшины разные, стаканы, фигурки. Это сейчас у него вроде как получаться началось, а раньше так совсем плохо было.

Как начал Федор со стеклом работать, стала Зорька к нему прибегать, загонит овец в овчарню, и, не поевши, в стеклодувную бежит, сядет на стульчик и ни слова не говорит только смотрит, как царевич работает. "Что ж ты молчишь, болтушка?" – спросит ее бывало Федор. Улыбнется Зорька: "Да что говорить, царевич, когда стекло и руки твои друг с другом беседу ведут!".

Но зато вечером, когда на ужин все собирались, Зорьку не остановить было. Говорит она, наговориться не может. Иной раз отец на нее прикрикнет: "Помолчи! Дай людям взрослым поговорить". Помолчит Зорька минуту, другую – и опять не остановить ее. Но болтовня Зорьки совсем царевича не утомляла, в ее словах находил он ту прелесть, ту непосредственность восприятия жизни, которые ему совсем несвойственны были.

Если Зорька просто жила окружающим ее миром, радовалась каждому проявлению его и никогда не задумывалась об устройстве вселенной, в которой живет, то для Федора мир был тем, что он должен был понять, увидеть внутренние пружины и причины его устройства. Мир, прошедший через сознание Федора, хотя, может, и терял элемент непосредственности, всегда приобретал новое качество, он становился более понятным, структурированным, менее случайным и хаотичным. Мир, обработанный сознанием Федора, не становился от этого менее поэтичным и красивым, в нем не было той механической заданности, которая свойственна миру людей, лишенных фантазии, просто в нем виделась красота того интеллекта, который этот мир создал.

Но только стал вдруг замечать Федя, что изменилась как-то Зорька: то сторонится его, то вдруг сядет рядом и просит что-нибудь рассказать ей, и слушает так, что, кажется, слова его и не слова вовсе, а нечто, чему и названия-то нет. А иногда Феде казалось, что слова, которые он говорит, попадая внутрь Зорьки, сбрасывают с себя оболочку, и предстаются ей в своем первозданном, безмолвном виде. И тогда он понимал, как прав был философ, с которым он однажды просидел за пивным столом всю ночь: "По слову Божьему мир был создан, слово впереди бытия идет, по нему, слову, мир строится".

И вот однажды, осенним дождливым днем, зашел Кондратий Алексеевич в стеклодувную. Что-то странное было в фигуре Кондратия Алексеевича, будто смущался он чего-то. Сел он скамейку и вдруг сказал: "Федя, разговор у меня к тебе есть". И это "Федя", было так странно, что царевич испугался и сразу работу свою прекратил. Сел он лавку перед Кондратием Алексеевичем.

– Я Вас слушаю, Кондратий Алексеевич.

– Понимаешь, Федя, уехать тебе надо, полюбила тебя моя дочка. Не надо тебе оставаться более, боюсь я за нее. Она ведь одна у меня.

И увидел Федя, сколько усилий прикладывает Кондратий Алексеевич, чтобы чувства свои сдержать.

– Я понимаю, Федя, не пара она тебе, не царская дочь, простая пастушка. Таких много, но у меня она одна. Уезжай, Федя.

– Если Вы так говорите, уеду я. Только скажите когда, Кондратий Алексеевич?

– Сегодня, когда заснет Зорька, собери свои вещи и уезжай. Уж извини меня, Федор-царевич, что я тебя из дома гоню, но нет у меня выхода. Ты человек умный, все должен так сделать, чтобы Зорька ни о чем не догадалась.

– Не волнуйтесь, Кондратий Алексеевич, я постараюсь.

Вечер последний прошел как всегда, только вот Федор спать пошел чуть раньше обычного, сказал, что устал. И вот сидит Федор-царевич в своей комнате, походный мешок сложен, да что в нем важного, кроме трех золотых и скатерти-самобранки. Пробили часы час ночи, приходит отец Зорьки и говорит:

– Пора тебе, Федя.

Взял Федор-царевич свой мешок и идет к двери:

– Можно, я одним глазком на Зорьку гляну, ведь не попрощался я с ней.

Покачал головой Кондратий Алексеевич:

– Только не разбуди ее.

Подошел царевич к комнате Зорьки, дверь приоткрыл: видит на столе ее свеча горит, на кровати Зорька сидит в одной ночной рубашке.

– Пришел, значит, Федор-царевич, попрощаться, а я уж думала ты так уедешь.

Стоит Федор, слова вымолвить не может.

– Ну, прощай Федор-царевич, желаю тебе найти девушку по сердцу, чтобы любила тебя, ценила тебя больше всех твоих богатств, и чтобы ты ее любил.

Стоит царевич, не уходит, понимает он, что сейчас мир на две части поделится, в одном он останется, а в другом Зорька, и никогда больше миры эти не совместятся. Сделал он шаг в сторону и почувствовал, как струны натянулись, и понял он: еще шаг – и разойдутся миры, и каждый своим ходом пойдет. "А надо ли мне это?" – вдруг подумал Федор-царевич. "Может затем нас отец и отправил, чтобы мы поняли, что в жизни вот такие моменты есть, после которых обратного хода не бывает?". Посмотрел Федор-царевич на отца Зорьки и понял, что делать он должен:

– Мал золотник, да дорог, – сказал, и вышел в дверь.

Только не слышат Зорька и отец ее цокота копыт.

– Пойди, посмотри, что случилось – просит Зорька отца. Берет Кондратий Алексеевич свечку со стола и идет в комнаты и видит, что сидит царевич в своей комнате за столом и пишет что-то в свою тетрадь.

– Что писать изволите, Федор-царевич.

– Спасибо Вам, батюшка мой Леонид Владимировича, – читает Федор-царевич, – что в путь-дорогу меня отправили, потому что я не только многому научился и многое узнал, но и нашел ту, которая будет мне хорошей женой, моим детям хорошей матерью, а вам с матушкой – любящей невесткой.

*   *   *

Закончив рассказывать сказку, Тина, с интересом посмотрела на папу:

– А ты, Исаак, какой царевич? Иван-царевич, Петр-царевич или Федор-царевич?

– Я, – гордо ответил Исаак, – Исаак сын Авраама.

Тинка недовольно сжала губы:

– А если из трех царевичей. Ты, кто: Иван-царевич, Петр-царевич, или Федор-царевич?

– Тинка, не приставай к папе, тыже сама знаешь, что он Федор-царевич, – вступилась за мужа Ирис.

– Да, я Федор-царевич, – у меня даже диплом есть Доктора Философии, выданный, кстати, не каким-то там Урюпинским, а Гарвордским университетом. Вот! – гордо произнес Исаак.

Все засмеялись.

185

– А если честно, мне твоя сказка, Тина, очень понравилась. Поучительная, особенно для мальчиков. Правда, Ирис?

– Правда. Мне она тоже очень понравилась. Когда Лешка подрастет ты ему Тина, обязательно ее расскажи.

– А зачем? – Удивилась Тина. – Когда я взрослой стану, Мишину подушку, Лешке отдам. Брат он все-таки мне или нет?

– Брат, брат – закричал радостно Лешка.

– Сегодня у нас по плану поездка в музей науки. Кто через полчаса не будет готов останется дома. Ясно? – сказал Исаак.

Лешка и Тина спрыгнули со стульев и побежали одеваться.

*   *   *

Когда Тине исполнилось 13, она свою подушку отдала Лешке. Конечно Волшебная Подушка рассказывала Лешке совсем другие сказки чем Тине, потому что он мальчик, а не девочка. Но это совсем другая книжка.

Часть 3. Студентка

Как и предполагала Ирис, Тина закончила High School в 16 лет – на два года раньше сверстников и на два позже Исаака. По всей видимости, она была достаточно хорошо подготовлена к взрослой жизни, поэтому глупостей, свойственных молодым людям ее возраста, не совершала, упорно училась, позволяя мальчикам только иногда пригласить ее в кино. Шебушная студенческая жизнь: вечеринки, танцы, гуляния под луной и многое другое, о чем не стоит знать родителям, не интересовали ее. Тина знала, чего хотела и упорно шла к своей цели. Когда взрослые приставали к ней с вопросом, кем ты хочешь стать, Тиночка, отвечала с милой улыбкой: "Хочу стать нейрохирургом, чтобы чинить глупые человеческие мозги".

Единственное развлечение, которое Тина себе позволяла в Принстоне, где она училась, были пробежки по лесным дорожкам и катание на четверке распашной вдоль многочисленных каналов Принстона. Еще она любила симфоническую музыку, но посещать концерты не считала нужным, ограничиваясь наушниками во время пробежек.

Свою подушку Тина не забывала и всегда, когда приезжала к родителям, забирала ее у брата. "Так, – говорила она строгим голосом, – у меня каникулы и я хочу их провести с Мишиной подушкой". Лешка обожал Тину, поэтому безропотно подушку отдавал.

Сама же Волшебная Подушка, всегда радовалась, когда Тина переносила ее в свою комнату, и с нетерпением ждала ночи, чтобы рассказать ей очередную сказку.

В первый же свой приезд в Хьюстон, на вопрос Исаака: "Какую сказку тебе рассказала Мишина Подушка?", ответила: "Папа, я уже выросла из детских сказок". Сказано это было таким холодным тоном, что у Исаака от обиды выступили слезы на глазах. Он ничего не сказал, и быстро вышел из кухни. Вскоре в спальню пришла Ирис. "Не расстраивайся, Исаак, – участливо сказала она, – что делать, наша Тиночка уже выросла, и не нуждается в нас как раньше. Но поверь, она любит тебя, и скоро ты в этом сами убедишься". Исаак провел ладонью по глазам: "Да, каждому овощу свой срок. И с этим ничего не сделаешь".

*   *   *

187

— Да, наша Тинка стала совсем взрослой. Глядишь, через пару лет будет рассказывать сказки своим детишкам, — сказало верхнее левое ушко.

— А я так не считаю, — сказало нижнее левое ушко.

— Что не считаешь? — спросила верхнее левое ушко.

— А то, — нижнее левое ушко нахмурилось, — что Тина взрослой стала. Смотри, как она Исаака обидела, у него даже слезы из глаз выступили.

— Я уверена, что они станут друзьями, — вступило в разговор нижнее правое ушко, — что Ирис права, Тинка и Исаак помирятся. Вот увидите, скоро Тина у Исаака прощение попросит.

— А я считаю: пусть раньше Тина университет закончит, а потом уже замуж выходит – вернулось к теме замужества Тины верхнее правое ушко.

— Затем аспирантура пойдет, диссертация, карьеру надо сделать, дом купить, в Европу съездить, Индию посмотреть, Китай, на Еверест забраться, глядишь сороковник и стукнет. А после сорока уже ничего не хочется: ни замуж выйти, ни детей родить. Вот! – сказало левое верхнее ушко и стукнуло несуществующим кулачком по несуществующему столу.

И все четыре уголка подушки бурно заспорили. Спорили они долго, пока в одиннадцать вечера не пришла Тина и плюхнулась на кровать.

Тина и Лешка в пустыне Негев в Израиле.
Тине 18, Лешке 12. Как говорит мама,
габаритами Лешка пошел в папу.

Четвертый вариант (Второй пилот)

Роджер

Роджер был неплохим космонавтом, но ему всегда немного не везло – почему-то его всегда назначали вторым пилотом. Вначале он был вторым пилотом лунного корабля, потом летал вторым пилотом на Марс, на Венеру, водил грузовые корабли к станциям на орбитах Юпитера и Сатурна. И вот он второй пилот межзвездной экспедиции.

"Это две тысячи лет назад, – думал Роджер, – быть участником межзвездной экспедиции было почетно, а сейчас... почти рутинный полет. Жаль только, что когда вернешься, твои сверстники будут на семь лет старше тебя, а наука и технология уйдут еще дальше. Хорошо еще, – усмехнулся Роджер, – что вернешься не через тысячу лет, как это случилось с третьей межзвездной экспедицией. Тогда, по непонятным причинам, у них заглох двигатель и пришлось раньше времени выскочить из нуль-пространства, и идти к Земле на обычном двигателе. Шли они, вроде, недолго – всего пять лет по их часам, но на Земле-то прошла почти тысяча. Ох, как тяжело было этим ребятам с третьей экспедиции привыкать к новым реалиям жизни".

Роджер отбросил со лба волосы и посмотрел на приборы, все в порядке. "И чья это глупая идея, что за пультом всегда должен находиться человек, все равно автоматика сработает быстрее, чем успеешь понять, что случилось. Правило ввели в инструкцию для пилотов после того, как во время одной из звездных экспедиций бортовой компьютер "сошел с ума" и решил атаковать Землю. Хорошо еще, что он не догадался заблокировать экипаж, и ребята сумели спасти Землю. Кто знает, живы они или нет, им удалось ввести корабль в нуль-пространство, но без компьютера уже вряд ли вернутся. Компьютер самоуничтожился, когда понял, что люди взяли над ним контроль. А тех ребят с третьей экспедиции он несколько раз встречал на вечеринках: они чувствовали себя неуверенно, старались разговаривать только друг с другом, хотя с их возвращения прошло три года".

Роджер еще раз все проверил – все работало по программе, отклонений в системах не было – показатели как будто застыли. "Может они вообще не двигаются и даже не живут! – вдруг подумал Роджер и усмехнулся. – А ведь природу нуль-пространства до сих никто не понял, хотя летают в нем уже столько столетий. Удивительно!

Тишина, ничего не происходит, и вдруг точно по программе выныриваешь в нужном месте. Появляются звезды, галактики. Интересно, где мы находимся сейчас на самом деле? В центре галактики, черной дыры, пустоте – неизвестно". – Роджер отхлебнул из стакана. – Просто есть формулы, которые говорят, когда войти, куда войти и как должны работать двигатели в нуль-пространстве, чтобы при выходе оказаться в нужной точке пространства-времени".

Роджер всегда удивлялся физикам и математикам. Он, конечно, знал теоретические основы полета в нуль–пространстве, но суть никогда не понимал. Он был подобен водителю машины: он знал, как машиной управлять, как отремонтировать ее в случае поломки, но что реально происходит в двигателе, представлял плохо.

"Странно, – мысли Роджера переключились совсем на другое, – в языке еще сохранились какие-то образы, идеи, картинки, слова с того времени, когда человек еще только вышел в космос" – Роджер улыбнулся, он вспомнил слова своего друга филолога: "Роджер, слова 'колесо', 'корабль', 'управление', 'движение' и, вообще, почти все слова, которыми мы пользуемся, были введены в язык еще за несколько тысячелетий до того, как люди открыли законы механики, открыли существование электричества, обнаружили, что наша вселенная состоит не из одной планеты Земля". Он сам это проверил. С трудом, но он мог читать тексты, которые люди писали еще в древнем Египте и Вавилоне.

"Скоро время смены, можно будет лечь и отключиться на 12 часов". Роджер подключился к компьютеру и стал просматривать книги по навигации в нуль–пространстве. Он был профессионалом и знал, что всегда нужно быть в форме. Роджер посмотрел на часы: они показывали – среда, пятое ноября, 11 часов 55 минут, 4775 год нашей эры. Через пять минут Билл, первый пилот, откроет дверь в кабину пилотов. Они поговорят немного. Билл в его присутствии проверит все системы корабля, и Роджер пойдет отдыхать.

"Что-то капитан задерживается", – Роджер посмотрел на часы, уже минута как Билл должен быть здесь. Роджер глянул на приборы: "Нет, все нормально! Показатели мониторов не изменились". Он включил кабину капитана. Его там не было. Роджер, не дожидаясь появления капитана в пилотской кабине, попросил компьютер детектировать местоположение первого пилота. Если бы его сейчас спросили, почему он это сделал, он не мог бы объяснить.

На корабле капитана не было. Волнение прошло. Роджер стал с помощью компьютера просматривать все файлы, которые могли бы хоть в какой-то мере объяснить, что случилось. Все было чисто, никаких следов. Произошло что-то экстраординарное. Роджер, согласно инструкции, включил систему быстрого пробуждения всего экипажа. Система включилась, но никто не пришел. Весь экипаж исчез. Пять часов напряженной работы ничего не дали, экипажа на корабле не было. Проблема состояла еще в том, что сообщить на Землю о том, что произошло, было невозможно, сигнал из нуль-пространства никуда определенно не выходил. "Но что-то должно было произойти, какие-то следы должны остаться", – убеждал себе Роджер и снова стал просматривать все файлы, начиная с того момента, как он обнаружил пропажу капитана и экипажа. Ничего не было! Роджер понял, что он должен отдохнуть, иначе он допустит ошибку, а это ему было совсем не нужно. Роджер решил не идти к себе в каюту, а спать прямо здесь, в комнате пилотов.

Дайна

Дайна проснулась от того, что рядом кто-то лежал. В первый момент она хотела закричать, но благоразумие подсказало, что этого делать не нужно. Она осторожно открыла глаза и сразу их закрыла. Что такое? Она не у себя в комнате, не на своей кровати. Неожиданно к ней повернулся мужчина. Он открыл глаза, потом помотал головой, зачем-то посмотрел на часы на руке и опять закрыл глаза. Вдруг он поднялся. Мужчина смотрел на нее, в его глазах был такой ужас, что Дайна подумала: ну и надрался. И вдруг Дайна осознала, что находится в абсолютно чужом мире. Все было другое, даже кровать и подушка под головой. Мужчина смотрел на нее, он еще раз помотал головой. Дайна поняла, что ее появление здесь так же для него неожиданно, как и его – для нее. Он осторожно протянул руку и коснулся ее груди, потом резко оторвал и коснулся плеча, после чего поднес руку к своему лицу и внимательно посмотрел на кончики своих пальцев.

– Как мы оказались здесь? – спросила Дайна.

Мужчина ничего не сказал, только хмыкнул, и она увидела у него в ушах две маленькие "блестяшки". Неожиданно она услышала исходящий из стены голос:

– Не знаю. Это мой космический корабль, а вот как Вы попали сюда сквозь нуль-пространство, это мы сейчас посмотрим.

Мужчина помолчал:

– Ничего себе, никаких следов, Вы просто пять минут назад здесь появились!

Дайна ничего не поняла, но решила не показывать виду.

– Какое сегодня число? – теперь уже спросила она.

– 6 ноября 4775 года нашей эры, – сказал голос из стены.

Дайна, неожиданно для себя, не удивилась, секунду подумав, она спросила:

– В каком году человек впервые вышел в космос?

Это Роджер знал, всегда на всех экзаменах по истории космонавтики был этот вопрос.

– В 1961 году нашей эры, космонавтом был Юрий Гагарин, – сказал он, и на стене появился портрет улыбающегося Гагарина в военной форме со всеми наградами.

Дайна знала этот портрет, он был во всех ее учебниках по современной истории.

– Вы хотите сказать, что после полета Гагарина прошло больше двух с половиной тысяч лет?

– Да, – просто ответил человек.

– А я думала 25, – сказала Дайна и засмеялась. Неожиданно до нее дошло то, что мужчина уже знал.

– Отвернитесь, мне нужно одеться, – сказала Дайна. Мужчина нахмурил брови, он явно не понял.

– Отвернитесь, пожалуйста, – еще раз повторила Дайна и оглянулась в поисках одежды. Только сейчас она осознала, что лежит абсолютно голая. Она судорожно повернулась в сторону стула, где оставила свое платье, но, конечно, ни стула, ни платья не было. Вдруг она почувствовала себя укрытой.

– Не волнуйтесь, – сказал голос из стены, – я попросил компьютер подключиться к вашему мозгу и исполнить ваше желание.

Дайна почувствовала, что краснеет – ну кому приятно знать, что тебя читают.

– Не волнуйтесь, – человек смотрел ей прямо в глаза, – компьютер так настроен, что он может читать только Ваши "предметные желания", чтобы он читал другие тоже, нужно включить другую программу. А сейчас вставайте, надо поесть и обсудить, что, в конце концов, произошло.

Дайна и Роджер сидели за столом. Дайна уже приняла душ и сидела в платье, которое она себе выбрала. Это было удивительно, она смотрела на себя в зеркало, представляла себя в какой-нибудь одежде, и тут же именно эта одежда возникала на ней. Роджер, так звали этого мужчину, предупредил ее, что поскольку у нее нет опыта работы с программой, читающей ее "предметные мысли", она может включать и выключать программу простым нажатием кнопки. Вначале у нее ничего не получалось, она так быстро меняла свое мнение, что оставалась все время то ли одетой, то ли раздетой. Наконец она приспособилась и быстро оделась. Процесс переодевания отвлек ее от множества вопросов. Когда она в последний раз посмотрела на себя в зеркало, она решила, что после обеда обязательно переспит с Роджером. Она знала, что секс снимает любой стресс, а успокоиться ей было просто необходимо, ей было страшно.

Во время обеда Роджер уже говорил с ней сам, а не через компьютер. Его английский был вполне сносным. Но когда он объяснил, что ему понадобилось около часа, чтобы овладеть английским и научиться правильно выговаривать слова, Дайна открыла рот и сидела так минуты две, она никак не могла в это поверить. Роджер сделал вид, что ничего не заметил. Он объяснил, что подключился к библиотеке компьютера, и тот помог ему овладеть языком. Он сказал, что так, как она, уже не говорят полторы тысячи лет, что люди на Земле выработали универсальный язык и только им и пользуются. По вопросам, которые задавал Роджер, Дайна поняла, что он, кроме языка, успел также немного познакомиться с историей второй половины двадцатого века. Когда пришло время отвечать на вопросы Роджеру, он немного смутился, было видно, что он не знает, что и как ей рассказывать. Дайне всегда нравились мужчины, которые умели смущаться. Чтобы снять напряжение, она спросила, как он приготовил всю эту еду.

– Компьютер помог, – просто ответил Роджер – Я подключился к библиотеке, посмотрел, что люди ели в Ваше время.

– Откуда Вы узнали, что я из Нью-Йорка? – перебила его Дайна.

– Акцент, – сказал Роджер и тут же, взглянув на Дайну, добавил:

– Нет, это не я, это компьютер определил.

Во время беседы Дайна все время хотела задать вопрос о сексе, но смущалась. Не то, чтобы она была такая уж скромница, у нее уже был опыт, и неплохой, но выглядеть вульгарной в глазах этого мужчины ей не хотелось. Ей вдруг вспомнился очень смешной анекдот, который ей рассказал один русский эмигрант из Москвы. "Корнет Оболенский спрашивает у поручика Ржевского: 'Скажите, поручик, как Вам удается добиваться успеха у такого большого количества женщин?'. 'Очень просто, – ответил поручик и, подкрутив ус, сказал – Вы выбираете приглянувшуюся вам мадмуазель, приглашаете ее на танец и во время одного из па, крепко прижав ее к себе и говорите: 'Мадемуазель, разрешите Вам, – ушко замолчало, уж очень ей не хотелось использовать грубое слово, – разрешите пригласить Вас посетить мою одинокую келью на Фонтанке', – наконец, сказало ушко, и уже спокойно продолжило. 'Что Вы, поручик, ведь можно получить пощечину', – взволнованно говорит корнет. 'Конечно можно, но чаще все же приходят!'". Дайна решила рискнуть:

– А как у вас сейчас насчет секса? – спросила она, глядя прямо в глаза Роджеру.

Роджер покраснел, но сразу ответил. Было видно, что он хорошо подготовился к этому разговору:

– Представления о сексе сильно изменились с вашего времени. Поскольку современная технология позволяет осуществлять любое чувственное желание, необходимость в отношениях (Дайна все поняла и покраснела) отпала. Конечно, притягательность между мужчиной и женщиной сохранилась, но поскольку технология (он опять использовал это ужасное слово) позволяет подобрать любого партнера …

– Как лифчик или трусики, – бросила реплику Дайна.

– На основе библиотеки и своего воображения, – Роджер пропустил ее реплику, – секса, в вашем понимании, у нас нет.

– И что, Вы хотите предложить мне свой компьютер? – Дайна злилась, а когда она злилась, она становилась откровенно язвительной.

Роджер про себя улыбался – он был специально тренирован, чтобы разрешать конфликтные ситуации, которые всегда возникают между людьми во время длительного межзвездного полета.

– А почему бы и нет? Вы же накрылись одеялом с помощью компьютера, оделись с помощью компьютера и даже с удовольствием едите то, что он приготовил.

– Так что, Вы хотите, чтобы он меня еще и ласкал? – Дайна еле удержалась, чтобы не сказать грубее.

Роджер никак не отреагировал.

– А почему бы и нет? У Вас же, наверняка, был в свое время секс-партнер. Компьютер поможет вам его воспроизвести и даже дополнить …

– Ален Делоном, – продолжила слова Роджера Дайна.

– Кто такой Ален Делон? – спросил Роджер, сбившись с тона учителя.

– Да ну вас всех, всю вашу технологию (Дайна с презрением сказала это слово), если вы не знаете, кто такой Ален Делон, никогда по-настоящему не трахались, не напивались, не водили машину со скоростью 100 миль в час по Нью-Йорку, не травились от неудачной любви.

Роджеру стало грустно, он вспомнил тех ребят с третьей экспедиции, они говорили приблизительно так же. Да, с развитием цивилизации мы всегда что-то теряем, и, неожиданно для себя, подумал, что это все-таки удача, что он не один и что он может пожить, до полного выяснения обстоятельств пропажи экипажа, жизнью людей, живших две с половиной тысячи лет назад. Ведь об этом можно только мечтать, попасть в будущее не было проблем, но оказаться в какой-то степени в прошлом... нет, что бы ни случилось, Роджер принял решение.

– Никакого будущего не будет... для Вас, – поправился он, – По крайней мере... в отношениях, – он улыбнулся. Все-таки, когда-то Роджер должен был стать первым капитаном, потому что умел принимать решения и всегда старался смотреть на любую ситуацию трезво, учитывая человеческую натуру.

Его слова, как он думал, должны были успокоить женщину, но она вдруг сильно покраснела и стала пить из стакана большими глотками.

Дайна сама не ожидала, что слова Роджера произведут на нее такое впечатление. "Что же, она совсем испорченная женщина, что ей можно делать такие предложения?" – думала она.

Роджер опять сделал вид, что ничего не заметил, и стал рассказывать ей о космических путешествиях, о пространстве-времени, кратко описал новые для Дайны возможности технологии и посоветовал ей воспользоваться компьютерной библиотекой для ознакомления с миром, в котором она оказалась. Дайна поблагодарила и сказала, что хороший хозяин всегда показывает свой дом людям, которые впервые приходят к нему в гости.

Роджер помрачнел:

– Вас не удивило, Дайна, что на звездном корабле вы встретили только меня? Вы себя не спросили, а где остальные люди, где экипаж?

– Действительно, где? – спросила Дайна, волнуясь.

– Они исчезли, причем так, что ни один прибор, ни одна антенна не показали, как это произошло. Ни в каких файлах нет данных, по которым можно было бы хоть приблизительно понять причину их исчезновения. Просто были, и вдруг их нет.

– С одеждой или как я? – смущенно спросила Дайна.

– Как Вы! – сказал Роджер, – После того, как вы появились (Дайна опустила глаза), я проверил – одежда осталась.

К концу обеда Дайна почувствовала себя уставшей, будто не спала много часов. Роджер протянул ей напиток в красивом стакане:

– Попробуйте, Вам понравится, я приготовил специально для вас. Это старый рецепт, 200-летней давности.

Дайна улыбнулась, Роджер тоже. То, что для одного было далеким прошлым, для другого было совсем не близким будущим. Дайна отпила глоток, потом второй. Вкус был очень необычный, но нельзя сказать, что приятный. Роджер посмотрел на нее:

– Я понимаю, отнеситесь к этому как к лекарству.

Дайна улыбнулась, ей действительно нравился Роджер. В отличие от ее мужчин, которые смотрели на нее как на партнера в любовной игре, этому мужчине она просто нравилась. Ей почему-то вспомнился Леня, мальчик 12 лет, который был в нее влюблен. Он, в отличие от других влюбленных мальчиков, умел держать себя – не был послушным рабом своей госпожи, хотя всячески заботился о Дайне и пытался сделать ей приятное.

Когда они подсели к компьютеру, Дайне вдруг стало грустно. Наверное, этот честный, умный человек имеет такую возлюбленную, что куда ей, живому человеку, с ней равняться.

– Не отвлекайтесь, Дайна, – немножко строго сказал Роджер.

Дайна удивленно подняла голову.

– Компьютер показывает, – сказал Роджер.

"Все у него компьютер да компьютер в голове, ничего человеческого", – с неприязнью подумала Дайна, но собралась, и путешествие по новому для нее миру началось.

Вначале Роджер решил посмотреть, какие области знаний заинтересуют эту женщину, но увидев, что она сразу отправилась в библиотеку сексуальных воображений, он от нее отключился.

Дайна почти ничего не поняла, вернее, она поняла, что Роджер сказал правду, каждый человек в его мире сам себе становился сексуальным партнером, мог приготовить себе любого любовника, какого только хотел. Дружеские же отношения, в отличие от интимных, между людьми практически не изменились, они остались почти такими же, как и в ее время. Разница состояла только в том, что поговорить, посоветоваться и даже посмеяться можно было не только с реальными людьми, но и с историческими личностями, жившими сотню, а может, и тысячу лет назад. Технология, открытая в начале 21 века, позволила на основе анализа текстов воспроизвести образ человека, который по своему интеллекту, характеру был близок к автору текстов. Но поскольку при написании текста человек всегда отличается от того, какой он есть на самом деле, получить хорошие результаты не удалось. Да люди вообще и не стремились к тому, чтобы заменить своих друзей образами гениальных писателей и ученых, им вполне хватало друг друга. Ведь в дружбе – главное не чувственное удовольствие, а равенство и поддержка, которую могут оказать друг другу только реальные люди. Исследование миров не имеет смысла, если оно не имеет своей внутренней целью разделение знаний с конкретными людьми – без общения людей друг с другом знания теряют свой смысл. Поэтому, хотя вначале и была мода на "виртуальных" или "воображаемых" друзей, она скоро прошла. Сказалось и то, что при общения с "виртуальными" друзьями, люди чувствовали себя более одинокими, чем с реальными людьми.

Когда Дайна зашла в раздел библиотеки: "Дети. Воспитание. Образование" – ей стало страшно; этого она не ожидала вообще. Она отключилась от компьютера и, сжав голову, сидела неподвижно в своем кресле. Хотя в ее время понятие о семье уже сильно отличалось от того, что ее родители, ее дедушки и бабушки вкладывали в него, но то, во что земляне превратили семью, было ужасно.

Роджер знал, что у Дайны будет шок, что именно эта сторона жизни его общества ее поразит. Знал он опять-таки по тем ребятам с третьей экспедиции. Роджер сочувствовал Дайне, но что он мог сделать, для него ничего ужасного в том, что ее убивало, не было.

– На сегодня хватит, Вы говорили с компьютером почти шесть часов!

– Не может быть! – сказала Дайна.

– Вам пора отдохнуть. Поешьте Ваше любимое мясо, приготовленное на открытом огне, с калифорнийским вином. Но перед сном выпейте стакан этого коктейля, я немного изменил его рецепт, Вам должно понравиться.

Дайна посмотрела в угол, там был приготовлен закуток для нее, он был полностью отделен от остальной комнаты. Сейчас Роджер говорил с ней на прекрасном английском языке, видно, он тоже не терял времени зря.

– Что нового? – спросила Дайна, откусывая кусок хорошо прожаренного мяса, – Узнали что-нибудь?

– Ничего нового, – грустно сказал Роджер. Перед ним стояла тарелка с каким-то переливающимся всеми цветами радуги желе. Он к нему даже не притрагивался.

– Хотите попробовать? – неожиданно для себя сказала Дайна и протянула Роджеру уже надкушенный кусок мяса на ребре.

– Спасибо, – сказал Роджер.

Дайна вдруг увидела себя со стороны и ей стало неудобно. "Какой бука", – подумала она про себя.

Роджер как будто прочел ее мысли:

– Я бы попробовал, но мне нельзя. Для переваривания мяса нужна соответствующая флора, а у нас уже две тысячи лет ее нет!

– Так я Вас могу заразить! – испугано сказала Дайна – Ведь, наверное, я принесла с собой множество микробов?

– Не волнуйтесь, – сказал Роджер, – Мы же исследовательский корабль. У нас есть системы, позволяющие автоматически поддерживать безопасный уровень микроорганизмов внутри корабля. Кстати, Ваша комната готова, располагайтесь, как Вам будет удобно.

– А Вы? – спросила Дайна.

– Я еще поработаю, потом лягу.

– И приведете себе электронную подругу?

Роджер ждал этого вопроса, он был хорошим психологом, к тому же он был сейчас первым пилотом и должен был отвечать за всех.

– Если Вы мне позволите, я приду к Вам, – сказал он твердо.

– Нет, – ответила резко Дайна, – я хочу быть одна.

– Хорошо! – ответил Роджер и закрыл глаза.

Дайна поняла: он подключился к компьютеру. Ей было интересно наблюдать за его лицом. Оно то становилось серьезным, почти каменным, то наоборот улыбалось так, что морщинки распрямлялись, то просто было сосредоточенным, то опять оживлялось. Иногда она видела тени сомнений, иногда радость догадки, но все же чаще лицо было сосредоточенным, хотя без излишней тяжести.

Дайна поймала себя на мысли, что вообще, это нехорошо подсматривать за человеком, и пошла в свой закуток. Присев на кровать, она вдруг задумалась, все же насколько быстро она все усваивала, ей даже не приходилось вчитываться, знания сами заползали к ней в голову. Главное в общении с компьютером было правильно поставить вопрос. Дайна не могла уснуть. Она выглянула из своей комнатки, Роджер уже спал, но было видно, что он и во сне ищет решение задачи.

Двое

Дайна встала пораньше, чтобы приготовить для Роджера что-нибудь свое. Для этого она подключилась к компьютеру, и он ей подсказал, из каких ингредиентов можно приготовить яйца с беконом, но так чтобы эти яйца и бекон имели вкус настоящей яичницы с беконом и, в то же время, были безопасны для Роджера.

После завтрака, Роджер неожиданно спросил:

– В Ваше время жена всегда готовила мужу завтрак, или они готовили по очереди?

– В мое время (слово "мое" Дайна выделила) женщина готовила завтрак не только мужу, но и просто мужчине, если она его любила.

– Странно, а разве есть в этом разница? – спросил Роджер.

199

Дайна села поближе к нему и стала рассказывать о себе, о своих родителях, о школе, которую не любила. Она рассказывала обо всем, кроме тех мужчин, с которыми была близка. Роджер внимательно слушал.

За обедом она молча ела. "Неужели я в него влюблена, если не могу говорить то, что может его задеть?". После обеда каждый занялся своими делами. Вечером Роджер выглядел уставшим.

– Что, ничего не нашли? – спросила Дайна.

– Сейчас хочу выяснить, в каком месте все произошло и как вернуться на Землю.

– А это возможно? Ведь, как Вы сказали вчера, мы всегда находимся точно в определенном месте и в то же время нигде точно!

– У нас есть уравнения и запись нашего движения, так что можно попробовать.

Дайна посмотрела на Роджера и сказала:

– Знаете, Роджер, когда я была маленькой, я играла с девочками и с мальчиками в игру Дочки-Матери. Одна девочка была мамой, другая бабушкой, мальчик, самый красивый, играл папу, а все остальные девочки и мальчики играли своих старших братьев и сестер.

– Вы хотите предложить сыграть в мужа и жену? – спросил Роджер.

– Да! – прямо сказала Дайна.

– Ну, у вас-то получится, а вот у меня? – Роджер улыбнулся.

– Не бойтесь, не боги горшки обжигают, – сказала Дайна и села совсем близко, бедра Роджера и Дайны соприкоснулись.

– Начнем с нуля, – сказала Дайна, – Обнимите меня за плечи и прочтите мне какой-нибудь стих.

Роджер пожал плечами, он не знал, что это такое. Дайна лукаво улыбнулась и стала читать[5]:

Жил - был чудак беспокойный и странный,
Он приходил как из сказки желанной.
Глазом моргнув и смутившись слегка,
Вмиг создавал вкруг себя облака,
Лес и цветы и блестящие лужи.
Этот пейзаж был, наверное, нужен,
Чтобы сменил человек городской
Нервный сарказм на душевный покой.
Он говорил – лес шумел за спиною,
Он уходил – в доме пахло весною.

---

[5]Автором стихов является Татьяна Толокнова.

И продолжали сиять после встреч
Брызги дождя и радуги с плеч.

Помоги мне, милый мой,
Если стала я ревнива,
От себя бежать самой,
А не прятаться стыдливо.
Ты возьми меня опять
Побродить в дворцах и замках,
Вместе будем изучать
Жизнь веков в старинных рамках.
Мы пройдем с тобой вдвоем
В этих тихих гулких залах.
Свечи вечером зажжем,
Чтобы тьма не испугала,
Чтобы светом шугануть
Домовых и привидений.
Это ж ветошь, друг мой, муть,
Лишь игра воображений.

– Это написала моя подруга своему парню. А сейчас я Вам прочту настоящих поэтов.

Роджер внимательно слушал.

– Это были стихи Бернса, Одена, Китса, Гете, – закончив, сказала она Роджеру.

– Завтра я Вам тоже почитаю стихи. Скажите, кого из поэтов вы бы хотели послушать?

– Русских поэтов: Пастернака, Пушкина, Ахматову, Цветаеву. Однажды я слышала, как их читал один русский из Бруклина – сначала по-русски, а потом по-английски. У русских стихов своя мелодия, совсем другая, чем у нас, американцев. В английском переводе русские стихи многое теряют.

– Я постараюсь! – ответил Роджер, потом помолчал и сказал виновато :

– Наверное, на сегодня хватит, да?

– Да! – сказала Дайна и ласково ему улыбнулась.

В течение всей недели Роджер осваивал 20 век. Многое ему казалось не просто странным, а даже диким, например, положение женщин в обществе, взаимоотношения между родителями и детьми, всегда неопределенные, – то хорошие, то плохие. Роджер не говорил Дайне, что все это время он не прикасался к своим файлам. "А Вы,

201

оказывается, способный человек!" – говорила Дайна, когда Роджер в очередной раз удивлял ее знанием ее времени. Он сам не знал почему, но он не хотел говорить Дайне о своих занятиях, ему почему-то хотелось выглядеть в ее глазах умным, сильным человеком. В конце недели Роджер не выдержал и сказал Дайне, что он всю неделю посвятил 20 веку.

– А я догадалась! – просто сказала Дайна.

И вдруг Роджер понял, что ей было жутко приятно, что он ради нее оставил свою работу. Он подошел к ней и спросил:

– Это делается так? – наклонился и поцеловал ее в губы.

– Да, так, – сказала Дайна, взяла его руку и положила себе на грудь.

Роджер ничего не сказал, он прижал ее к себе, поднял ее на руки. Выключился свет, и он по звездам понес ее к себе.

Утром Дайна и Роджер ничего не говорили, они просто смотрели друг на друга.

– Сколько так может продолжаться? – спросил Роджер.

– Не знаю. Может день, может неделю, но, говорят, больше месяца никто не выдерживает, – не то, шутя, не то всерьез ответила Дайна.

Роджер улыбался, он не верил, что это может пройти.

Обнявшись, они никогда не чувствовали границ своих тел, они не знали, где кончается один и начинается другой; если кто-то из них переворачивался на другой бок или ложился на спину, другой, не просыпаясь, сразу подстраивался к нему так, чтобы соприкосновения были максимальны. Часто Роджеру казалось, что его руки проникают внутрь Дайны, ощущают ее сердце, почки, чувствуют, как кровь течет по ее сосудам. В такие минуты Дайна просто переставала существовать, ее жизнь существовала только в тех местах, которых касался Роджер.

Были моменты, когда они чувствовали себя сообщающимися сосудами. Мысли и чувства, рожденные в одном, каким-то образом перетекали в другого, чтобы окрашенными и углубленными вернуться назад и потом опять оказаться в другом. Иногда процесс понимания происходил где-то посередине, так что сказать, кто точно был автором идеи, было невозможно – она в равной мере принадлежала обоим. Моменты полного единения иногда длились часами, и для этого, что удивляло Дайну, совсем не обязательно нужна была физическая близость.

Часто, когда каждый из них занимался своим делом, Роджер каким-то образом знал, где сейчас находится Дайна и о чем она думает, а Дайна своей женской интуицией угадывала, где, в каких файлах роется Роджер или какие задачи он решает, подключившись к главному компьютеру.

И все же, несмотря на близость, они оставались людьми разных эпох, людьми абсолютно разного мироощущения. То, что узнавала Дайна во время многочасовых разговоров с Роджером, во время работы с компьютером, ломало все ее представление о мире, он, мир Роджера, был совсем другим. В нем, с ее точки зрения, не было любви; книги, музыка, красота, как ее понимал Роджер и его поколение, не принимались ее душою. Роджер и Дайна знали, что есть темы, которые им нельзя затрагивать, и они никогда не касались.

Но самое главное отличие между Роджером и Дайной было следующее: близость, которую испытывала Дайна, была совсем не новостью для Роджера. Весь его мир был построен на основе сообщающихся сосудов, но только не в области чувств между мужчиной и женщиной, а в области интеллекта. Технология, позволяющая стать частью общего и при этом остаться самим собой, была давно развита и стала частью культуры, элементом повседневного быта. В интеллектуальной сфере люди испытывали чувства не меньшей близости, чем самые страстные любовники. Именно эта часть жизни Роджера была абсолютна непонятна Дайне.

Роджер безусловно любил Дайну так, как мужчина может любить женщину, но он был пилотом, он не мог позволить себе жить иллюзиями. Он твердо знал, что когда нужно будет, он отставит в сторону Дайну, чтобы выполнить ту работу, которую он должен выполнить – Дайна была только частью его мира.

Почти неделю Роджер не занимался проблемой исчезновения экипажа, он полностью отдался тому новому, что принесла с собой Дайна. Долгие разговоры с этой женщиной, ночные ласки, работа с компьютером открыли ему мир второй половины 20 века, и он в полной мере сумел стать частью мира Дайны. Роджер не испытывал угрызений совести от того, что он отставил в сторону поиск причины пропажи экипажа. Он знал, его этому научили, что если сталкиваешься с неразрешимой проблемой, нужно отвлечься, перестать постоянно думать о ней. Решение придет само, его найдет подсознание. И все же удивительным было то, что пропажа экипажа никак не повлияла на движение корабля, если о движении в нуль-пространстве вообще можно говорить, движение было правильным – отклонений не было.

Однажды за столом, когда Дайна обучала Роджера игре в карты, она подняла одну из карт, переложила ее из одной стопки в другую и, помолчав, сказала: – Вот так и меня кто-то переложил из одной стопки в другую.

Роджер знал, что этот "кто-то" не существует. Но мысль о том, что так может быть, засела в его голове. Он вдруг понял, что ничего делать не нужно, карта, если она уже попала в другую стопку, обратно не вернется, но если она еще в воздухе, то тот, кто ее поднял, может ее обратно и положить. Значит, надо выйти из нуль-пространства, развернуться и лететь обратно, главное это перенастроить программу так, чтобы путь в нуль-пространстве был тот же. Если за время игры карты не будут сдвинуты, то есть вероятность, что этот "кто-то" положит карту обратно, откуда взял.

Роджер занялся расчетами. Дайна сразу почувствовала, что Роджер изменился, но она уже была готова к этому. Вопросов она не задавала, и Роджер был ей благодарен. Однажды он ей сказал:

– Завтра, в 14:37 мы выйдем из нуль-пространства и ты увидишь нашу с тобой Вселенную. Мы сделаем небольшой недельный тур, соберем информацию и возвратимся на Землю.

– На какую Землю? – спросила Дайна. – Каждый на свою?

Дайна была серьезна. Роджер понял, что пришло время все рассказать:

– Есть три варианта. Первый: во время возвращения, если никто не успел сделать ход, все вернется на свои места – ты вернешься в свое время, а мой экипаж – в свое. Второй: если кто-то успел уже сделать ход, то мы с тобой вернемся на Землю, а что стало с экипажем, мы никогда не узнаем. И наконец третий вариант: самый благоприятный – после возвращения экипажа мы все вместе возвратимся на Землю.

– Значит два к одному! – сказала Дайна и оба поняли, что она имела в виду.

Они молчали. Роджер поднял глаза и сказал:

– На банкете по поводу вручения Нобелевской премии по физике одна из телеведущих, вызывающе красивая женщина, спросила у одного из лауреатов:

– Завтра, господин Нобелевский Лауреат, я возвращаюсь в Нью-Йорк, скажите какая вероятность того, что завтра на Таймс Сквер я встречу динозавра.

– Мадам, можете лететь спокойно, – сказал Нобелевский лауреат, – вы не встретите в Нью-Йорке динозавра, вероятность ничтожно мала.

– А все же, назовите цифру, – журналистка была настойчива.

– Ну хорошо, одна сто тысяч миллиардная.

– Ну что ты, дорогой, – толкнула в бок Лауреата его жена, – это неверно – одна вторая.

– Как одна вторая? – опешил Лауреат.

– Очень просто! Либо встретишь, либо нет.

Дайна без улыбки посмотрела на Роджера:

— У меня всегда было плохо с математикой! — и оба поняли, что они муж и жена, они экипаж, который должен выполнить свою задачу.

То, что Дайна увидела за неделю полета в нормальном пространстве, потрясло ее. Это было так красиво, так здорово. Если первые несколько дней, когда они вылетели из нуль-пространства, никогда не кончались, то последние — летели неимоверно быстро. Роджер практически забыл Дайну. Он должен был проводить исследования, принимать решения, что интересно, а что можно пропустить, и в то же время перенастраивать программу входа в нуль-пространство так, чтобы они вошли в него таким образом, чтобы траектория полета на одном из участков полностью совпала с той, по которой они летели, когда пропал экипаж.

Однажды, когда они молча ели, Дайна спросила у Роджера:

— Скажи, Роджер, не нарушают ли полеты в нуль-пространстве принцип причинности? — она уже кое-что усвоила из тех знаний, которые получила за время пребывания на корабле.

— Нет, не нарушают, корабли всегда выныривает в том месте реального пространства, откуда время полета на обычных двигателях компенсирует временной сдвиг, если он возникает.

— Чтобы случайно не оказаться в прошлом?

— Абсолютно правильно!

— Но ведь ты хочешь пройти так, чтобы карты легли в нужные нам колоды, то есть...

— Я понимаю, что ты хочешь спросить, — резко остановил ее Роджер, — Ответа на этот вопрос я не знаю.

Четвертый Вариант

Капитан проснулся, взглянул на часы, они показывали 10 декабря 11 часов 48 минут, 4775 год нашей эры – совсем другое время. Он точно знал, что сегодня пятое ноября, а не десятое декабря. Он быстро встал, принял душ, компьютер показал, что состояние его здоровья в норме. Если раньше он всегда с удовольствием отмечал это (первый пилот был в возрасте и скоро должен был рассматриваться вопрос о его пенсии), то сейчас он не обратил на это внимания. Он вышел из каюты и быстрым шагом направился по коридору в сторону пилотской кабины. Ему была несвойственна спешка, но что-то заставляло его почти бежать. Он автоматически отмечал, что все в норме, кроме времени на часах, все они показывали число на месяц больше. Он вошел в комнату пилотов. В глаза ему бросилась вешалка, на которой висела женская одежда древнего образца, большая кровать, аккуратно застеленная какой-то цветной тканью, подушка слишком большого размера. Рядом с кроватью стоял странной формы столик с большим зеркалом, на столике были разные бутылочки замысловатой формы и раскраски. В кабине никого не было. Капитан подключился к компьютеру, в течение нескольких минут он быстро просмотрел журнал событий. Он сидел, откинувшись в кресле. Значит осуществился четвертый вариант, о котором Роджер не стал говорить Дайне – они попали в никуда. Капитан нажал кнопку экстренного пробуждения экипажа. Корабль шел к Земле, через месяц он должен был выйти из нуль-пространства и еще через две недели подойти к Земле. На табло стали зажигаться лампочки, корабль просыпался.

Мужчина и женщина

«Все должно иметь свое место, - сказала Елизавета и положила его в свое сердце»
"Мистика любви" – Роберт Джинс

Дорога извивающейся лентой, наконец, вышла из леса. Перед всадником открылось поле, у края стоял небольшой, но очень аккуратно построенный домик. Красная черепица высокой крыши в свете заходящего солнца отливала золотом, из трубы шел дымок. Рядом с домиком стояла деревянная пристройка, служившая, как принято было в то время на юге Польши, и сеновалом и конюшней и амбаром. За домом был сад, цветущие белым яблони и розовым вишни придавали всей картине какой-то идеалистический вид, казалось, будто сама благодать в этот вечер решила остановиться и передохнуть, чтобы затем вместе с солнцем пойти дальше. Всадник стоял на опушке леса, уставший конь, щипал травку. Солнце, закончив свою работу, ушло за горизонт. "Ну что, зайдем?" обратился всадник к коню, и тронул поводья. Конь обрадовано поднял голову, и с интересом посмотрел на хозяина. Тот улыбнулся и похлопал его по крепкой шее: "Что, соскучился по нормальной еде? Я тоже". Быстрые сумерки опускались на Землю, еще немного и ночь войдет в свои права.

* * *

Молодая женщина сидит напротив мужчины и, оперев голову на ладонь, внимательно слушает. Он, свежий, в чистой белой рубашке неторопливо, рассказывает о себе, о своем путешествии. Языки пламени играют в гранях бокалов, наполненных красным вином, большое блюдо картошки с грибами почти полностью съедено, от цыпленка на тарелке перед мужчиной осталась только кучка костей. Коричневые волосы женщины волнами лежат на плечах, гранатовые с точечками глаза широко открыты, мягкая, ласково журчащая речь мужчины, словно ручей вливается в нее. О чем конкретно говорит мужчина? Какое это имеет значение, если ночь уже вступила в свои ночные права.

Часы бьют 12, глаза мужчины слипаются, речь становится временами невнятной.

* * *

Женщина улыбается: "Давайте я отведу Вас в Вашу комнату". «Да, спасибо», мужчина встает, они идут по узкому коридорчику, мягко шуршит юбка, смешиваясь с ночным сквозняком. «Вам сюда», – женщина открывает дверь, в ноги бросается кот, и стремглав несется вдоль по коридору. Мужчина от неожиданности вздрагивает. «Не пугайтесь, – Женщина высоко поднимает лампу, – Это наш кот, он дикий... иногда». Мужчина вслед за женщиной входит в комнату, она небольшая, как и все в этом доме. Окно открыто, мягкая ночная прохлада, вливаясь в него, стелется по полу. На широкой кровати лежит чистое белье, в углу дорожная сумка, он вытерта от дорожной пыли. Мужчина оборачивается, две большие тени на стене сливаются в одну, «Я, пожалуй, лягу», говорит он и садится на кровать. Женщина ставит на подоконник лампу, пламя свечи в ней трепещет, "словно девичье сердечко" думает мужчина, тени на стене то сливаются, то разделяются, «Спокойной ночи, сладких снов», женщина выходит. Ветка сирени нахально лезет в окно.

Мужчина ложится и мгновенно засыпает. Ему снится дорога: она то спускается вниз в лощину, то круто подымается вверх, вьется и вьется, конь переходит в аллюр, ветки хлещут по лицу, всадник неутомимо скачет, все смешивается в одну бесконечную ленту. Мужчина просыпается от горячей руки коснувшейся груди, он открывает глаза перед ним хозяйка, она улыбается ему, ее гранатовые в точках глаза блестят, хозяйка наклоняется к нему, сквозь разрез в рубашке он видит ее красивую высокую грудь, она целует его в губы, затем быстро подымается, сбрасывает рубашку и ложится к нему. Женщина наполнена любовью, как пчела медом.

* * *

Мужчина просыпается от пения соловья. Рядом никого нет, никаких признаков присутствия женщины: подушка не примята, простыни тоже. "Приснилось!". Запах сирени, незамеченный вчера ночью, заполняет всю комнату. К соловью присоединяется еще один, затем еще один, и вот уже многоголосный слаженный хор поет "Встречную" дню. Солнце сквозь раскрытое окно протягивает к мужчине свои руки. "Пора вставать", мужчина забрасывает руки за голову, тянется и резко встает. На подоконнике потухшая лампа, за окном яблони, вишни, груши, все в цвету. Облака неслышно движутся по голубому небу. Мужчина достает из сумки белую рубашку, бритву, кусочек мыла и идет к двери. "Ну и ну" мотает он головой в дверях, "Надо же такому присниться", ветка сирени в окне согласна с ним.

Женщина приветливо улыбается:

– Как спалось?

– Спасибо, хорошо.

В глазах женщины играет хитринка, будто она и вправду была в его комнате. На столе крупные ломти хлеба, в открытой масленке запотевшее масло, сыр нарезан и лежит на тарелке, рядом мед, варенье, отдельно стопочка блинов с янтарными капельками масла, в центре стола небольшой самовар, он кипит.

– Пойдемте во двор, я Вам солью.

Мужчина идет за женщиной, в ее походке природная грация, которой невозможно научиться. Рядом с крыльцом, незамеченный вчера умывальник и большая бочка с дождевой водой. Женщина зачерпывает ковшом воду и вопросительно смотрит на мужчину. Он скидывает рубашку. Натренированные грудные мышцы и мышцы спины под черными волосами выдают атлета. Мужчина наклоняет голову, и женщина льет студеную воду, он не видит восхищенных глаз женщины, только фыркает от удовольствия. Ну вот и все. Женщина подает полотенце.

– Спасибо, – мужчина невольно любуется стройной девичьей фигурой, очерченной солнечными лучами. Женщина совсем другая, в ней сейчас нет ничего от хозяйки большого дома, мужчина задумывается, что-то в женщине от лесной полянки, солнечного зайчика, думает он

– Когда едете? – низкий голос возвращает мужчину к действительности.

– Сразу, как покормите, тронусь в путь.

Женщина ничего не говорит, только кивает.

Завтрак окончен.

– Я пойду за сумкой?!

– Конечно идите.

На полу сеновала яркая полоса света.

– Ну что ты, пора и честь знать? – мужчина протягивает руку, чтобы успокоить коня, но тот, мотает головой, не давая надеть уздечку. От удивления мужчина цепенеет, – Ты что, меня не узнаешь? – наконец спрашивает он. Конь останавливается и смотрит на хозяина, в его глазах можно прочесть: "Узнаю, ну что из этого, все равно отсюда никуда не пойду, мне и здесь хорошо!". Мужчина делает шаг вперед, конь пятится назад: "Не проси, все равно, отсюда ни копытом".

– Ты что, совсем очумел? – мужчина делает шаг, коню деваться некуда, его круп упирается в стену.

– Я сказал, что не пойду, значит, не пойду, – конь становится на дыбы, его передние ноги, блестят стальными копытами. Глаза наливаются кровью.

Мужчина отходит. Горячий нрав своего друга он знает хорошо. Конь опускается, и спокойно смотрит на хозяина: "Сказал не пойду, значит, не пойду". Мужчина чертыхается. Конь не реагирует.

– Ну, ты даешь...

Конь опускает морду и начинает спокойно жевать сено, всем своим видом показывая, что никакие уговоры не помогут.

Мужчина оглядывается, в дверях сеновала женщина. Солнечный свет не дает рассмотреть ее лицо, но и так понятно, что ей забавно смотреть на происходящее. Гнев улетучивается:

– Видите, не хочет ехать, сопротивляется.

– Да уж вижу.

Мужчина понимает всю комичность ситуации и начинает смеяться.

– Идемте в дом, может завтра Ваш конь будет сговорчивей.

Мужчина смотрит на уздечку в руках, и вешает ее крюк на столбе.

– Берите сумку, а ты, – женщина смотрит на коня, – иди, погуляй на луг.

Конь, задрав голову, величаво идет мимо мужчины, в воротах он оглядывается и, скосив глаз на женщину, игриво подмигивает хозяину. Рот мужчины отвисает.

– Хотите, я покажу Вам сад?

– Я только, зайду и оставлю сумку.

Я подожду Вас у крыльца.

Мужчина заходит в дом: гостиная прибрана, на белой скатерти два прибора, в вазе цветы, салфетки, вставленные в красивые кольца, лежат рядом с набором вилок и ложек, в ведерке со льдом бутылка вина. "Они что сговорились?" – думает мужчина. В открытое окно доносится радостное ржание. "Точно, сговорились" –он идет в свою комнату, она полна аромата сирени, ставит сумку. "Странно, очень странно". Но почему-то на душе легко, будто попал в дом, где тебя давно ждали.

Женщина сидит на крылечке, солнечные лучи и ветерок играют ее волосами. Она задумчиво смотрит перед собой, мысли, словно облака на небе, следуют одна за другой.

– Я готов!

Женщина оборачивается, улыбка проходит по ее лицу. Мужчина подает руку.

– Спасибо. Нам сюда.

Сад небольшой: несколько яблонь, груш, две сливы, за ними кусты малины, крыжовника, черной смородины, справа огород, черные грядки, ровными рядами упираются в поле. Оно большое, тянется до самого леса.

– Присядем.

Под большой яблоней скамейка.

– Так значит Вы ученый, изучаете математику, естественные науки, и сейчас путешествуете?

– Да. В университете Геттингена, где я работаю, есть правило: шесть лет работаешь, а седьмой отдыхаешь. Можешь заниматься чем хочешь, зарплату платят, называется это сабатик. Некоторые едут в Англию или Францию, чтобы поработать в тамошних университетах, сейчас стало модным поехать в Россию или Америку, но большинство используют отпуск для путешествий, чтобы повидать друзей, ведь многих знаешь только по письмам или журналам.

– Расскажите про Геттинген, Германию, я ведь, – женщина смущенно улыбнулась, – нигде не была, только в соседнем городке.

– Там, наверное, очень хороший книжный магазин, – судя по полке в гостиной, Вы в курсе современной литературы.

Женщина засмеялась:

– Нет, просто у нас хорошо работает почта. Я же хозяйка, усадьба на мне.

Минуты переходят в часы, солнце застывает в зените, ни ветерка. Сейчас мужчина рассказывает о своих студенческих годах, о проказах юных студентов, о профессорах, о хозяйке, где он со своим другом

210

делил комнату. Женщина внимательно слушает, она знает, что не такая уж веселая жизнь у небогатого студента, но разве это имеет значение?

Мужчина замолкает. Он видит деревню, в которой жил, когда был маленький: большой сарай, переделанный под церковь, ступеньки спускаются к площади, она пуста. Жарко, солнце в зените. Ни шороха. Пробежала собака, пыль медленно, словно нехотя, опускается, и опять тишина. Открываются двери, крестьяне в чистых праздничных одеждах выходят из церкви, лица просветленные, девочки и мальчики чопорны, как и их родители. Но вот проходит минута, другая и дети, забыв манеры, бегут домой, чтобы скинув праздничные брюки, рубашки, платья и, натянув что придется, бежать к речке, где их ждет прохлада, рыбалка, веселье.

Мужчина, чувствует на плече руку, как тогда во сне.

– Идемте. Время обедать.

*   *   *

Обед давно закончен. На столе только фарфоровые, китайской работы чашки, варенье клубничное, вишневое, абрикосовое варение, каждое в своей хрустальной вазочке; солнце играет в бокалах с красным вином. Женщина, накинув на белое платье передник, моет посуду, мужчина читает книгу, изредка делая заметки в тетради, лежащей перед ним.

Солнце клонится к закату.

– Я Вашего коня отвела в конюшню.

– Спасибо.

Мужчина читает и вдруг услышанное доходит до него, он подымает глаза, в них удивление, смешанное с недоверием.

– Вы моего Росианта поставили в стойло? Моего Росианта?

– Да. Надела на него уздечку и отвела.

– Не может быть. Он жеребенком никому не давался, а женщин с рождения не переносит.

– Знаете что, давайте пройдемся, жара спала, за одно проверим сети на речке и искупаемся, – Мужчина удивленно смотрит на женщину. Пока Вы читали, я поставила сети и полила огород.

– Хорошо, идемте.

Мужчина, закатав штаны, идет к камышам, у которых торчат две палки, к ним привязана сеть, он оглядывается.

– Идите, я возьму ту, которая поближе к берегу, – говорит женщина, она почти по пояс в воде.

Мужчина наклоняется, выдергивает палку, женщина выдергивает другую, и они волокут сеть к берегу. Идти тяжело, сеть полна рыбы. "Ничего себе, два ведра", мужчина, старается не смотреть на стройные ноги женщины, обтянутые мокрым платьем, она же не смущаясь, отжимает его так, что струйки воды стекают вниз. "Наверное, привычка делать все самой", – думает мужчина.

– Как же Вы сами вытаскиваете сети? – спрашивает он, натягивая рубашку.

– Обычно я ставлю сети ближе к берегу, улов правда не такой большой, но мне одной хватает. А Вы зря одеваетесь, искупайтесь, вода же замечательная, – и, замечая удивленный взгляд мужчины, показывает рукой, – видите, там кустарник подходит прямо к воде. Можете за ним раздеться и поплавать.

– А Вы как?

– Раньше Вы покупаетесь, а потом уж я.

Вода действительно замечательная, мягкая, ласковая, мужчина медленно плывет по течению, вода нежно струится вдоль тела, он поднимает голову: женщина, сидит на берегу, она положила голову на колени и улыбается, мужчина машет рукой, женщина подымает голову и отвечает. В камышах много лилий, мужчина рвет их.

– Это Вам.

– Спасибо.

– Теперь Ваша очередь.

Женщина смущенно смотрит на мужчину. Платье все еще мокрое и оба это знают. – Вы вот что, купайтесь, а я пойду в дом разожгу камин. И приготовлю студенческий грог. Специи где у Вас?

Женщина опускает глаза:

– Вы можете посидеть на берегу.

Стрекозы вьются над ее головой.

– Нет, я все же пойду, да и с Росиантом надо поговорить.

Мужчина встает и медленно идет к дому, ему очень хочется обернуться, но он не позволяет себе. В траве стрекочут кузнечики, большая белая бабочка перелетает с цветка на цветок, вот и дом. Мужчина садиться на скамейку, солнечный диск опускается за горизонт. Вот от него осталась половина. Рядом садиться женщина.

– Что ж Вы так мало купались?

– Да вот боялась, что солнце сядет, и я дорогу не найду.

Мужчина видит глаза женщины, чуть смуглые щеки, мокрые волосы перевязанные веревочкой, улыбку. Ему так хорошо. Он смеется.

Солнце село, ночь постепенно берет все в свои руки.

– Идемте.

– Давайте еще посидим, – мужчина закидывает руки за голову, небо заполняется звездами, – в университете я изучал астрономию. Смотрите, это большая Медведица, она в виде ковша, – женщина пододвигается ближе к мужчине, чтобы лучше проследить за направлением его руки, – А это Малая Медведица. Четвертая звезда ручки ее ковша – Полярная Звезда, она всегда показывает на Север". Мужчина показывает знаки Зодиака, Женщина внимательно следит. Ночь безлунная, поэтому небосвод полон серебра.

Женщина встает:

– Вы обещали приготовить глинтвейн.

– Да, идемте, – мужчина подымается, последний взгляд на небосвод.

Женщина идет впереди, за ней мужчина. Вот и крыльцо. Женщина заходит в переднюю, зажигает свечи, дом оживает:

– Идите за мной, – женщина берет лампу и идет на кухню, – Здесь специи, – показывает она на верхнюю полку, – что еще нужно? – она вопросительно смотрит на мужчину.

Он хочет пошутить, но сдерживается:

– Вино, чайник, огонь и вода.

Женщина подает мужчине чайник:

– Лампу я оставляю Вам. Дрова возле камина, там же и спички. Найдете?

Мужчина кивает:

– Найду.

*   *   *

Часы бьют двенадцать. От огня остались угли, прорезанные линиями огня. Мужчина ставит бокал на каминную полку:

– Завтра ехать. Надо выспаться.

Женщина смотрит на угли, через стакан с глинтвейном:

– Никогда не пробовала, вкусно. Мой папа сказал бы, что в зимний вечер Ваш напиток согревает сердце и наполняет душу любовью. Он вообще был романтик, играл на клавесине, скрипке, умел красиво танцевать, петь, был большим любителем разыграть человека, но мама, к сожалению, его не понимала, она была женщиной практичной, и папина разбросанность ее раздражала. – Женщина задумалась. – Мой папа любил рассказывать маме, что нового узнал из книг и журналов: она садилась за этот стол напротив него, опирала голову на ладони, и папа рассказывал ей об открытии Франклином электричества, о Линнее, его методе классификации растений, о способах защиты от молний, мама внимательно слушала. Мой папа очень любил науку, хотя и не имел хорошего образования. И еще мой папа любил меня наряжать, –

женщина улыбнулась, — он ставил меня на стул, надевал платье, и подбирал к нему ленточки, сережки, бусы, менял прическу. Мне это было очень скучно, потому что длилось долго, мой папа был перфекционистом, но я любила папу и терпела. По вечерам папа нам всем читал какую-нибудь книгу, и мы с братьями и мамой ее обсуждали. — Женщина отвернулась к окну, легкая тень пробежала по ее лицу, будто она вспомнила что-то очень близкое, невысказанное.

Из полуоткрытой двери вышел кот и подошел к мужчине, хвост его был задран вверх словно труба.

— Вы ему понравились.

Мужчина наклонился и погладил кота. Кот потерся об его ногу и распластался на полу.

— Будьте осторожны, он любит покусывать.

Мужчина опустил руку: "Какой у тебя хорошенькой животик", кот от удовольствия весь вытянулся, и повернулся на бок: "А теперь погладь мою спинку". Мужчина прошелся по спинке, неожиданно кот подняла голову и цапнул мужчину за палец.

— Брысь, — крикнула женщина, кот вскочил и бросился в коридор, — Я Вам говорила будьте осторожны... Папа очень любил маму, относился к ней с какой-то странной нежностью... Знаете, мой папа во всем находил красоту, она окружала его, он дышал ею, как мы дышим воздухом, он страстно хотел ее с нами разделить. Мама считала, что папа живет в каком-то странном мире, оторванном от реальности, и, мне кажется, это было основной причиной ее недовольства им... Мой папа был талантлив во всем, чтобы хоть в чем-то добиться успеха... Но Вам действительно рано ехать. Путь до Кракова не близкий.

Мужчина берет лампу и уходит. В коридорчике мимо ног проскакивает кот и скрывается в гостиной. "Подслушивал, чертяга, — усмехается мужчина, — небось побежал соседским кошкам небылицы рассказывать".

Мужчина ставит лампу на подоконник, и, подумав, быстро идет к двери и закрывает на засов: "Теперь точно не придет", говорит он вслух и валится на кровать.

Мужчина просыпается от острого взгляда, он инстинктивно сует руку под подушку, но тут же ее выдергивает — перед ним хозяйка. Она садится к нему на кровать и долго смотрит на него. Он не может оторвать глаз от лица женщины, в нем столько любви, нежности, в глазах искры. "Бенгальский огонь" — думает мужчина. Женщина нежно проводит рукой по волосам: "Что ж ты такой неподстриженный, ученый?", затем берет в руки его голову и прижимает к груди. Мужчина чувствует запах женского тела, он замешан на полевых цветах, мужчина

214

различает запах утренней росы, ромашки, свежескошенной травы, сосновый терпкий дух, голова идет кругом. Женщина отклоняет его голову, смотрит в глаза. "Какие горячие у нее руки". Мужчина не может оторвать глаз от ее лица, в нем столько любви, нежности, глаза полны радости: "Какой же ты у меня все-таки странный". Женщина наклоняется и целует мужчину в губы. Запах сирени заполняет комнату.

* * *

Солнечные лучи будят мужчину. Он открывает глаза, первое движение рукой: "Нет, рядом никого нет". Мужчина приподымается и с удивлением смотрит, вторая подушка не примята, простынь разглажена, "Все как вчера, даже лампа на подоконнике и непокорная ветка сирени в окне. Только соловьи не поют". Часы на стене показывают девять. "Неужели опять приснилось?". Мужчина встает и идет к двери. "Нет, дверь заперта. Колдовство какое-то" – быстро одевается, берет полотенце, оглядывается: "Никаких признаков присутствия женщины. Ладно, идем мыться". Запор открыт. "Может спросить?... Еще чего!". Запах жаренной рыбы перебивает запах сирени.

– Что-то Вы сегодня проспали, – женщина поднимает глаза от шипящей сковородки, на щеках легкий румянец, – хорошие сны, наверное, видели, просыпаться не хотелось, – женщина иронично улыбается, но в улыбке нет ничего такого, что говорило бы о прошлой ночи. – Сейчас только рыбу дожарю и пойду вам солью.

Мужчина переводит взгляд со сковородки на стол. На столе все уже приготовлено для завтрака, парное молоко в кувшине, крупно нарезанные ломти только что испеченного хлеба, их хрустящая корочка с нежною мякотью лучше любого пирожного, сметана в вазочке, сыр, масло в запотевшей масленке, соленые грибы, огурцы, помидоры в красных треснутых местами платьях.

– Все, рыба готова, – женщина отодвигает сковородку к краю печи, – идемте мыться.

Холодная вода снимает ночные грезы: "Как хорошо!".

– Теперь, пожалуйста, на спину... Вот так. Ух хорошо! Спасибо.

Мужчина натягивает рубашку:

– Когда же Вы успели рыбу почистить?

– Вчера, пока вы камин разжигали и глинтвейн готовили, я на крыльце ее почистила и в погреб отнесла, у меня там лед запасен. Так что улова надолго хватит.

Рыба хрустит золотистой корочкой, под ней нежная розовая мякоть.

– А что ж Вы не едите?

215

– Я уже поела, с Вами только чай попью.

Завтрак закончен, женщина выжидающе смотрит на мужчину, в глазах смешинки. Мужчина откидывается на спинку стула:
– Ну, спасибо, Вам большое. Пойду коня выведу.
Женщина не выдерживает и смеется:
– Ну, попробуйте, может и получиться.

*   *   *

– Ты, что решил здесь остаться. Если да, то так и скажи.
Конь невозмутимо смотрит в окно.
– Что молчишь? Отвечай!
Пол в стойле весь изрыт копытами.
– Ну ладно, не хочешь по хорошему придется по-плохому.
Мужчина поднимает хлыст и делает шаг вперед.
Конь поварачивает голову:
– Неужели ударишь?
– А ты, что думал?
Конь делает шаг назад и резко поднимается на дыбы. Огромные железные подковы угрожающе смотрят на мужчину. Он делает резкий шаг в сторону, чтобы обойти коня, но тот мгновенно поворачивается, и опять копыта нависают над мужчиной. "Попробуем с другой стороны". Конь успевает повернуться, танец продолжается почти минуту, наконец мужчина сдается.
– И сколько же это будет продолжаться?
Конь отводит голову от окна и неопределенно качает головой.
– Послушай, я ж тебе объяснил, что если мы сегодня не выедим, я опоздаю в Краков.
Конь вскидывает голову и улыбается во всю свою огромную пасть:
– Никуда не денется твой профессор Бжезинский, подождет! – конь смотрит в окно и продолжает, – И вообще мне здесь нравиться и тебе, кстати, тоже!
Мужчина пробует возразить, но конь не дает.
– Не притворяйся, что нет. Я же вижу. Так что пару деньков я отсюда ни копытом.
Мужчина вздыхает:
– Ну, ладно, твоя взяла, но завтра точно двинемся в путь. Договорились?
Конь неопределенно машет хвостом и отворачивается к окну. Мужчина качает головой и чертыхается.

– Ну как, удалось договориться? – в воротах сеновала женщина, она одета в коричневый английский костюм для верховой езды, на голове кокетливая шапочка, под которой спрятаны каштановые волосы.

– Да вот, отказывается ехать, говорит, что ему и здесь хорошо. Может Вы его уговорите.

Женщина идет к коню, он кладет голову ей на плечо, и она шепчет ему что-то на ухо. Он согласно кивает. Пальцы женщины ласково гладят его морду. "Как ночью мое лицо", – отмечает мужчина.

– Росиант говорит, что подумает...

Конь, скашивает глаза на женщину, весело подмигивает.

– Вы видели?

Женщина удивленно смотрит на мужчину:

– Что видела?

– Как он..., да так, показалось. А вы, что собрались куда-то?

– Да, сегодня мы с Вами совершим прогулку в лес, я хочу показать вам систему водопадов они недалеко отсюда, на лошадях полчаса или чуть больше, – видя недоумение мужчины, женщина добавляет, – я надеюсь, Вы не против?

– Вы знали, что мне придется остаться?

– Значит, Вы согласны!

– Да, согласен, – мужчина улыбается, – а что мне еще остается делать?

– Вот и хорошо, а то я подумала, что вы так рассержены на Россианта, что всем нам назло засядете за свои бумаги.

* * *

Дорога свернула в лес, женщина по мужски сидит в седле, в ее посадке привычка к верховой езде, мужчина позади. Слова Росианта о том, что ему самому не хочется отсюда уезжать, не идут у него из головы.

"Нет, так дальше не пойдет, завтра он непременно уедет", – мужчина пришпорил коня и поравнялся с женщиной.

– Я очень люблю эту дорогу, – женщина повернулась, – хорошо, что Вы остались.

Мужчина вдруг почувствовал, что между этой странной женщиной и им существует канал, не требующий слов, жестов, почувствовал ее радость от того, что они едут вместе, что тропинка перед ними вся в солнечных пятнах, что их лошади идут почти касаясь. Он вдруг ощутил всю прелесть прогулки, мысль о завтрашнем отъезде ушла. Женщина остановилась:

– Давайте пойдем пешком, это будет немножко дольше, но ведь нам некуда спешить, правда?

Они соскочили с лошадей и молча пошли рядом.

– Сейчас за поворотом будет ручей, через него проложен мостик, его сделал еще мой дед.

Присутствие женщины усилило в мужчине способность чувствовать красоту летнего дня, замечать детали, которые обычно от него ускользали, он поймал себя на том, что все видит ее глазами, и это было так ново, так интересно.

Тропинка вместе с ручьем резко свернули в лощину, деревья сомкнули свои ветви, воздух наполнился запахом сырости, огромные, чуть ли в человеческий рост, папоротники подступили к самой дороге, во всем была что-то доисторическое. Если бы вдруг показался динозавр или пролетел ящер, мужчина бы не удивился. Женщина ускорила шаг, ей было тоже не по себе. Лощина кончилась и опять солнечные зайчики побежали по тропинке, стволам деревьев, листьям. Женщина шла медленно, лошади неслышно шли сзади.

Природа открылась перед мужчиной во всей своей красоте, в каждой ветке, в каждой травинке, цветке у дороги была своя жизнь, своя любовь, свой язык, мужчина впервые ощутил себя и женщину рядом частью природы: они были наги как при сотворении мира. Кожа, глаза, слух были даны им, чтобы красота, словно Б-жественный напиток вливался в них.

– Знаете, сейчас я словно в зале, где играет музыка великого Моцарта. Не надо слов, взглядов, жестов, чтобы понимать, чувствовать друг друга, сама мелодия заставляет сердца слушателей биться в унисон, взлетать и падать с палочкой дирижера. Когда звучит музыка великих, нет тебя, нет соседа рядом, все в зале – одна общая душа, плывущая, подчиняющаяся звукам музыки... Иногда я слушаю музыку с закрытыми глазами, иногда она словно рисует передо мной город с его улицами, площадями, шумной толпой, и тогда я смотрю на оркестр на скрипки, трубы, виолончели и словно вижу людей, слышу их... Мой любимый инструмент – скрипка, мне кажется, только она может передать все тонкости человеческой души, в хороших руках она – волшебная палочка, заставляющая нас плакать, смеяться испытывать страсть... Знаете, однажды к нам в Гетингемский университет приехал скрипач, и меня, в числе прочих профессоров, пригласили на частный концерт в доме нашего ректора, – мужчина замолчал, он уже не видел ни деревьев, ни зеленной травы, ни женщины рядом, – его музыка потрясла меня, это была не любовь, не описание природы, это был диалог учителя и ученика, когда истина открытая одному, открывается

218

другому. "Диалоги с Сократом», так называлось произведение, был передан трепет, знакомый людям науки, когда то, что было неясно, непонятно вот-вот приобретет форму, станет словами, когда мысль, еще не названная, еще не вылившаяся в слова, не выраженная в формуле, уже есть в голове. Рядом со скрипачом стояли Сократ и Кебет и, не замечая его, вели диалог о сути красоты, знания, любви.

Женщина внимательно слушала, она никогда не была в концертных залах, и то, что говорил мужчина, было совсем новым для нее. По сосне вниз сбежала белка, и, замерев, уставилась на них.

— Смотрите, какая любопытная. Наверное, сейчас побежит рассказывать своим подругам о нас с Вами.

Мужчина засмеялся, он вспомнил, что та же мысль пришла ему вечером, когда кот появился из-за открытой двери. Женщина была так близко, от нее шел знакомый запах лесной травы, цветов, леса, мужчина почти уже почти не сомневался, что она была с ним эти две ночи. Женщина наклонилась и сорвала несколько ягод земляники:

— Это Вам. За рассказ о музыке. Скоро весь лес будет в ягодах... Смотрите, нет, сюда! — Справа в метрах десяти стоял олень, за ним еще несколько, — Идемте, они ждут, когда мы пройдем. В это время олени всегда идут к реке на водопой.

Тропинка, как и все лесные тропинки, виляла. Мужчина и женщина, не замечая, шли в ногу.

— Слышите?

— Да.

Едва заметный шум воды, прорывался сквозь гомон дневного леса.

— Вот мы и пришли. Прямо перед мужчиной открылся водопад: вода, скатываясь с уступа на уступ, с шумом разбивалась об огромный валун. Вдоль речки шла довольно широкая дорога. Женщина вскочила на лошадь:

— Поедемте. Где-то через полмили будет второй водопад. Там мы остановимся и напоим лошадей.

— Когда я была маленькой девочкой, я часто брала лошадь и приезжала на этот луг. Он был мой, никого рядом только я и он. Я скидывала с себя одежду и окуналась в воду. Никто не знал об этом месте, даже мой папа. Луг я нашла случайно, я шла за оленем, он привел меня сюда, а потом скрылся вон там, в лесочке. — Женщина повернулась на спину, и, прикусив стебелек травы, продолжила: — Согревшись, я ложилась на спину и смотрела на небо, на тучи, как они плывут надо мной, все они были разные, одни представлялись мне домом, другие огромной собакой, или человеком, некоторые замечали меня и приветствовали, но для большинства я была слишком маленькая, чтобы разглядеть с высоты.

– А откуда Вы знаете?

– Потому что я сама иногда была такой тучкой. Я плыла высоко над землей: все было расчерчено на квадратики, прямоугольники, полянки казались лужицами над морем леса. Иногда я брала увеличительное стекло и видела ручеек, эту поляну, себя, лежащую на спине. Я могла часами лежать на траве и путешествовать вместе с облаками. Когда мне надоедало, собирала одуванчики и делала из них венок. Одевала его на голову и шла собирать на опушке землянику. Иногда на меня находило, я делала из одуванчиков поясок, прицепляла к нему цветы, так что получалась юбка, вдевала в волосы цветы, делала браслеты из цветов на ногах и руках, венчала себя венком и танцевала. Мне казалось, что так должны выглядеть арабские красавицы, я о них читала в "Сказках 1001 ночь". – Женщина задумалась, – о любви я узнала из этой книжки. Когда папа увидел ее у меня, он очень рассердился, я никогда не видела его таким недовольным. Но это только подогрело мой интерес к этой книге, я нашла ее, и читала уже украдкой, здесь на поляне. Конечно, многое, мне было непонятно, загадочно, но именно это и привлекало меня к ней. – Женщина задумалась, – Наверное, о любви Вы узнали из учебников по анатомии?

Мужчина улыбнулся, в вопросе женщины не было издевки или насмешки, а было любопытство той маленькой девочки, что когда-то голенькой бегала по этой полянке.

– Нет, для этого есть другие учителя.

Женщина смутилась, быстро встала и пошла к реке.

– Можете искупаться, если хотите. Я не буду смотреть, – крикнул вдогонку мужчина. Женщина не ответила.

Мужчина лег на спину. Над ними плыли облака. Белые кучи были разной формы, но ни одна из них не напоминала тех, о которых рассказала женщина. Мужчина закрыл глаза и попытался представить себя тучей, но ничего не получилось. Он взял травинку в рот и надкусил, она оказалась горьковатой. Тучи упорно не хотели превращаться в животных, дома, фрукты, они были просто облаками пара. "Неужели, чтобы увидеть все это, нужно раздеться догола, окунуться в реке, сделать себе венок и набедренную повязку... Нет, это уж слишком".

Мужчина встал и пошел к реке, женщина сидела на огромном валуне, обтекаемым водой, рядом лежало несколько венков.

– Хорошо, что Вы пришли, это Вам, – Женщина протянула венок мужчине, он перебрался к ней на валун и одел его себе на голову. Женщина одела другой:

– Теперь каждый из нас должен взять по венку и бросить в воду, тогда мы никогда не забудем это место. – Она взяла венок и бросила в воду, мужчина сделал то же самое. Мужчина и женщина смотрят на речушку: вода в речке журчит, через гладкие отполированные временем камни потоки то узкими, то широкие плоскостями падают вниз. Ствол дерева у валуна создает противотечение, которое смешиваясь с основным с пеной срывается вниз.

– Вы все таки решили не купаться?

Женщина не отвечает. Мужчина вдруг понимает от чего. Ему вдруг так захотелось обнять ее, поцеловать в губы, ощутить упругость ее гибкого тела, увидеть ее глаза, и он знал, что может это сделать, но именно поэтому и не мог.

– Несколько лет я училась в школе-интернате для девочек в Вроцлаве, вы проезжали его, и очень тосковала по своему дому, родителям, особенно по этому месту. Вот тогда я и полюбила эту поляну, наверное, надо потерять, чтобы полюбить. Вы так не думаете, правда?

Мужчина посмотрел на небо, прямо на него смотрел слон, его хобот был неестественно длинный, но все равно это был слон, он подмигнул ему и стал расплываться, пока не превратился в обыкновенное облако.

– Наверное, Вы правы. Но в этом нет печали, потому что любовь остается в сердце.

– Вы никогда не любили, – вздохнула женщина и легла рядом с мужчиной, между ними было не больше ладони и оба чувствовали это.

Мужчина повернулся к женщине, его глаза уперлись в ее:

– Мой отец был священником и очень любил музыку Баха, и еще он любил звезды, мы с ним забирались на крышу дома и долго смотрели на небо. Он мне рассказывал о звездах, планетах, но знал немного. Когда мне было семь, мы переехали в город, отец хотел, чтобы я получил хорошее образование и стал учителем, он не хотел, чтобы я стал, как и он, священником. В доме у нас была мастерская, кузнечный горн и стеклодувная. Он научил меня делать мебель, выдувать красивые стеклянные кувшины, я мог подковать лошадь, заточить плуг, но больше всего меня интересовали книги, задачи по математике. В 10 лет я познакомился с геометрией Эвклида и она, и еще "Диалоги о двух Мирах" Галилео Галилея определили мою жизнь. Когда я уже учился в университете, отец сказал мне: "Запомни, сынок, музыка – начало всего, она во всем, что окружает нас". До сегодняшнего дня я находил музыку в звездах, в законах физики, геометрических построениях. Сегодня музыка открылась мне в шуме воды, в дуновении ветерка, в запахе сирени в моей комнате, я увидел ее в цветах у дороги, в настороженном взгляде оленя, в шебушной белке, в сетях, которые мы тянули вчера с Вами, я понял, что музыка есть во всем, в венках плывущих вниз по течению, даже вот в этом валуне, надо только прислушаться. Где есть Божественное присутствие – есть музыка.

– А Божественное присутствие, красота есть во всем, так говорил мой папа, потому что без него нет жизни, нет любви. Извините, я Вас перебила.

Мужчина лег на спину, солнечные лучи, проникающие сквозь листву деревьев играли в пятнашки.

– Сегодня я понял, что есть музыка человеческого голоса... его переживаний, его любви, и выражается она в песне. Что есть музыка описательная, это музыка природы, и есть музыка Б-жественных Сфер, на ней говорит с нами Всевышний. Я понял, что музыка Божественных Сфер объединяет обе, что по своей сути они, часть Божественной красоты, Божественного огня, который есть в каждом из нас.

Мужчина повернулся к женщине:

– Я не очень утомил, вас своим монологом?

– Нет. Вы не против, если я окунусь?

Мужчина чувствовал в женщине жар:

– Решили все-таки окунуться? – он ошибочно приписал жар действию Солнца.

– Да!

– Подождите, я сейчас отойду, чтобы вас не смущать.

Женщина, ничего не сказав, спрыгнула прямо в воду. Течение подхватило ее и понесло вниз. В метрах 50 речка разлилась мелководьем и женщина встала.

Мужчина осторожно спустился с валуна. Течение подхватило и его в свои холодные объятиями.

– Не переживайте, высохнем! – В капельках на ресницах у женщины был смех, – Сейчас я приготовлю поесть, мы поедим, пройдемся вдоль речки и вернемся. Мне в саду надо подрезать ветки, а Вы сможете поработать.

Мужчина, сидел на траве и смотрел на воду. Во всем кроме реки, было внутреннее спокойствие, только она бурлила, бежала, чтобы слиться с еще большей рекой и вместе с ней впасть в океан.

Закуковала кукушка, к ней присоединился дятел, высоко в небе парил Орел. Какая-то совсем новая, непонятная жизнь просыпалась в мужчине, он знал об этом, только что она несет с собой, он не знал.

Дорога назад показалась короткой. Росиянт, видно нагулявшись, вел себя спокойно, не подмигивал, не мотал головой, он был задумчив, как и его хозяин. Быстро перекусив, женщина ушла в сад, а мужчина достал бумаги и стал их проглядывать. Мысли, совсем не связанные с содержанием бумаг, бродили в голове. Неожиданно они убрались, и перед мужчиной появилась формула, которую он уже в течение многих месяцев искал. Она была до того простая, что казалась ее легко запомнить, но мужчина знал, что этому чувству доверять нельзя и аккуратно записал в свою тетрадь. Еще минут двадцать он писал, обмакивая гусиное перо в чернильницу. "Ну все, кажется, поймал быка за рога!". На душе была пустота, возбуждение ушло с последней строчкой в тетради. Мужчина сложил тетрадь, чернильницу и перо в сумку и вышел на улицу. Женщина заканчивала подстригать кусты.

– Давайте, я Вам помогу.

– Хорошо! Вот Вам грабли, собирайте листья ветки в кучу, мы потом отнесем все в яму для компоста. Посмотрите, – женщина показала рукой на горизонт, – ночью будет дождь, это хорошо, пора бы уже ему быть.

Мужчина с женщиной работали споро, как отлаженный механизм. Скоро все ветки были отнесены в компостную яму, огород полит. Вечер наступил быстро. Мужчина и женщина выпили глинтвейна, пожелали друг другу спокойной ночи и пошли спать, оба устали от длинного дня.

Мужчина закрыл дверь на защелку, окно на засов, так что нахальная ветка сирени уже не могла заглянуть в окно. "Завтра поеду, чего бы мне этого не стоило", засыпая решил мужчина, он был уверен, что ночью к нему точно никто не придет и ошибся. Женщина пришла совсем неслышно и тихонько легла рядом. Мужчина знал, что она лежит рядом, но вида не подавал. "Я знаю, что ты не спишь", – горячая рука коснулась его плеча. Мужчина повернулся и голова женщины опустилась на его грудь. "Как громко бьется твое сердце". Мужчина чувствовал, как тепло женского тела перетекает в его, два раскаленных шарика на его груди пылали жаром, он приподнял женщину, два зрачка через щели век смотрели на него, веки закрылись, и весь мир ушел вместе с ними.

Мужчина проснулся рано, никого рядом не было, привычно несмятая подушка и разглаженная простынь. За окном светало. Он встал: окно закрыто, дверь тоже, только запахи травы, леса, цветов, говорили, что здесь кто-то был. Мужчина распахнул окно, и свежий ветер вынес лесные запахи, заменив его запахом сирени. Дождь кончился. Мужчина оделся и вышел на улицу. Прогулявшись по двору, он присел на крылечко и незаметно заснул. Проснулся от знакомого касания руки:

— Просыпайтесь и идемте завтракать, сегодня у меня пахота. Прошел дождь, самое время.

Мужчина встал и, потянувшись, удивленно уставился на женщину:

— Как же вы сама справитесь?

— Почему одна, — удивилась женщина, скоро придут два моих брата, мы с ними всю работу и сделаем. Правда нас всего трое, но справимся как-нибудь. А Вы сегодня поедите?

— Да, уж больно хорошо мне у вас здесь.

Женщина ничего не ответила, только грустно улыбнулась:

— Раз надо, так надо. Езжайте.

Мужчина пошел в конюшню договариваться с Россиантом.

*   *   *

— Значит, ты решил ехать, — конь недовольно крутил хвостом.

— Да!

— И это несмотря на два дня, и три ночи которые она тебе подарила.

— А про ночи ты откуда знаешь?

— Знаю.

— Так приснилось мне все, я сегодня проверил: двери закрыты, окно тоже, не могла она ко мне прийти.

— А ты дымоход проверял?

Мужчина на секунду задумался:

— Да нет в комнате никакого камина. Говорю тебе, приснилось.

Мужчина встал с колоды и взял с крюка уздечку.

Конь покорно наклонил голову, и тихо, едва шевеля губами, сказал:

— А ты подумал, каково ей сегодня будет вспахать и засеять поле за садом. В прошлом году она три дня отлеживалась.

— А ты откуда знаешь? — мужчина отпустил уздечку.

— Откуда, откуда? Да вот она сказала, и конь показал головой в сторону кобылы. Та в смущении присела в реверансе.

— Ладно, постанусь. Но только завтра точно уедем.

— Это мы уж посмотрим завтра, — весело заржал конь, от его унылости не осталось и следа.

— Ну что, уговорили Росианта? — тусклым голосом спросила женщина.

— Мы с ним решили остаться еще на день, чтобы помочь Вам посеять пшеницу.

— Да, на самом деле?! — в глазах женщины была радость.

— Ну конечно, надо же отплатить Вам за наше присутствие.

— Вы уже достаточно отплатили, — женщина покраснела и вдруг засмеялась. Она смеялась и не могла остановиться.

Мужчина оторопело стоял, не понимая причины смеха. Наконец женщина успокоилась.

— Садитесь есть, через 15 минут придут мои братья старший Марек и младший Кщишек, они не любят ждать.

На столе уже стояла рыба, молоко, хлеб, масло. Два граненных стакана, наполненные кефиром стояли у тарелок с молодой картошкой, обильно политой маслом и посыпанной чесночком и укропом. Мужчин и женщина сели за стол и, не гляди друг на друга, принялись за еду.

Ровно через 15 минут раздался стук в дверь, и вошли два мужика. Они были оба высокого роста, жилистые, с желтыми волосами, в них чувствовалась та крестьянская выносливость, которой явно не было в их сестре.

Женщина представила мужчину братьям и сразу добавила:

— Он будет нам помогать.

— Это хорошо, — сказал старший, — а то в прошлый раз так наломались, что потом неделю спина отходила.

— Я вижу, мужик твой не слабак, так что в этот раз полегче будет, — добавил второй брат, и, взяв старшего за локоть, сказал, — идем, Марек, мы же знаем где что находиться.

* * *

За первую половину дня вспахали три четверти поля, потом отдохнули в тенечке, и приступили к оставшейся четверти. Обязанности были распределены просто, пахали в три плуга, женщина поила и кормила лошадей, готовила зерно для посева. Никаких сантиментов, тяжелый изнурительный труд. Мужчина, как ни старался, вспахал вдвое меньше, но это обстоятельство никак не волновало братьев, наоборот они только поддерживали его и подшучивали, как им казалось, безобидно, над сестрой и ее мужчиной. К четырем часам самая тяжелая часть работы была сделана, и мужчины приступили к посеву. К семи вечера вся работа была завершена, плуги почищены, смазаны и спрятаны до следующего года, изнуренные кони поставлены в стойла.

— Ну что, идем на речку, искупнемся маленько и за стол, так профессор? — сказал старший брат и ткнул мужчину в плечо.

225

Мужчина не обиделся на такое проявление дружелюбия, в этом было признание равенства.

Ужин прошел быстро, братья торопились домой, завтра с утра им предстояло работа на своих полях.

Когда дверь за братьями закрылась и возбуждение, связанное с работой, ушло, оба, и мужчина и женщина, почувствовали сильнейшую усталость, хотелось лечь и закрыть глаза.

– Надо прибрать со стола и помыть посуду, – женщина улыбнулась и, с усилием встав, стала собирать посуду.

Мужчина вдруг увидел, что женщина не так уж молода, что ей за тридцать, об этом говорили морщинки у глаз, чуть заметная линия на шее. Он встал и стал ей помогать. Когда все было прибрано, женщина грустно улыбнулась:

– Завтра, значит поедете.

Мужчина ничего не ответил.

– Спокойной ночи.

– Спокойной ночи.

Мужчина сидел на кровати, дверь была открыта, окно распахнуто. Он достал из сумки тетрадь, буквы расплывались: "Ладно, завтра, допишу".

*   *   *

Первое, что мужчина почувствовал, открыв глаза, руку на своей груди. Он повернул голову, на его плече спала женщина, она улыбалась. Почувствовав взгляд, женщина, не открывая глаз, провела рукой, по его лицу и, прижавшись к нему всем своим телом, опять погрузилась в крепкий сон. Мужчина лежал на спине и думал о том, сколько человек должен увидеть в своей жизни, узнать, чтобы написать книгу. Не так уж много: узнать любовь женщины, провести наедине со звездами ночь в горах, насладиться дружеской беседой, поработать в поле и собрать урожай, взять в руки от повитухи дочь и передать любимой женщине, посидеть с сыном у речки с удочкой, увидеть, как поплавок, наклонившись, уходит в глубину, и все это ему еще предстоит узнать, чтобы написать книгу своей жизни.

*   *   *

Тина зашла в кабинет Исаака. Он на клавиатуре печатал решение задачи для одного из своих студентов.

226

– А, Тина, – Исаак оторвался от компьютера, и повернулся к ней.

– Папа, скажи, все в жизни зависит от женщины?

Брови Исаака сошлись к переносице:

– Что ты имеешь в виду?

– В отношениях между мужчиной и женщиной, кто делает первый шаг и принимает решение, он или она?

– Исаак испуганно посмотрел на дочку:

– У тебя какие-то неприятности?

Тина, вытаршив зеленые глаза, уставилась на Исаака.

– Ну... Это... Ну... – он не мого подобрать нужных слов.

– А, это, – Тина засмеялась, – не волнуйся, папа, у меня парня нет. Я спросила из чисто теоретических соображений, чтобы быть подготовленной.

Исаак успокоился:

– Вообще-то предложение всегда делает мужчина. Так, по крайней мере, было в мое время.

– А женщина отклоняет предложение или принимает. Так, Исаак?

– Вообще-то так. "Мужчина находит, а женщина выбирает" – говорила моя бабушка. Но, если честно, так было до середины 20 века, когда считалось, что девушка, выходящая замуж, должна быть... ну это...

– Девственницей, – подсказала Тина.

– Да девственницей. – Но сейчас это не актуально. Люди, как правило, живут вместе несколько лет до того как жениться. Что касается твоего вопроса... Женщина всегда чувствует, когда мужчина собирается ей сделать предложение, и, если она хочет этого, она поможет ему, а если нет, мягко, не обижая, объяснит, что делать ей предложение не нужно.

В глазах Тины зажегся огонек:

– А у вас как с мамой как было?

Исаак засмеялся:

– Как было, так и было... Я нашел, мама согласилась.

– А она тебе помогла?

– Много будешь знать, быстро состаришься. Помогла.

Тина удовлетворено хмыкнула и убежала.

Сказочник Михаэль и Элли

Михаэль

В одном царстве, в одном государстве, не помню уж точно в каком, жил сказочник. Был сказочник очень добрым человеком и совсем не старым, звали его Михаэль. Когда-то давно, когда был он еще Ученым-Философом, захотел Михаэль мир изменить: научить людей доброте, терпимости, любви друг другу, чтобы все вокруг стало гармоничным, как в прекрасных книгах, которые он прочел. Стал он с людьми говорить, но не слушали его люди: одни не хотели, другим некогда было, третьи вроде и слушали с интересом, но ничего в своей жизни не меняли.

И решил тогда Добрый Сказочник, говорить не со взрослыми, а с детьми. Знал он о свойстве детской памяти: многие вещи запоминать сразу, без обдумывания. Свойство это ученые-биологи знали давно и назвали его "Imprinting" – запечатление. Много книг об Imprinting они написали, но кто же кроме самих ученых их книги читает!

Начал он рассказывать детям свои удивительные сказки. Были это не просто сказки, в каждой иносказательно объяснялось, что есть Добро, и что есть Зло, в каждой был урок: как должен вести себя честный и порядочный человек. Потому в мире войны происходят и несчастья случаются, что взрослые часто путают Добро со Злом и Зло с Добром. Михаэль надеялся, что когда дети вырастут, они станут они жить и поступать по совести, не делать людям того, что не хотели, чтобы делали им, и мир тогда станет Прекрасным и Гармоничным.

Богатые родители платили Михаэлю большие деньги, чтобы научил он их детей добру и любви, ведь каждый хочет от своих детей послушание и благодарность иметь. Но Михаэль не делал различий между богатыми и бедными, в каждый дом, где были дети, где ему были рады, заходил он, и, если родителям нечем было отблагодарить Михаэля за сказки, не обижался, наоборот, с радостью делился всем, что у него было. Ведь главным в его жизни была любовь к детям и мечта сделать Мир краше, добрее.

Многие пытались повторить Михаэля, записывали за ним сказки и даже издавали книжки. Но ничего у них не выходило. А дело в том было, что люди с возрастом утрачивают способность воспринимать тот особый детский язык, на котором рассказывал свои сказки Сказочник Михаэль, и, когда они читали сказку Михаэля ребенку, он ничего особенного в ней не находили. Но стоило ту же сказку начать рассказывать Михаэлю, как все вокруг наполнялось Волшебным Светом, они ничего не боялись и словно сами становились героями этого чарующего и удивительного сказочного мира. А все потому что у Михаэля была особенная Добрая Душа, которая чувствовала какую именно сказку хочет услышать от него ребенок. Кроме того, он очень любил своих маленьких доверчивых слушателей.

Вот так и странствовал Сказочник Михаэль по свету, всегда появляясь там, где был больше всего нужен. За тысячу миль душа Михаэля могла почувствовала, где Хаос, Непорядок, где люди больше всего нуждаются в его сказках, и он спешил туда, чтобы успокоить, принести людям Свет и Гармонию. Всегда шел Михаэль туда, куда звало его доброе сердце и тонкая душа.

Элли

А в это время в другом тридевятом царстве, в тридевятом государстве, тоже не помню в каком, жила-была женщина, и звали ее Элли. Когда-то была она принцессой, очень красивой и жизнерадостной, помогала людям, очень любила животных. Все подданные души в ней не чаяли, потому что она совсем не гордилась своим высоким происхождением, всегда была приветлива и проста с ними.

Но злым духам не нравилась доброта Элли, не нравилось ее чуткое ко всему сердце, и решили они заколдовать Элли в день ее рождения.

И вот, должен был наступить день, который в королевстве все очень любили, день рождения принцессы Элли. В этот день никто не работал, все пили вино за здоровье принцессы, потому что отмечался он в королевстве, как самый большой праздник.

В день своего рождения проснулась Элли рано-рано, когда только солнышко встало. Смотрит, перед ней на столике хрустальная ваза в виде дерева стоит, а на нем золотыми буквами написано "С Днем Рождения тебя Дочка, твой Папа-Король". Наполнилось сердце Элли радостью: все, кого она любила, должны были собраться в полдень во дворце и поздравить ее с двадцатилетием. Вскочила принцесса с кровати, накинула халатик и, по обыкновению своему, в сад побежала: розы проведать, которые сама, своими маленькими ручками посадила. Но только коснулись солнечные лучи ее тела, как жгучая боль пронзила его. Испугалась принцесса и в дом побежала. Только входную дверь открыла, навстречу ей папа-король. Бросилась она к нему, но только обнял он ее, как потеряла принцесса сознание.

"Наградили" злые духи Элли сверхчувствительностью ко всему что любила она, что наполняло ее жизнь радостью и любовью. Только выйдет Элли на солнце – жгучая боль все тело пронзает, только наклонится к цветку – голова от запаха кружится, а если кто коснется ее, или, не дай бог, толкнет – сознание теряет.

Стала Элли сторонится друзей своих, не могла она, как прежде, с подругами в лес ходить, танцевальные вечера устраивать, в спортзале заниматься, ухаживать в саду за любимыми цветами. Люди в королевстве недоумевать начали: что случилось с принцессой, почему в гости не приходит, слово приветливое не говорит, на расстоянии всех держит. Но разве всем расскажешь?! И стали называть люди Элли Хрустальной Принцессой или Принцесой-Недотрогой.

Целыми днями сидела Принцесса в своем дворце, только в сумерках, когда солнце пряталось за горизонт, выходила погулять в сад. Печальна была жизнь Элли. Ушла радость из маленького королевства. Всем во дворце было тяжело. Но тяжелее всего было Королю, не мог видеть он глаз своей дочери, была в них только боль и недоумение. Безумно любил Отец-Король свою дочь, страстно желал, он увидеть снова ее здоровой и веселой как раньше. Хотел он, чтобы вышла она замуж за принца из соседнего государства и родила ему много маленьких внучат. Он даже втайне от Эли купил ей у заморских купцов сказочной красоты свадебное платье. Каких только докторов не звал он во дворец, какие только целители не приезжали со всех четырех сторон света, никто не знал, как вылечить принцессу. И вот однажды во дворец пришел Умный Знахарь, он жил неподалеку, в соседнем городке. Рассказал знахарь, что видел сон, в котором было сказано, что Элли не просто больна, а заколдована, поэтому врачи помочь ей и не могут. Сел король на трон свой, обхватил голову руками и заплакал. "Не плачь, Король, – сказал Знахарь, – сказано мне было во сне, что расколдовать твою Элли может Добрый Сказочник Михаэль". Вскочил король: "Где, где мне найти, Михаэля? Скажи, Знахарь. Отправлю я к нему своих послов с самыми дорогими подарками, только скажи". Потупил голову Знахарь: "Не знаю я где. Знаю, только, что сам он приходит туда, где больше всего его ждут. По зову своей души он ходит, и нужно просто ждать и надеяться".

Прошли годы... Умер старый король. Так и не дождался безутешный отец увидеть свою дочь снова здоровой. Дворец после смерти Короля отобрали за долги, ведь отец не жалел денег на лечение Элли, а слуги сами разбежались. Осталось у Элли только подвенечное платье, которое так и не пришлось ей надеть. Продала Элли платье и купила себе на вырученные деньги маленький домик на окраине города и стала в нем жить со своим голубоглазым котом Себастьяном и двумя поющими желтыми канарейками – Альтушей и Певунчиком. Звали их так потому что они были мальчиками, девочки-канарейки петь не умеют. По утрам своим звонким пением птички будили Элли, а ночью кот Себастьян убаюкивал ее мурлыканьем.

Долгими зимними вечерами, когда только свет Луны освещал ее скромное жилище, кот сворачивался клубочком на ее коленях и сладко посапывал. Элли гладила его шелковую мягкую шерстку и тихо плакала: "Ну когда же появится Михаэль?", – спрашивала она Себастьяна. Кот в ответ жмурил свои голубые глаза и мяукал сквозь сон: «Не-зна-ю. Мяу».

Так и жила Элли без дворца, без отца, без денег, без слуг. Только верная и преданная Олли, ее подруга детства, не покинула ее. Олли часто навещала Элли, утешала, помогала, чем могла. Она уверяла, что, как и предсказал умный знахарь, Михаэль сам найдет и расколдует ее. С каждым годом Элли становилось все хуже и хуже и вскоре она совсем перестала выходить из дома. А Михаэль все не приходил. Олли навещала Элли почти каждый день, заботилась о ней, но она всегда спешила. В молодости Олли вышла замуж за Маркиза и жила в его замке в соседнем городе. Маркиз был, в общем-то, добрым человеком, очень любил свою жену и хотел, чтобы Олли проводила время только с ним, а не тратила еще и на Элли.

Олли любила Элли, жалела, не хотела оставлять ее одну, каждую свободную минуту она забегала к ней узнать, как дела, помочь и поддержать ее, но всегда спешила к своему Маркизу. Иногда Олли привозила Элли в замок погостить, погулять в чудесном саду. И тогда Элли вспоминала свою прежнюю жизнь у отца во Дворце и тихонько, втайне от Олли, горько плакала.

Элли и Михаэль

И вот однажды, как раз когда Олли навещала Элли, из окна донесся голос соседней девочки: "К нам город приехал сказочник!". Сердце Элли забилось от волнения и предчувствия: "Неужели это сказочник Михаэль?» – растерянно спросила она Олли.

Да, это был Михаэль. В городе творилось что-то невероятное, все радовались его приезду и приглашали в гости, чтобы он рассказал сказки детям. Михаэль заходил во все дома, где были дети и в каждом рассказывал свои чудесные сказки, никому не отказывал.

И произошло, как и всегда, чудо. Наслушавшись сказок Михаэля, дети начали хорошо учиться, перестали ссориться и драться друг с другом, стали внимательными к своим родителям. А глядя на них, и взрослые тоже изменились, перестали обижать друг друга, нервничать, начали договариваться, делать так, чтобы в доме, на работе, в семье было тепло и радостно. В город вошла Любовь и Гармония.

Только Элли была по-прежнему печальна. Михаэль не заходил в ее дом. И тогда верная Олли решила разыскать умного Знахаря и спросить его совета. Долго она его искала, наконец, нашла, в маленьком домике, на самом краю города. Знахарь был уже очень старым, но память у него была хорошая. "Да, да, – сказал он, – помню, я несчастную принцессу, помню свое предсказание. Не заходит Михаэль к принцессе Элли, потому что сказки он свои рассказывает только детям, взрослым не дано понимать их язык. Но ты не печалься, добрая Олли, помогу я твоей подруге", – сказал Знахарь и пошел в каморку. Долго его не было, Оли уже волноваться начала. Наконец он появился: "Вот нашел, – протянул он Элли бутылочку, – долго я ее искал. Это зелье на три дня и три ночи сделает принцессу Элли маленькой девочкой". Обняла Олли старого знахаря и побежала к Элли.

Одним глотком выпила снодобье Элли, так она хотела снова стать здоровой. И стала Элли маленькой кудрявой девочкой, от болезни у нее остались только огромные и печальные глаза. Позвала Олли Михаэля в дом к Элли, и пришел он и стал рассказывать сказки. Три дня и три ночи рассказывал, и так устал, что незаметно для себя уснул. А когда проснулся, обнаружил, что напротив него в кресле сидит невероятной красоты девушка и ему улыбается. Испугался Сказочник, даже глаза закрыл.

– Не бойся Михаэль, это я Элли, маленькая девочка, которой ты три дня и три ночи рассказывал свои чудесные сказки.

Открыл глаза сказочник и действительно, глаза у девушки как у маленькой Элли, которой он сказки рассказывал, только нет в них того страха, той боли, что поразили его, когда он переступил порог дома, только тень от них осталась. "Может сон это" – подумал Михаэль и опять глаза закрыл. Коснулись глаз его нежные губы, сначала левого, потом правого и понял он, что не сон это вовсе.

– Как долго я тебя искал, Элли – Прошептал Михаэль.

– Как долго я ждала тебя Михаэль – ответила ему Элли.

Взяла Элли руку Михаэля, приложила к своей горячей груди, «неужели и в мою жизнь сказка пришла» подумал Сказочник... и остановилось время для Михаэля и Элли.

У Времени есть странная особенность в радости и несчастье растягиваться, длясь долго почти бесконечно. Когда говорят, что с любимым время летит, это не совсем так, просто мы ощущаем его ткань, его структуру, его конечность, ведь так много нам удается узнать, почувствовать, осознать, что этих часов часто хватает нам на всю долгую жизнь.

– Значит, ты та самая Элли, которой я рассказывал сказки, не ее старшая сестра?

– Нет, я не сестра Элли, я Элли, маленькая девочка и жду твоих сказок Михаэль.

– Но взрослые не могут понимать моих сказок.

– А ты попробуй – улыбнулась Элли, и вдруг, неожиданно для себя, стала рассказывать Михаэлю все, что с ней случилось: про жизнь во дворце, про колдовство и проклятие, про смерть короля-отца, про одинокую жизнь в домике, про верную подругу Олли, про знахаря и его предсказание, про зелье, которое он ей дал, чтобы на три дня и три ночи она стала маленькой девочкой, потому что иначе упрямый Сказочник Михаэль не пришел бы к ней, рассказала, что она почти вылечилась, и яркое солнце уже не вызывает у нее такой сильной боли, и что пусть простит ей Михаэль, что держала его в полутьме, и сейчас еще окна занавешены.

Все понял Михаэль, и стал рассказывать Элли особые сказки, Кабаллистические, ведь был он когда-то Ученым-Философом. Голос Михаэля и свет, исходивший от него, наполняли тело Элли радостью и спокойствием, она чувствовала, как постепенно, с каждой новой сказкой Михаэля, злые чары уходят, что болезнь отступает, что яркое полуденное солнце уже не вызывает в ее теле нестерпимой боли. Прошел час, другой, третий, пятый и вдруг Элли ощутила давно забытую радость от прикосновения солнечного луча, тело ее затрепетало от радости: "Значит, я опять смогу радоваться ясному небу, утреннему солнцу, смогу гулять по лесу, ходить с Олли на речку купаться и загорать до черноты". И сердце ее наполнилось благодарностью к этому еще не старому человеку, которого она за три дня успела полюбить. А Михаэль все рассказывал и рассказывал свои удивительные сказки.

Вот и ночь наступила. Сидит Принцесса в кресле и смотрит на Сказочника Михаэля: руки Михаэля на его коленях лежат, голова на грудь опущена, глаза закрыты. Устал Михаэль очень. Стали бить часы 11 вечера. Поднял Михаэль глаза, посмотрел вначале на свечи, потом на часы.

233

– Не покидай меня, Михаэль, – сказала Элли, я так долго ждала тебя. Я влюбилась в тебе еще маленькой девочкой, когда тебя привела Олли, а сейчас я люблю тебя как твоя женщина, как твоя жена.

Улыбнулся Михаэль. Заполнила его душа всю комнату и стало в ней светло и уютно, как только в детстве бывает.

– А как же остальные дети, ведь в мире еще много зла, много ненависти, и если я останусь с тобой, кто поможет им?

Ничего не сказала Элли. Встала и пошла в другую комнату.

Грустно было Михаэлю, вот уже более 30 лет он странствовал по миру, нигде у него не было дома, везде он чувствовал себя гостем, и вот появился дом, в котором он хотел бы остаться, чтобы уже никогда не идти в дождь и снег, в жару и холод из одного города в другой. Вздохнул Михаэль: вот окно, через которое солнечный свет будил бы его по утрам, вот стол, за которым он писал бы свои сказки, кровать, на которой он ночью спал бы с Элли, вот кресло, в котором он сидел бы по вечерам у камина и, слушая игру Элли на клавесине, обдумывал сюжеты новых сказок. Он увидел себя окруженным детьми, своими детьми, детьми рожденными его любовью и любовью Элли. Но знал Михаэль, что это только сказка, что жизнь его до конца дней ходить из дома в дом, из города в город, из страны в страну, чтобы предупреждать войны, развеивать ненависть и злобу, чтобы через сто лет в мире наступила гармония любви и добра. Улыбнулся Михаэль: видел он десяки, сотни сказочников, которые ходят из дома в дом из города в город из страны в страну и рассказывают его сказки и рассказывают свои сказки. "Нет, он не может остаться с Элли, как бы он ее не любил, как бы она не любила его". Встряхнул Сказочник головой, сбросил с себя остатки сомнений, повернулся к двери и обомлел: в дверях стояла Элли и улыбалась. На ней был дорожный плащ, в руке она держала клетку с канарейками Альтушей и Певунчиком, на плече висела сумка, из которой выглядывала толстая тетрадь, у ног стоял чемодан, рядом сидел кот Себастьян и настороженно смотрел на Сказочника.

– Нам нужно попращаться с Олли, – сказала она.

Михаэль покачал головой:

– Поздно, Олли уже спит.

– Как же нам быть? – расстроилась Элли.

– Ну что ж, придется подождать до утра, – шутливым тоном сказал Михаэль и неожиданно рассмеялся своей догадке, – не волнуйся, как только встанет солнце, Олли сама прибежит сюда, чтобы полюбопытствовать, как у нас с тобой обстоят дела.

"Ой!" – вскрикнула Элли. Побелело ее лицо от ужаса, увидела она себя глазами Олли. "Что же я скажу... как объясню..." зарделась бедняжка, не знает что делать, куда бежать, поставила резко клетку на пол, от чего канарейки вспорхнули с жердочек к потолку и недовольно застрекотали. Посмотрела Элли на удивленное лицо Михаэля, и еще большее смущение ею овладело, подняла она зачем-то чемодан, подержала его на весу и на пол поставила, чуть не отдавив хвост Себастьяну. Выгнулся кот, чтобы выразить свое недовольство, но, увидев состояние хозяйки, решил не возмущаться. Опять взяла Элли в руку чемодан, Себастьян из осторожности назад отступил. Наконец, Элли поставила чемодан на пол и, показывая на сумку, смущенно сказала:

– Вот взяла тетрадь, чтобы записывать твои сказки, – и зарделась еще пуще. Михаэль, усмехнулся, подошел к Элли и помог снять дорожный плащ.

– Михаэль сидел за столом и любовался стройной фигурой Элли. Она доставала красивые тарелочки, блюдца, чашки, вазочки из шкафа и ставила на стол. На каждой вещи был королевский вензель.

– Думала продать чайный сервиз, – объясняла Элли, ставя фарфоровый чайник на стол, – но Олли отговорила. Сказала, что должна остаться хоть какая-то память о моем детстве, моем отце, и вот видишь, – Элли ласково посмотрела на Михаэля, – пригодился.

– Твоя Олли хорошая женщина. Когда она сказала, что мне нужно обязательно поговорить с одной девочкой и дело очень срочное, не терпит отлагательств, я подумал, что-то здесь не так… – Михаэль взял Элли за руку, от чего она зарделась. – Не так и получилось. А сервиз мы возьмем с собой. Хотя нет, в дороге он может разбиться, давай лучше подарим его Олли с условием, что когда мы будем заезжать к ней в гости, она всегда будет нас поить чаем из него. Хорошо?

– Хо-ро, хо-ро, хо-ро-шо – лицо Элли скривилось и она заплакала.

– Элли, Элли, что с тобой, – испугался Михаэль, – если ты не хочешь, мы оставим сервиз себе, или здесь в твоем доме.

– Нет, как раз хочу. – И Элли заплакалала еще сильнее

– Так почему ты плачешь? – Удивился Михаэль

– Потому, что я счастлива. – Элли по-детски рукавом вытерла слезы. – Я столько лет болела, столько лет ждала: вот сегодня, завтра, на этой неделе придет Сказочник Михаэль и вылечит меня. Шли месяцы, годы, я стала стареть и все же, и все же я ждала, ждала тебя..., – Элли шмыгнула носом, – и вот ты пришел, и я влюбилась в тебя. Я была маленькая девочка, а ты был большой сильный, умный и очень добрый, как мой папа. Только папа не умел рассказывать сказки, – Элли улыбнулась. – Ты сел напротив меня и сказал: "Элли, какая ты красивая девочка, но почему у тебя такие грустные глаза?". Я хотела сказать: "Потому, что я боюсь солнца". Но ты приложил палец ко рту и сказал: "Не надо отвечать, потому что сейчас я отведу тебя в одно место, где тебе не будет больно. Главное, – ты отнял палец от губ и помотал им перед моим носом, – ничего не бойся, что бы не происходило, я буду с тобой". Ты взял меня за руку, и мы стали с тобой ходить из одной сказки в другую. Одни сказки были очень страшные, и тогда я прижималась к тебе, всем своим маленьким дрожащим телом. Ты гладил меня по головке и говорил: "Запомни, страх рождает страх, зависть рождает зависть, смелость рождает смелость, мужество рождает мужество", и я успакаивалась. Другие были веселые, смешные и ты говорил, смеясь вместе со мной: "Радуйся, когда радостно, смейся, когда смеется, помни, что за всем стоят твои мысли, твои чувства, наполняй ими все, что тебя окружает, и тогда мир будет таким, каким ты хочешь, чтобы он был".

Элли замолчала.

Михаэль сидел, опустив голову. Он помнил все сказки, которые рассказал Элли, он помнил все: и как в лесу, полном диких зверей, он держал ее за руку, как успокаивал, когда в битве с драконом погиб смелый Снеголюб, как она смеялась над недотепой Клашей... Михаэль помнил всех детей, которым рассказывал сказки, их лица, походку, помнил их страхи, их радости, помнил тысячи, десятки тысяч путешествий в мир сказок. Но что он никак не мог понять, почему Элли все запомнила, ведь по всем законам Imprinting, ребенок не мог, не должен был запомнить действия, запечатлеваться должны были только чувства, эмоции, но никак не сами сказки. Михаэль поднял голову.

– Ты хочешь знать, почему я все запомнила?

– Да.

– Зелье, которое мне дал Знахарь, было правильным, я действительно превратилась в восьмилетнюю девочку. Но поскольку я была заколдована, мое превращение было не полным, часть мой души, осталась взрослой. Во мне жила маленькая девочка и больная душа взрослого человека. Во время нашего путешествия девочка чувствовала все, как и должна была чувствовать девочка. А больная душа... больная душа стояла рядом и радовалась за нее, боялась за нее, как и твоя, Михаэль. – Элли сделала паузу. Михаэль кивнул. – Но между нами была разница, Когда Элли-Девочка прижималась к тебе, я чувствовала тебя и как Элли-Девочка и как Элли-Женщина. Чувствовала твою доброту, ласку, мудрость, поддержку, чувствовала твою скрытую страсть. Все три дня, что ты рассказывал сказки, я чувствовала себя и маленькой девочкой и взрослой женщиной, и что было сильнее, я не могу сказать. Ты не знал этого потому, что я не хотела выдавать себя. Первая сказка была про полярного медведя.

– Как он спас глупого охотника. Ты очень смеялась.

– Да, Михаэль. Но моей больной душе было так плохо... Солнце палило нещадно, мне казалось, что я сейчас умру. Я сказала себе: "Ты не можешь умереть, потому что с тобой твоя маленькая Элли и Михаэль", – и я не умерла. Это был мой первый урок, моя первая победа. С каждой новой сказкой, моя взрослая душа все больше и больше освобождалась от боли, и на третий день она вдруг почувствовала, что ей не нужно больше бороться с болью и стала наслаждаться общением с твоей. Три дня и три ночи ты неутомимо водил меня из одной сказки в другую. И когда ты под конец в изнеможении уснул, меня стала переполнять благодарность к тебе. Я не знала, что делать, как мне быть, ведь когда ты разговаривал со мной, ты не знал, сколько мне на самом деле лет. Я боялась прикоснуться к тебе, ведь это могло обидеть, оскорбить тебя. Мне было так тяжело. Я взяла зеркало и от неожиданности бросила его на пол. Из него на меня смотрела я, когда мне только должно было исполниться 20 лет. – Элли остановилась, Михаэль напряженно ждал. – В день моего двадцатилетия злые духи заколдовали меня. Ты не только вылечил меня, Михаэль, ты вернул мне молодость, возможность любить и быть любимой. Я не могла тебя не отблагодарить, мне так хотелось отдать себя тебе, что я не удержалась...

Элли замолчала.

– Ну и правильно сделала.

– Правда, да? Ты так действительно считаешь?

Михаэль взял руки Элли и, приложив к своей груди, сказал:

– Элли, девочка моя, я всю жизнь ограждал себя от любви. Я не позволял людям любить себя. И сейчас я понял, что это было неправильно.

– Нет, правильно! – Глаза Элл сверкнули, – Иначе ты бы не достался мне.

Михаэль улыбнулся. Он отнял руки Элли от своей груди и весело сказал:

– А тетрадку ты зря решила с собой взять. Сколько людей за мной сказки записывали и ничего из этого не вышло. К словам еще и душу надо прикладывать, и мужество иметь, и силу.

– А ты думаешь, – в глазах Элли было пламя, – всего этого у меня нет?

Михаэль отвернулся, впервые за много-много лет у него навернулись слезы на глазах.

Тридцать лет путешествовал Сказочник Михаэль и всюду была с ним Элли, был кот Себастьян и две канарейки Альтуша и Певунчик. За эти годы родилось у Михаэля и Элли пять детей: три мальчика и две девочки. Девочки вышли замуж, а мальчики стали, как и их отец, странствующими сказочниками. Умерли Михаэль и Элли в один день 17 октября, в день, когда Олли привела к Элли, маленькой девочке с большими грустными глазами, Сказочника Михаэля, чтобы он освободил ее от злых чар.

Сколько лет прошло, сколько воды утекло со смерти Сказочника Михаэля и его Элли, но до сих пор их читают и дети, и их родители, и даже бабушки и дедушки, и не только читают, но и становятся лучше, потому что каждая буква, каждая строчка Историй-Сказок была записана любящей рукой Элли. Но особенно взрослым нравятся 100 кабаллистическиих сказок Михаэля, потому что в них заключен Свет Любви Михаэля к его Элли, который им очень понятен.

Сказка Михаэля: Солнечный Зайчик и Кленовый Лист

Кленовому листу не повезло: родился он на свет в гуще других листьев, и солнечные лучи редко достигали его поверхности, все тепло, вся ласка их доставалась его братьям. Но если честно, он и не знал, что обделен, да и как он мог знать если никогда не получал того, что природой предназначено ему получать. Правда, быть в гуще листвы много безопаснее, поскольку не всегда же светит солнце, бывают в мире и дожди, и сильные ветры. Так и жил кленовый листик тихо спокойно, получая от дерева-матери все необходимое для жизни. Пришла осень а с ней и время сбросить клену свою одежду. И, как принято во всем растительном мире, прежде чем опасть листья желтеют, и дерево приобретает праздничный вид. Вот и наш листик пожелтел. Вначале он испугался, но потом понял, что так устроена жизнь и с этим нужно смириться. Края его опустились, и, когда он уже готов был оторваться от ветки, на него упал солнечный лучик. Солнечный луч, как и все солнечные лучи, был весел, задорен и радовался жизни.

– Почему ты такой грустный? – спросил он у кленового листа.
– А как же мне не быть грустным, если один порыв ветра и моя жизнь прекратится.

— Кто тебе сказал такую глупость? — Лучик света от негодования подпрыгнул к самой верхушке дерева, — Ты распадешься, как и все распадается в этом мире, но твоя суть, твоя душа, — лучик уселся на ветку рядом с листиком, — подымется вверх, в мир где существует только свет.

— Значит, я стану солнечным лучом как и ты, — перебил луча кленовый листик.

— Нет, у каждого своя судьба, свой путь в жизни, своя душа, — лучик был серьезен, — у тебя душа листа и она попадет в мир божественного света где обитают души растений. Там ты соединишься с ними, и все знания, которыми владеют растения, станут доступны тебе.

— Значит, значит, я узнаю как соки, которыми питала меня моя ветка, попадали к ней?

— Конечно. Ты узнаешь многое: как на ветке появляются почки, как она радуется им и как страдает, когда не может доставить вам, своим детям, достаточно питания, как радуется, когда вы становитесь большими и сами начинаете питать ее и все дерево, усваивая из воздуха углекислой газ. Узнаешь, как тяжело корням пробиваться к воде в сухих почвах, и какая это радость нести жизнь тебе, стволу, всему дереву.

— А зачем тебе все это нужно знать? Потому что придет время и ты, твоя душа вернется на Землю в виде ветки или ствола или листика.

— Значит, в следующей жизни я могу стать веткой клена, или его корнем? — опять перебил листик своего собеседника, был еще он очень молод и горяч, хотя и прожил на земле, как и все его братья, много месяцев.

— Не только клена, но и березы или осины, и даже апельсина или банана. Заранее никто не знает, кем он станет в своей следующей жизни.

— А сейчас что мне делать?

— Жить, жить и еще раз жить. Посмотри на себя в зеркало, — и лучик света спрыгнул с поверхности листа и показал на лужу.

Наш листик посмотрел в зеркало и не узнал себя. Он был красив, желтые цвета всех оттенков играли в солнечном свете. Это солнечный зайчик играл на его поверхности.

— А я тебя там увижу? — спросил листик.

— Нет.

— Почему? — расстроился листик, он же привязался к другу.

— Потому, что я ангел, а у ангелов свой мир.

239

– Значит, мы больше никогда уже не встретимся? – испугался листик.

– Обязательно встретимся, когда вернешься обратно на Землю.

Сквозь прореженную листву Листик видел солнце, озеро, корни дерева на котором он рос, видел другие деревья: одни были красные, как солнце на закате, другие желтые, как солнце в зените, и все они были разные, и во всех была любовь и было прощание и было знание, что мир не умрет с их падением, что они вернуться сюда, в разных одеяниях, и душа Листа наполнялась радостью и любовью ко всему. Солнечному зайчику было жаль расставаться с новым другом, но солнце уже звало его. На прощание он еще раз осветил своего друга и пропал. Там, на Солнце, он знал, что каждый день, пока его друг будет держаться, он будет приходить в гости к нему, и они будут играть в игру, которая называется жизнь.

Сказка Михаэля: Жизнь Лужи

Лужа знала, что существуют моря, озера, реки и даже океаны. Ей об этом рассказали капли дождя, которые падали с неба и растворялись в ней. Каждая капля несла в себе информацию о том мире, из которого она вышла, и до того, как становилась частью целого, она успевала рассказать свою историю. Следует сказать, что лужа знала не только о морях, озерах и других лужах. Через капли дождя она много знала о знойных ветрах, фронтах холодных и теплых, об облаках, обо всем, что волнует и чем живет вода. Самое счастливое время у лужи было во время сильного дождя, тогда она прямо пузырилась от счастья. Чувства и знания иногда настолько переполняли ее, что она выходила из себя, но это было очень редко. Иногда луже становилось плохо: беспощадное солнце забирало все ее силы, и она становилась совсем маленькой, плохо помнящей старушенцией. Но лужа не обижалась на солнце, она знала, что жизнь, уходящая из нее, собирается в капли, чтобы упасть где-нибудь в другом месте и рассказать о ней, о ее жизни. Так же как она через капли дождя узнала об окружающем ее мире, так и этот мир узнает через ее капли о ней. Солнце было частью системы, обеспечивающей обмен информацией, частью жизни любого водоема, большого или маленького. Конечно, была вероятность, и не совсем не маленькая, что лужа перестанет существовать, но она относилась к этому философски --- это было частью ее жизни. Зимой, когда лед сковывал ее поверхность, лужа философствовала и думала о смысле жизни, она даже пыталась сочинять стихи и музыку.

Вы не верите? Ну-ка ударьте каблуком по тонкому льду. Слышите треск, видите рисунок? Разве это не музыка, разве это не картина? Ну и что, что для вас в этом нет красоты и гармонии. Вы просто не знаете, о чем думает вода, когда подымается вверх и падает дождем. Прислушайтесь и вы услышите – я ведь слышу!

* * *

В день отъезда в Принстон Тина подошла к Исааку:
– Папа, – не подымая глаза, сказала она, – пожалуйста, не обижайся на мои слова, сказанные в прошлый четверг. Я была не права. Ты меня простишь? –она с надеждой взглянула на Исаака, и опять уставилась в пол.
Исаак повернулся к окну, чтобы совладать с глазами:
– Уже простил, – сказал он и повернулся к дочке.
– Папа, а я через два года выйду замуж, – весело сообщила Тина.
У Исаака перехватило дыхание:
– За кого, – промямлил он.
– Не знаю, – ответила Тина, – вот поеду в Принстон и узнаю.
– Что? – только и сумел проговорить Исаак.
Тина засмеялась:
– Я пошутила, – и пропела:
 "Первым делом, первым дело самолеты,
 Ну а мальчики? Ну а мальчики потом!"
Затем подскочила к оторопевшему Исааку, чмокнула его в щеку, и со словами "Папа приготовь бутерброд мне в самолет" улетела в свою комнату собирать чемодан.

* * *

– Наша школа, – с удовлетворением сказало левое верхнее ушко.
Три остальных одобрительно кивнули, и все четыре ушка принялись обсуждать какую сказку рассказать Лешке предстоящей ночью.

Часть 4. Исаак и Ирис

Профессор Такимура

Первую лекцию профессор Такимура, один из величайших ученых современности, посвятил не обзору состояния дел в физике, чего все от него ждали, а самой сути занятий наукой. Именно после этой лекции Исаак окончательно решил заняться физикой.

"В занятиях наукой, – начал лекцию Такимура, – есть два аспекта: любопытство, желание понять, разобраться в том как устроен мир, и отношения между людьми, занимающихся наукой. Что бы вы не читали в книжках, господа студенты, об ученых-отшельниках живших в бочках, в пустыне, или на необитаемых островах, – это полная ерунда! Занятие наукой не может быть плодотворным без обсуждений с коллегами".

Такимура вышел из-за кафедры и оказался лицом к лицу с аудиторией:

"Нельзя писать книгу о любви и не любить. Радость, которую получает человек, когда истина маленькая или большая открывается перед ним, должна быть разделена. Иначе это – профессор обвел глазами аудиторию, и, убедившись, что в ней всего три девочки, произнес по слогам, – О-НА-НИ-ЗМ. Сами знаете, удовольствия в этом немного".

Такимура подождал, когда студенты придут в себя, и продолжил:

"Многие из вас в занятиях наукой видят соревнование, спор, кто сильней, кто умней, кто впереди. Но это только поначалу, пока учишься в школе, университете, решаешь задачки на сообразительность. Потом, когда сталкиваешься с проблемами, которые одной сообразительностью, одним интеллектом не одолеть, начинаешь ценить поддержку своих коллег. Я вам так скажу, в интеллектуальном единении нет границ, нет соревновательности. – Такимура замолчал, все почувствовали, что профессор сейчас скажет что-то очень важное, личное, касающееся всех присутствующих. – Интеллектуальное единение – любовь в чистом виде, любовь в которой нет лица, нет плоти, нет рук и ног, два духа, то переплетаясь друг с другом, то отстраняясь, рождают истину. Настоящая любовь – всегда познание, познание себя, партнера, мира в котором живешь. Отличие познания на основе любви от научного состоит в том, что оно не требует изучения языка. Познавание через любовь происходит сразу, в нем нет постепенности, это инпритинг в чистом виде".

Такимура обвел глазами аудиторию и, увидев, что несколько студентов не знакомы со словом инпритинг, пояснил:

"Когда птенец вылупливается из яйца, первый двигающийся предмет он считают мамой. Если это будет курица, он будут следовать за курицей, если утка – за уткой. А если это будете вы – за вами. Инпритинг – это инстинктивное запоминание без обдумывания или размышления." Такимура улыбнулся. "Маленькие дети потому и овладевают с такой легкостью языком, что у них импритинг сильнее логики". Такимура внимательно посмотрел в аудиторию, улыбка пропала с его губ. Лицо профессора стало стальным, в глазах была сосредоточенность, приковывающая внимание.

"В интеллектуальном партнерстве, – глаза Такимуры горели – как и в любви между мужчиной и женщиной, нет усталости, нет насыщения, нет потери себя, наоборот, оно, как и настоящая любовь, только подчеркивает индивидуальность, делает богаче, сильнее, умнее и лучше. Нет большего наслаждения, нет большей цели для человека порядочного, не одержимого властью или деньгами, чем любовь и интеллектуальное партнерство, которое и есть любовь".

Такимура вернулся к кафедре.

"Я хочу сказать, господа студенты, что мои слова о невозможности успешно работать без обсуждения с коллегами относятся только к физике, виду деятельности, в котором, – Такимура сделал паузу и весело посмотрел на студентов, – в отличие от математики, где истина определяется красотой построений, истина определяется экспериментом. Математик сам придумывает себе задачи, ставит вопросы, и сам же на них отвечает. Нам же, физикам, вопросы задает природа, и наша задача состоит в нахождении ответов на них. Такимура улыбнулся: – "Именно поэтому нам так нравятся женщины, поскольку они загадочны, как и явления природы. И сами женщины относятся к нам, физикам, это я знаю, господа студенты, из своего опыта и опыта своих друзей, с большей благосклоностью, чем к математикам. Поскольку, в отличие от неживой природы, которой в принципе все равно, понимаем мы ее или нет, женщинам очень хочется быть понятыми".

Закончил Такимура лекцию словами, которые Исаак запомнил на всю жизнь: "Ничто в любви не ценится так сильно как верность. Она – сильнее страсти, сильнее поражений, сильнее побед. Любите науку, не изменяйте ей, и она вам принесет радость. Я не могу гарантировать, что всех в этой небольшой аудитории ждет успех, Нобелевская премия, или

243

профессорская должность. Но даже если вы после университета или защиты диссертации уйдете из науки, любите ее, помните о ней, как люди помнят свою первую любовь".

В лекциях Такимуры никогда не было той заученности, которой часто страдают многие преподаватели. Такимура, стоя у доски, вместе со студентами открывал законы физики, решал задачи, размышлял, сомневался, искал, и – это было главным. Так же как дети инстинктивно перенимают акцент родителей, так и студенты перенимали у Такимуры его способ мышления, его подход к проблемам, его взгляд на жизнь веселый и радостный. Такимура всегда начинал лекцию с одной и той же фразы: "Ну что, начнем, господа студенты. Ведь занятие физикой дело веселое!".

В Гарварде было много выдающихся ученых, преподавателей, но Такимура приехавший на год из Токио, оказал наибольшее влияние на Исаака.

* * *

Гарвард полон легенд о выдающихся людях, учившихся в его стенах. Иногда эти легенды являются удивительной правдой, но чаще всего, преувеличениями, рожденными воображением студентов, жаждущих славы. Эти легенды похожи на сказку о Золушке, которая, благодаря счастливой случайности и помощи волшебных сил, опердила своих преуспевающих сестер. Исаак не был одним из таких фанатазеров, он просто любил науку и упорно учился. Что касается развлечений, которыми полон любой кампус, то он не участвовал в них, толи из своего слишком молодого возраста, то ли из-за присущей ему скромности.

Заняться астрофизикой Исаака подтолкнула небольшая работа, с которой он познакомился на третьем курсе. О необычной судьбе автора этой работы он узнал через несколько лет, делая диссертацию в Ерусалимском университете.

Кевин Волков

Из книги воспоминаний о профессоре Кевине Волкове

Профессор Кевин Волков, нравился не только мне, но и всем девочкам нашего курса. Всегда вежливый, обходительный, с замечательным чувством юмора, он в отличиии от других профессоров никогда не жалел времени на студенов. Однако, несмотря на демократизм, мы четко осозновали, что флирт с Кевиным Волковым невозможен, хотя, если честно сказать, многие из нас были бы непрочь заиметь с ним неформальные отношения. Это был не секрет, что он холост.

Во время лекции профессор Волков всегда ходил, останавливался только, чтобы расссказать очередной анекдот или задать вопрос: обводил нас взглядом, и если это был анекдот, бесстрастным голосом рассказывал его. Такой стиль предавал анекдоту правдивость, без которой он не может быть по-настоящему смешон. Если это был вопрос, Кевин подходил почти вплотную к нам и с оттенком иронии обращался: "Позвольте, спросить вас, господа студены...", дальше шел вопрос, всегда простой, ясный, с элементом наивности, свойственной детям. Во время дискуссии Волков часто прерывал отвечающего, чтобы помочь ему и нам понять суть того, что он хотел сказать, сформулировать мысль в ясной и простой форме. Надо сказать, такая манера разговора никого из нас не задевала, наоборот подзадоривала, заставляла думать, участвовать в обсуждении. В конце профессор Волков в течении двух-трех минут подводил итог дискуссии, не забывая отметить мысль каждого, принявшего участие в ней.

Помню, в конце одной из первых лекций, профессор Волков спросил, какие у нас есть вопросы. Поднялся высокий симпатичный парень: "Почему во время лекции Вы все время ходите?". Кевин улыбнулся, "Во-первых, господи студент, во время ходьбы хорошо думается, это отмечал еще Нильс Бор. Хорошо думается также на коне, в лесу и, – Кевин развел руками, – в сортире, – это отметил по-моему еще Аристорель. Во-вторых, – Кевин нахмурил брови, – вы, что хотите, чтобы я гипнотизировал вас? – И видя наши недоуменные глаза пояснил, – Когда я учился в университете, один наш преподаватель все время пялился в аудиторию, стараясь понять, понимаем мы то, что он нам говорит или не понимаем. Естественно, под его парализующим взглядом, мы ничего не понимали. Я ответил на Ваш вопрос?". Парень смущенно кивнул.

Запомнился странный случай: профессор Кевин, как всегда, шел вдоль доски, в руке у него был мелок, он всегда пользовался мелом во время лекции. Неожиданно он остановился и, повернувшись к аудитории, произнес: "Так вот, господа студенты...", и замер. Глаза Кевина сузились, казалось он увидел в аудитории гранату, готовую взорваться. Раздался треск; мелок в руке Кевина раскололся. Он поднял с пола кусочки мела, и положил на стол. "Извините, мне просто показалось. Пятнадцать лет назад вот за этим столом... – Кевин подошел ко мне, – за которым сейчас сидит эта красивая девушка, сидел гениальный парень, звали его Хуанг, ему было 16 лет. Его гениальность проявлялась в вопросах, он никогда не задавал их на людях, стеснялся, ведь был почти на 10 лет младше своих сокурсников. К сожалению, после 10 лет очень успешной работы в област биохимии мозга, он неожиданно для всех бросил науку и пропал из моего поля зрения. Что повлияло на Хуанга, никто толком не знает. Одни говорят несчастная любовь, другие разочарование в научной деятельности".

Кевин выпил стакан воды и продолжил лекцию. Но видно мысль о Хуанге не давала ему покоя. Во время лекции он часто делал остановки, несколько раз не мог вспомнить мысль и заглядывал в листик, чего с ним никогда не было. В конце лекции он неожиданно сказал, если бы Хуанг был знаком с Джошем, он до сих пор успешно работал в науке. Мы все гадали, кто такой Джош.

А сейчас я расскажу о лекции Кевина, из которой мы узнали, кто такой Джош и которая оказала на меня и на многих моих сокурсников огромное влияние – заставила пересмотреть свои взгляды на жизнь.

Профессор Волков вошел в аудиторию, посмотрел на часы, прошелся несколько раз вдоль вдоль доски и, повернувшись к аудитории, произнес: "Так вот, господа студенты..., – мы замерли, – Сегодня у нас будет необычное занятие – мы поговорим с вами о смысле жизни". Наверное, наши лица выражали разочарование, потому что Кевин засмеялся. Но если подумать, действительно, ну кому может понравится лекции о том, что хорошо и что плохо, что надо делать и что не надо, особенно когда тебе 23 или 25 лет.

Кевин подошел к кафедре, положл на нее планшет и начал:

"Я вам расскажу историю одного молодого человека, с которым мне посчастливилось работать в течение восьми месяцев". В лице Кевина, в его светящихся глазах, губах, была нежность, я видела такую только у моих подруг, родивших детей. Это было так неожиданно, мы все стала одним большим ухом.

"До 23 лет Джош был обыкновенным ничем не выделяющимся молодым человеком, его коэфициент интеллекта, был чуть ниже среднего, что позволяло ему работать секретарем в медицинском офисе.

Увлечения Джоша были незамысловатыми: после работы он шел в спортивный зал, усиленно тренировался в течения двух часов, затем либо в кино на боевик или с друзьями в кафе смотреть спортивную передачу. Раза два в неделю после спортзала он направлялся в студенческое кафе, где тусовалась интеллектуальная элита.

В кафе Джош, если удавалось, снимал смазливую студентку и вел к себе. Девушек влекло к нему умение танцевать, большие голубые глаза, пшеничная швевелюра, красивая мускулистая фигура, и, – Кевин весело посмотрел на нас, – умение слушать.

Но поскольку с интеллектом у Джоша было не очень, больше недели, иногда месяца, девушки у него не задерживались. Расставались они с ним, да, пожалуй, и он с ними, легко.

Когда у Джоша возникали из-за девушек стычки с парнями, что случалось очень редко, он не лез в бутылку – просто отступал в сторону. Короче, все удовольствия на втором уровне пирамиды Маслоу.

Однажды в кафе Джош нарвался не на студентов-интеллектуалов, а на криминальную группу, случайно зашедшую в кафе. С ними была девушка, как потом выяснилось, сестра одного из бандитов. Джош не "врубился" и его сильно побили. В госпитале, куда его привезли с черепной травмой, он несколько дней пролежал в коме.

Придя в себя, Джош, неожиданно для медсестры, потребовал принести ему его историю болезни. Обычно люди после таких травм ничего не помнят и им приходится объяснять, почему они оказались в больничной палате.

Дежурный врач начал было рассказывать Джошу, что произошло с ним, но он прервал его и повторно попросил принести свою историю болезни. Врач удивился и протянул ему планшет. Джош стал внимательно изучать записи, приговаривая 'так-так', 'понятно', 'м-мм'. Потом врач мне рассказал, что вначале подумал, что больной после травмы головы свихнулся, и считает себя неврапотологом, но когда Джош стал задавать вопросы, увидел за ними острый ум. Конечно, терминологию Джош не знал, но по ходу разговора усваивал ее с невероятной быстротой. Врач был настолько поражен способностью больного за медицинской терминологией видеть суть, что несмотря на напоминание сестры, что есть еще и другие пациенты, провел с Джошем больше часа. Вечером, по просьбе Джоша, врач принес ему комьпьютер, на который загрузил медицинскую энциклопедию и договорился утром до обхода забежать и ответить на вопросы.

Знания нового пациента были поразительны. Врач решил проверить IQ (коэффициент интеллекта) Джоша, поскольку из полицейского рапорта следовало, что студенты, посещавшие кафе, относились к Джошу с иронией, так как по умственному развитию он им сильно уступал. Тест ничего не дал, поскольку многие вопросы Джош просто не понимал. Врач позвонил в департамент психологии и рассказал о странном больньном. Декан попросил меня познакомиться с Джошем.

Мы с ним провели несколько тренировочных тестов, и Джош усвоил необходимый объем знаний для сдачи теста. Результат меня ошеломил, IQ был близок к 220.

Замечу, что у Эйнштейна по оценкам IQ был в пределах 160-170, а порог гениальности начинается 140. На мой вопрос, как он себя чувствует, Джош ответил, что никогда в жизни не чувствовал себя так хорошо, как сейчас, и попросил принести книги по психологии и хороший учебник по латыни. Перед тем, как уйти, я еще раз проверил его IQ. Оценка была максимальна – 240.

Через два дня Джош вышел из госпиталя, бросил работу и погрузился в изучение физики, химии, психологиии, языков, он проводил по 18 часов в день за компьютером и чтением книг. Раза два в неделю мы с ним созванивались, чтобы, – Кевин с улыбкой посмотрел на нас, – вы думаете обсудить что-нибудь из медицны? Нет, пойти на концерт симфонической музыки.

Через месяц Джош купил себе подержанный рояль и очень быстро научился вполне профессионально на нем играть. Университет платил ему небольшу зарплату, чтобы исследовать его феномем. Читал книги Джош, перелистывая страницы, причем, не просто запоминал текст как люди с фотографической памятью, нет, он его анализировал, текст становился частью его мышления. Через две недели после покупки рояля Джош сыграл мне сочиненый им концерт и дал партитуру. Я показал ее знакомому профессору музыки, он сказал, что концерт написан профессионально, на очень хорошем уровне, и изьявил желание познакомится с молодым композитором. На мой вопрос, что ждет автора музыки, ответил кратко – мировая известность.

Когда Джош заходил к нам в лабораторию для проведения психологических исследований, мы чувствовали себя людьми с очень ограниченными умственными способностями. Раздражало ли это моих коллег? Нет! В общении Джош остался тем же простым человеком:

доброжелательным, таким, каким был до несчастного случая. Приходил Джош не только к нам, но и к физикам, математикам и инженерам.

Поскольку я был куратором проекта под условным названием "Эффект Джоша", я разговаривал с учеными, с которыми он общался. Все они отмечали его умение распознать проблему, сформулировать ее и найти решение. Через несколько месяцев после "травмы", Джош написал две статьи по астрофизике и одну по Обшей Теории Относительности, все они имели резонанс в научном сообществе.

"Скажите, – прервал Волкова один из наших вундеркиндов, – не могли бы Вы, господин профессор, рассказать чем отличалось мышление Джоша от нашего, в чем проявлялась его гениальность?"

Кевин задумался.

"Ответить на этот вопрос, очень непросто. Хотя... Скажите, молодой человек, сколько будет умножить 235 на 978? Вот видите, вы задумались. А есть люди-счетчики, они могут за 1-2 минуты перемножить 8-значное число на 8-значное или извлечь корень 273 степени из 9-значного числа с точностью до пятого знака. Как правило, эти люди не обладают каким-то особенными талантом, кроме умения оперировать с числами.

Они, как показали исследования, выполняют вычисления на основе алгоритмов и визуальных представлений без произнесения слов о выполняемых действиях.

Нам, простым смертным, понять это, вернее, воспроизвести (а только воспроизведение и есть суть понимания), невозможно. Эрвин Шредингер сказал как-то: 'Знание – это есть то, что можно сказать другому человеку, и он сможет это знание воспроизвести'. Если я, например, вам скажу, что если вы подбросите камень вверх со скоростью V и он достигнет высоты h, то это есть знание. Потому что его можно воспроизвести, проверить.

В некотором смысле Джош обладал той же способностью, что и люди-счетчики. Со стороны казалось, что он просто знает результат... На вопрос, как он пришел к нему, он ответить не мог, потому что.... Давайте с вами умножим в уме 12 на 9. – Кевин подошел к доске и стал писать, – Итак, умножаем 2 на 9 получаем 18, 8 пишем, 1 в уме. Теперь умножаем 1 на 9 получаем 9, добавляем 1, получаем 10. Итак получаем 108. А если я вам сразу напишу ответ без объяснения, то вы либо должны считать ответ правильным, либо найти доказательство его правильности.

Отличие Джоша от человека-счетчика состояло в том, что он всегда мог найти логическое или математическое объяснение своему научному результату.

А теперь, – Кевин смотрел на нас широко открытыми глазами, – скажите: обладаете ли мы, хоть в какой-то степени, – Кевин произносил каждое слово отдельно, – способностью мыслить без речевого сопровождения, знать результат без размышления?".

Мы молчали, не зная, что ответить. Кевин засмеялся:

"Что парализовал, загипнотизировал? – и уже нормальным голосом продолжил, – Конечно, обладаете. Вы же не задумываетесь, прежде чем сказать какую-то фразу, просто говорите и все. Хотя, – Кевин улыбнулся, – иногда и следовало бы. А вот если не понимаете что-то, то проговариваете, пока не поймете. Правда? Так вот, Джошу не надо было рассуждать или проговаривать вслух. Весь умственный процесс проходил у него в подсознании и на основе визуальных картинок".

Кевин подошел к кафедре:

"Что меня, как психолога, сильно удивляло в Джоше… Высокий IQ – это очень хорошо, но сам по себе он ничего не значит, должно быть еще желание использовать его по назначению. Ведь с таким высоким IQ Джош мог, при его доброжелательном характере, любую девушку уговорить. – Кевин обвел нас ироничным взглядом. – Поверьте никто из вас не смог бы против него устоять, я сам наблюдал какое впечатление он производил на женский персонал вначале в госпитале, а затем в нашем департаменте. Женщины независимо от возраста, положения, статуса не просто заглядывались на него, они были готовы на все, – Кевин сделал паузу, давая нам понять, на что именно они были готовы, – но Джош только мило улыбался. Однажды я спросил его, понимает ли он, какое впечатление производит на женщин и, что они от него хотят. Он засмеялся: 'Конечно! Даже если бы у меня не было опыта моей прошлой жизни, понять это не сложно'.

Говорил Джош образно, самые сложные, абстрактные вещи он мог объяснить на пальцах, объяснить так, что их мог понять любой. Приведу пример. У нас была аспирантка, из тех, кто может проводить сложнейшие эксперимены, но при этом абсолютно лишенная абстрактного мышления. Два раза она не сдала обязательный курс квантовой механики и была в отчаянии, поскольку после третьего завала шло автоматическое отчисление из университета.

Она спросила меня, кто ей может помочь. Я указал на Джоша и подвел ее к нему. Через три дня она успешно сдала экзамен. Когда я подошел поздравить ее, она спросила, не знаю ли я, есть ли у Джоша девушка. Видя мое растерянное лицо, пояснила, что уже через час разговора с Джошем готова была лечь с ним в постель. Услышать такое от "синего чулка", поверьте, было поразительно.

Со своим интеллектом и внешностью Джош мог бы получать самые изысканные удовольствия, зарабатывать огромные деньги в рекламном бизнесе, стать телезвездой, актером, сниматься у самых выдающихся режиссеров, мог бы стать членом сената или президентом страны. Иными словами, достичь всего, о чем может мечтать обыкновенный среднестатистический молодой человек. И, скажу вам откровенно, именно этого я от него ожидал. Но Джош, к моему удивлению, направил свой интеллект на получение знаний".

Девушка, сидевшая рядом со мной, подняла руку."У вас вопрос?" – спросил Кевин

"Да! – ответила девушка и продолжила, – Так что, из-за своего интеллекта Джош потерял интерес к женщинам?".

Кевин засмеялся:

"Нет, конечно. Но, безусловно, у него были трудности. Ведь каждый человек хочет иметь взаимоотношение с другим на своем уровне интеллекта, одних чувственных удовольствий недостаточно, чтобы парень был с девушкой, а она с ним.

Именно поэтому у Джоша до травмы не складывались долгосрочные взаимотношения со студентками, слишком он им проигрывал в интеллекте. После травмы, все было наоборот, он настолько превосходил всех своим интеллектом, что ни в какой области женщина не могла быть с ним на равных, даже в самых житейских вопросах она рядом с ним чувствовала себя проигравшей.

В университете я знал одного гения, он своими замечаниями мог настроить против себя любого, даже очень терпеливого человека. Он искренне считал, что указывая человеку на ошибку, помогает ему. У этого гения не было жизненнго опыта Джоша, он всегда был гением. В конце концов он настолько устал от своей исключительности, что бросил науку и ушел в водители траков. Но и там ему было плохо. Однажды он завалися ко мне с толстой тетрадкой: 'Я доказал теорему, которая была первой в списке нерешенных проблем математики', – сказал он мне и стал показывать решение. 'Когда же ты успел, ведь ты работаешь водителем?' – спросил я. 'В Траке. Мой мозг думает всегда, он не может не думать. А кабина трака оказалась самым подходящим местом для него' – ответил он.

Я думаю, что Джош всегда инстинктивно тянулся к знаниям и именно поэтому тусовался в студенческом кафе, раз за разом терпя неудачу в своих знакомствах.

Через 8 месяцев после драки и феноменального скачка IQ Джош умер от быстро развившегося рака мозга. В ночь перед смертью он передал мне свой дневник. Кевин достал планшет, – я помню его почти наизусть. Вот одна из его записей:

"Пока у меня будет возможность писать, я буду продолжать вести этот дневник, вносить в него свои мысли и идеи, которые могут помочь тем, кто любит меня, продолжить мою работу. Элен, наша лаборантка, когда узнала о моем диагнозе сказала мне : 'Джош, ты должен все отпущенное время потратить на удовольствия, взять в банке кредит и спустить на красивых женщин, рестораны, посетить самые злачные места и даже убить человека, потому что после смерти все равно ничего нет'. Я ничего не сказал, только подумал, как по-разному люди понимают счастье".

Кевин обвел глазами аудиторию:
"Многих конечно, интересует, как сложился личная жизнь Джоша, и была ли она вообще. Ну что ж, давайте начнем отсюда:

"Однажды, я зашел в студенческое кафе, в котором не был со дня драки. Взял кофе и сел за столик у окна; я специально приходил пораньше, чтобы его занять. Столик стоял в стороне от других и позволял чувствовать себя комфортно среди студентов.

Как я сейчас уже понимаю, он создавал вокруг меня ореол таинственности, к тому же копна пшеничных волос, большие голубые глаза и скромность во взгляде, не могли не привлекать девушек.

Я пил кофе и с интересом смотрел на молодых людей: несколько парней сидели за длинным столом и отрывались от компьютеров, только чтобы сделать записи в тетрадках. За другим столом парень с девушкой беседовали о чем-то очень интимном, улыбались друг другу никого не замечая вокруг. За остальными столами студенты обсуждали проблемы биологиии, химии, математики, физики, литературы.

Раньше я с волнением прислушивался к разговорам о поэзии, литературе, к спорам молодых гениев о пространстве, времени, пробемах биологии, элементарных частиц. Мое сердце вздрагивало от имени Эйнштейна, Бора, Ньютона, Мильтона, Горцио, Гегеля, ребята моего возраста и младше говорили о них, как о своих знакомых.

А сейчас я улыбался: как мало они на самом деле знают, сколько наивности в их рассуждениях.

Для меня уже не было секретом, что многие талантливые люди очень хотят, чтобы их считали открывателями новых законов, Эйнштейнами и до ужаса боятся, чтобы вдруг стало видно, что они просто люди на ходулях среди великанов. Человек в конце концов занимается наукой не ради денег, похвал или награды, а ради самой науки, что знание само по себе является наградой и ничто, никакой почет не может заменить радость Б-жественного откровения, независимо от того большое оно или малое. Однажды Кевин сказал мне: 'Ты, наверное, думаешь, Джош, что знание того, как устроен мир, является самой большой наградой для ученого?'. Я кивнул. 'Нет, истиной наградой является близость к Творцу, свет лица его. Ты еще не знал настоящей любви, поэтому еще не знаешь, что наивысшая радость — есть благодарность за то, что тебе позволили прикоснуться, — Кевин грустно улыбнулся, — только трепет перед Всевышним позволяет прийти к истинному наслаждению'. Кевин не был человеком религиозным, поэтому его слова удивили меня. Ребята в кафе были еще слишком молоды, чтобы понимать эти простые истины, они еще не достигли уровня успеха, когда гордыня многим из них затмит глаза.

Если раньше столик позволял мне скрывать от всей этой студенческой братии свое интеллектуальное убожество, то сейчас — превосходство.

Двое ребят, наверняка аспиранты, усевшись за соседний столик, продолжили свой спор о кавитационной модели вселенной; ни один, ни другой не понимали основных положений теории Щнейпека. Я уже хотел подойти к ним и объяснить пародокс, в котором они запутались, как мое внимание привлек паренек лет семмнадцати. Он оглядывался по сторонам в поисках свободного места. Все столики были заняты. Мы встретились взглядами, он сделал два шага ко мне, но я показал, что против того, чтобы он сел за мой столик.

Парень растерялся и сел за стол, за которым большая группа ребят-старшекурсников, бурно обсуждали поэзию. И это было большой ошибкой.

Среди молодых людей была очень красивая девушка и ясно было, что каждому из них хотелось блеснуть перед ней своим интеллектом, остроумием. Вначале, на подсевшего парня, никто не обращал внимание, но вскоре все с удивлением уставились на него.

Один из молодых людей спросил перенька, любит ли он стихи, он радостно кивнул, что да, что учится на первом курсе гуманитарного факультета. Ну, тогда ты должен знать великого английског поэта Мильтона – и... процитировал стихи Байрона.

Парень явно не знал ни стихов Мильтона, ни Байрона, однако сказал, что этот стих Мильтона ему, действительно, очень нравится. Все весело переглянулись, и молодые люди стали задавать вопросы, парень явно отвечал что-то совсем не то. Я передвинулся, чтобы лучше слышать, и скоро смеялся вместе со всеми. Во время всеобщего веселья Девушка пересела, чтобы быть напротив парня. Он, бедный, решил, что понравился ей и расцвел, считая, что благодаря своему остроумию и знаниям стал центром внимания. Несоответствие межу тем, что он думал о себе и тем, как на самом деле все относились к нему, было очень забавно.

И вдруг я поймал себя на мысли, что несколько раз сам попадал в подобную ситуацию, когда моя оценка происходящего была абсолютно противоположной тому, что было на самом деле, воспринимал смех, похлопывание по плечу за знаки дружбы и любви.

Мне стало нестерпимо жаль парня, я подошел к столу и незаметно подключился к обшему разговору. Через 15 минут парни и девушка сидели с потупленными взглядами, вся интеллектуальная бравада улетучилась, они были глупцами, не знающими предмета, о котором говорили.

Я взял паренька за плечо: 'Никогда не вступай в разговор с теми, у кого гордыня выше любви, кто ради того, чтобы блеснуть перед девушкой, готов растоптать твое достоинство, уважение к себе. Будь самим собой, и никогда не смиряйся с тем, кто ты есть'.

На выходе из кафе девушка догнала меня:

– Вы тот самый Джош, которого? – она смутилась.

– Да, тот самый, которого побили и после этиги он здорово поумнел, – сказал я и открыл дверь.

– Я много слышала о вас и..., – девушка потупила взгляд. Я усмехнулся:

– И хотели бы со мной познакомится.

Девушка подняла голову: глаза ее блестели, она была удивительна красива, в своем желании отстоять свое достоинство:

– Да! Хотела!

И тогда я с непрекрытой издевкой спросил:

– А захотели бы вы со мной познакомится, когда я был недоумком, посмешищем, как этот паренек?

– Стать вашей любовницей, – глаза ее горели, – Вы же не знаете, что многие из завсегдатаев кафе заключали пари, купится ли очередная девица на вашу внешность, обходительность и сколько продержится. Они разыгрывали бедных неопытных девушек, выдавая вас за молодого гения, не знавшего любви.

– Вы не ответили на мой вопрос. Так хотели или нет?

– Нет.

– Ну что ж, меня зовут Джош, мой IQ 240, выше, чем у любого гения, включая Эйнштейна, Ньютона, Щекспира, Данте, Си-Юня и других знаменитостей.

– А меня зовут Мади, мой IQ... – Мади улыбнулась.

Я взял Мади за руку:

– А теперь посмотрим, сколько Вы продержитесь рядом со мной, – и мы вышли из кафе.

Если честно, мной двигало желание отомстить всем этим статусным идиоткам, для которых интеллект, остроумие, умение быть веселым значили больше, чем доброта, умение любить, быть верным, хотел, чтобы эта красивая девушка оказалсь на моем месте, почувствовала, каково быть униженным превосходством другого.

Я был уверен, что Мади продержится неделю, максимум месяц, но оказался неправ. Она была со мной три месяца. Задел ли меня ее уход?

Да, безусловно. Потому что я, вопреки моему начальному плану, полюбил ее".

Кевин окинул нас взглядом и сказал: "Теперь давайте посмотрим, как развивались события":

"Мы провели друг с другом почти неделю, прежде чем произошло то, к чему мы оба стремились с того момента, как я взял ее за руку и мы вышли из кафе. Я не знаю, но и я, и она внутренне понимали, что так для нас будет лучше. В семь вечера, я заходил в корпус, где у Мади были занятия, и мы шли в кафе. Наш столик был всегда свободен, хотя в это время кафе всегда переполнено. Мади удивлялась этому, она не знала, что я договорился с хозяином, чтобы столик у окна был закреплен за нами. Перед тем, как войти, я незаметно посылал хозяину сообщение и он убирал табличку 'Столик Забронирован'. В благодарность за услугу я помог его сыну подготовиться к экзамену по истории Средних Веков.

Мы брали кофе, сэндвичи, иногда колу, между нами была поверхность стола, которая удерживала нас. Мади рассказывала о своих делах, проблемах в лаборатории, я ненавязчиво помогал ей, потом мы гуляли по кампусу, она рассказывала истории из своего детства, девичества, однако, в отличии от моих бывших подруг, никогда не касалась своих увлечений. В девять я отводил ее в общежитие, мы желали друг другу доброй ночи и расходились. Я понимал, что стоит мне коснуться ее, как мы оба потеряем контроль над собой, поэтому во время наших прогулок всегда следил, чтобы между нами был просвет. Я знал, что пик влечения у женщин, наступает в день

255

эвалюации, и когда почувствовал жар, идущий от Мади, взял ее руку в свою. Она прильнула ко мне и поцеловала. В этом поцелуе было столько целомудрия, наивного счастья, что я растерялся. Мади прижалась ко мне меня, и мы пошли узкой дорожкой, петлявшей между корпусами, пока не оказались у дома, в котором Профессор Кевин снял для меня небольшую квартирку.

То что произошло дальше, я никак не ожидал.

Я думал, что знаю тайну любви: мой прошлый опыт, знания, почерпнутые из научных книг, из огромного количества художественной литературы, прочитанных за последние три месяца, позволяли мне думать так. Но то, что происходило между мной и Мади, было больше, чем игра гормонов и тел. Мною владело чувство, будто я оторвался от Земли, оставил внизу свои страхи, сомнения, людей, я был духом, лишенным плоти....

Нечто похожее я испытал, когда открыл глаза в госпитале после травмы: тогда в моем сознании открылась щель сквозь которую струился свет, я протиснулая сквозь нее, и передо мной открылась бесконечная красота Мира. Мир, которым я жил, к которому привык, сейчас представлялся мне совсем другим: моя квартирка в обшарпанном здании, мой стол в медицинском офисе, теливизор, спортивный зал, мой любимый мотоцикл, люди, с которыми дружил, родители, девушки, которых знал, во всем был запах, цвет, была жизнь. Я лежал на кровати, сверху на меня смотрела лампа..., и ощущал дыхание Вселенной, наполненность чем-то, что я бы назвал смыслом.

С каждым новым днем мир, которым я жил раньше, которого не замечал, который проходил сквозь меня словно нейтрино сквозь землю, открывался все больше и больше. Мельчайшие детали моего детства, юности, казалось бы ушедшие навсегда, всплывали вдруг, и я заново их переживал. Десятки, сотни людей, далеких и близких, наполняли меня; их лица, поступки, отношения, мысли открывались мне с какой-то непонятной ясностью. Что поразительно, моя прошлая жизнь абсолютно не мешала моей интеллектуальной работе. Мой мир, моя Вселенная с легкостью вмещала все.

По своему желанию, вернее, интуиции, я мог с легкостью заглянуть на любую страницу моей памяти. Мой интеллект, способность знать, видеть позволяли мне без труда читать желания людей, их мысли, настроения, поставили меня над людьми.

Я никому этого не говорил, даже Кевину, хотя, как мне кажется, он знал это. Однажды, он спросил меня: «Джош, как ты со своей способностью видеть всех нас насквозь, все еще имеешь с нами дело, не возненавидел нас за тупость, непонимание? – И сам же ответил. –

Наверно, потому, что ты ни с кем из людей себя не ассоцируешь, — как и мы, при всей нашей любви к животным, не можем чувствовать себя ими».

Тогда с Мади я чувствовал, что вырвался из оков своего интеллекта, стал частью чего-то большего, чем я сам, частью другого существа. Я вышел за границу Вселенной, чтобы создать новую реальность, которой еще не существовало. Я был первым человеком, познающим первую женщину, был кончиком пера, которым Б-г писал заповеди на скрижалях Моисея. В нашем слиянии, в нашем сердцебиении, ритме движений рождалась новая суть, новая жизнь, которой еще не было во Вселенной – мы были Вселенной в момент ее рождения. Мое тело дрожало отдавая, тело Мади дрожало принимая, и в этом мы были единым целом и познающим, и познаваемым.

Мади приподнялась, ее глаза смотрели в мои. Как странно, что свет может быть тьмой, а тьма – светом, – подумал я.

Ночь постепенно превратилась в тишину дня. Я лежал рядом с Мади и думал о том, как важна физическая близость, как необходимо быть в объятиях друг друга, получая и отдавая. Думал о том, что наша Вселенная родилась в результате большого взрыва, и теперь каждая ее частичка все дальше и дальше отдаляется от другой, оставляя нас в темном и полном одиночестве пустого пространства, что время вечно отрывает нас друг от друга: ребенка от матери, жену – от мужа, брата – от сестры, направляя каждого по собственной дороге к единственной цели – смерти в одиночестве. Думал о том, что Любовь – противовес этому движению, что любовь – единение и сохранение, что, как люди во время шторма держатся за руки, чтобы их не оторвало друг от друга и не смыло в море, так и соединение наших тел – звено в цепи, удерживающей нас от движения в пустоту.

Прежде чем заснуть, я вспомнил мои встречи с девушками до своего нового рождения. Почему никогда у меня с ними не было ничего подобного, ведь среди них были и очень тонкие, чувственные, художественные натуры? Наверное, мой развитый интеллект, мои преобретенные знания создали сосуд, в котором может удержаться истинная любовь, не растаивающая словно туман в лучах утреннего солнца.

Я приподнялся на локте, поцеловал закрытые глаза Мади и заснул”.

Кевин обвел нас взглядом – я заметила, что у него, как и у меня и многих моих подруг, были слезы на глазах, – и стал читать дальше:

257

"Мади дала мне понимание, что эмоциональные проблемы не решаются подобно интеллектуальным: решению интеллектуальной проблемы всегда предшествует отстранение, эмоциональной – единение: результатом интеллектуальной проблемы является обезличенное знание доступное всем, эмоциональной – большая взаимная связь".

К моему большому сожалению, Мади ушла от Джоша, и, если честно, я не могу в этом ее обвинить. Даже мне, профессиональному психологу, человеку на 20 лет старше Джоша, иногда становилось невыносимо от его подавляющего интеллекта. Вот как о разрыве пишет сам Джош в своем дневнике:

"В последние несколько недель я стал замечать, что Мади чем-то сильно огорчена.

Я пытался узнать в чем дело, но она еще пуще расстраивалась. Я понимал, что это связано со мной, но каким образом не понимал. Чтобы развеять ее мысли, я рассказывал, что нового узнал за день, с кем встречался, о чем мы говорили, иногда настолько увлекался, что переставал замечать Мади: в голове рождались новые идеи, и тогда я хватал тетрадь и записывал. Как-то раз, когда мы только начали плотно встречаться, Мади со смехом спросила: зачем ты все записываешь, ведь ты и так все запоминаешь?

Я усмехнулся: для будущих поколений, вот поглупею опять, и останется доказательство, что все это придумал я. А ты через 50 лет сможешь продать эти записи за огромные деньги. Мой ответ Мади не понравился. Так вот, когда я очередной раз потянулся к сумке, чтобы достать тетрадь, Мади перехватила мою руку и с силой прижала к столу. Я удивленно уставился на нее.

– Я хочу тебе кое-что сказать.

Я понял, что она сейчас скажет, но вида не подал и вопросительно посмотрел на нее.

– Я хочу сказать, что ухожу от тебя!

Я засмеялся:

– Да будет тебе, Мади, – и потянулся, чтобы поцеловать.

Мади вырвалась:

– Ты не понял! Я, действительно, ухожу.

И тут я понял, почему ее сумка стояла у порога. Мне стало не по себе, я за эти три месяца так привык к Мади, что не мог представить свою жизнь без нее.

Мади горько улыбнулась:

– Ты хочешь знать почему?

Я кивнул.

– Рядом с тобой я чувствую себя полной, никчемной дурой. Моя роль в наших отношениях сводится к глупому киванию головой, притворству, что я хоть что-то понимаю в твоих рассказах о процессах, лежащих в основе зарождения вселенной, или лингвистических отличиях языков Майи и Ацтеков, о рецептах изготовления стекол в средние века, математических проблемах при свертывании многомерного пространства-времени. Когда ты уходишь, я стараюсь убедить себя, что ты не издеваешься надо мной.

– Я действительно не желаю этого.

– Я знаю. Но так выходит. Ты не знаешь, сколько лекций я прослушала, сколько времени, сил я тратила на то, чтобы хоть в одной маленькой вещи соответствовать тебе. И ни разу у меня не получилось: во всех моих попытках я потерпела полное фиаско. Однажды я рассказывала тебе о проблеме, над которой мы с моим руководителем работали пол года, ты ничего о ней не знал. Ты внимательно слушал меня, говорил: «да-да, очень интересно», и я как ребенок радовалась, что наконец я смогла в чем-то оказаться на равных с тобой. Но вечером ты начинал рассказывать, какие идеи родились у тебя. Я готова была умереть от огорчения – то, на что у меня ушло полгода работы по 10 часов в день, чтобы понять, у тебя заняло один день. И ты не только разобрался в проблеме лучше меня, ты ее решил.

Я сконфуженно посмотрел на Мади. Я отчетливо помню, что почти сразу понял, в чем состоит проблема, и нашел решение. Но решил повременить, чтобы не расстраивать Мади и поговорить со знакомым химиком.

– Все, что я говорю – для тебя детский лепет. Всякий раз, когда после нашего разговора, вернее, твоего монолога, ты гладишь меня по головке, я чувствую себя ребенком из детского садика, которого гладит взрослый дядя. Но я не девочка 5 лет, я не хочу чувствовать себя ребенком. Я знаю, другая женщина гордилась бы тобой, плавала в лучах твоей гениальности, но мне этого мало, Джош. Мало. Я хочу чувствовать себя человеком. Мади встала и положила на стол ключи.

– Мади, но ведь я люблю тебя – прошептал я.

– Я вернусь к тебе, когда я тебе буду нужна, – она подошла ко мне, обняла и тихо сказала,

– Надеюсь, что этого никогда не случится. – Затем взяла сумку и вышла.

259

Я сидел и думал о том, счастье ли это иметь IQ 240 и потерять Мади, или иметь IQ 95 и никогда не узнать ее. Эта была первая проблема в моей жизни, которую я не мог решить. И только, когда рак начал съедать по кусочкам мой IQ, понял, что Б-г или случай дал мне возможность быть счастливым человеком. Мади вернулась ко мне сразу, как только узнала о моем диагнозе. Мне абсолютно не больно, что то, что я знал, умел, уходит от меня, потому что знаю, что последней уйдет моя любовь к Мади, мы оба понимаем это".

Джош, как я говорил, интересовался всем. Не было области знаний, в которой он за несколько дней не становился бы профессионалом. Его обширные знания и красивые идеи разделили ученых на три группы. В первую входили те, кто из зависти отказались от общения с ним. Таких было 70%, они вечно спешили, опаздывали. Среди них были выдающиеся ученые, признать превосходство Джоша они физически не могли.

Когда их спрашивали о Джоше, они как правило отвечали: 'А этот, домашний самоучка. Ну откуда у него могут быть глубокие знания, он же университет не кончал'. Джош вначале никак не мог понять, что происходит, пока я не объяснил ему, в чем дело. Следует сказать, что когда его работы по космологии и Общей Теории Относительности и Квантовой Биологии получили признание, все разговоры о самоучке прекратились. Вторая группа людей, их было процентов 20, наоборот, стремились к общению с Джошем. Они бессовестно обкрадывали его. Знал ли об этом Джош? – Конечно. Когда я сказал ему, что нехорошо разбрасываться идеями, он ответрил, 'А что я их, после смерти с собой заберу? Пусть пользуются'. И, наконец, третья группа – она состояла, в основном, из молодых талантливых ребят. Входили в нее и несколько очень крупных авторитетных ученых. Они просто любили Джоша, млели от общения с ним. После смерти Джоша эти ребята опубликовали порядка 150 статей, в которых первым автором, то есть автором идеи, был Джош. Эти работы практически покрывали все области знаний, от физики, биологии, инженерии до этнографии, языкознания, теории музыки.

Мы, то есть наш Департамент, постарались обеспечить Джоша всем необходимым для удовлетворения его интеллектуального голода. Ему был выделен офис и дано разрешение посещать все лаборатории в нашем корпусе. Мы также договорились с физическим департаментом и химическим, чтобы ему дали разрешение посещать эсперимментальные лаборатори. Иными словами, Джошу была предоставлена максимальная полная свобода в научных исследованах.

Вот как об этом пишет Джош:

"*По настоянию Кевина, мне выделили отдельный кабинет в департаменте психологии, поставили большой подковообразный стол и такой же формы компьютерный экран. Это очень удобно, я теперь могу читать сразу несколько книг. Кевин распорядился также поставить в кабините компактный спортивный комплекс, чтобы я за своими занятиями не забывал заниматься физкультурой. Теперь мне не приходится все время бегать из библиотеки на тесты. Я счастлив. Прихожу в 9 и ухожу в 9. Мади, конечно, недовольна. Мне, кажется, что я могу овладеть всеми знаниями со времени изобретения письменности. Иногда заходит Кевин, он садится в сторонке, смотрит на экран, что-то спрашивает и уходит. Иногда приходит секретарша с кофе или чипсами, в час дня приносит ланч. Несколько раз приходила Мади, мы с ней болтали, смеялись, но уходила она всегда расстроенная. Сейчас уже не приходит.*

Вчера я вдруг понал, что пришло время использовать свои знания и свои умения в сфере человеческого разума. Потому что, кто еще кроме меня жил в двух мирах? Я поговорил с Кевиным и деканом департамента. Меня назначили руководителем группы, занимающейся "Эффектом Джоша", Кевина – моим заместителем. Он этому очень рад. Постепенно вхожу в тему. Да, мозг странная штука, что ж стало с ним, что он вдруг так поумнел? Можно ли всех людей сделать гениями? Я очень на это надеюсь. Исследование деятельности мозга – фантастически интересня вещь, мне кажется, что это именно та проблема, к решению которой я готовился всю мою мою новую жизнь.

Работаю уже месяц, а понимания как не было, так и нет. Кевин сказал, что учебу, которой я занимался, можно сравнть с дорогой по рельсам, что у каждого поезда своя скорость и свои остановки. А работа в науке это прокладывание просеки в лесу, поэтому и скорость разная. Надежду я не теряю.

Мне кажется, я что-то нащупал. Теперь работаю с утра до вечера. Несмотря на протесты Мади, вытащил из кабинета спортивный комплекс и поставил диван. Теперь я могу по ночам работать в лаборатории. Мади стала слишком много требовать от меня, это очень мешает моей работе. Думаю, она могла бы вытерпеть другую женщину, но не мою отдачу работе. Я стал очень раздражителен, меня выводит из себя все, что отвлекает от работы. Недавно наорал на Кевина, когда он попросил меня объяснить цель экспериментов, которые я провожу. Я дорожу каждой минутой, как будто за мной должны прийти и увести на расстрел.

Три месяца назад, я прочитал книжку о гениальном Галуа, ему было 18 лет, когда его арестовали за участие в француской революции. За тот месяц, что он сидел в тюрьме, он развил новую область математики. Когда его вели на расстрел, он был спокоен, потому что успел записать идеи новой математики. Я хочу тоже успеть.

Вчера понял, насколько я соскучился по Мади, теперь раз в три-четыре дня прихожу ночевать домой. Странно, но Мади дает мне силы, хотя мы только и делаем, что занимаемся любовью. Иногда у меня мелькает мысль, как здорово, что она есть в моей жизни.

Время для меня преобрело совсем другой смысл – я нырнул в него и и теперь гребу из всех сил, как в бассейне когда надо на одном вздохе доплыть под водой до противоположной стенки. Мир вокруг меня и мое прошлое кажутся мне далекими и искаженными, будто время и пространство потеряли свою форму. Еденственной реальностью являются только клетки, мыши, лабораторное оборудование и компьютер. Я знаю, что должен отдохнуть, но не могу прервать работу, пока не пойму, как на самом деле работает интеллект. Для меня не существует дня и ночи.

Я почти достиг цели. Я чувствую ее. Они все думают, что я убиваю себя, работая в таком темпе, они не понимают, что я теперь живу на вершине ясности и красоты, про существование которых они никогда не знали. Каждая часть меня нацеленна на работу. Я впитываю ее во все поры в течение дня, а ночью – в то мгновение, когда готовлюсь провалиться в сон, – идеи взрываются в моей голове, подобно фееверку. Нет большей радости, чем взрыв решения проблемы.

Нельзя себе представить, чтобы что-нибудь могло забрать у меня эту кипучую энергию, бурную радость жизни, заполняющую меня. Ощущение такое, что все те знания, которые я накопил в себе в течении последних месяцев, слились вместе и подняли меня на вершину света и понимания. Красота, любовь и правда соединились во что-то одно. Эту радость, теперь, когда нашел ее, разве могу я оставить? Жизнь и работа – замечательнейшие вещи, которые только может иметь человек. Я влюблен в то, что делаю, потому что ответ на проблему уже находится в моем подсознании и скоро, очень скоро, он взорвется в моем сознании. Я хочу решить проблему интеллекта. Я прошу Б-га, чтобы он помог мне найти тот ответ, в котором я так нуждаюсь, но даже если я его не получу, то соглашусь на любой и попробую быть благодарным за то, что имею.

К моему удивлению пришла Мади. Сказала, что решила мне помочь; теперь каждый день приходит и работает со мной, каким-то своим

262

женским чувством она понимает, что мне нужно. В 11 вечера она уходит, чтобы в 7 утра опять быть здесь. Я спросил, как же ее занятия, она только махнула рукой. Кевин сказал, что Мади взяла в университете отпуск.

В течении последних дней я зацел в тупик. Ничего страшного. Я где-то сделал неправильнуй поворот, поскольку получил ответы на множество вопросов, кроме того, который является самым главным для меня: в чем суть интеллекта. И где тот переходник, который бессознательное превращает в слова.

К счастью, я знаю достаточно про процессы, которые происходят в человеческом мозге, чтобы не переживать из-за неудачи. Вместо паники, и желания все бросить (или еще хуже, настойчиво искать ответы там, где их нет), я решил временно оставить главную проблему и дать голове покой. Я дошел настолько далеко в области сознания, что решил все проблемы скинуть в таинственный мир подсознания. Если я останусь на уровне сознательного, то это только заморозит вещи, над которыми я думаю. Как много проблем остались нерешенными только потому, что люди не знали, как к ним подступиться. Их вера в свои творческие способности была недостаточной, чтобы мобилизовать весь свой ум на решение. Мади вернулась к своим занятиям, я ее не вижу. Может, это и к лучшему. Мы с Кевином, каждый день ходим на концерты симфонической музыки. Иногда мы пьем кофе у него в офисе. Несколько раз ходил в студенческое кафе, звал Мади, но она отказалась. Написал еще один коцерт и партитуру отдал Кевину. Он загрузил ее в компьютер, и прослушав, сказал, что ему понравилось и спросил, может ли он пригласить своих друзей послушать. Я согласился. Вечером мне позвонила Мади и сказала, что очень признательна, что концерт я посвятил ей, но ко мне не пришла.

Решение пришло ко мне во время сна. Все детали картины, сложились в единное целое, я увидел то, что должен был увидеть с самого начала. Я встал, накинул пальто и включил компьютер. В моих рассуждениях была ошибка, и теперь я точно знал, какой эксперимент поставить, чтобы ответить на вопрос о сути мышления.

Начал с Кевиным и Стивом писать первую из пяти задуманных статей. Никогда не думал, что статьи пишуться так быстро. За день написал первую и послал Кевину и Стиву. Думаю завтра отправим в печать.

Через три недели открывается международный симпозиум "Интеллект и Мозг". Пришел Кевин, мы за вечер подготовили слайды и написали доклад. Кевин сказал, что мы доложим наши исследования на пленарном заседании и я буду докладчиком. Это очень престижно. Доклад написали быстро, так как написали уже три статьи и две отправили в журналы.

Кевин оторвал глаза от планшета. А теперь перейдем к печальным страницам. Вот как о своей болезни пишет Джош.

Вчера утром заболела голова. Странно, со мной никогда такого не было. Принял лекарство, помогло. Начал работать над пятой статьей. К вечеру опять начались головные боли. Принял лекарство, с трудом заснул. Черт, из-за головных болей стал хуже соображать. Пришел Кевин, с ним обработка данных пошла быстрее. Голова болит непрестанно. Но, слава Б-гу, обработку закончил, осталось написать текст и построить графики. Начал писать, почти закончил, как к своему ужасу обнаружил, что по рассеяности часть ее написал на арамейском, часть на древнеиндийском, часть на греческом, а закончил на тибетском диалекте, на котором уже никто не говорит. Кевин настаивает, чтобы я пошел к врачу. Он прав. Я сам чувствую, что что-то со мной не так, приходится напрягаться, чтобы вспомнить вещи, которые знал.

О боже, у меня быстропрогрессируюий рак. Проверил данные, точно при быстром скачке интеллекта, вероятность возникновения рака близка к 100%. Сказал об этом Кевину. Оказалось он об этом знал, но надеялся, что со мной этого не случится. Добавил в статью еще один график и изменил выводы. Кевин сказал, что главное, что удалось доказать, что ускорение развития интеллекта возможно. Осталось, только понять, насколько быстро можно убыстрять развитие интеллекта, чтобы вероятность возникновения рака не росла.

Кевин приехал с симпозиума, сказал, что наша работа вызвала огромный интерес, десятки групп в разных странах хотят заняться ускоренным развитием интеллекта. Стив, наш аспирант, сказал, что за искуственное ускорение инеллекта мы получим Нобелевскую премию по биологии. Я засмеялся и сказал, что это уже без меня, и что свое место я уступаю ему. Стив замахал руками и заявил, что из достоверных источников ему известно, что нашу работу уже выдвинули на Нобелевскую премию. Я не думаю,что он врет, его отец крупный ученый и член Нобелевского комитета. Я повторил, что место уступаю ему, поскольку в лучшем случае проживу месяц.

Пришла Мади. Сказала, что взяла бессрочный отпуск и будет со мной до конца. Я сказал, что через месяц меня уже точно не будет, и что она, перед тем как брать отпуск, могла бы со мной поговорить. Мади ответила, что это не важно, потому что через 4 месяца родит мальчика. Это здорово! Но как жаль, что меня при этом не будет. Как здорово было бы перерезать пуповину связывающую сына с мамой, взять на руки, а через несколько месяцев увидеть его улыбку, обращеммую ко мне. Я спросил, Мади, как она назовет сына. Она сказала Джош.

Сейчас мы живем вместе. Мади заботится обо мне, как профессиональная сиделка. Откуда это у нее?

Сегодня ночью вдруг отчетливо понял, что сам по себе ум, ничего не значит, что в университете, ум, образование, знания стали идолами, что существует одна вещь, которую я проглядел. Ум и образование не объединеные с человеческой любовью, ничего не значат. Ум, способность абстрактно мыслить является одним из наибольших даров, полученных нами от Творца. Однако, как часто поиск знаний препятствует поиску любви. Ум без способности отдавать и принимать любовь ведет человека к психическому и эмоциональному срыву. Ум, сосредоточенный исключительно на себе, который исключает человеческие отношения, может привести только к насилию и боли. До драки у меня было много друзей, а после... благодаря интеллекту я знал огромное количество людей, но друзей у меня не было. Даже Кевина я воспринимал не как друга, а как коллегу. Исключением была только Мади.

Рак начал отключать мой интеллект, вчера заметил, что половину языков забыл. Мади сказала, что это хорошо, потому что скоро я с ней ночью буду говорить только на английском. И вообще ей интересно, что я лопочу каждую ночь. Я сказал, что на самом деле я повторяю «Я люблю тебя, Мади» на всех языках, которые знаю. Мади ужасно расстроилась. Я спросил, почему она плачет. Но она еще пуще расстроилась. Я начал ее утешать, сказал, что английский забуду последним. Она прижала мою голову к груди: «Какая я дура, какая дура, – повторяла она, – что ушла от тебя. Говорил мне Кевин: 'Не уходи, не уходи, Джош любит тебя'. Сказал, что, когда человека любишь, готов сделать все, чтобы он был счастлив. Что часто люди путают любовь к себе с любовью к другому. В подтверждении существования настоящей любви рассказал мне про первого парня своей жены Маргарет, звали его Натан. Он очень любил Маргарет, но, когда почувствовал, что она не может ответить ему тем же, отошел и стал ей искать подходящую пару. Оказывается, именно он познакомил Кевина с Маргарет. Кевин мне сказал: 'Знаешь, как Натан танцевал на нашей свадьбе, как радовался нашей любви'. Я ответила, что не верю в то, что этот парень на самом деле любил свою девушку, просто хотел от нее избавится. Кевин с грустью посмотрел на меня. 'Когда у моей жены обнаружили рак и стало понятно, что поправить ничего нельзя, он стал приходить к ней в больницу, стараясь поддежать и её, и меня. В последние несколько дней мы по очереди дежурили у её кровати. Когда Маргарет умерла, я был в таком шоке, я верил, что в последнюю минуту совершится чудо. Когда он стоял перед гробом у него из глаз текли слёзы, 'Мы оба потеряли её', – сказал он мне'. Кевин говорил, что я для тебя самый близкий человек, а я дура не верила, у меня в голове звучали твои фразы, на каких-странных языках, которые ты говорил мне во время нашей близости. Знаешь почему я плачу? – Спросила Мади и, подняв мою голову, заглянула в глаза: 'Не потому, что ты умрешь, а потому что я просто дура, что обиделась и ушла от тебя. Ведь весь этот месяц мы могли бы быть вместе, понимаешь, вместе'.

'Я люблю тебя' – сказал я. Мади повторила: 'Я люблю тебя'. 'Я люблю тебя' – сказал я на франзуском. Мади повторила: 'Я люблю тебя' – на франзуском. Я повторял: 'Я люблю тебя' на итальянском, немецком, русском, греческом... и каждый раз Мади повторяла фразу 'Я люблю тебя' за мной на немецком, русском, греческом... На пятнадцатом языке я остановился. Мади в ожидании уставилась на меня. 'Больше не помню' – пояснил я. Мади взяла мою голову и приложила ухом к животу: 'Слышишь?, – Я почувствовал толчки, – Этот мальчик, завелся во мне с нашей первой близости'. Я ничего не сказал.

У меня начала нарушаться координация, говорю я только на английском и только на обыденные темы. Я практически все забыл, чему научился за восемь месяцев. Каждый день приходит Кевин, мы с ним пьем чай, болтаем. Вечером выходим с Мади проводить его и немного погулять по кампусу. Мади предложила зайти в наше кафе. Хозяин усадил за наш столик и принес кофе и полную тарелку пирожных. Было очень приятно, но я быстро устал, и хозяин сложил пирожные в коробку, и мы пошли домой. Утром мы пирожные доели. Несколько раз заходил Стив, рассказывал о новых результатах в лаборатории, но в общих чертах. Понимает, что детали мне уже не доступны.

Процесс пошел совсем быстро. Вчера установили специальную кровать с кислородным баллоном. Кевин сказал, что мне осталось несколько дней. Несмотря на мои просьбы, Мади все равно спит со мной.

Я умру за семь месяцев до своего 24 летия. Я знаю, многие скажут, что моя жизнь была слишком короткая, чтобы насладиться ею в полной мере. А я считаю, себя счастливчиком, потому что сумел после себя оставить не только знания о работе интеллекта, которые изменят жизнь человечества, но и жизнь, которая появится на свет через три месяца после моей смерти. Я счастливчик, потому что имел настоящего друга, знал любовь, разлуку и опять любовь.

Рядом лежит Мади и делает вид, что спит. В соседней комнате за компьютером дремлет Кевин. Я не боюсь смерти, потому что жизнь мы получаем в подарок и на короткое время. Утром придет тот, Кто одолжил мне ее... и то, как я воспользовался Его подарком, зависело только от меня.

Кевин закрыл планшет:

"Мади находилась с Джошем все время его болезни, она старалась проводить каждую минуту, каждую секунду с ним, ее абсолютно не трогало, что рак постепенно забирает у ее возлюбленного интеллект. За несколько дней до смерти IQ Джоша стал даже ниже того, что был до драки, он забыл практичеси все, чем овладел за то время, пока был гением. Мади была с Джошем, до последнего его дыхания, держала его руку, когда он уже ничего не чувствовал, или нам казалось, что он ничего не чувствовал.

Мади родила мальчика и назвала его в честь отца Джошем. Иногда мы встречаемся с ней и младшим Джошем, часто к нам присоединяется ее муж, мой молодой коллега, который помогал мне в иследованиях "Феномена Джошуа". Как вы наверное догадались, его зовут Стив.

Любил ли Джош Мади? Да, безусловно! Сделало ли это ее счастливой? Я думаю, что да, он дал ей все, что мог. Что касается Джоша младшего, то он очень сильно напоминает своего отца. Умный, хороший, ласковый мальчик, его IQ среди сверстников один из самых высоких".

После окончания Лондонской Медицинской Школы, я четыре года работала в лаборатории профессора Кевина Волкова, сделала свою диссертацию. Моим руководителем был Стив. Я часто общалась с Мади и Джошем младшим. Мади никогда не говорила об Джоше, но я чувствовала, что он живет в ней. Когда мне предложили написать статью к 70 летию Кевина Волкова, я позвонила Мади и спросила, собирается ли она написать статью о нем. Мади ответила, что нет. Перед тем, как послать статью в редакцию я послала ее Мади. Она сказала, что благодарна мне за Джоша. Сейчас у Мади четверо детей

*   *   *

Рассказ Дженифир Полавски заставил Исаака более реалистично посмотреть на мир, понять, что существует не только физика, но и дружба, любовь, что отношения между людьми не могут строиться исключительно на принципах коллегиальности. История взаиомоотношений Мади и Джоша помогла ему осознать то, о чем он уже догадывался, что в основе его отношений с Авивой лежит уважение к профессиональным качествам друг друга, а не простая человеческая привязанность и ему захотелось встретить женщину, которая любила бы его, без относительно от его успехов и неуспехов в науке.

Детство Ирис. Греция

Ирис родилась в 1954 году в маленьком греческом городке, затерянном в горах. В то время не было ни интернета, ни мобильных телефонов, ни компьютеров, ни телевизоров, средством информации о происходящем в мире служило радио, которое, если сказать по правде, никто в то время особенно и не слушал. Чтобы узнать местные новости, достаточно было зайти в местное кафе или просто пройтись по улицам; то, что происходит в мире, никого не интересовало. Что касается телефона, то в городке, где родилась Ирис, он был большой редкостью. Телефон был на почте, в городской ратуше, в полицейском участке, соединенном с пожарной станцией, в школе, которую Ирис посещала, пока ее отец не получил работу в гимназии в Афинах и еще у нескольких зажиточных жителей городка.

В доме, где жила семья Ирис, тоже был телефон. Пользовались им только чтобы узнать, какой фильм привезли в кинотеатр, спросить если ли свободный столик в кафе, или когда, наконец, доставят газеты. Родители Ирис и другие гости также звонили в Афины или другие города Греции, но, поскольку связь с другими городами была не автоматическая и приходилось довольно долго ждать пока оператор соедиит с аббонентом, случалось это не часто.

Вся семья Ирис жила под крышей огромного четырехэтажного дома, построенного лет 200 назад дома пра-пра еще много раз прадедушкой. В доме, кроме семьи родителей Ирис и ее двух младших братьев близнецов, жили бабушка и дедушка, дядя Дорос[6] с женой и тремя почти взрослыми сыновьями, тетя Аглая[7] с мужем, дочкой Афродитой и сыном Аполлоном сверстниками Ирис. Дом был настолько большой, что когда приезжали все многочисленные родственники, а это было летом во время школьных каникул, места хватало всем.

Дом стоял на отшибе: дорога на машине до центра городка, где можно было купить домашнюю утварь, продукты, сходить в кино, полакомиться мороженным, повидать знакомых занимала минут 15. До городка можно было и добежать за полчаса, но это если не останавливаться. Но никто из детей дорожкой не пользовался, поскольку после спуска с горы она, петляя вдоль горной речки, скрывалась в овраге темном и зловещем. Ветви огромных деревьев, закрывавшие солнце, сырость, идущая из земли, подымающийся местами до уровня груди туман, крики невидимых птиц заставляли сердце сжиматься от страха. Лес казался наполненный динозаврами и летающими ящерами. Идти с милю в таком месте было страшно, даже если рядом были родители или дедушка, который любил рассказывать истории про своих знакомых, пропавших в овраге.

В восемь лет Ирис, после второго класса, уехала к родителям в Афины и приезжала к бабушке и дедушке с родителями и братьями в начале лета. Отпуск у родителей, как у всех учителей того далекого времени, был длинным, более двух месяцев и они много времени проводили вместе, чего никак не получалось в городе. На второй-третий день Афины улетучивались, и Ирис казалось, что она никогда не уезжала из этого дома, наполненного шумом, гамом множества детей и взрослых, наполненного ненавязчивой любовью и нежностью. Ирис дружила со всеми, но особенно с Афродитой и Аполлоном, всегда веселыми и изобретателями всевозможных приключений.

*　　*　　*

Вот и сейчас Афродита сидела с Ирис на качелях, а Аполлон поочередно толкал то одну то другую. При взлете качелей Ирис закрывала глаза, ей казалось что если отпустить руки, она взлетит, словно птица, и будет лететь, лететь пока дом и городок не скроются внизу за облаками.

---

[6]Дорос (ударение на первом слоге) в переводе с греческого означает "подарок".
[7]Аглая в переводе с греческого означает "красота".

Завтра у нее день рождения, 10лет. Интересно, что подарит ей Афродита. Наверное, опять куклу. Их у нее с десяток. Что подарит Аполлон, она знала. Вчера он долго спрашивал, что она любит читать. Наверное, это будет книга английских народных сказок. Что подарят бабушка и дедушка она тоже знала, библейские истории для детей. Она видела книгу на тумбочке в их спальне, когда случайно вбежала в поисках своих вечно пропадающих братьев.

"Все! Теперь моя очередь" – сказал Аполлон и стал тормозить качели.

Ирис с Афродитой переглянулись "Кому толкать?".

"У Ирис завтра день рождения, поэтому толкать тебе, Афродита" – сказал Аполлон, останавливая качели. Афродита соскочила с качелей и Аполлон, став на перекладину коленями, приказал:

"Давай!"

После каждого толчка качели взлетали вверх, застывали на долю секунды и, стремительно набирая скорость, падали вниз. Как хорошо, что она здесь в доме бабушки и дедушки, что приехали ее многочисленные двоюродные братья и сестры, что приехал дядя Дорос, а значит по вечерам, они будут смеятся до упаду над его рассказами и, конечно, начнут готовить пьесу, в которой будет место каждому. Так было всегда, будет и сейчас.

Подошли братья Ирис, им тоже захотелось покататься на качелях. Ирис вздохнула: "С ними всегда так, только она начнет чем-то заниматься: играть, делать уроки или просто разговаривать с подружками, как они тут как тут. И всегда им хочется того же, что и ей!" Ирис и Аполлон соскочили с качелей, близнецы забрались на качели и, подымая ноги, стали раскачиваться.

"Ну что, поможем? "– спросила Афродита.

"Давай, кто выше" – предложила Ирис.

Афродита согласилась, и они стали изо всех сил раскачивать качели с визжащими от ужаса и восторга мальчиками.

Сделав очередной толчок, Ирис подумала: "Как здорово, что не нужно браниться с братьями, места для игр хватает всем".

*   *   *

Через час все дети сидели за длинным деревянным столом и ели яблоки прошлого урожая. Яблоки были слегка сморщенными, но не утратили сладость, спрятанную за золотистой с красными полосками кожурой. Взрослые тоже ели яблоки и вели свой неторопливый разговор. Они наслаждались возможностью не думать о том, чем занять детей, почему у сына или дочки плохая оценка. Жизнь детей и их родителей расщепилась, и обе стороны были довольны предоставленной на все лето свободой. Отец Ирис посмотрел на маму и сказал, ей что-то на ушко. Она покраснела и засмеялась.

В Афинах родители Ирис всегда были в напряжении, днем работа в школе, по вечерам проверка домашних заданий и подготовка к урокам, поддержание дома в чистоте, приготовление еды, и еще дети, которым надо уделять хоть немного внимания: проверять уроки, разнимать драки, рассказывать на ночь сказки. Как хорошо жить своей жизнью! Наверное, именно поэтому и дядя Дорос с семьей, и тетя Аглая с мужем и детьми, предпочитали проводить отпуск здесь, в этом старом доме, а не в курортных местах на Адриатическом море.

Неожиданно Аполлон наклонился к Ирис и прошептал:

"Давай сделаем секрет".

"Какой секрет?" – также тихо спросила Ирис.

"Понимаешь, – Аполлон наклонился к уху Ирис, – я читал в книге, что археологи очень радуются, когда находят клад, в котором не деньги, а статуэтки, посуда, орудия труда, книги. Потом, что они намного больше могут рассказать о том как жили люди 1000 или 2000 лет назад, чем монеты. Вот я и подумал, что если через 1000 лет они найдут вещи, которые расскажут им о тебе, мне, Афродите, твоих братьях, наших родителях – будет здорово. Представляешь, найдут они наш секрет, а там твоя фотография, тарелка из которой ты ела, кукла... Здорово, правда?

"О чем вы здесь шушукаетесь? Нам тоже хочется знать!" – Ирис и Аполлон не заметили, как к ним подошли близнецы.

"Ни о чем! Кушайте яблоки!" – рассердился Аполлон.

Ирис глубоко вздохнула, она знала, что теперь братья по пятам будут следовать за ней и Аполлоном, пока не узнают в чем дело.

"Мы с Аполлоном хотим сделать клад" – тихо, чтобы никто не слышал, сказала Ирис.

Услышав о кладе, близнецы затихли, и Ирис, несмотря на недовольное лицо Аполлона, рассказала им все, о чем только что услышала от Аполлона.

"Но каждый должен сделать свой клад. Он должен быть секретным, чтобы никто не знал, где он закопан и что в нем. Понятно?".

Близнецы кивнули и испарились так же неслышно, как и появились.

"Это ты здорово придумала, – восхищенно сказал Аполлон и взял яблоко, – я тогда всем расскажу. Ты не против?".

"Нет"

Аполлон повернулся к сестре и быстро зашептал ей что-то на ухо. Ирис видела, как загорелись глаза у Афродиты, и скоро волна шепота уже распространялась по детской половине стола. Взрослые, увлеченные рассказом дядюшки Дорос, ничего не заметили.

* * *

Ирис проснулась за час до восхода солнца. За окном ее маленькой комнаты на четвертом этаже еще была ночь. Мысль о кладе, который она сегодня должна обязательно зарыть, разбудила ее. Она потянулась. Теплое одеяло спасало от утреннего холода. Еще вечером она решила, что положит в клад: свою фотографию, фотографию мамы и папы, фотографию братьев, бабушки и дедушки, которые висели над ее кроватью, положит куклу Сашу, колечко с голубым камешком, его было конечно жалко, оно было подаренно мамой, но мысль, что через тысячу лет колечко найдут и вспомнят о ней, была важнее. Ирис решила положить в коробку несколько пластинок с детскими сказками, которые любила слушать зимними вечерами. Правда, их надо разломать на несколько частей, но она уже решила, что подпишет их, чтобы потом археологи могли правильно склеить. Вечером она пораньше ушла в свою комнату, чтобы написать письмо архиологам, которые найдут ее секрет. Писала она долго, мама приходила несколько раз и тушила свет, но как только ее шаги затихали на лестнице, она опять включала настольную лампу и продолжала писать. Чтобы мама ничего не заподозрила, Ирис положила на тумбочку книжку и, когда открывалась дверь, быстро брала ее в руки, прикрыв листы, вырванные из тетрадки, и карандаш одеялом. Когда письмо было закончено, она сложила его несколько раз и положила в целофановый пакет.

Ирис встала и, несмотря на холод, шедший из открытой форточки, подошла к окну. Звезд было много, и все они подмигивали ей, будто знали, что она будет жить вечно, как и ее родители, братья, дедушка и бабушка, многочисленные двоюродные братья и сестры, дяди и тети, что это просто игра в клад, которую придумал Аполлон. Сегодня ее день рождения. "Как здорово будет вечером получить кучу подарков!", – подумала она. На горизонте появилась светлая чуть заметная полоска, и сразу, словно огоньки в театре, звезды посерели. Предрассветный холод проник под ночную рубашку. Ирис подбежала к кровати, схватила одеяло, укуталась в него и подошла к окну.

Белый пододеяльник на полу был словно шлейф принцессы... Ирис почувствовала себя волшебницей, по знаку которой должен начаться день. Она стала на цыпочки и сделала широкий взмах рукой, будто открывала штору – появился край Солнца. Ирис набрала полные легкие воздуха и дунула, и мгновенно потухли фонари городка внизу. "Пора вставать", – громко сказала она и почувствовала, как сразу ожил лес внизу, запели соловьи, с крыши дома взлетели ласточки. Ирис подумала о своих родителях и бабушке, которая всегда, перед тем как пойти спать, крепко прижимала ее к свой груди. От бабушки всегда шел вкусный запах оладий, печенных яблок, свежесваренного варенья и крепкого кофе. Ирис вдыхала этот запах и становилась невесомым облачком, следующим за бабушкой, словно их собака Гермес. "Пусть еще поспят" решила она, и приказала солнцу подняться еще выше. Оно выскочило из-за леса и теперь светило вовсю. "Ну что, теперь пора вставать и готовить завтрак", – громко сказала она. Бабушка и мама встали, и скоро по всему дому расползся запах блинов. "А теперь пришло время кормить коз и гнать корову на пастбище", – произнесла она, и тотчас отворилась входная дверь, и на улицу вышли дедушка с дядей. Они пошли в сарай, и скоро из него вышла корова Мелита[8]. Наверное, она было очень голодная, потому что без понукания пошла к воротам. Дедушка открыл ворота, и Мелита по знакомой дорожке посеменила к лугу, прилегающему к горной речке. Дорос выгнал коз и хворостинкой погнал их вслед за Мелитой. Дедушка тоже вышел за ворота, в руках у него было ведро. "Скоро будет парное молоко" – подумала Ирис. "Всем вставать!" – приказала она. И услышала, как множество голых ног застучали по всем четырем этажам дома. Ирис сбросила с себя одеяло, оно упало словно снежное платье из сказки, она подняла его, бросила на кровать, натянула платье и побежала вниз, где у туалетов уже переминались с ноги на ногу и прыгали ее братья и сестры. День начался.

* * *

Ирис несла железную коробку, в ней был клад. В саду она заметила Аполлона, он что-то копал рядом с яблоней. Ирис тихо, чтобы он не заметил ее, вышла за забор и направилась к сосне. В руке у нее, кроме коробки, был железный совок, взятый в домике для садовой утвари. Земля под сосной оказалась покрыта толстым слоем слежавшихся иголок. Ирис с трудом расчистила место, чтобы выкопать ямку. Но земля оказалась вся пронизана толстыми корнями, между которыми совсем не было места для клада. Она закрыла дерном корни и отошла на несколько метров от сосны. Здесь иголок было намного меньше. Под

---

[8] Мелита в переводе с греческого означает "медоносная пчела".

ними Ирис нашла достаточно места, чтобы выкопать яму. Через 15 минут коробка, перевязанная веревкой, покоилась под толстым слоем земли. Ирис оглянулась: "Как она найдет место, где спрятан клад?". Рядом с сосной лежала палка. Ирис воткнула ее в место, где находилась коробка, потом подумала и вкопала палку поглубже, чтобы ветер или случайный прохожий не сбили ее. Она подняла голову, в метрах тридцати от нее высился дом. Ирис стало грустно, но мысль, что через тысячу лет люди найдут ее коробку и узнают о ней, о ее существовании развеяла грусть. Она еще раз посмотрела на палку, торчащую среди травы, и побежала домой, где ее ждали родители, братья, Аполлон, Афродита, многочисленные дядюшки, тетушки, их дети, собака Гермес, куры, козы, корова Мелита, ждала жизнь, которая никогда не может кончится. Она бежала, и с ней было лето 1964 года, пойманное и надежно закупоренное в ее теле, лето, которое можно открыть, словно бутылку сока в зимний холодный вечер, когда за окном идет многодневный дождь и мокрая всепроникающая тоска пронизывает все на свете.

*   *   *

Ирис сидела у речки, текущей в овраг. Солнце за спиной пекло нестерпимо, но здесь, у оврага, оно не казалось таким злым. Ирис думала о том, что если там на лугу речка казалась ей подружкой, с которой приятно поговорить, послушать ласковое журчание воды, окунуть исколотые скошеной травой ноги в студеный поток, то здесь, в овраге, она становилась извивающейся анакондой, готовой проглотить ее в своей глотке. Ирис взяла землянику из корзинки и положила в рот, надкусила: "Кислая и одновременно сладкая" – удивилась она своему открытию. Мимо прополз муравей, за ним еще один, и вот уже с десяток тащили на себе удивленную гусеницу. Она с интересом смотрела на процессию, и вдруг мысль, что еще минута и гусеница скроется в муравейнике и там умрет навсегда, потрясла ее. "А как же я? Неужели я тоже когда-то умру? А как же, мама, папа, братья, Апполон, Афродита, бабушка и дедушка, тетя Аглая и дядя Дорос, ее многочисленные двоюродные братью и сестры? Неужели они тоже умрут?". Брови Ирис сошлись к переносице: "Нет, они не могут умереть! Умереть могу только я". Она увидела себя в гробу, убранную цветами, увидела плачущих родителей, грустных Апполона и Афродиту, увидела своих братьев, как они шепотом говорят, что наконец, переселятся в ее комнату в Афинах. Ирис стало жалко себя до невозможности... Она посмотрела на речку, овраг, солнце, дом на горе и решила, что все, кого она знает и любит, будут жить вечно, всегда и это самое главное. Она опустила в речку ноги, вода обожгла их.

"Вот ты где, – рядом с ней стоял Апполон, – а мы с Афродитой обыскались тебя. Бежим домой, твой папа привез мороженное. Сказал, что на всех не хватит. Я для тебя взял одну порцию и спрятал в холодильник за кастрюлей с борщом. Ну, вставай, побежали, а то твои братья, ну сама знаешь...".

Ирис вскочила и побежала вслед за Апполоном.

* * *

Вместе с мороженным папа принес телескоп и сказал, что после ужина все желающие могут забраться на крышу и полюбоваться на звезды. Поскольку таковых оказалось много, он начал составлять список. Было решено, что первыми будут смотреть в телескоп самые младшие дети, поскольку с наступление темноты они должны идти спать, за ними более старшие и наконец последними на звезды будут смотреть взрослые, причем, в обратном порядке: вначале самые старые, это дедушка и бабушка, потом их дети и их жены и мужья, самыми последними должны быть дядя Зефир[9] и его молоденькая жена 18 летняя Дорсия[10]. Во время составления списка все смеялись, только дедушка был серьезен, но он всегда был серьезен. Когда список был составлен, дедушка встал и, откашлявшись, сказал: "Зефир и Дорсия только поженились и, поэтому нехорошо над ними издеваться, ставить их в конце списка. Поэтому я принял решение, уступить им свою очередь". Его заявление вызвало одобрительный смех, а когда Дорсия густо покраснела и сказала, что готова потерпеть, взросые просто взорвались от смеха. Ирис, честно говоря, не поняла почему Зефир и Дорсии такая привилегия: "Они и так спят дольше всех, – недовольно сказала она Афродите, – встают всегда, когда все уже позавтракали, и мама помыла посуду". Афродита с ней согласилась.

Бабушка предложила ужинать на крыше. Все ее поддержали. Вначале на крышу занесли большой стол, потом кресла, стулья и установили множество небольших факелов, которые своим дымом должны были вечером отпугивать комаров. Сели за стол около семи, когда солнце еще было достаточно высоко. За ужином взрослые, как всегда, много смеялись, обсуждали новости, придуманные и реальные. Дети с нетерпение смотрели на небо, ожидая когда, наконец, солнце

_____

[9] Зефир в переводе с греческого означает "западный ветер ".
[10] Дорсия в переводе с греческого означает "газель ".

сядет и можно будет заглянуть в трубу, которую все называли телескопом. Ирис с братьями, Апполоном и Афродитой от нечего делать принялись играть в догонялки, но им сразу было предложено либо сидеть смирно или бегать внизу, потому что заборчик по краям крыши невысокий и свалиться с четвертого этажа достаточно легко. Папа, видя скучающие лица детей, принес из дома колоду карт и стал показывать фокусы.

Когда выступили первые звезды, дедушка зажег факелы с пахучей жидколстью и лампу на столе. Ночь была безлунная и вскоре множество звезочек и звезд заполнили небо.

Папа потребовал внимания и кратко рассказал, что звезды, хотя и кажутся очень маленьким, на самом деле огромны в сотни, тысячи раз больше Земли, а кажутся маленькими, потому что находятся очень далеко. Когда он закончил, Апполон спросил его, есть ли жизнь на звездах. Папа сказал, что жизни на звездах точно нет, потому что они или очень горячие или очень холодные, а вот на планетах вокруг них, жизнь вполне может и быть, но сказать точно нельзя. Когда совсем стемнело, он навел телескоп на Сатурн и сказал, чтобы все по возрасту выстроились в линию. Ирис, честно говоря, была разочарована, кольца Сатурна ее совсем не вдохновили, однако папа сказал, что в Афинах поведет ее в планетарий и она посмотрит в настоящий телескоп. Потом дети по очереди смотрели на галактики, созвездия. Папа показал детям Большую и Малую Медведицу, научил как по звездам найти север и что делать, если заблудился в лесу. Около десяти у Ирис стали слипаться глаза, и папа отправил ее, Афродиту и Апполона спать. Заснула Ирис сразу, как только голова коснулась подушки.

Утром Ирис попыталась найти место, где она зарыла свой секрет, но не смогла.